U0616595

图文珍藏本

鲁迅情书全集

［上］

鲁迅 著

陈漱渝 张瑞霞 审校／整理

中国青年出版社

图书在版编目（CIP）数据

鲁迅情书全集：图文珍藏本 / 鲁迅著；陈漱渝，张瑞霞审校、整理 .
—北京：中国青年出版社，2018.5

ISBN 978-7-5153-5081-3

Ⅰ.①鲁… Ⅱ.①鲁… ②陈… ③张… Ⅲ.①鲁迅书简－选集
②许广平（1898-1968）－书信集 Ⅳ.① I210.1

中国版本图书馆 CIP 数据核字（2018）第 070857 号

书　　名：鲁迅情书全集（图文珍藏本）
著　　者：鲁　迅
审校整理：陈漱渝　张瑞霞
责任编辑：庄　庸　陈　静
助理编辑：张佳莹
特约策划：庄锋妹
特约编辑：于晓娟
出版发行：中国青年出版社
社　　址：北京东四十二条 21 号
邮　　编：100708
网　　址：www.cyp.com.cn
门 市 部：（010）57350370
印　　刷：北京中科印刷有限公司
经　　销：新华书店
开　　本：710mm × 1000mm 1/16
插　　页：2
印　　张：24.75
字　　数：420 千字
版　　次：2019 年 7 月北京第 1 版
印　　次：2019 年 7 月北京第 1 次印刷
印　　数：0,001 ～ 5,000 册
定　　价：78.00 元

鲁迅（1881～1936）

鲁迅和许广平

不同时期的鲁迅

鲁迅赠许广平书的扉页题词

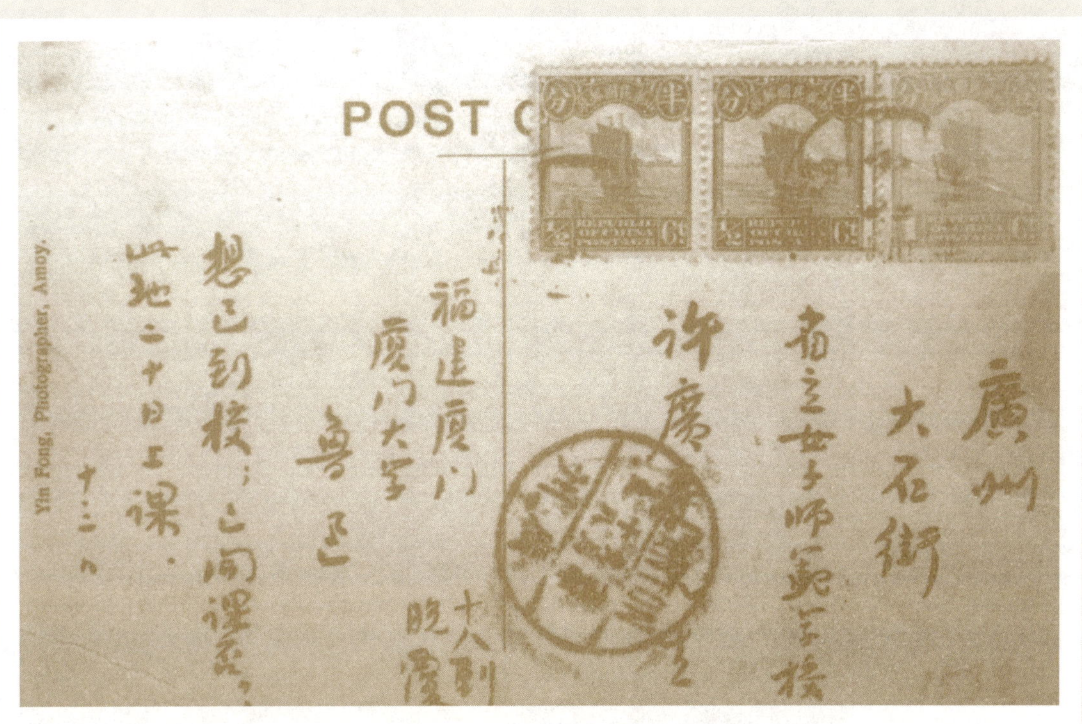

鲁迅致许广平的明信片

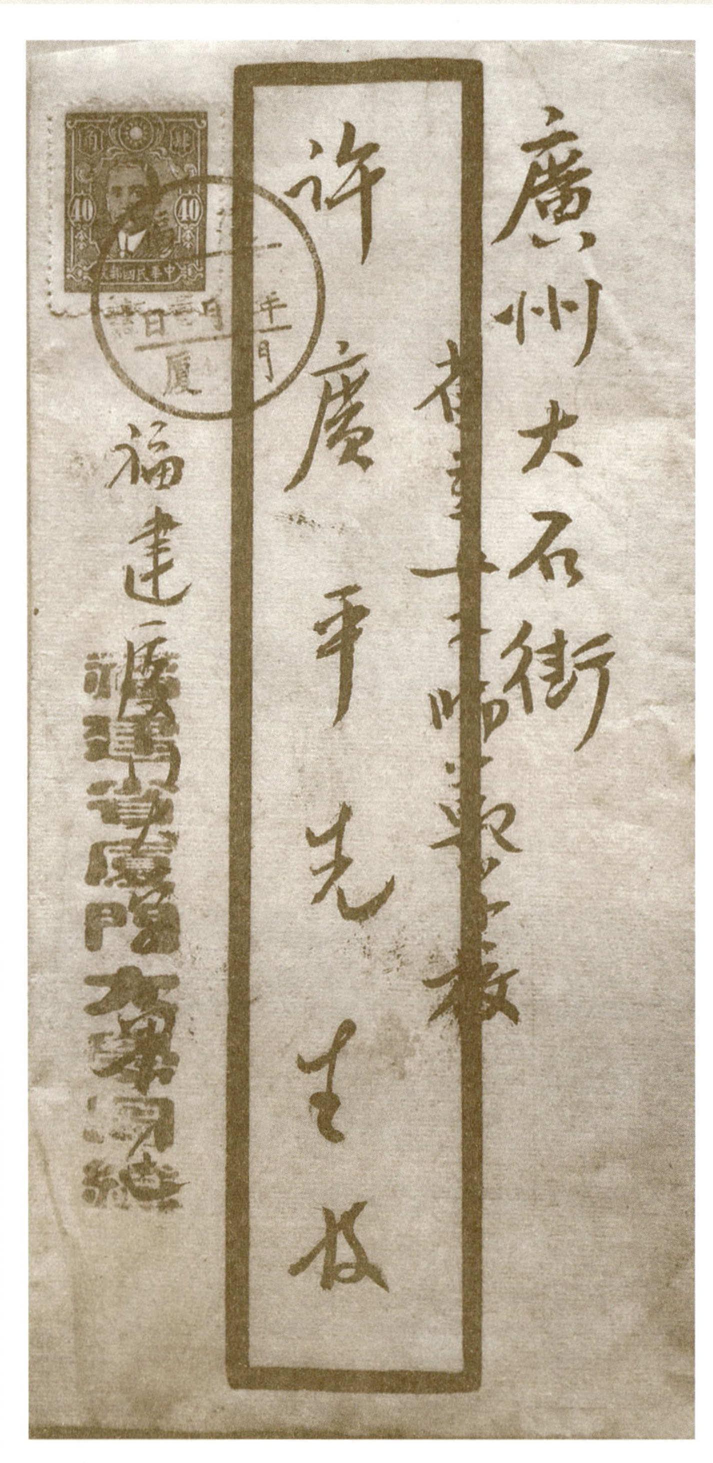

鲁迅致许广平信的信封

许广平为鲁迅织了一件背心，鲁迅穿上拍了照片，在回信中说："背心已穿在小衫外，很暖，我看这样就可以过冬，无需棉袍了。"

鲁迅、许广平和儿子周海婴（摄于1933年9月）

目录

第叁集
收获 / 193

前 言

两地相思一样情

——读《两地书》断想

人非草木，孰能无情？在人类的各种情感当中，爱情更是文学艺术的永恒主题；“纸上罗曼史”的情书是爱情的重要载体。在中国古代，情书别称为“红笺”。宋代词人晏殊的《清平乐》中就有“红笺小字，说尽平生意”这样的句子。认真追溯起来，情书的历史应该跟文字的历史一样漫长，但是中国传统社会重子嗣而轻爱情，男女并不平权。由于封建伦理道德的禁锢，中国古典文学流传千古的情诗比较多，如李商隐的《无题》，陆游的《钗头凤》，而男女双方传情达意的情书却十分罕见。

在西方，经历了文艺复兴之后，随着女性意识的觉醒，男女平权的呼声益高，甚至出现了女权主义，作家的情书自然远远多于中国。最有名的有古斯塔夫·福楼拜致路易丝·科尔，查尔斯·布考斯基致琳达·金，詹姆斯·乔伊斯致诺拉·巴纳克尔，弗朗茨·卡夫卡致米伦娜·杰森斯卡，奥斯卡·王尔德致阿尔弗雷德·道格拉斯，伊迪丝·华顿致莫顿·富勒顿，弗吉尼亚·伍尔芙致维塔·萨克维尔·韦斯特，本杰明·富兰克林致布瑞林夫人，欧内斯特·海明威致玛丽·威尔士，等等。这些情书都是研究作家生平的重要史料。卡夫卡在情书中写他的梦境，更充满了文采和哲理。不过，有些作家（如乔伊斯）的情书直接描写性行为，使情书成为了下半身的发情书，从而降低了情书的社会意义和文学价值。

在中国现代，随着五四新文化运动的曙光在东方地平线上显露，“人之子”终于觉醒，知道了人世间应有爱情，叫出了没有爱的悲哀和无所可爱的悲哀。一批现代情诗应运而生，如徐志摩的《偶然》，戴望舒的《雨巷》，卞之琳的《断章》，都是脍炙人口的佳作。除了情诗，沟通男女心灵的情书同时也成为了一种新的文学样式。当时第一批出版的情书集，有蒋光慈、宋若瑜的《纪念碑》，庐隐、李唯健的《云鸥情书集》，朱雯、罗洪的《恋人书简》，朱湘、刘霓君的《海外寄霓君》，徐志摩、陆小曼的《爱眉小札》，章衣萍的《情书一束》等，影响最大的无疑是鲁迅、景宋（许广平）的《两地书》。

《两地书》的出版，既有政治压迫、情感催化的因素，也有经济困窘的因素。鲁迅在《两地书》的“序言”中写得很清楚，1927 年国民党清党的时候，常目睹因为抄出私人信件而株连他人的情况，即古代所谓的“瓜蔓抄”。1930 年，鲁迅又因列名于自由大同盟发起人，被国民党浙江省党部呈请中央作为“堕落之人”通缉，于是鲁迅将朋友给他的信全部焚毁。1931 年 1 月，左联五烈士之一的柔石被秘密逮捕，从他身上又搜出了一份鲁迅的印书合同，官厅想从中找寻鲁迅的行踪，鲁迅只好又烧掉一批后来收到的信札，“挈妇将雏”避居黄陆路一家日本人开设的旅店。因为几经磨难，鲁迅愈益感到他跟许广平这批信札的珍贵。“纸墨寿于金石”，将这批信札整理印行，就成了最佳的保存方式。所谓“情感催化”，跟 1931 年 8 月 1 日未名社作家韦素园的英年早逝有关。为出版韦素园的纪念集，友人搜集他的遗文佚简，但因为环境险恶，重病中的韦素园伏在枕上一字字写出来的信却被鲁迅毁掉了。信是情感的载体，鲁迅为此深感情感上的负疚，为了长远保存跟许广平的这批文情并茂的书信，鲁迅选择了出版《两地书》的方式。

毋庸讳言，鲁迅出版《两地书》也有其经济考虑。1932 年 8 月 17 日，鲁迅致挚友许寿裳的信中写得清清楚楚：“上海近已稍凉，但弟仍一无所作，为啖饭计，拟整理弟与景宋通信，付书坊出版，以图版税……”“为啖饭”、“图版税”这就是经济考虑。因为从 1924 年开始，稿费和版税成为了鲁迅的主要收入。鲁迅到上海之后，成为了职业作家，版税在他的经济生活中更居于举足轻重的地位。1932 年“一·二八”事变之后，上海物价腾飞，鲁迅的大学院特邀撰述员的闲差又被国民党教育部裁撤，每月减少了三百元收入，加之孩子多病，负担亲族生活成为了鲁迅生活中大苦，于是出版《两地书》就成为了鲁迅当时选择的解困手段。《两地书》出版后竟然成为了当时的畅销书，仅1933年就一版再版印刷九次，总印数为6500册，所获版税陆续达1625元。1934年出第3版，1935年出第4版。这在当时的出版界实属罕见。鲁迅去世至建国之前,《两地书》又先后八次由不同出版社重印出版。

《两地书》收录的是鲁迅与许广平1925年至1929年间的通信，共135封，其中鲁迅信67封半。第一集收1925年3月11日至7月30日的通信。当时许广平是位于北京西城石驸马大街国立北京女子师范大学国文系的学生，鲁迅是该校的教授，寓所在北京西城阜孔门宫门口西三条二十一号。第二集收1926年9月4日至1927年1月17日的通信。当时许广平在广州广东省立女子师范学校任教，鲁迅在厦门大学国文系任教。第三集收1929年5月14日至6月1日的通信。当时鲁迅从上海到北平探亲，身怀六甲的许广平留在上海——这是他们同居之后第一次离别。鲁迅还有7封致许广平信未收入《两地书》，写于1932年11月13日至同月25日，其时鲁迅第二次从上海到北京探亲，——这是他们同居后第二次离别。这7封信未曾结集的原因，估计是当时《两地书》已经编就。

《两地书》有三种版本：

一、《两地书》通行本，上海青光书局1933年4月初版。青光书局是北新书局的另一名义，此书后收入《鲁迅全集》《鲁迅三十年集》。

二、《两地书》原稿，先后收入1984年湖南人民出版社出版的《鲁迅景宋通信集——〈两地书〉的原信》,1996年上海古籍出版社出版的《两地书真迹》，1998年浙江文艺出版社出版的《两地书全编》，2005年人民文学出版社又将原稿收入《鲁迅全集》的书信卷。

三、《两地书》誊抄本，为53岁的鲁迅用工笔楷书在宣纸上手书，作为留赠孩子的纪念，后收入《两地书真迹》。

这三种版本，通行本与誊抄本差别不大，但原信跟通行本有不少差异。主要是鲁迅编选《两地书》时对全部通信进行了一番加工整理，隐去了一些人物的真名（如将“顾颉刚”改为“朱山根”,“黄坚”改为“白果”)，删去了一些广州时期派系斗争的内容，特别是对许广平信件中的文字进行了一番润饰，但基本内容和基本观点并无改变。

毫无疑问，《两地书》中的鲁迅书简并不是鲁迅个人冥思苦想的产物，而是他跟许广平的思想和情感碰撞智慧迸发的火花。由此联想起了一桩版权纠纷，大约十三年之前，某出版社出版的《两地书》。出版方认为，鲁迅书信这一部分已逾国际通行的版权保护期，进入共有领域，只需支付许广平书信的版税，但家属一方认为，《两地书》是两位作者共同的精神产物，你中有我，我中有你，鲁迅书信的版税应该照付，不可分割。出版方反驳说，合作出书，有些版权难以切割，如孔厥、袁静合写的小说《新儿女英雄传》，谁也分不出哪一章、哪一节、哪一段、哪一句是孔写的，哪一些是袁写的，而《两地书》每封信落款的署名清清楚楚，著作权完全是可以分割的。最后出版方既考虑到“法”，也考虑到“情”，仍然向家属支付了《两地书》中全部书信的稿酬。我不懂版权法，断不了这桩公案，但仅仅从写作角度而论，鲁迅与许广平书信中的智慧与写作冲动的确是相互激发的。《两地书》问世，是鲁迅的劳绩，也有许广平的劳绩。

早有研究指出，《两地书》不能仅仅当成情书来读，而应该视为一本严肃的社会评论集。这种意见无疑是正确的，该书写作的时间段虽然只有四年；即使加上鲁迅生前未曾结集的1932年通信，前后也不过七年。但在此期间，中国社会却经历了第一次国共合作、国共合作破裂、国民党政权建立、国内战争爆发等剧烈震荡。这些书信涉及了广泛的政治事件，如国际范围的第一次世界大战，十月革命；国内的辛亥革命，二月革命，北伐战争，五卅惨案，以及包括女师大风潮在内的一系列学生运动。对于政治问题、教育问题和文艺问题，作者都进行了精到的评论。比如，谈到教育问题时，鲁迅指出：“学校之不甚高明，其实由来已久，加以金钱的魔力，本是非常之大，而中国又是向来善于运用金钱诱惑法术的地方，于是自然就乱了这现象。”（1925年3月11日）又说，“现在的所谓教育，世界上无论那一国，其实都不过是制造许多适应环境的机器的方法罢了。要适如其分，发展各各的个性，这时候还未到来，也料不定将来可有这样的时候。”（1925年3月18日）这番议论，不仅是对当时教育状况的针弊，也是对教育商业化倾向的一种警戒。谈到辛亥革命的教训时，鲁迅说：“民元革命时，对于任何人都宽容（那时称为‘文明’），但待到二次革命失败，许多旧党对于革命党却不‘文明’了：杀。

假使那时（元年）的新党不‘文明’，则许多东西是早已灭亡，那里会来发挥他们的老手段？”（1925 年 7 月 30 日）鲁迅这种“即以其人之道，还治其人之身”的革命哲学，是用无数先烈鲜血和生命换取的宝贵教训，在任何时候都不能忘记，谈到当时北京和厦门的社会环境，鲁迅以“大沟”和“小沟”的关系进行比喻：“大沟不干净，小沟就干净么？”实可谓形象生动，一针见血。

作为学生和寻路者，许广平向鲁迅询问人生经验和写作经验，鲁迅的回答不仅对许广平有指导意义，而且对读者也有普遍的指导意义。鲁迅告诉许广平，跟旧社会战斗宜进行“堑壕战”，而不应赤膊上阵，即使身处“黑暗与虚无”的境遇，也要进行绝望的抗争，“有不平而不悲观，常抗战而亦自卫”（1925 年 3 月 18 日信）。在谈到自己的处世原则时，鲁迅谈到自己奉行的是“损己利人”的人生哲学：“我这几年来常想给别人出一点力，所以在北京时，拼命地做，忘记吃饭，减少睡眠，吃了药来编辑，校对，作文。”（1926 年 10 月 28 日）这些话也应当成为当前道德建设的圭臬。研究鲁迅生平经历、思想发展，这些都是宝贵的第一手资料。

需要补充说明的是，认为《两地书》中有许多精当的社会评论，并不意味着鲁迅对一切人和事的批评都可以作为定论。事物总是处在不断发展的过程之中，许多本质和真相往往要经过时间的积淀才能显山露水，任何人最终都会有一个完整的人生旅程，在不同的人生阶段可能有一贯性，也有差异性。《两地书》写作之初并无公开发表的动机，是具有相当私密性的文本，其中对一些人物的褒贬是鲁迅个人对评议对象一时一地观察的印象，更不能视为对其人的盖棺定论。比如，鲁迅鄙薄的厦门大学校长林文庆、教授顾颉刚、教务长刘树杞等，他们各有其历史贡献，这是对这些人物进行独立研究之后得出的，应该视为结论。

根据辞书，“情书”的基本释义是男女间谈情说爱的书信。《两地书》的确是名副其实的情书，决不是单纯的政论时评或心灵鸡汤，只不过没有某些情书句句“哥哥妹妹”，“死去活来”那样肉麻罢了。鲁迅和许广平之间的情感有一个明晰的发展过程，因此《两地书》诸信表达的情感前后必然有所不同。1925 年 3 月至 7 月的书信评议内容较多，相互称呼也比较正规，因为当时两人还是师生关系。1925 年 6 月 28 日《两地书》

所收鲁迅致许广平信只有半封，注明“前缺”，而同日许广平来信全缺，根据《两地书》原稿，鲁迅信中注明“前缺”的那半封即所谓“训词”，现已收入《鲁迅全集》书信卷，因内容纯属调侃，写的是端午节那天鲁迅酒醉跟许广平等“小姐们”打闹的情况，故公开发表时有意隐去。所谓“此间缺许广平二十八日信一封”，也不见得是真正佚失，很可能是涉及隐私，不予披露。1925 年 6 月 29 日鲁迅致许广平信末注：“其间当缺往来信札数封，不知确数”，应属同一情况。同年 7 月 9 日鲁迅致许广平信末又注：“其间当缺往来信札约五、六封，现据手稿能查到的，只有 7 月 13 日鲁迅致许广平信，附《京报》的剪报，题为“罗素的话”，还有 7 月 15 日许广平致鲁迅信，7 月 16 日鲁迅致许广平信，7 月 17 日许广平致鲁迅信，这些信的内容表明，此时鲁迅跟许广平的关系已经跨越了师生的界限。1925 年 7 月 30 日至 1926 年 8 月 26 日其间无信，估计原因是鲁迅跟许广平往来频繁，以直接接触取代了书信往来。1925 年 10 月双方由师生发展成为恋人，直至鲁迅赴厦门大学任教期间，双方才恢复了鸿雁传情。

《两地书》第二集厦门广州之间的通信，是两个热恋情人的通信，不过感情仍然表达得含蓄委婉。比如，1926 年 9 月 30 日鲁迅致许广平信写道：“听讲的学生倒多起来了，大概有许多别科的。女生共五人。我决定目不邪视，而且将来永远如此。”许广平 10 月 14 日晚复信说：“‘邪视’有什么要紧，惯常倒不是‘邪视’，我想，许是冷不提防的一瞪罢！记得张竞生之流发过一套伟论，说是人都提高程度，则对于一切，皆如鲜花美画一般，欣赏之，愿显示于众，而自然私有之念，你何妨体验一下？”双方就是通过这种幽默的方式传情，表达对对方无限忠诚和无比信赖。

《两地书》第三集的通信是夫妻之间的通信。当时许广平已有孕在身，四个月之后他们的独子海婴即诞生。许广平体谅鲁迅旅途的辛苦，用她的“魄力”来抵抗分别期间的无尽思念；将自己的饮食起居一一叙述，务求其详，琐碎到剥瓜子、看小说、睡午觉、访邻居……对于寄信的情况许广平有一段极为生动的描写：“我寄你的信，总要送往邮局，不喜欢放在街边的绿色邮筒中，我总疑心那里会慢一点。然而也不喜欢托人带出去，我就将信藏在衣袋内，说是散步，慢慢的走出去，明知道这绝不是什么秘密事，但自然而然的好像觉得含有什么秘密性似的。待到走到邮局门口，又不愿投入挂在门外的方木箱，必定走进里面，放在柜台下面的信箱里才罢。那时心里又想：天天寄同一个名字的信，邮局的人会不会诧异？于是就用较生的别号，算是挽救之法了。这种古怪的思想，自己也觉得好笑，但也没有制服这个神经的神经，就让他胡思乱想罢。当走去送信的时候，我又记起了曾经有一个人，在夜里跑到楼下房外的信筒那里去，我相信天下痴呆盖无过于此君了……”（1929年5月17日许广平致鲁迅）鲁迅给许广平写信则更加用心，不仅详细汇报自己的日常生活和社交活动，而且连信笺也精挑细选。比如，1929年5月13日鲁迅给许广平信的信笺上就印了三个通红的枇杷，并一首诗：“无忧扇底坠金丸，一味琼瑶沁齿寒。黄珍似梅甜似橘，北人曾作荔枝看。”因为许广平腹内怀子，鲁迅故以含籽的枇杷为寓。另一七绝是：“并头曾忆睡香波，老去同心住翠窠。甘苦个中侬自解，西湖风月味还多。”这同甘共苦的并蒂莲，正是鲁迅和许广平以沫相濡的象征。鲁迅1929年跟许广平通信时，他们已经相恋四年，同居两年，但仍保持了初恋时的激情，每次收到对方的信都有“喜出望外”之感。这并不是一般夫妇都能做到的。

今年是许广平诞辰120周年，逝世50周年。1980年，我撰写了一部《许广平的一生》，由天津人民出版社出版；后易名为《许广平传》，于2011年由人民日报出版社再版，作为祭奠这位鲁迅同行者的一瓣心香。然而，几十年来，对许广平的诬蔑攻讦之声不断，说什么许广平是“妾妇”，“第三者”，“跟鲁迅婚后并不幸福”，“鲁迅并不爱许广平而爱其他女人”，不一而足。中国青年出版社根据《两地书》选编了这本《鲁迅情书全集》，是对上述不实之词的有力回应，也是对鲁迅和许广平切实的纪念。

陈漱渝
2018年5月

序　言[1]

这一本书，是这样地编起来的——

一九三二年八月五日，我得到霁野，静农，丛芜[2]三个人署名的信，说漱园[3]于八月一日晨五时半，病殁于北平同仁医院了，大家想搜集他的遗文，为他出一本纪念册，问我这里可还藏有他的信札没有。这真使我的心突然紧缩起来。因为，首先，我是希望着他能够全愈的，虽然明知道他大约未必会好；其次，是我虽然明知道他未必会好，却有时竟没有想到，也许将他的来信统统毁掉了，那些伏在枕上，一字字写出来的信。

我的习惯，对于平常的信，是随复随毁的，但其中如果有些议论，有些故事，也往往留起来。直到近三年，我才大烧毁了两次。

五年前，国民党清党的时候，我在广州，常听到因为捕甲，从甲这里看见乙的信，于是捕乙，又从乙家搜得丙的信，于是连丙也捕去了，都不知道下落。古时候有牵牵连连的"瓜蔓抄"[4]，我是知道的，但总以为这是古时候的事，直到事实给了我教训，我才分明省悟了做今人也和做古人一样难。然而我还是漫不经心，随随便便。待到一九三〇年我签名于自由大同盟[5]，浙江省党部呈请中央通缉"堕落文人鲁迅等"[6]的时候，我在弃家出走之前，忽然心血来潮，将朋友给我的信都毁掉了。这并非为了消灭"谋为不轨"的痕迹，不过以为因通信而累及别人，是很无谓的，况且中国的衙门是谁都知道只要一碰着，就有多么的可怕。后来逃过了这一关，搬了寓，而信札又积起来，我又随随便便了，不料一九三一年一月，柔石[7]被捕，在他的衣袋里搜出有我名字的东西来，因此听说就在找我。自然罗，我只得又弃家出走，但这回是心血潮得更加明白，当然先将所有信札完全烧掉了。

因为有过这样的两回事，所以一得到北平的来信，我就担心，怕大约未必有，但还是翻箱倒箧的寻了一通，果然无踪无影。朋友的信一封也没有，我们自己的信倒寻出来了，这也并非对于自己的东西特别看作宝贝，倒是因为那时时间很有限，而自己的信至多也不过蔓在自身上，因此放下了的。此后这些信又在枪炮的交叉火线下[8]，躺了二三十天，也一点没有损失。其中虽然有些缺少，但恐怕是自己当时没有留心，早经遗失，并不是由于什么官灾兵燹的。

一个人如果一生没有遇到横祸，大家决不另眼相看，但若坐过牢监，到过战场，则即使他是一个万分平凡的人，人们也总看得特别一点。我们对于这些信，也正是这样。先前是一任他垫在箱子底下的，但现在一想起他曾经几乎要打官司，要遭炮火，就觉得他好像有些特别，有些可爱似的了。夏夜多蚊，不能静静的写字，我们便略照年月，将他编了起来，因地而分为三集，统名之曰《两地书》。

这是说：这一本书，在我们自己，一时是有意思的，但对于别人，却并不如此。其中既没有死呀活呀的热情，也没有花呀月呀的佳句；文辞呢，我们都未曾研究过“尺牍精华”或“书信作法”，只是信笔写来，大背文律，活该进“文章病院”[9]的居多。所讲的又不外乎学校风潮，本身情况，饭菜好坏，天气阴晴，而最坏的是我们当日居漫天幕中，幽明莫辨，讲自己的事倒没有什么，但一遇到推测天下大事，就不免胡涂得很，所以凡有欢欣鼓舞之词，从现在看起来，大抵成了梦呓了。如果定要恭维这一本书的特色，那么，我想，恐怕是因为他的平凡罢。这样平凡的东西，别人大概是不会有，即有也未必存留的，而我们不然，这就只好谓之也是一种特色。

然而奇怪的是竟又会有一个书店愿意来印这一本书。要印，印去就是，这倒仍然可以随随便便，不过因此也就要和读者相见了，却使我又得加上两点声明在这里，以免误解。其一，是：我现在是左翼作家联盟[10]中之一人，看近来书籍的广告，大有凡作家一旦向左，则旧作也即飞升，连他孩子时代的啼哭也合于革命文学之概，不过我们的这书是不然的，其中并无革命气息。其二，常听得有人说，书信是最不掩饰，最显真面的文章，但我也并不，我无论给谁写信，最初，总是敷敷衍衍，口是心非的，即在这一本中，遇有较为紧要的地方，到后来也还是往往故意写得含胡些，因为我们所处，是在“当地长官”，邮局，校长……，都可以随意检查信件的国度里。但自然，明白的话，是也不少的。

还有一点，是信中的人名，我将有几个改掉了，用意有好有坏，并不相同。此无他，或则怕别人见于我们的信里，于他有些不便，或则单为自己，省得又是什么“听候开审”[11]之类的麻烦而已。

回想六七年来，环绕我们的风波也可谓不少了，在不断的挣扎中，相助的也有，下石的也有，笑骂诬蔑的也有，但我们紧咬了牙关，却也已经挣扎着生活了六七年。其间，含沙射影者都逐渐自己没入更黑暗的处所去了，而好意的朋友也已有两个不在人间，就是漱园和柔石。我们以这一本书为自己记念，并以感谢好意的朋友，并且留赠我们的孩子，给将来知道我们所经历的真相，其实大致是如此的。

一九三二年十二月十六日，鲁迅。

---

① 本篇最初印入 1933 年 4 月上海青光书局出版的《两地书》，同年底又收入《南腔北调集》。② 霁野、静农、丛芜：即李霁野（1904~1997）、台静农（1902~1990）、韦丛芜（1905~1978）。他们都是安徽霍丘人，未名社成员。③ 漱园：即韦素园（1902~1932），安徽霍丘人，未名社主要成员，翻译家。曾编辑《莽原》半月刊。译有果戈理的小说《外套》、俄国短篇小说集《最后的光芒》、北欧诗歌小品集《黄花集》等。④“瓜蔓抄”：《明史·景清传》：明代建文帝（朱允炆）的旧臣景清谋刺明成祖（朱棣）事败，“成祖怒，磔死，族之。籍其乡，转向攀染，谓之瓜蔓抄。”⑤ 自由大同盟：中国自由运动大同盟的简称，中国共产党支持和领导下的群众团体，1930 年 2 月在上海成立，宗旨是争取新闻、出版、结社、集会等自由，反对国民党的专制统治。在《中国自由运动大同盟宣言》中，鲁迅被列为发起人之一。⑥ 通缉“堕落文人鲁迅等”：鲁迅签名发起“中国自由运动大同盟”后，1930 年 3 月，据传国民党浙江省党部曾呈请南京政府通缉“堕落文人鲁迅等”，鲁迅于 3 月 19 日离寓暂避，至 4 月 19 日回寓。⑦ 柔石（1902 ~ 1931）：原名赵平復，笔名柔石，浙江宁海人，作家。著有中篇小说《二月》，短篇小说《为奴隶的母亲》等。1931 年 1 月 17 日在上海被捕，2 月 7 日被国民党当局秘密杀害于龙华。下文“有我名字的东西”，指鲁迅与北新书局签订合同的抄件。柔石被捕后，鲁迅于 1 月 20 日携眷避居上海黄陆路花园庄旅馆，2 月 28 日回寓。⑧ 枪炮的交叉火线下：1932 年上海“一·二八”战争发生时，鲁迅的住所在临近战区的北川公寓，受到炮火的威胁。⑨“文章病院”：当时上海开明书店出版的《中学生》杂志的一个专栏，专从书刊中选取在语法上有错误或文义上不合逻辑的文章，加以批改。后来编辑成册，以《文章病院》为书名，由开明书店出版。⑩ 左翼作家联盟：即中国左翼作家联盟（简称“左联”），中国共产党领导下的左翼文学团体。1930 年 3 月在上海成立，1935 年底自行解散。⑪“听候开审”：1927 年 7 月 24 日，顾颉刚自杭州发信给即将离广州去上海的鲁迅，说鲁迅在文字上侵犯了他，将到广东“提起诉讼，听候法律解决”，要鲁迅“暂勿离粤，以俟开审”。参看《三闲集·辞顾颉刚教授令“候审”》。

《第壹集》恋·爱

这部分信是1925年3月至7月在北京时两人的通信，是两人感情的开始阶段。

1923年深秋，鲁迅在北京女子高等师范学校任国文系讲师，他满腹经纶的才气、渊博的知识、幽默的讲课风格，给坐在第一排的许广平留下了深刻印象，小女生的仰慕之情油然而生。

1925年春，许广平以『一个受教的小学生』的名义第一次给鲁迅写信请教心中的迷茫，两天后收到鲁迅的回信，随后两人书信来往越来越频繁。许广平的青春朝气和对爱的执着，也在鲁迅的内心深处起了阵阵涟漪，从此一段大先生和新女性的师生恋开始了。

随着书信往来，两个人逐渐熟悉起来，书信称呼也从严肃逐渐变得随意、亲近起来，逐渐地擦出了爱情的火花，虽然他们的爱情『既没有死呀活呀的热情，也没有花呀月呀的佳句』，但这段充满切磋学识和关爱的书信创造了一段为后人称颂的师生恋佳话。

第一集　北京

一九二五年三月至七月

[第 1 封] 方法

广平兄：

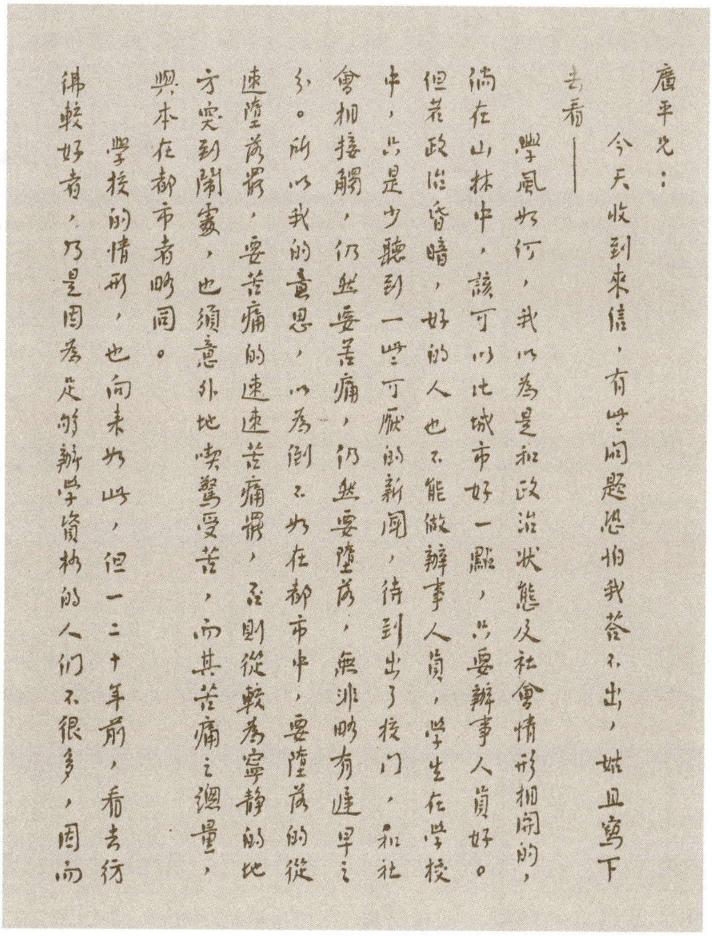

廣平兄：

今天收到來信，有些問題恐怕我答不出，姑且寫下去看——

學風如何，我以為是和政治狀態及社會情形相關的，倘在山林中，該可以比城市好一點，只要辦事人員好。但若政治昏暗，好的人也不能做辦事人員，學生在學校中，只是少聽到一些可厭的新聞，待到出了校門，和社會相接觸，仍然要苦痛，仍然要墮落，無非略有遲早之分。所以我的意思，以為倒不如在都市中，要墮落的從速墮落罷，要苦痛的速速苦痛罷，否則從較為寧靜的地方突到鬧處，也須意外地吃驚受苦，而其苦痛之總量，與本在都市者略同。

學校的情形，也向來如此，但一二十年前，看去彷彿較好者，乃是因為足夠新學資格的人們不很多，因而

今天[1]收到来信，有些问题恐怕我答不出，姑且写下去看——

学风如何，我以为是和政治状态及社会情形相关的，倘在山林中，该可以比城市好一点，只要办事人员好。但若政治昏暗，好的人也不能做办事人员，学生在学校中，只是少听到一些可厌的新闻，待到出了校门，和社会相接触，仍然要苦痛，仍然要堕落，无非略有迟早之分。所以我的意思，以为倒不如在都市中，要堕落的从速堕落罢，要苦痛的速速苦痛罢，否则从较为宁静的地方突到闹处，也须意外地吃惊受苦，而其苦痛之总量，与本在都市者略同。

学校的情形，也向来如此，但一二十年前，看去仿佛较好者，乃是因为足够办学资格的人们不很多，因而竞争也不猛烈的缘故。现在可多了，竞争也猛烈了，于是坏脾气也就彻底显出。教育界的称为清高，本是粉饰之谈，其实和别的什么界都一样，人的气质不大容易改变，进几年大学是无甚效力的。况且又有这样的环境，正如人身的血液一坏，体中的一部分决不能独保健康一样，教育界也不会在这样的民国里特别清高的。

所以，学校之不甚高明，其实由来已久，加以金钱的魔力，本是非常之大，而中国又是向来善于运用金钱诱惑法术的地方，于是自然就成了这现象。听说现在是中学校也有这样的了。间有例外，大约即因年龄太小，还未感到经济困难或花费的必要之故罢。至于传入女校，当是近来的事，大概其起因，当在女性已经自觉到经济独立的必要，而借以获得这独立的方法，则不外两途，一是力争，一是巧取。前一法很费力，于是就堕入后一手段去，就是略一清醒，又复昏睡了。可是这情形不独女界为然，男人也多如此，所不同者巧取之外，还有豪夺而已。

我其实那里会“立地成佛”，许多烟卷，不过是麻醉药，烟雾中也没有见过极乐世界。假使我真有指导青年的本领——无论指导得错不错——我决不藏匿起来，但可惜我连自己也没有指南针，到现在还是乱闯。倘若闯入深渊，自己有自己负责，领着别人又怎么好呢？我之怕上讲台讲空话者就为此。记得有一种小说里攻击牧师，说有一个乡下女人，向牧师历诉困苦的半生，请他救助，牧师听毕答道：“忍着罢，上帝使你在生前受苦，死后定当赐福的。”其实古今的圣贤以及哲人学者之所说，何尝能比这高明些。他们之所谓“将来”，不就是牧师之所谓“死后”么。我所知道的话就全是这样，我不相信，但自己也并无更好的解释。章锡琛[②]先生的答话是一定要模胡的，听说他自己在书铺子里做伙计，就时常叫苦连天。

救助。牧師聽畢答道：「忍着罷，上帝使你在生前受苦，死後定當賜福的。」其實古今的聖賢，以及哲人學者之所說，何嘗能比這高明些。他們之所謂「將來」，不就是牧師之所謂「死後」麼。我所知道的話就全是這樣，我不相信，但自己也並無更好的解釋。章錫琛先生的答話是一定要模胡的，聽說他自己在書舖子裏做夥計，就時常叫苦連天。

我想，苦痛是總與人生聯帶的，但也有離開的時候，就是當熟睡之際。醒的時候要免去若干苦痛，中國的老法子是「驕傲」與「玩世不恭」，我覺得我自己就有這毛病，不大好。苦茶加糖，其苦之量如故，只是聊勝于無糖，但這糖就不容易找到，我不知道在那里，這一節只好交白卷了。

以上許多話，仍等于章錫琛，我再說我自己如何在世上混過去的方法，以供參攷罷——

一，走「人生」的長途，最易遇到的有兩大難關。其一是「歧路」，倘若墨翟先生，相傳是慟哭而返的。但我不哭也不返，先在歧路頭坐下，歇一會，或者睡一覺，于是選一條似乎可走的路再走，倘遇見老實人，也許奪他食物來充飢，但是不問路，因為我料定他並不知道的。如果遇見老虎，我就爬上樹去，等牠餓得走去了再下來，倘牠竟不走，我就自己餓死在樹上，而且先用帶子縛住，連死屍也決不給牠喫。但倘若沒有樹呢？那麼，沒有法子，只好請牠喫了，但也不妨也咬牠一口。

我想，苦痛是总与人生联带的，但也有离开的时候，就是当熟睡之际。醒的时候要免去若干苦痛，中国的老法子是“骄傲”与“玩世不恭”，我觉得我自己就有这毛病，不大好。苦茶加糖，其苦之量如故，只是聊胜于无糖，但这糖就不容易找到，我不知道在那里，这一节只好交白卷了。

以上许多话，仍等于章锡琛，我再说我自己如何在世上混过去的方法，以供参考罢——

一，走“人生”的长途，最易遇到的有两大难关。其一是“歧路”，倘若墨翟[③]先生，相传是恸哭而返的。但我不哭也不返，先在歧路头坐下，歇一会，或者睡一觉，于是选一条似乎可走的路再走，倘遇见老实人，也许夺他食物来充饥，但是不问路，因为我料定他并不知道的。如果遇见老虎，我就爬上树去，等它饿得走去了再下来，倘它竟不走，我就自己饿死在树上，而且先用带子缚住，连死尸也决不给它吃。但倘若没有树呢？那么，没有法子，只好请它吃了，但也不妨也咬它一口。其二便是“穷途”了，听说阮籍[④]先生也大哭而回，我却也像在歧路上的办法一样，还是跨进去，在刺丛里姑且走走。但我也并未遇到全是荆棘毫无可走的地方过，不知道是否世上本无所谓穷途，还是我幸而没有遇着。

二，对于社会的战斗，我是并不挺身而出的，我不劝别人牺牲什么之类者就为此。欧战

其二便是「窮途」了，聽說阮籍先生也大哭而回，我却
也像在歧路上的辦法一樣，還是跨進去，在刺叢裏姑且
走走。但我也並未遇到全是荊棘毫無可走的地方過，不
知道是否世上本無所謂窮途，還是我幸而沒有遇着。
二，對于社會的戰鬥，我是並不挺身而出的，我不
勸別人犧牲什麼之類者就為此。歐戰的時候，最重「壕
塹戰」，戰士伏在壕中，有時吸煙，也唱歌，打紙牌，
喝酒，也在壕內開美術展覽會，但有時忽向敵人開他幾
鎗。中國多暗箭，挺身而出的勇士容易喪命，這種戰法
是必要的罷。但恐怕也有時會逼到非短兵相接不可的，
這時候，沒有法子，就短兵相接。
總結起來，我自己對于苦悶的辦法，是專與襲來的
苦痛搗亂，將無賴手段當作勝利，硬唱凱歌，算是樂趣，
這或者就是糖罷。但臨末也還是歸結到「沒有法子」，
這真是沒有法子！
以上，我自己的辦法說完了，就不過如此，而且近
于游戲，不像步步走在人生的正軌上（人生或者有正軌
罷，但我不知道）。我相信寫了出來，未必于你有用，
但我也只能寫出這些罷了。
魯迅。
三月十一日。

的时候，最重“壕堑战”，战士伏在壕中，有时吸烟，也唱歌，打纸牌，喝酒，也在壕内开美术展览会，但有时忽向敌人开他几枪。中国多暗箭，挺身而出的勇士容易丧命，这种战法是必要的罢。但恐怕也有时会逼到非短兵相接不可的，这时候，没有法子，就短兵相接。

总结起来，我自己对于苦闷的办法，是专与袭来的苦痛捣乱，将无赖手段当作胜利，硬唱凯歌，算是乐趣，这或者就是糖罢。但临末也还是归结到“没有法子”，这真是没有法子！

以上，我自己的办法说完了，就不过如此，而且近于游戏，不像步步走在人生的正轨上（人生或者有正轨罢，但我不知道）。我相信写了出来，未必于你有用，但我也只能写出这些罢了。

鲁迅。三月十一日。

---

① 指许广平当天（1925 年 3 月 11 日）写给鲁迅的信。② 章锡琛（1889~1969），字雪村，浙江绍兴人，当时任商务印书馆《妇女杂志》主编，经常在该刊“通讯”栏内，解答读者提出的各种问题。③ 墨翟（约公元前 468~前 376），春秋战国时鲁国人，思想家、墨家学派创始人。《吕氏春秋 · 慎行论 · 疑似》说：“墨子见歧道而哭之”。④ 阮籍（210~263），字嗣宗，陈留尉氏（今属河南）人，三国魏诗人。《晋书 · 阮籍传》曾说他“时率意独驾，不由径路，车迹所穷，辄恸哭而返”。

［第 2 封］教育

广平兄：

这回要先讲“兄”字的讲义了。这是我自己制定，沿用下来的例子，就是：旧日或近来所识的朋友，旧同学而至今还在来往的，直接听讲的学生，写信的时候我都称“兄”；此外如原是前辈，或较为生疏，较需客气的，就称先生，老爷，太太，少爷，小姐，大人……之类。总之，我这“兄”字的意思，不过比直呼其名略胜一筹，并不如许叔重①先生所说，真含有“老哥”的意义。但这些理由，只有我自己知道，则你一见而大惊力争，盖无足怪也。然而现已说明，则亦毫不为奇焉矣。

现在的所谓教育，世界上无论那一国，其实都不过是制造许多适应环境的机器的方法罢了。要适如其分，发展各各的个性，这时候还未到来，也料不定将来究竟可有这样的时候。我疑心将来的黄金世界里，也会有将叛徒处死刑，而大家尚以为是黄金世界的事，其大病根就在人们各各不同，不能像印版书似的每本一律。要彻底地毁坏这种大势的，就容易变成“个人的无政府主义者”，如《工人绥惠略夫》②里所描写的绥惠略夫就是。这一类人物的运命，在现在——也许虽在将来——是要救群众，而反被群众所迫害，终至于成了单身，忿激之余，一转而仇视一切，无论对谁都开枪，自己也归于毁灭。

社会上千奇百怪，无所不有；在学校里，只有捧线装书和希望得到文凭者，虽然根柢上不离“利害”二字，但是还要算好的。中国大约太老了，社会上事无大小，都恶劣不堪，像

可有這樣的時候。我疑心將來的黃金世界裏，也會有將叛徒處死刑，而大家尚以為是黃金世界的事，其大病根就在人們各各不同，不能像印版書似的每本一律。要徹底地毀壞這種大勢的，就容易變成「個人的無政府主義者」，如「工人綏惠略夫」裏所描寫的綏惠略夫就是。這一類人物的運命，在現在——也許雖在將來——是要救羣衆，而反被羣衆所迫害，終至於成了單身，忿激之餘，一轉而仇視一切，無論對誰都開鎗，自己也歸於毀滅。

社會上千奇百怪，無所不有；在學校裏，只有捧線裝書和希望得到文憑者，雖然根柢上不離「利害」二字，但是還要算好的。中國大約太老了，社會上事無大小，都惡劣不堪，像一隻黑色的染缸，無論加進什麼新東西去，都變成漆黑。可是除了再想法子來改革之外，也再沒有別的路。我看一切理想家，不是懷念「過去」，就是希望「將來」，而對于「現在」這一個題目，都繳了白卷，因為誰也開不出藥方。所有最好的藥方，即所謂「希望將來」的就是。

「將來」這回事，雖然不能知道情形怎樣，但有是一定會有的，就是一定會到來的，所慮者到了那時，就成了那時的「現在」。然而人們也不必這樣悲觀，只要「那時的現在」比「現在的現在」好一點，就很好了，這就是進步。

這些空想，也無法證明一定是空想，所以也可以算

一只黑色的染缸，无论加进什么新东西去，都变成漆黑。可是除了再想法子来改革之外，也再没有别的路。我看一切理想家，不是怀念“过去”，就是希望“将来”，而对于“现在”这一个题目，都缴了白卷，因为谁也开不出药方。所有最好的药方，即所谓“希望将来”的就是。

“将来”这回事，虽然不能知道情形怎样，但有是一定会有的，就是一定会到来的，所虑者到了那时，就成了那时的“现在”。然而人们也不必这样悲观，只要“那时的现在”比“现在的现在”好一点，就很好了，这就是进步。

这些空想，也无法证明一定是空想，所以也可以算是人生的一种慰安，正如信徒的上帝。你好像常在看我的作品，但我的作品，太黑暗了，因为我常觉得惟“黑暗与虚无”乃是“实有”，却偏要向这些作绝望的抗战，所以很多着偏激的声音。其实这或者是年龄和经历的关系，也许未必一定的确的，因为我终于不能证实：惟黑暗与虚无乃是实有。所以我想，在青年，须是有不平而不悲观，常抗战而亦自卫，倘荆棘非践不可，固然不得不践，但若无须必践，即不必随便去践，这就是我之所以主张“壕堑战”的原因，其实也无非想多留下几个战士，以得更多的战绩。

子路先生确是勇士，但他因为“吾闻君子死冠不免”，于是“结缨而死”[③]，则我总觉得有点迂。掉了一顶帽子，又有何妨呢，却看得这么郑重，实在是上了仲尼先生的当了。

是人生的一種慰安，正如信徒的上帝。你好像常在看我的作品，但我的作品，太黑暗了，因為我常覺得惟「黑暗與虛無」乃是「實有」，卻偏要向這些作絕望的抗戰，所以很多着偏激的聲音。其實這或者是年齡和經歷的關係，也許未必一定的確的，因為我終于不能證實：惟黑暗與虛無乃是實有。所以我想，在青年，須是有不平而不悲觀，常抗戰而亦自衛，倘荊棘非踐不可，固然不得不踐，但若無須必踐，即不必隨便去踐，這就是我之所以主張「壕塹戰」的原因，其實也無非想多留下幾個戰士，以得更多的戰績。

子路先生確是勇士，但他因為「吾聞君子死冠不免」，于是「結纓而死」，則我總覺得有點迂。掉了一頂帽子，又有何妨呢，卻看得這麼鄭重，實在是上了仲尼先生的當了。仲尼先生自己「厄于陳蔡」，卻並不餓死，真是滑得可觀。子路先生倘若不信他的胡說，披頭散髮的戰起來，也許不至于死的罷。但這種散髮的戰法，也就是屬于我所謂「壕塹戰」的。

時候不早了，就此結束了。

魯迅。

三月十八日。

仲尼先生自己“厄于陈蔡”，却并不饿死，真是滑得可观[④]。子路先生倘若不信他的胡说，披头散发的战起来，也许不至于死的罢。但这种散发的战法，也就是属于我所谓“壕堑战”的。

时候不早了，就此结束了。

鲁迅。三月十八日。

---

① 许叔重（约 58 ~ 约 147），名慎，字叔重，东汉时汝南召陵（今河南郾城）人，文字学家，著有《说文解字》十五卷。②《工人绥惠略夫》：中篇小说，俄国阿尔志跋绥夫著。鲁迅于 1920 年 10 月译成中文，曾连载于《小说月报》第十二卷第七、八、九、十一、十二期，1922 年 5 月上海商务印书馆出版单行本。③“结缨而死”：《左传》哀公十五年：卫国蒯聩的党羽“石乞、盂黡敌子路，以戈击之，断缨。子路曰：‘君子死，冠不免’。结缨而死”。④ 仲尼：即孔子（前 551 ~ 前 479），名丘，字仲尼，春秋末期鲁国陬邑（今山东曲阜南）人，儒家学派创始人。“厄于陈蔡”，并见《论语·卫灵公》、《荀子·宥坐》等。又据《墨子·非儒》载：“孔某穷于陈蔡之间，藜羹不糂（糂，以米和羹），十日，子路为享豚，孔某不问肉之所由来而食；褫人衣以沽酒，孔某不问酒之所由来而饮。哀公迎孔某，席不端弗坐，割不正弗食，子路进请曰：‘何其与陈蔡反也’？”

[第3封] 将来

广平兄：

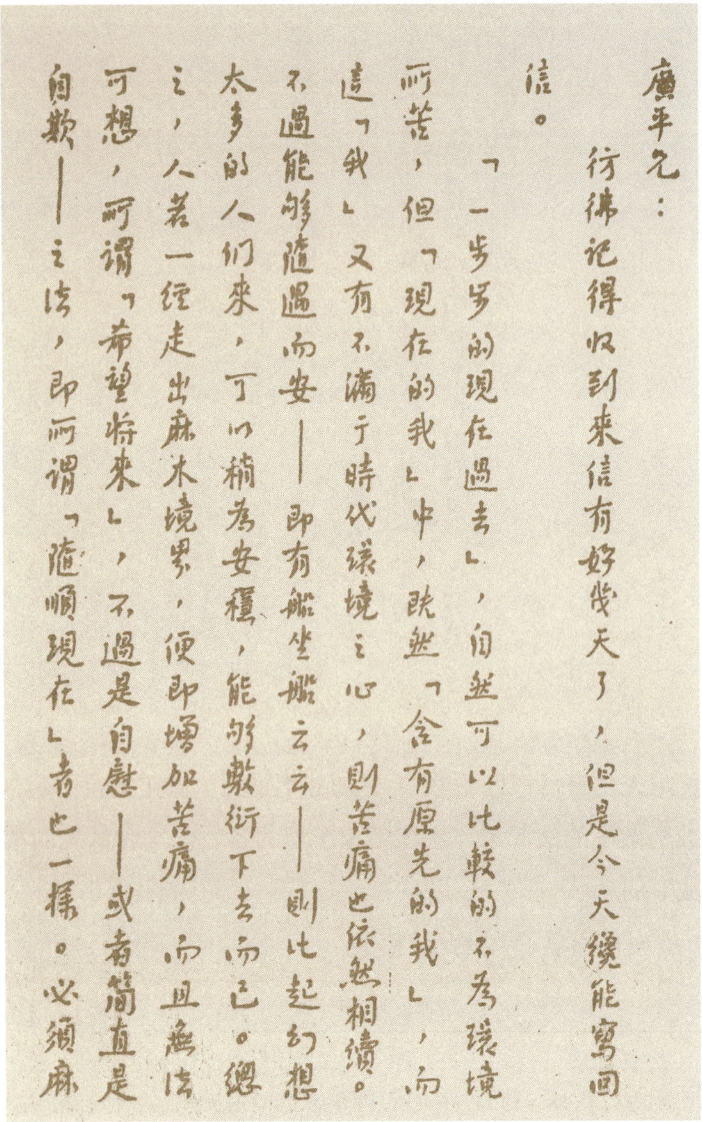
廣平兄：

彷彿記得收到來信有好幾天了，但是今天纔能寫回信。

「一步步的現在過去」，自然可以比較的不為環境所苦，但「現在的我」中，既然「含有原先的我」，而這「我」又有不滿于時代環境之心，則苦痛也依然相續。不過能夠隨遇而安——即有船坐船云云——則比起幻想太多的人們來，可以稍為安穩，能夠敷衍下去而已。總之，人若一經走出麻木境界，便即增加苦痛，而且無法可想，所謂「希望將來」，不過是自慰——或者簡直是自欺——之法，即所謂「隨順現在」者也一樣。必須麻

仿佛记得收到来信有好几天了，但是今天才能写回信。

“一步步的现在过去”，自然可以比较的不为环境所苦，但“现在的我”中，既然“含有原先的我”，而这“我”又有不满于时代环境之心，则苦痛也依然相续。不过能够随遇而安——即有船坐船云云——则比起幻想太多的人们来，可以稍为安稳，能够敷衍下去而已。总之，人若一经走出麻木境界，便即增加苦痛，而且无法可想，所谓“希望将来”，不过是自慰——或者简直是自欺——之法，即所谓“随顺现在”者也一样。必须麻木到不想“将来”也不知“现在”，这才和中国的时代环境相合，但一有知识，就不能再回到这地步去了。也只好如我前信所说，“有不平而不悲观”，也即来信之所谓“养精蓄锐以待及锋而试”罢。

来信所说“时代的落伍者”的定义，是不对的。时代环境全都迁流，并且进步，而个人始终如故，毫无长进，这才谓之“落伍者”。倘若对于时代环境，怀着不满，要它更好，

待较好时，又要它更更好，即不当有“落伍者”之称。因为世界上改革者的动机，大抵就是这对于时代环境的不满的缘故。

这回的教育次长[①]的下台，我以为似乎是他自己的失策，否则，不至于此的。至于妨碍《民国日报》，乃是北京官场的老手段，实在可笑。停止一种报章，他们的天下便即太平么？这种漆黑的染缸不打破，中国即无希望，但正在准备毁坏者，目下也仿佛有人，只可惜数目太少。然而既然已有，即可望多起来，一多，可就好玩了——但是这自然还在将来，现在呢，只是准备。

我如果有所知道，当然不至于不说的，但这种满纸是“将来”和“准备”的“指教”，其实不过是空言，恐怕于“小鬼”也无甚益处。至于时间，那倒不要紧的，因为我即使不写信，也并不做着什么了不得的事。

鲁迅。三月二十三日。

① 指马叙伦（1884 ~ 1970），浙江杭县人。当时任北洋政府教育部次长。

［第4封］民元

广平兄：

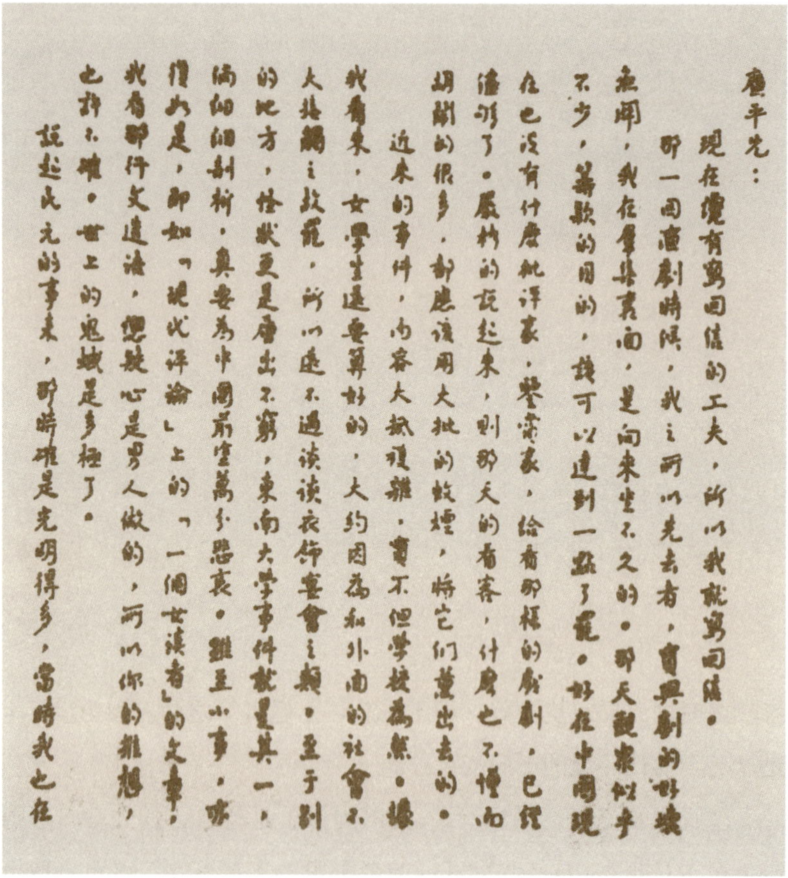

廣平兄：

現在纔有寫回信的工夫，所以我就寫回信。

那一回演劇時候，我之所以先去者，實與劇的好壞無關，我在羣集裏面，是向來坐不久的。那天觀衆似乎不少，籌款的目的，該可以達到一點了罷。好在中國現在也沒有什麽批評家，鑒賞家，給看那樣的戲劇，已經儘夠了。嚴格的說起來，則那天的看客，什麽也不懂而胡鬧的很多，都應該用大批的蚊煙，將它們薰出去的。

近來的事件，內容大抵複雜，實不但學校爲然。據我看來，女學生還要算好的，大約因爲和外面的社會不大接觸之故罷，所以還不過談談衣飾宴會之類。至于別的地方，怪狀更是層出不窮，東南大學事件就是其一，倘細細剖析，真要爲中國前途萬分悲哀。雖至小事，亦復如是，即如「現代評論」上的「一個女讀者」的文章，我看那行文造語，總疑心是男人做的，所以你的推想，也許不確。世上的鬼蜮是多極了。

說起民元的事來，那時確是光明得多，當時我也在

现在才有写回信的工夫，所以我就写回信。

那一回演剧时候[①]，我之所以先去者，实与剧的好坏无关，我在群集里面，是向来坐不久的。那天观众似乎不少，筹款的目的，该可以达到一点了罢。好在中国现在也没有什么批评家，鉴赏家，给看那样的戏剧，已经尽够了。严格的说起来，则那天的看客，什么也不懂而胡闹的很多，都应该用大批的蚊烟，将它们熏出去的。

近来的事件，内容大抵复杂，实不但学校为然。据我看来，女学生还要算好的，大约因为和外面的社会不大接触之故罢，所以还不过谈谈衣饰宴会之类。至于别的地方，怪状更是层出不穷，东南大学事件[②]就是其一，倘细细剖析，真要为中国前途万分悲哀。虽至小事，亦复如是，即如《现代评论》上的“一个女读者”的文章，我看那行文造语，总疑心是男人做的，所以你的推想，也许不确。世上的鬼蜮是多极了。

说起民元的事来，那时确是光明得多，当时我也在南京教育部，觉得中国将来很有希望。自然，那时恶劣分子固然也有的，然而他总失败。一到二年二次革命[③]失败之后，即渐渐坏下去，坏而又坏，遂成了现在的情形。其实这也不是新添的坏，乃是涂饰的新漆

剥落已尽，于是旧相又显了出来。使奴才主持家政，那里会有好样子。最初的革命是排满，容易做到的，其次的改革是要国民改革自己的坏根性，于是就不肯了。所以此后最要紧的是改革国民性，否则，无论是专制，是共和，是什么什么，招牌虽换，货色照旧，全不行的。

但说到这类的改革，便是真叫作“无从措手”。不但此也，现在虽只想将“政象”稍稍改善，尚且非常之难。在中国活动的现有两种“主义者”，外表都很新的，但我研究他们的精神，还是旧货，所以我现在无所属，但希望他们自己觉悟，自动的改良而已。例如世界主义者而同志自己先打架，无政府主义者的报馆而用护兵守门，真不知是怎么一回事。土匪也不行，河南的单知道烧抢，东三省的渐趋于保护雅片，总之是抱“发财主义”的居多，梁山泊劫富济贫的事，已成为书本子上的故事了。军队里也不好，排挤之风甚盛，勇敢无私的一定孤立，为敌所乘，同人不救，终至阵亡，而巧滑骑墙，专图地盘者反很得意。我有几个学生在军中，倘不同化，怕终不能占得势力，但若同化，则占得势力又于将来何益。一个就在攻惠州[④]，虽闻已胜，而终于没有信来，使我常常苦痛。

我又无拳无勇，真没有法，在手头的只有笔墨，能写这封信一类的不得要领的东西而已。但我总还想对于根深蒂固的所谓旧文明，施行袭击，令其动摇，冀于将来有万一之希望。而且留心看看，居然也有几个不问成败而要战斗的人，虽然意见和我并不尽同，但这是前几年所没有遇到的。我所谓“正在准备破坏者目下也仿佛有人”的人，不过这么一回事。要成联合战线，还在将来。

希望我做一点什么事的人，也颇有几个了，但我自己知道，是不行的。凡做领导的人，一须勇猛，而我看事情太仔细，一仔细，即多疑虑，不易勇往直前；二须不惜用牺牲，而我最不愿使别人做牺牲（这其实还是革命以前的种种事情的刺激的结果），也就不能有大局面。所以，其结果，终于不外乎用空论来发牢骚，印一通书籍杂志。你如果也要发牢骚，请来帮我们，倘曰“马前卒”，则吾岂敢，因为我实无马，坐在人力车上，已经是阔气的时候了。

投稿到报馆里，是碰运气的，一者编辑先生总有些胡涂，二者投稿一多，确也使人头昏眼花。我近来常看稿子，不但没有空闲，而且人也疲乏了，此后想不再给人看，但除了几个熟识的人们。你投稿虽不写什么“女士”，我写信也改称为“兄”，但看那文章，总带些女性。我虽然没有细研究过，但大略看来，似乎“女士”的说话的句子排列法，就与“男士”不同，所以写在纸上，一见可辨。

我又無拳無勇，真沒有法，在手頭的只有筆墨，能寫這封信一類的不得要領的東西而已。但我總還想對于根深蒂固的所謂舊文明，施行襲擊，令其動搖，冀于將來有萬一之希望。而且留心看看，居然也有幾個不問成敗而要戰鬬的人，雖然意見和我並不盡同，但這是前幾年所沒有遇到的。我所謂「正在準備破壞者目下也彷彿有人」的人，不過這麽一回事。要成聯合戰線，還在將來。

希望我做一點什麽事的人，也頗有幾個了，但我自己知道，是不行的。凡做領導的人，一須勇猛，而我看事情太仔細，一仔細，即多疑慮，不易勇往直前；二須不惜用犧牲，而我最不願使別人做犧牲（這其實還是革

但我研究他們的精神，還是舊貨，所以我現在無所屬，但希望他們自己覺悟，自動的改良而已。例如世界主義者而同志自己先打架，無政府主義者的報館而用護兵守門，真不知是怎麽一回事。土匪也不行，河南的單知道燒搶，東三省的漸趨于保護雅片，總之是抱「發財主義」的居多，梁山泊劫富濟貧的事，已成為書本子上的故事了。軍隊裏也不好，排擠之風甚盛，勇敢無私的一定孤立，為敵所乘，同人不救，終至陣亡，而巧滑騎牆，專圖地盤者反很得意。我有幾個學生在軍中，倘不同化，怕終于不能佔得勢力，但若同化，則佔得勢力又于將來何益。一個就在攻惠州，雖聞已勝，而終于沒有信來，使我常常苦痛。

命以前的種種事情的刺激的結果），也就不能有大局面。所以，其結果，終于不外乎用空論來發牢騷，印一通書籍雜誌。你如果也要發牢騷，請來幫我們，倘曰「馬前卒」，則吾豈敢，因為我實無馬，坐在人力車上，已經是闊氣的時候了。

投稿到報館裏，是碰運氣的，一者編輯先生總有些胡塗，二者投稿一多，確也使人頭昏眼花。我近來常看稿子，不但沒有空閑，而且人也疲乏了，此後想不再給人看，但除了幾個熟識的人們。你投稿雖不寫什麼「女士」，我寫信也改稱為「兄」，但看那文章，總帶些女性。我雖然沒有細研究過，但大略看來，似乎「女士」的說話的句子排列法，就與「男士」不同，所以寫在紙上，一見可辨。

北京的印刷品現在雖然比先前多，但好的卻少。「猛進」很勇，而論一時的政象的文字太多。「現代評論」的作者固然多是名人，看去卻很顯得灰色。「語絲」雖總想有反抗精神，而時時有疲勞的顏色，大約因為看得中國的內情太清楚，所以不免有些失望之故罷。由此可知見事太明，做事即失其勇，莊子所謂「察見淵魚者不祥」，蓋不獨謂將為衆所忌，且于自己的前進亦復大有妨礙也。我現在還要找尋生力軍，加多破壞論者。

魯迅。
三月三十一日。

北京的印刷品现在虽然比先前多，但好的却少。《猛进》⑤很勇，而论一时的政象的文字太多。《现代评论》的作者固然多是名人，看去却很显得灰色，《语丝》⑥虽总想有反抗精神，而时时有疲劳的颜色，大约因为看得中国的内情太清楚，所以不免有些失望之故罢。由此可知见事太明，做事即失其勇，庄子所谓“察见渊鱼者不祥”⑦，盖不独谓将为众所忌，且于自己的前进亦复大有妨碍也。我现在还要找寻生力军，加多破坏论者。

鲁迅。三月三十一日。

① 指 1925 年 3 月 25 日北京女师大哲教系演出的《爱情与世仇》。② 东南大学事件：1925 年 1 月初，北洋政府教育部将当时东南大学校长郭秉文免职，命胡敦复继任，该校即出现拥郭和拥胡两派，3 月 9 日胡到校就职，有学生数十人拥至校长办公室，以墨水瓶掷伤胡头部，胁迫他发表永不就任东大校长的书面声明，由此酿成风潮。③ 二次革命：指 1913 年 7 月孙中山领导的反对袁世凯独裁统治的战争。因对 19 11 年辛亥革命而言，故称“二次革命”。④ 当时广东军阀陈炯明盘踞惠州和潮、汕一带，与广东革命政府相对抗。1925 年 2 月初，广东政府革命军第一次东征，3 月中旬击溃陈炯明部主力。这里所说“一个就在攻惠州”，指李秉中。他原为北京大学学生，1924 年冬入黄埔军校，曾参加攻惠州的战役。⑤《猛进》：政论性周刊，徐炳昶主编，1925 年 3 月 6 日在北京创刊，次年 3 月 19 日出至第五十三期停刊。⑥《语丝》：文艺性周刊，最初由孙伏园等编辑，1924 年 11 月 17 日在北京创刊。1927 年 10 月被奉系军阀张作霖查禁，同年 12 月自第四卷起在上海复刊，1930 年 3 月 10 日出至第五卷第五十二期停刊，共出二百六十期。鲁迅是它的主要撰稿人和支持者之一，并于 1927 年 12 月至次年 11 月编辑该刊。⑦ “察见渊鱼者不祥”：语出《列子·说符》：“周谚有言，察见渊鱼者不祥，智料隐匿者有殃。”

［第 5 封］演剧

广平兄：

我先前收到五个人署名[①]的印刷品，知道学校里又有些事情，但并未收到薛先生的宣言，只能从学生方面的信中，猜测一点。我的习性不大好，每不肯相信表面上的事情，所以我疑心薛先生辞职的意思，恐怕还在先，现在不过借题发挥，自以为去得格外好看。其实“声势汹汹”的罪状，未免太不切实，即使如此，也没有辞职的必要的。如果自己要辞职而必须牵连几个学生，我觉得办法有些恶劣。但我究竟不明白内中的情形，要之，那普通所想得到的，总无非是“用阴谋”与“装死”，学生都不易应付的。现在已没有中庸之法，如果他的所谓罪状，不过是“声势汹汹”，则殊不足以制人死命，有那一回反驳的信，已经可以了。此后只能平心静气，再看后来，随时用质直的方法对付。

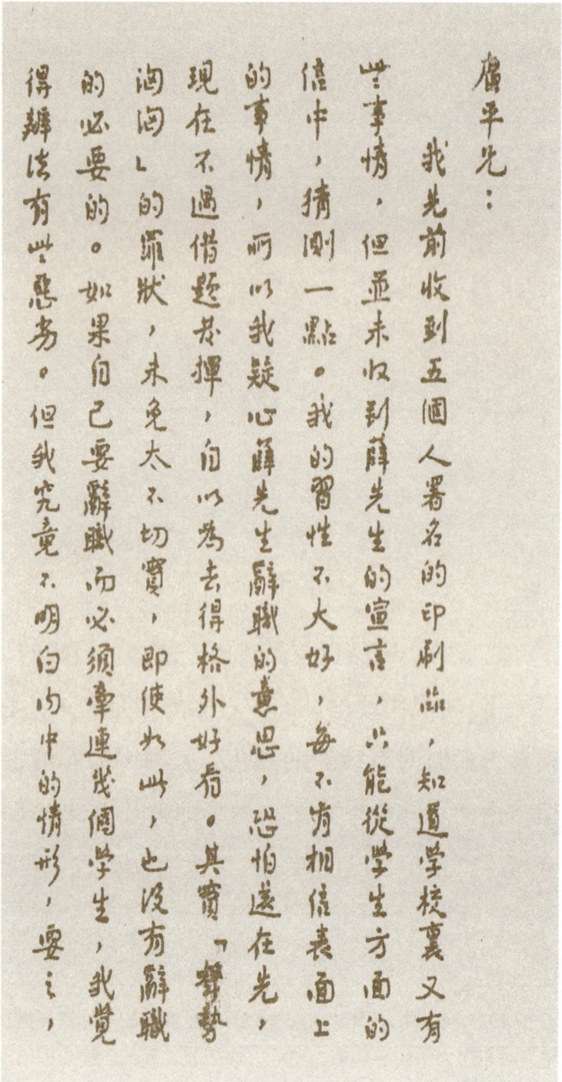
廣平兄：
我先前收到五個人署名的印刷品，知道學校裏又有些事情，但並未收到薛先生的宣言，只能從學生方面的信中，猜測一點。我的習性不大好，每不肯相信表面上的事情，所以我疑心薛先生辭職的意思，恐怕還在先，現在不過借題發揮，自以為去得格外好看。其實「聲勢洶洶」的罪狀，未免太不切實，即使如此，也沒有辭職的必要的。如果自己要辭職而必須牽連幾個學生，我覺得辦法有些惡劣。但我究竟不明白內中的情形，要之，

这回演剧，每人分到二十余元，我以为结果并不算坏，前年世界语学校[②]演剧筹款，却赔了几十元。但这几个钱，自然不够旅行，要旅行只好到天津。其实现在也何必旅行，江浙的教育，表面上虽说发达，内情何尝佳，只要看母校，即可以推知其他一切。不如买点心，一日吃一元，反有实益。

大同的世界，怕一时未必到来，即使到来，像中国现在似的民族，也一定在大同的门外。所以我想，无论如何，总要改革才好。但改革最快的还是火与剑，孙中山奔波一世，

而中国还是如此者，最大原因还在他没有党军，因此不能不迁就有武力的别人。近几年似乎他们也觉悟了，开起军官学校[3]来，惜已太晚。中国国民性的堕落，我觉得并不是因为顾家，他们也未尝为“家”设想。最大的病根，是眼光不远，加以“卑怯”与“贪婪”，但这是历久养成的，一时不容易去掉。我对于攻打这些病根的工作，倘有可为，现在还不想放手，但即使有效，也恐很迟，我自己看不见了。由我想来——这只是如此感到，说不出理由——目下的压制和黑暗还要增加，但因此也许可以发生较激烈的反抗与不平的新分子，

那普通所想得到的，總無非是「用陰謀」與「裝死」，學生都不易應付的。現在已沒有中庸之法，如果他的所謂罪狀，不過是「聲勢洶洶」，則殊不足以制人死命，有那一回反駁的信，已經可以了。此後只能平心靜氣，再看後來，隨時用質直的方法對付。

這回演劇，每人分到二十餘元，我以為結果並不算壞，前年世界語學校演劇籌款，卻賠了幾十元。但這幾個錢，自然不夠旅行，要旅行只好到天津。其實現在也何必旅行，江浙的教育，表面上雖說發達，而內情何嘗佳，只要看母校，即可以推知其他一切。不如買點心，一日吃一元，反有實益。

大同的世界，怕一時未必到來，即使到來，像中國現在的民族，也一定在大同的門外。所以我想，無論如何，總要改革纔好。但改革最快的還是火與劍，孫中山奔波一世，而中國還是如此者，最大原因還在他沒有黨軍，因此不能不遷就有武力的別人。近幾年似乎他們也覺悟了，開起軍官學校來，惜已太晚。中國國民性的墮落，我覺得並不是因為顧家，他們也未嘗為「家」設想。最大的病根，是眼光不遠，加以「卑怯」與「貪婪」，但這是歷久養成的，一時不容易去掉。我對於攻打這些病根的工作，倘有可為，現在還不想放手，但即使有效，也恐很遲，我自己看不見了。由我想來——這只是如此感到，說不出理由——目下的壓制和黑暗還要增加，但因此也許可以發生較激烈的反抗與不平的新分子，為將來的新的變動的萌蘖。

「關起門來長吁短歎」，自然是太氣悶了，現在我想先對於思想習慣加以明白的攻擊，先前我只攻擊舊黨，現在我還要攻擊青年。但政府似乎已在張起壓制言論的網來，那麼，又須準備「鑽網」的法子——這是各國鼓吹改革的人們照例要遇到的。我現在還在尋有反抗和攻擊的筆的人們，再多幾個，就來「試他一試」，但那效果，仍然還在不可知之數，恐怕也不過聊以自慰而已。所以一面又覺得無聊，又疑心自己有些暮氣，「小鬼」年青，當然是有銳氣的，可有更好，更有聊的法子麼？

我所謂「女性」的文章，倒不專在「嗚呼呀喲……」之多，就是在抒情文，則多用好看字樣，多講風景，多懷

为将来的新的变动的萌蘖。

“关起门来长吁短叹”，自然是太气闷了，现在我想先对于思想习惯加以明白的攻击，先前我只攻击旧党，现在我还要攻击青年。但政府似乎已在张起压制言论的网来，那么，又须准备“钻网”的法子——这是各国鼓吹改革的人们照例要遇到的。我现在还在寻有反抗和攻击的笔的人们，再多几个，就来“试他一试”④，但那效果，仍然还在不可知之数，恐怕也不过聊以自慰而已。所以一面又觉得无聊，又疑心自己有些暮气，“小鬼”年青，当然是有锐气的，可有更好，更有聊的法子么？

我所谓“女性”的文章，倒不专在“唉，呀，哟……”之多，就是在抒情文，则多用好看字样，多讲风景，多怀家庭，见秋花而心伤，对明月而泪下之类。一到辩论之文，尤易看出特别。即历举对手之语，从头至尾，逐一驳去，虽然犀利，而不沉重，且罕有正对“论敌”之要害，仅以一击给与致命的重伤者。总之是只有小毒而无剧毒，好作长文而不善于短文。

《猛进》昨已送上五期，想已收到，此后如不被禁止，我当寄上，因为我这里有好几份。

鲁迅。四月八日。

家庭，見秋花而心傷，對明月而淚下之類。一到辯論之文，尤易看出特別。即歷舉對手之語，從頭至尾，一一駁去，雖然犀利，而不沉重，且罕有正對「論敵」之要害，僅以一擊給與致命的重傷者。總之是只有小毒而無劇毒，好作長文而不善于短文。

「猛進」昨已送上五期，想已收到，此後如不被禁止，我當寄上，因為我這里有好幾份。

魯迅。

四月八日。

萬璞女士的舉動似乎不很好：聽說她辦報章時，到加拉罕那里去募捐，說如果不給，她就要對于俄國說壞話云云。

□□女士[5]的举动似乎不很好：听说她办报章时，到加拉罕[6]那里去募捐，说如果不给，她就要对于俄国说坏话云云。

---

① 指浏河镇、姜伯谛、许广平、孙觉民、金涵清联名发表的《致女师大学生函》，对女师大教务长薛燮元进行驳斥。② 世界语学校：即北京世界语专门学校，1923 年创办。鲁迅曾在该校讲授小说史并任校董。③ 军官学校：指黄埔军官学校。是孙中山在国民党改组后创立的陆军军官学校，校址在广州黄埔。1924 年 6 月正式开学，1927 年国民党发动“四一二”反共政变前，它是国共合作的学校，周恩来、叶剑英、恽代英、萧楚女等共产党人曾在该校任职。④“试他一试”：原为胡适的话。1925 年 1 月，段祺瑞召开所谓善后会议前，胡适在复该会筹备主任许世英信中说：“我这回对于善后会议虽然有许多怀疑之点，却也愿意试他一试。”⑤ □□女士：原信作万璞女士。⑥ 加拉罕（Л.М.КарахаН，1889~1937），苏联外交官，曾任苏俄副外交人民委员，1923 年来华，任驻华使团团长，次年为苏联首任驻华大使，1926 年回国。后被控从事间谍和暗杀活动遭处决。

[第 6 封] 意见

广平兄：

有许多话，那天本可以口头答复，但我这里从早到夜，总有几个各样的客在坐，所以只能论到天气之好坏，风之大小。因为虽是平常的话，但偶然听了一段，也容易莫名其妙，由此造出谣言，所以还不如仍旧写回信。

学校的事[1]，也许暂时要不死不活罢。昨天听人说，章太太[2]不来，另荐了两个人。一个也不来，一个是不去请。还有□太太却很想做，而当局似乎不敢请教。听说评议会[3]的挽留倒不算什么，而问题却在不能得人。当局定要在“太太类”中选择，固然也过于拘执，但别的一时可也没有，此实不死不活之大原因也。后事如何，且听下回分解可耳。

来信所说的意见，我实在也无法说一定是错的，但是不赞成，一是由于全局的估计，二是由于自己的偏见。第一，这不是少数人所能做，而这类人现在很不多，即或有之，更不该轻易用去；还有，是纵使有一两回类此的事件，实不足以震动国民，他们还很麻木，至于坏种，则警备极严，也未必就肯洗心革面；还有，是此事容易引起坏影响，例如民二，袁世凯也用这方法了，革命者所用的多青年，而他的乃是用钱雇来的奴子，试一衡量，还是这一面吃亏。但这时革命者们之间，也曾用过雇工以自相残杀，于是此道乃更堕落。现在即使复活，我以为虽然可以快一时之意，而与大局是无关的。第二，我的脾气是如此的，自己没有做的事，就不大赞成。我有时也能辣手评文，也尝煽动青年冒险，但有

廣平兄：

有许多話，那天本可以口頭答覆，但我這里從早到夜，總有幾個各樣的客在坐，所以只能談天氣之好壞，風之大小。因為雖是平常的話，但偶然聽了一段，也容易莫名其妙，由此造出謠言，所以還不如仍舊寫回信。

學校的事，也許暫時要不死不活罷。昨天聽人說，章太太不來，另薦了兩個人，一個也不來，一個是不去請。還有□太太却很想做，而當局似乎不敢請教。聽說評議會的挽留倒不算什麼，而問題却在不能得人。當局定要在「太太類」中選擇，固然也過于拘執，但別的一時可也沒有，此實不死不活之大原因也。後事如何，且聽下回分解可耳。

來信所說的意見，我實在也無法說一定是錯的，但是不贊成，一是由于全局的估計，二是由于自己的偏見。第一，這不是少數人所能做，而這數人現在很不多，即

相识的人，我就不能评他的文章，怕见他的冒险，明知道这是自相矛盾的，也就是做不出什么事情来的死症，然而终于无法改良，奈何不得——姑且由他去罢。

“无处不是苦闷，苦闷（此下还有四个和……）”，我觉得“小鬼”的“苦闷”的原因是在“性急”。在进取的国民中，性急是好的，但生在麻木如中国的地方，却容易吃亏，纵使如何牺牲，也无非毁灭自己，于国度没有影响。我记得先前在学校演说[4]时候也曾说过，要治这麻木状态的国度，只有一法，就是“韧”，也就是“锲而不舍”[5]。逐渐的做一点，总不肯休，不至比“踔厉风发”[6]无效的。但其间自然免不了“苦闷，苦闷（此下还有四个并……）”，可是只好便与这“苦闷……”反抗。这虽然近于劝人耐心做奴隶，而其

实很不同，甘心乐意的奴隶是无望的，但若怀着不平，总可以逐渐做些有效的事。

我有时以为“宣传”是无效的，但细想起来，也不尽然。革命之前，第一个牺牲者，我记得是史坚如⑦，现在人们都不大知道了，在广东一定是记得的人较多罢，此后接连的有好几人，而爆发却在湖北，还是宣传的功劳。当时和袁世凯妥协，种下病根，其实却还是党人实力没有充实之故。所以鉴于前车，则此后的第一要图，还在充足实力，此外各种言动，只能稍作辅佐而已。

文章的看法，也是因人不同的，我因为自己好作短文，好用反语，每遇辩论，辄不管三七二十一，就迎头一击，所以每见和我的办法不同者便以为缺点。其实畅达也自有畅达的好处，正不必故意减缩（但繁冗则自应删削），例如玄同⑧之文，即颇汪洋，而少含蓄，使读者览之了然，无所疑惑，故于表白意见，反为相宜，效力亦复很大。我的东西却常招误解，有时竟大出于意料之外，可见意在简练，稍一不慎，即易流于晦涩，而其弊有不可究诘者焉（不可究诘四字颇有语病，但一时想不出适当之字，姑仍之，意但云“其弊颇大”耳）。

前天仿佛听说《猛进》终于没有定妥，后来因为别的话岔开，不说下

或有之，更不該輕易用去；還有，是縱使有一兩回類此
的事件，實不足以震動國民，他們還很麻木，至于壞種，
則警備極嚴，也未必就肯洗心革面；還有，是此事容易
引起壞影響，例如民二，袁世凱也用這方法了，革命者
所用的多青年，而他的乃是用錢雇來的奴子，試一衡量，
還是這一面吃虧。但這時革命者們之間，也曾用過雇工
以自相殘殺，于是此道乃更墮落。現在即使復活，我以
為雖然可以快一時之意，而與大局是無關的。第二，我
的脾氣是如此的，自己沒有做的事，就不大贊成。我有
時也能辣手評文，也嘗煽動青年冒險，但有相識的人，
我就不能評他的文章，怕見他的冒險，明知道這是自相
矛盾的，也就是做不出什麼事情來的死症，然而終于無

法改良，奈何不得——姑且由他去罷。
「無處不是苦悶，苦悶（此下還有四個和……）」，
我覺得「小鬼」的「苦悶」的原因是在「性急」。在進
取的國民中，性急是好的，但生在麻木如中國的地方，
卻容易吃虧，縱使如何犧牲，也無毀滅自己，于國度沒
有影響。我記得先前在學校演說時候也曾說過，要治這
麻木狀態的國度，只有一法，就是「韌」，也就是「鍥
而不舍」。逐漸的做一點，總不肯休，不至比「踔厲風
發」無效的。但其間自然免不了「苦悶，苦悶（此下還
有四個字……）」，可是只好便與這「苦悶……」反抗。
這雖然近于勸人耐心做奴隸，而其實很不同，甘心樂意
的奴隸是無望的，但若懷着不平，總可以逐漸做些有效

的事。

我有時以為「宣傳」是無效的，但細想起來，也不盡然。革命之前，第一個犧牲者，我記得是史堅如，現在人們都不大知道了，在廣東一定是記得的人較多罷，此後接連的有好幾人，而爆發却在湖北，還是宣傳的功勞。當時和袁世凱妥協，種下病根，其實却還是黨人實力沒有充實之故。所以鑒于前車，則此後的第一要圖，還在充足實力，此外各種言動，只能稍作輔佐而已。

文章的看法，也是因人不同的，我因為自己好作短文，好用反語，每遇辯論，輒不管三七二十一，就迎頭一擊，所以每見和我的辦法不同者便以為缺點。其實暢達也自有暢達的好處，正不必故意減縮（但繁冗則自應刪削）。例如玄同之文，即頗汪洋，而少含蓄，使讀者覽之了然，無所疑惑，故于表白意見，反為相宜，效力亦復很大。我的東西却常招誤解，有時竟大出于意料之外，可見意在簡練，稍一不慎，即易流于晦澀，而其弊有不可究詰者焉（不可究詰四字頗有語病，但一時想不出適當之字，姑仍之，意但云「其弊頗大」耳）。

前天仿佛聽說「猛進」終于沒有定妥，後來因為別的話岔開，不說下去了。如未定，便中可見告，當寄上。我雖說忙，其實也不過「口頭禪」，每日常有閒坐及講空話的時候，寫一個信面，尚非大難事也。

魯迅。

四月十四日。

去了。如未定，便中可见告，当寄上。我虽说忙，其实也不过“口头禅”，每日常有闲坐及讲空话的时候，写一个信面，尚非大难事也。

鲁迅。四月十四日。

① 指女师大学生反对校长杨荫榆的风潮。② 章太太：指章士钊妻吴弱男。曾是同盟会会员。③ 评议会：指女师大评议会，是该校的立法机构。据《国立北京女子师范大学组织大纲》规定，该会由校长、教务主任、总务主任及教授代表十人组成，由校长担任议长。当时由杨荫榆主持，其后逐渐分化。④ 在学校演说：指 1923 年 12 月 26 日在北京女子高等师范学校文艺会上的讲演，题为《娜拉走后怎样》，后收入《坟》。⑤ “锲而不舍”：语出《荀子 · 劝学》：“锲而不舍，金石可镂。” ⑥ “踔厉风发”：语出韩愈《柳子厚墓志铭》：“踔厉风发，率常屈其座人。” ⑦ 史坚如（1879 ~ 1900），广东番禺人，清光绪二十六年（1900）孙中山领导的惠州起义军向汕头方面移动时，中途被清军击败。史坚如谋牵制对方的活动，乃潜入广州炸总督衙门，毙官吏二十余人，旋即被捕遇害。⑧ 玄同：钱夏（1887 ~ 1939），字德潜，号中季，后改名玄同，浙江吴兴人，语言文字学家。曾留学日本，后历任北京大学、北京师范大学等校教授；“五四”时期参加新文化运动，为《新青年》编委之一。

[第7封] 周刊

广平兄：

十六和廿日的信都收到了，实在对不起，到现在才一并回答。几天以来，真所谓忙得不堪，除些琐事以外，就是那可笑的“口口周刊”[①]。这一件事，本来还不过一种计划，不料有一个学生对邵飘萍[②]一说，他就登出广告来，并且写得那么夸大可笑。第二天我就代拟了一个别的广告[③]，硬令登载，又不许改动，不料他却又加上了几句无聊的案语。做事遇着隔膜者，真是连小事情也碰头。至于我这一面，则除百来行稿子以外，什么也没

廣平兄：
十六和廿日的信都收到了，實在對不起，到現在纔
一并回答。幾天以來，真所謂忙得不堪，除些瑣事以外，
就是那可笑的「口口週刊」。這一件事，本來還不過一
種計畫，不料有一個學生對邵飄萍一說，他就登出廣告
來，並且寫得那麼誇大可笑。第二天我就代擬了一個別
的廣告，硬令登載，又不許改動，不料他却又加上了幾
句無聊的案語。做事遇着隔膜者，真是連小事情也碰頭。
至于我這一面，則除百來行稿子以外，什麼也沒有，但
既然受了廣告的鞭子的強迫，也不能不跑了，于是催人
去做，自己也做，直到此刻，這纔勉強湊成，而今天就
是交稿的日子。統看全稿，實在不見得高明，你不要那
麼熱望，過于熱望，要更失望的。但我還希望將來能夠
比較的好一點。如有稿子，也望寄來，所論的問題也不
拘大小。你不知定有「京報」否？如無，我可以囑他們
將「莽原」——即所謂「口口週刊」——寄上。
但星期五，你一定在學校先看見「京報」罷。那「莽

原」二字，是一個八歲的孩子寫的，名目也並無意義，與「語絲」相同，可是又彷彿近于「曠野」。投稿的人名都是真的，只有末尾的四個都由我代表，然而將來從文章上恐怕也仍然看得出來，改變文體，實在是不容易的事。這些人裏面，做小說的和能翻譯的居多，而做評論的沒有幾個：這實在是一個大缺點。

薛先生已經復職，自然極好，但來來去去，似乎未免太勞苦一點了。至于今之教育當局，則我不知其人。但看他輓孫中山對聯中之自誇，與對于完全「道不同」之段祺瑞之密切，為人亦可想而知。所聞的歷來的言行，蓋是一大言無實，欺善怕惡之流而已。要之，能在這昏濁的政局中，居然出為高官，清流大約無這種手段。由我看來，王九齡要好得多罷。校長之事，部中毫無所聞，此人之來，以整頓教育自命，或當別有一反從前一切之新法（他是大不滿于今之學風的），但是否又是大言，則不得而知，現在鬼鬼祟祟之人太多，實在無從說起。

我以前做些小說，短評之類，難免描寫，或批評別人，現在不知道怎麼，似乎報應已至，自己忽而變了別人的文章的題目了。張王兩篇，也已看過，未免說得我太好些。我自己覺得並無如此「冷靜」，如此能幹，即如「小鬼」們之光降，在未得十六來信以前，我還未悟到已被「探檢」而去，倘如張君所言，從第一至第三，全是「冷靜」，則該早已看破了。但你們的研究，似亦不甚精細，現在試出一題，加以考試：我所坐的有玻璃

有，但既然受了广告的鞭子的强迫，也不能不跑了，于是催人去做，自己也做，直到此刻，这才勉强凑成，而今天就是交稿的日子。统看全稿，实在不见得高明，你不要那么热望，过于热望，要更失望的。但我还希望将来能够比较的好一点。如有稿子，也望寄来，所论的问题也不拘大小。你不知定有《京报》否？如无，我可以嘱他们将《莽原》——即所谓“口口周刊”——寄上。

但星期五，你一定在学校先看见《京报》罢。那“莽原”二字，是一个八岁的孩子写的，名目也并无意义，与《语丝》相同，可是又仿佛近于“旷野”。投稿的人名都是真的，只有末尾的四个都由我代表，然而将来从文章上恐怕也仍然看得出来，改变文体，实在是不容易的事。这些人里面，做小说的和能翻译的居多，而做评论的没有几个：这实在是一个大缺点。

薛先生已经复职，自然极好，但来来去去，似乎未免太劳苦一点了。至于今之教育当局，则我不知其人。但看他挽孙中山对联[4]中之自夸，与对于完全“道不同”[5]之段祺瑞[6]之密切，为人亦可想而知。所闻的历来的言行，盖是一大言无实，欺善怕恶之流而已。要之，能在这昏浊的政局中，居然出为高官，清流大约无这种手段。由我看来，王九龄要好得多罢。校长之事，部中毫无所闻，此人之来，以整顿教育[7]自命，或当别有一反从前

一切之新法（他是大不满于今之学风的），但是否又是大言，则不得而知，现在鬼鬼祟祟之人太多，实在无从说起。

我以前做些小说、短评之类，难免描写，或批评别人，现在不知道怎么，似乎报应已至，自己忽而变了别人的文章的题目了。张王两篇，也已看过，未免说得我太好些。我自己觉得并无如此“冷静”[8]，如此能干，即如“小鬼”们之光降，在未得十六来信以前，我还未悟到已被“探检”而去，倘如张君所言，从第一至第三，全是“冷静”，则该早已看破了。但你们的研究，似亦不甚精细，现在试出一题，加以考试：我所坐的有玻璃窗的房子的屋顶，是什么样子的？后园已经到过，应该可以看见这个，仰即答复可也！

星期一的比赛“韧性”，我确又失败了，但究竟抵抗了一点钟，成绩还可以在六十分以上。可惜众寡不敌，终被逼上午门[9]，此后则遁入公园，避去近于“带队”之厄。我常想带兵抢劫，固然无可讳言，但若一变而为带女学生游历，则未免变得离题太远，先前之

窗的房子的屋頂，是什麽樣子的？後園已經到過，應該
可以看見這個，仰即答覆可也！
星期一的比賽「韌性」，我確又失敗了，但究竟抵
抗了一點鐘，成績還可以在六十分以上。可惜衆寡不敵，
終被逼上午门，此後則遁入公園，避去近于「帶隊」之厄。
我常想帶兵搶劫，固然無可諱言，但若一變而為帶女學
生游歷，則未免變得離題太遠，先前之逃來逃去者，非
怕「離為」「出軌」等等，其實不過是逃脫領隊而已。
琴心問題，現在總算明白了。先前，有人說是歐陽
蘭，有人說是陸晶清，而孫伏園堅謂俱不然，乃是一個
新出臺的女作者。蓋投稿非其自寫，所以是另一樣筆迹，
伏園以善認筆迹自負，豈料反而上當。二則所用的紅信

逃来逃去者，非怕“难为”“出轨”等等，其实不过是逃脱领队而已。

琴心问题[10]，现在总算明白了。先前，有人说是司空蕙，有人说是陆晶清[11]，而孙伏园[12]坚谓俱不然，乃是一个新出台的女作者。盖投稿非其自写，所以是另一样笔迹，伏园以善认笔迹自负，岂料反而上当。二则所用的红信封绿信纸，早将伏园善识笔迹之眼睛吓昏，遂愈加疑不到司空蕙身上去了。加以所作诗文，也太近于女性。今看他署着真名之文，也是一样色彩，本该容易识破，但他人谁会想到他为了争一点无聊的名声，竟肯如此钩心斗角，无所不至呢。他的“横扫千人”的大作，今天在《京报副刊》上似乎也露一点端倪了，[13]所扫的一个是批评廖仲潜小说的芳子，但我现在疑心芳子就是廖仲潜，实无其人，和琴心一样的。第二个是向培良[14]，则识力比他坚实得多，琴心的扫帚，未免太软弱一点。但培良已往河南去办报，不会有答复的了，这实在可惜，使我们少看见许多痛快的议论。

封綠信紙，早將伏園善識筆迹之眼睛嚇昏，遂愈加疑不到歐陽蘭身上去了。加以所作詩文，也太近于女性。今看他署着真名之文，也是一樣色彩，本該容易識破，但他人誰會想到他為了爭一點無聊的名聲，竟肯如此鉤心鬪角，無所不至呢。他的「橫掃千人」的大作，今天在「京報副刊」上似乎也露一點端倪了，所掃的一個是批評廖仲潛小說的芳子，但我現在疑心芳子也就是廖仲潛，實無其人，和琴心一樣的。第二個是向培良，則識力比他堅實得多，琴心的掃帚，未免太軟弱一點。但培良已往河南去辦報，不會有答復的了，這實在可惜，使我們少看見許多痛快的議論。

「民國公報」的實情，我不知道，待探聽了再回答

《民国公报》的实情，我不知道，待探听了再回答罢。普通所谓考试编辑，多是一种

手段，大抵因为荐条太多，无法应付，便来装作这一种门面，故作秉公选用之状，以免荐送者见怪，其实却是早已暗暗定好，别的应试者不过陪他变一场戏法罢了。但《民国公报》是否也这样，却尚难决（我看十之九也这样），总之，先去打听一回罢。我的意见，以为做编辑是不会有什么进步的，我近来常与周刊之类相关，弄得看书和休息的工夫也没有了，因为选用的稿子，也常须动笔改削，倘若任其自然，又怕闹出笑话来。还是“人之患”较为从容，即使有时逼上午门，也不过费两三个钟头而已。

鲁迅。四月二十二日夜。

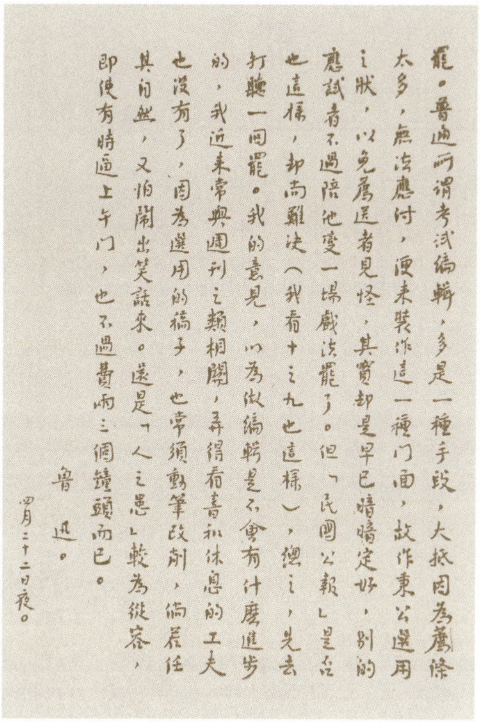
罷。普通所謂考試編輯，多是一種手段，大抵因為薦條太多，無法應付，便來裝作這一種门面，故作秉公選用之狀，以免薦送者見怪，其實却是早已暗暗定好，别的應試者不過陪他變一場戲法罷了。但「民國公報」是否也這樣，却尚難決（我看十之九也這樣），總之，先去打聽一回罷。我的意見，以為做編輯是不會有什麽進步的，我近來常與週刊之類相關，弄得看書和休息的工夫也沒有了，因為選用的稿子，也常須動筆改削，倘若任其自然，又怕鬧出笑話來。還是「人之患」較為從容，即使有時逼上午门，也不過費兩三個鐘頭而已。

魯迅。

四月二十二日夜。

① “□□周刊”：指《莽原》周刊。1925 年 4 月 20 日《京报》刊登广告说：“思想界的一个重要消息：如何改造青年的思想？请自本星期五起快读鲁迅先生主撰的《□□》周刊，详情明日宣布。本社特白。”② 邵飘萍（1886 ~ 1926），原名振青，浙江东阳人。早年留学日本，曾任《申报》、《时事新报》、《时报》主笔，1918 年 10 月 5 日在北京创办《京报》。1926 年三·一八惨案后因支持群众的反帝反军阀斗争，4 月 26 日被奉系军阀以“宣传赤化”的罪名杀害。他曾在 1925 年 4 月 20 日《京报》刊登广告说：“思想界的一个重要消息：如何改造青年的思想？请自本星期五起快读鲁迅先生主撰的《口口》周刊，详情明日宣布。本社特白。”③ 指《<莽原>出版预告》，载 1925 年 4 月 21 日《京报》，现编人《集外集拾遗补编》。邵飘萍在文末加的案语说：“上广告中有一二语带滑稽，因系原样，本报记者不便僭易，读者勿以辞害志可也。”④ 挽孙中山对联：指章士钊挽孙中山的对联：“景行有二十余年，著录纪兴中，掩迹郑洪题字大；立义以三五为号，生平无党籍，追怀蜀洛泪痕多。”按郑、洪指郑成功和洪秀全；三五，指三民主义和五权宪法；蜀、洛，指北宋时期以苏轼为首的蜀党和以程颐为首的洛党。⑤“道不同”：语出《论语·卫灵公》：“道不同，不相为谋。”⑥ 段祺瑞（1865 ~ 1936），字芝泉，安徽合肥人，北洋军阀皖系首领。1924 ~ 1926 年任临时执政府执政。⑦ 整顿教育：1925 年 4 月 25 日《京报》以“章教长整顿教育”为题，报道章士钊兼署教育总长后，拟有“整顿教育”办法三条：（一）对学生严格考试；（二）对教员限制授课钟点；（三）组织统一清理积欠委员会管理经费。⑧“冷静”：张定璜在连载于《现代评论》第一卷第七、八两期（1925 年 1 月 24、31 日）的《鲁迅先生》一文中，说鲁迅有“三个特色……第一个，冷静，第二个，还是冷静，第三个，还是冷静”。⑨ 逼上午门：1925 年 4 月 20 日，许广平所在班的学生跟鲁迅淘气，强迫他停课带学生参观位于午门的历史博物馆。⑩ 指欧阳兰抄袭事件。⑪ 陆晶清（1907 ~ 1993），原名陆秀珍，云南昆明人。当时为女师大学生、《京报》副刊《妇女周刊》编辑。⑫ 孙伏园（1894 ~ 1966），原名福源，浙江绍兴人。鲁迅任绍兴师范学校校长时的学生，后在北京大学毕业，曾参加新潮社和语丝社，先后任《国民公报副刊》、《晨报副刊》、《京报副刊》编辑。著有《伏园游记》、《鲁迅先生二三事》等。⑬ 指 1925 年 4 月 22 日《京报副刊》上托名琴心发表的《批评界的“全捧”与“全骂”》一文。该文把芳子的《廖仲潜先生的<春心的美伴>》（载 1925 年 2 月 18 日《京报副刊》）作为全捧的代表，把向培良的《评<玉君>》（载 1925 年 4 月 5 日《京报副刊》）作为全骂的代表。⑭ 向培良（1905 ~ 1959），湖南黔阳人，狂飙社主要成员之一。

［第 8 封］割舌

广平兄：

来信收到了。今天又收到一封文稿①，拜读过了，后三段是好的，首一段累坠一点，所以看纸面如何，也许将这一段删去。但第二期上已经来不及登，因为不知“小鬼”何意，竟不署作者名字。所以请你捏造一个，并且通知我，并且必须于下星期三上午以前通

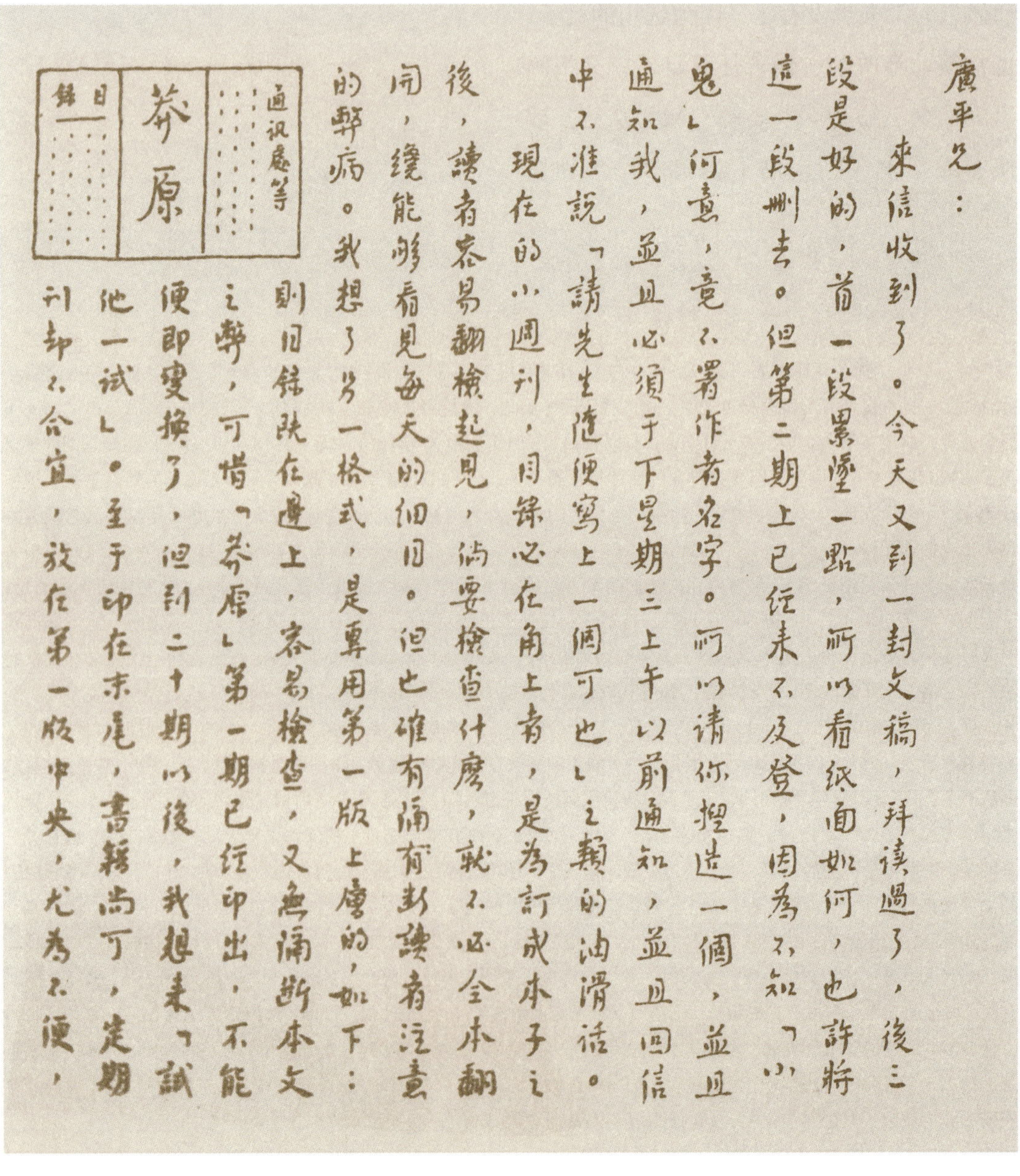
廣平兄：
来信收到了。今天又到一封文稿，拜讀過了，後三段是好的，首一段累墜一點，所以看紙面如何，也許將這一段删去。但第二期上已經来不及登，因為不知「小鬼」何意，竟不署作者名字。所以请你捏造一個，並且通知我，並且必須于下星期三上午以前通知，並且回信中不准説「請先生隨便寫上一個可也」之類的油滑話。
現在的小週刊，目錄必在角上者，是為訂成本子之後，讀者容易翻檢起見，倘要檢查什麽，就不必全本翻閲，纔能夠看見每天的細目。但也確有隔斷讀者注意的弊病。我想了另一格式，是專用第一版上層的，如下：

目錄	莽原	通訊處等

則目錄既在邊上，容易檢查，又無隔斷本文之弊，可惜「莽原」第一期已經印出，不能便即變換了，但到二十期以後，我想來「試他一試」。至于印在末尾，書籍尚可，定期刊却不合宜，放在第一版中央，尤為不便，

知，并且回信中不准说“请先生随便写上一个可也”之类的油滑话。

现在的小周刊，目录必在角上者，是为订成本子之后，读者容易翻检起见，倘要检查什么，就不必全本翻开，才能够看见每天的细目。但也确有隔断读者注意的弊病。我想了另一格式，是专用第一版上层的，如下：则目录既在边上，容易检查，又无隔断本文之弊，可惜《莽原》第一期已经印出，

擅起此種「心理作用」，應該記大過二次。

「莽原」第一期的作者和性質，誠如來信所言；長虹確不是我，乃是我今年新認識的，意見也有一部分和我相合，而似是安那其主義者。他很能做文章，但大約因為受了尼采的作品的影響之故罷，常有太晦澀難解處，第二期登出的署着CH的，也是他的作品。至于「棉袍裏的世界」所說的「掠奪」問題，則敢請少爺不必多心，我輩赴貴校教書，每月明明寫定「致送脩金十三元五角正」，夫既有「十三元五角」而且「正」，則又何「掠奪」之有也歟哉！

割舌之罰，早在我的意中，然而倒不以為意。近來整天的和人談話，頗覺得有點苦了，割去舌頭，則一者

免得教書，二者免得陪客，三者免得做官，四者免得講應酬話，五者免得演說，從此可以專心做報章文字，豈不舒服。所以你們應該趁我還未割去舌頭之前，聽完「苦悶的象徵」，前回的不肯聽講而逼上午門，也就應該記大過若干次。而我六十分，則必有無疑。因為這並非「界限分得太清」之故，我無論對于什麼學生，都不用「衝鋒突圍而出」之法也。況且，竊聞小姐之類，大抵容易潸然淚下，倘我揮拳打出，諸君在後面哭而送之，則這一篇文章的分數，豈非當在零分以下？現在不然，可知定為六十分者，還是自己客氣的。

但是這次考試，我卻可以自認失敗，因為我過于大意，以為廣平少爺未必如此「細心」，題目出得太容易了。現在也只好任憑排卦拈鬮，不再辯論，裝作舌頭已經割去之狀。惟報復題目，卻也不再交卷，因為時間太嚴。那信是星期一上午收到的，午後即須上課，其間更無作答的工夫，而一經上課，則無論答得如何正確，也必被冤為「臨時預備夾帶然後交卷」，倒不如拚出，交了白卷便宜。

中國現今文壇（？）的狀態，實在不佳，但究竟做詩及小說者尚有人。最缺少的是「文明批評」和「社會批評」，我之以「莽原」起哄，大半也就為了想由此引出些新的這一種批評者來，雖在割去敝舌之後，也還有人說話，繼續撕去舊社會的假面。可惜所收的至今為止的稿子，也還是小說多。

魯迅。

四月二十八日。

不能便即变换了，但到二十期以后，我想来“试他一试”。至于印在末尾，书籍尚可，定期刊却不合宜，放在第一版中央，尤为不便，擅起此种“心理作用”，应该记大过二次。

《莽原》第一期的作者和性质，诚如来信所言；长虹[2]确不是我，乃是我今年新认识的，意见也有一部分和我相合，而似是安那其主义者。他很能做文章，但大约因为受了尼采[3]的作品的影响之故罢，常有太晦涩难解处，第二期登出的署着 CH 的，也是他的作品。至于《棉袍里的世界》所说的“掠夺”问题，则敢请少爷不必多心，我辈赴贵校教书，每月明明写定“致送修金十三元五角正”，夫既有“十三元五角”而且“正”，则又何“掠夺”之有也欤哉！

割舌之罪[4]，早在我的意中，然而倒不以为意。近来整天的和人谈话，颇觉得有点苦了，割去舌头，则一者免得教书，二者免得陪客，三者免得做官，四者免得讲应酬话，五者免得演说，从此可以专心做报章文字，岂不舒服。所以你们应该趁我还未割去舌头之前，听完《苦闷的象征》[5]，前回的不肯听讲而逼上午门，也就应该记大过若干次。而我六十分，则必有无疑。因为这并非“界限分得太清”之故，我无论对于什么学生，都不用“冲锋突围而出”之法也。况且，窃闻小姐之类，大抵容易潸然泪下，倘我挥拳打出，诸君在后面哭而送之，则这一篇文章的分数，岂非当在零分以下？现在不然，可知定为六十分者，还是自己客气的。

但是这次考试[⑥]，我却可以自认失败，因为我过于大意，以为广平少爷未必如此“细心”，题目出得太容易了。现在也只好任凭排卦拈签，不再辩论，装作舌头已经割去之状。惟报仇题目，却也不再交卷，因为时间太严。那信是星期一上午收到的，午后即须上课，其间更无作答的工夫，而一经上课，则无论答得如何正确，也必被冤为“临时预备夹带然后交卷”，倒不如拚出，交了白卷便宜。

中国现今文坛（？）的状况，实在不佳，但究竟做诗及小说者尚有人。最缺少的是“文明批评”和“社会批评”，我之以《莽原》起哄，大半也就为了想由此引出些新的这一种批评者来，虽在割去敝舌之后，也还有人说话，继续撕去旧社会的假面。可惜所收的至今为止的稿子，也还是小说多。

鲁迅。四月二十八日。

---

① 一封文稿，题为《乱七八糟》，许广平以“非心”为笔名发表于《莽原》第三期。② 长虹：高长虹（1898 ~ 约1956），山西盂县人，狂飙社主要成员。《莽原》撰稿者之一。③ 尼采（F. Nietzsche，1844——1900）德国哲学家，唯意志论者，宣扬“超人哲学”。曾任瑞士巴塞尔大学教授。著有《悲剧的诞生》、《札拉图斯特拉如是说》等。④ 割舍之罪，徐炳昶在《猛进》第八期发表《通讯》一文，说“鲁迅的嘴真该割去舌头，因为他爱张起嘴乱说，把我们国民的丑德都暴露出来了。”⑤《苦闷的象征》：文艺论文集，日本厨川白村（1880 ~ 1923）著。鲁迅曾译作教材，1924年12月（实际为1925年3月）出版，为《未名丛刊》之一，北京新潮社代售，后由北新书局再版。⑥ 这次考试：鲁迅1925年4月22日致许广平信中，“试出一题，加以考试：我所坐的有玻璃的房子的屋顶，似什么样子的？”

［第9封］假名

广平兄：

四月卅日的信收到了。闲话休提，先来攻击朱老夫子的“假名论”罢。

夫朱老夫子者[①]，是我的老同学，我对于他的在窗下孜孜研究，久而不懈，是十分佩服的，然此亦惟于古学一端而已，若夫评论世事，乃颇觉其迂远之至者也。他对于假名之非难，实不过其最偏的一部分。如以此诬陷毁谤个人的之类，才可谓之“不负责任的推诿的表示”，倘在人权尚无确实保障的时候，两面的众寡强弱，又极悬殊，则须又作别论才是。例如子房为韩报仇[②]，从君子看来，盖是应该写信给秦始皇，要求两人赤膊决斗，才

廣平兄：

四月卅日的信收到了。閒話休提，先來攻擊朱老夫子的「假名論」罷。

夫朱老夫子者，是我的老同學，我對于他的在窗下孜孜研究，久而不懈，是十分佩服的，然此亦惟于古学一端而已，若夫評論世事，乃頗覺其迂遠之至者也。他對于假名之非難，實不過其最偏的一部分。如以此論毁謗個人的之類，才可謂之「不負責任的推諉的表示」，倘在人權尚無確實保障的時候，兩面的眾寡强弱，又極懸殊，則須又作别論才是。例如子房為韓報讐，從君子看來，蓋是應該寫信给秦始皇，要求兩人赤膊決鬭，才算合理的。然而博浪一擊，大索十日而終不可得，後世亦不以為「不負責任」者，知公私不同，而强弱之勢亦異，一匹夫不得不然之故也。況且，現在的有權者，是什麼東西呢？他知道什麼責任呢？「民國日報」案故意拖延月餘，才來裁判，又決罰至如此之重，而叫喊几聲的人獨要硬負片面的責任，如孩子脫衣以入虎穴，豈非大愚麼？朱老夫子生活于平安中，所做的是「蕭梁舊史考」，負責與否，沒有大關係，也並沒有什麼意外的危險，所以他的侃侃而谈之談，僅可供他日共和實現之後

算合理的。然而博浪一击，大索十日而终不可得，后世亦不以为“不负责任”者，知公私不同，而强弱之势亦异，一匹夫不得不然之故也。况且，现在的有权者，是什么东西呢？他知道什么责任呢？《民国日报》案[3]故意拖延月余，才来裁判，又决罚至如此之重，而叫喊几声的人独要硬负片面的责任，如孩子脱衣以入虎穴，岂非大愚么？朱老夫子生活于平安中，所做的是《萧梁旧史考》[4]，负责与否，没有大关系，也并没有什么意外的危险，所以他的侃侃而谈之谈，仅可供他日共和实现之后的参考，若今日者，则我以为只要目的是正的——这所谓正不正，又只专凭自己判断——即可用无论什么手段，而况区区假名真名之小事也哉。此我所以指窗下为活人之坟墓，而劝人们不必多读中国之书者也！

本来还要更长更明白的骂几句，但因为有所顾忌，又哀其胡子之长，就此收束罢。那么，话题一转，而论“小鬼”之假名问题。那两个“鱼与熊掌”，虽并为足下所喜，但我以为用于论文，却不相宜，因为以真名招一种无聊的麻烦，固然不值得，但若假名太近于滑稽，则足以减少论文的重量，所以也不很好。你这许多名字中，既然“非心”总算还未

的參考，若今日者，則我以為只要目的是正的——這所
謂正不正，又只專憑自己判斷——即可用無論什麼手段，
而況區區假名真名之小事也哉。此我所以指窗下為活人
之墳墓，而勸人們不必多讀中國之書者也！
本來還要更長更明白的罵幾句，但因為有所顧忌，
又哀其鬍子之長，就此收束罷。那麼，話題一轉，而論
「小鬼」之假名問題。那兩個「魚與熊掌」，雖並為足
下所喜，但我以為用于論文，卻不相宜，因為以真名招
一種無聊的麻煩，固然不值得，但若假名太近于滑稽，
則足以減少論文的重量，所以也不很好。你這許多名字
中，既然「非心」還總算還未用過，我就以「編輯」兼
「先生」之威權，給你寫上這一個罷。假如于心不甘，

用过，我就以“编辑”兼“先生”之威权，给你写上这一个罢。假如于心不甘，赶紧发信抗议，还来得及，但如到星期二夜为止并无痛哭流涕之抗议，即以默认论，虽驷马也难于追回了。而且此后的文章，也应细心署名，不得以“因为忙中”推诿！

试验题目出得太容易了，自然也算得我的失策，然而也未始没有补救之法的。其法即称之为“少爷”，刺之以“细心”，则效力之大，也抵得记大过二次。现在果然慷慨激昂的来“力争”了，而且写至七行之多，可见费力不少。我的报复计划，总算已经达到了一

趕緊發信抗議，還來得及，但如到星期二夜為止並無痛哭流涕之抗議，即以默認論，雖駟馬也難於追回了。而且此後的文章，也應細心署名，不得以「因為忙中」推諉！

試驗題目出得太容易了，自然也算得我的失策，然而也未始沒有補救之法的。其法即稱之為「少爺」，刺之以「細心」，則效力之大，也抵得記大過二次。現在果然慷慨激昂的來「力爭」了，而且寫至七行之多，可見費力不少。我的報復計畫，總算已經達到了一部分，「少爺」之稱，姑且准其取消罷。

歷來的「婦週」，幾乎還是一種文藝雜志，議論很少，即偶有之，也不很好，前回的那一篇，則簡直是笑

部分，“少爷”之称，姑且准其取消罢。

历来的《妇周》，几乎还是一种文艺杂志，议论很少，即偶有之，也不很好，前回的那一篇[⑤]，则简直是笑话。请他们诸公来“试他一试”，也不坏罢。然而咱们的《莽原》也很窘，寄来的多是小说与诗，评论很少，倘不小心，也容易变成文艺杂志的。我虽然被称为“编辑先生”，非常骄气，但每星期被逼作文，却很感痛苦，因为这就像先前学校中的星期考试。你如有议论，敢乞源源寄来，不胜荣幸感激涕零之至！

缝纫先生[⑥]听说又不来了，要寻善于缝纫的，北京很多，本不必发电号召，奔波而至，她这回总算聪明。继其后者，据现状以观，总还是太太类罢。其实这倒不成为什么问题，不必定用毛瑟，因为“女人长女校”，还是社会的公意，想章士钊[⑦]和社会奋斗，是不会的，否则，也不成其为章士钊了。老爷类中也没有什么相宜的人，名人不来，来也未必一定能办好。我想：校长之类，最好是请无大名而真肯做事的人做。然而，目下无之。

我也可以“不打自招”：东边架上一盒盒的，确是书籍。但我已将废去考试法不用，倘有必须报复之处，则尊称之曰“少爷”，就尽够了。

鲁迅。五月三日。

話。請他們諸公來「試他一試」，也不壞罷。然而咱們的「莽原」也很窘，寄來的多是小說與詩，評論很少，倘不小心，也容易變成文藝雜志的。我雖然被稱為「編輯先生」，非常驕氣，但每星期被逼作文，却很感痛苦，因為這就像先前学校中的星期考試。你如有議論，敢乞源源寄來，不勝榮幸感激涕零之至！

縫紉先生聽說又不來了，要尋善于縫紉的，北京很多，本不必發電號召，奔波而至，她這回總算聰明。繼其後者，據現狀以觀，總還是太太類罷。其實這倒不成為什麼問題，不必定用毛瑟，因為「女人長女校」，還是社會的公意，想章士釗和社會奮鬥，是不會的，否則，也不成其為章士釗了。老爺類中也沒有什麼相宜的人，名人不來，來也未必一定能辦好。我想：校長之類，最好是請無大名而真肯做事的人做。然而，目下無之。

我也可以「不打自招」：東邊架上一盒盒的，確是書籍。但我已將廢去考試法不用，倘有必須報復之處，則尊稱之曰「少爺」，就儘夠了。

魯迅。

五月三日。

（其間缺魯迅五月八日信一封。）

（其间缺鲁迅五月八日信一封。）

---

① 朱老夫子，指朱希祖（1879 ~ 1944），浙江海盐人。当时任北京大学教授。早年曾与鲁迅同在日本留学，归国后同在杭州浙江两级师范学堂任教。② 子房为韩报仇：张良（？ ~前 186），字子房，汉初大臣。据《史记. 留侯世家》："留侯张良者，其先韩人也。……韩破，良家僮三百人，弟死不葬，悉以家财求客刺秦王，为韩报仇，……良尝学礼淮阳，东见沧海君，得力士，为铁椎重百二十斤。秦皇帝东游，良与客狙击秦皇帝博浪沙中（在今河南原阳县），误中副车。秦皇帝大怒，大索天下，求贼甚急，为张良故也。"又，《史记·秦始皇本纪》叙及此事时也有始皇"令天下大索十日"的话。③《民国日报》案：《民国日报》是国民党在北京发行的机关报，1925 年 3 月 17 日被北京警察厅查封，编辑邹明初以"侮辱官员"罪罚金三百元。④《萧梁旧史考》：朱希祖考订有关《梁书》三十种史料的论文，连载于 1923 年出版的北京大学《国学季刊》第一卷第一、二号。⑤ 指林独清的《我读符致逵君的＜蓄妾问题＞后的意见》一文，载《妇女周刊》第二十期（1925 年 4 月 29 日），其中说，"'妾'字从'立'从'女'，即表明此女无与夫同坐之资格，只能立而侍其夫与某大妇也。"⑥ 缝纫先生，指湖南衡粹女子职业学校校长黄国厚。黄曾留学日本，归国后在湖南各女校讲授缝纫课。⑦ 章士钊（1881 ~ 1973），湖南善化（今属长沙）人。1925 年 4 月 14 日，任北洋政府司法总长兼教育总长。

[第10封] 牺牲

广平兄：

两信均收到，一信中并有稿子，自然照例“感激涕零”而阅之。小鬼“最怕听半截话”，而我偏有爱说半截话的毛病，真是无可奈何。本来想做一篇详明的“朱老夫子论”呈政，而心绪太乱，又没有工夫。简捷地说一句罢，就是：他历来所走的都是最稳的路，不做一点小小冒险事，所以他偶然的话倒是不负责任的，待到别人因此而被祸，他不作声了。

群众不过如此，由来久矣，将来恐怕也不过如此。公理也和事之成败无关。但是，女师大的教员也太可怜了，只见暗中活动之鬼，而竟没有站出来说话的人。我近来对于□先生[①]之赴西山，也有些怀疑了，但也许真真恰巧，疑之者倒是我自己的神经过敏。

我现在愈加相信说话和弄笔的都是不中用的人，无论你说话如何有理，文章如何动人，都是空的，他们即使怎样无理，事实上却着着得胜。然而，世界岂真不过如此而已么？我还要反抗，试他一试。

提起牺牲，就使我记起前两三年被北大开除的冯省三[②]。他是闹讲义风潮之一人，后来讲义费撤消了，却没有一个同学再提起他。我那时曾在《晨报副刊》上做过一则杂感[③]，

廣平兄：
兩信均收到，一信中并有稿子，自然照例「感激涕零」而閱之。小鬼「最怕聽半截話」，而我偏有愛說半截話的毛病，真是無可奈何。本來想做一篇詳明的「朱老夫子論」呈政，而心緒太亂，又沒有工夫。簡捷地說一句罷，就是：他歷來所走的都是最穩的路，不做一點小小冒險事，所以他偶然的話倒是不負責任的，待到別人因此而被禍，他不作聲了。
羣衆不過如此，由來久矣，將來恐怕也不過如此。公理也和事之成敗無關。但是，女師大的教員也太可憐了，只見暗中活動之鬼，而竟沒有站出說話的人。我近來對于黎先生之赴西山，也有些懷疑了，但也許真真恰巧，疑之者倒是我自己的神經過敏。
我現在愈加相信說話和弄筆的都是不中用的人，無論你說話如何有理，文章如何動人，都是空的。他們即使怎樣無理，事實上却着着得勝。然而，世界豈真不過如此而已麽？我還要反抗，試他一試。
提起犧牲，就使我記起前兩三年被北大開除的馮省三。他是鬧講義風潮之一人，後來講義費撤消了，却沒有一個同學再提起他。我那時曾在「晨報副刊」上做過一則雜感，意思是：犧牲為羣衆祈福，祀了神道之後，羣衆就分了他的肉，散胙。
聽說學校當局有打電報給學生家屬之類的舉動，我以為這些手段太毒了。教員之類該有一番宣言，說明事件的真相，幾個人也可以的。如果沒有一個人肯負這一點責任(署名)，那麽，即使校長竟去，學籍也恢復了，也不如走罷。全校沒有人了，還有什麽可學？
魯迅。

意思是：牺牲为群众祈福，祀了神道之后，群众就分了他的肉，散胙。

听说学校当局有打电报给学生家属之类的举动，我以为这些手段太毒了。教员之类该有一番宣言，说明事件的真相，几个人也可以的。如果没有一个人肯负这一点责任（署名），那么，即使校长竟去，学籍也恢复了，也不如走罢。全校没有人了，还有什么可学？

鲁迅。五月十八日。

---

① □先生：原信作黎先生，指黎锦熙（1889 ~ 1978），湖南湘潭人，语言学家。当时任北京女子师范大学国文系代理主任。该系原定 5 月 13 日开课程会议，届时又发通知："黎先生因失眠赴西山休养，不克到会主席，本日会议，即行停止。" ② 冯省三（1902？ ~ 1924）山东平原人，北京大学预科法文班学生。1922 年 10 月北京大学部分学生反对学校征收讲义费风潮中被开除学籍。③ 一则杂感：指《即小见大》，后收入《热风》。

[第 11 封] "小鬼"

广平兄：

午回来，看见留字。现在的现象是各方面都黑暗，所以有这情形，不但治本无从说起，便是治标也无法，只好跟着时局推移而已。至于《京报》事，据我所闻却不止秦小姐[①]一人，还有许多人去运动，结果是说定两面的新闻都不载，但久而久之，也许会反而帮牠们（男女一群，所以只好用"牠"）的。办报的人们，就是这样的东西。——其实报章的宣传，于实际上也没有多大关系。

今天看见《现代评论》，所谓西滢[②]也者，对于我们的宣言出来说话了，装作局外人的样子，真会玩把戏。我也做了一点寄给《京副》[③]，给他碰一个小钉子。但不知于伏园饭碗之安危如何。牠们是无所不为的，满口仁义，行为比什么都不如。我明知道笔是无用的，可是现在只有这个，只有这个而且还要为鬼魅所妨害。然而只要有地方发表，我还是不放下；或者《莽原》要独立，也未可知。独立就独立，完结就完结，都无不可。总而言之，倘笔舌尚存，是总要使用的，东滢西滢，都不相干也。

西滢文托之"流言"，以为此次风潮是"某系某籍教员所鼓动"，那明明是说"国文系浙籍教员"了。别人我不知道，至于我之骂杨荫榆[④]，却在此次风潮之后，而"杨家将"[⑤]偏来诬赖，可谓卑劣万分。但浙籍也好，夷籍也好，既经骂起，就要骂下去，杨荫榆尚无

廣平兄：

午回來，看見留字。現在的現象是各方面都黑暗，所以有這情形，不但治本無從說起，便是治標也無法，只好跟着時局推移而已。至于「京報」事，據我所聞卻不止秦小姐一人，還有許多人去運動，結果是說定兩面的新聞都不載，但久而久之，也許會反而幫她們（男女一羣，所以只好用「她」）的。辦報的人們，就是這樣的東西。——其實報章的宣傳，于實際上也沒有多大關係。

今天看見「現代評論」，所謂西瀅也者，對于我們的宣言出來說話了，裝作局外人的樣子，真會玩把戲。我也做了一點寄給「京副」，給他碰一個小釘子。但不知于伏園飯碗之安危何如。她們是無所不為的，滿口仁義，行為比什麼都不如。我明知道筆是無用的，可是現在只有這個，只有這個而且還要為鬼魅所妨害。然而只要有地方發表，我還是不放下；或者「莽原」要獨立，也未可知。獨立就獨立，完結就完結，都無不可。總而言之，倘筆舌尚存，是總要使用的，東瀅西瀅，都不相干也。

西瀅文託之「流言」，以為此次風潮是「某系某籍教員所鼓動」，那明明是說「國文系浙籍教員」了。別人我不知道，至于我之罵楊蔭榆，卻在此次風潮之後，而「楊家將」偏來誣賴，可謂卑劣萬分。但浙籍也好，夷籍也好，既經罵起，就要罵下去，楊蔭榆尚無割舌之權，總還要被罵幾回的。

現在老實說一句罷，「世界豈真不過如此而已麼？……」這些話，確是「為對小鬼而說的」。我所說的話，常與所想的不同，至于何以如此，則我已在「吶喊」的序上說過：不願將自己的思想，傳染給別人。何以不願，

割舌之权，总还要被骂几回的。

现在老实说一句罢，“世界岂真不过如此而已么？……”这些话，确是“为对小鬼而说的”。我所说的话，常与所想的不同，至于何以如此，则我已在《呐喊》的序上说过：不愿将自己的思想，传染给别人。何以不愿，则因为我的思想太黑暗，而自己终不能确知是否正确之故。至于“还要反抗”，倒是真的，但我知道这“所以反抗之故”，与小鬼截然不同。你的反抗，是为了希望光明的到来罢？我想，一定是如此的。但我的反抗，却不过是与黑暗捣乱。大约我的意见，小鬼很有几点不大了然，这是年龄，经历，环境等等不同之故，不足为奇。例如我是诅咒“人间苦”而不嫌恶“死”的，因为“苦”可以设法减轻而“死”是必然的事，虽曰“尽头”，也不足悲哀。而你却不高兴听这类话，——但是，为什么将好好的活人看作“废物”的？这就比不做“痛哭流涕的文字”还“该打”！又如来信说，“凡有死的同我有关的，同时我就憎恨所有与我无关的……”，而我正相反，同我有关的活着，我倒不放心，死了，我就安心，这意思也在《过客》中说过，都与小鬼的不同。其实，我的意见原也一时不容易了然，因为其中本含有许多矛盾，教我自己说，或者是人道主义与个人主义这两种思想的消长起伏罢。所以我忽而爱人，忽而憎人；做事的时候，有时确为别人，有时却为自己玩玩，有时则竟因为希望生命从速消磨，所以故意拚命的做。此外或者还有什么道理，自己也不甚了然。但我对人说话时，却总拣择那光明些

則因為我的思想太黑暗，而自己終不能確知是否正確之
故。至于「還要反抗」，倒是真的，但我知道這「所以
反抗之故」，與小鬼截然不同。你的反抗，是為了希望
光明的到來罷？我想，一定是如此的。但我的反抗，卻
不過是偏與黑暗搗亂。大約我的意見，小鬼很有幾點不
大了然，這是年齡，經歷，環境等等不同之故，不足為
奇。例如我是詛咒「人間苦」而不嫌惡「死」的，因為
「苦」可以設法減輕而「死」是必然的事，雖曰「盡頭」，
也不足悲哀。而你卻不高興聽這類話，——但是，為什
麼將好好的活人看作「廢物」的？這就比不做「痛哭流
涕的文字」還「該打」！又如來信說，「凡有死的同我
有關的，我同時我就憎恨所有与我無關的……」，而我

的说出，然而偶不留意，就露出阎王并不反对，而“小鬼”反不乐闻的话来。总而言之，我为自己和为别人的设想，是两样的。所以者何，就因为我的思想太黑暗，但究竟是否真确，又不得而知，所以只能在自身试验，不敢邀请别人。其实小鬼希望父兄长存，而自视为“废物”，硬去替“大

正相反，同我有関的活着，我倒不放心，死了，我就安心，這意思也在「過客」中說過，都與小鬼的不同。其實，我的意見原也一時不容易了然，因為其中本含有許多矛盾，教我自己說，或者是人道主義與個人主義這兩種思想的消長起伏罷。所以我忽而愛人，忽而憎人；做事的時候，有時確為別人，有時却為自己玩玩，有時則竟因為希望生命從速消磨，所以故意拚命的做。此外或者還有什麽道理，自己也不甚了然。但我對人說話時，却總揀擇那光明些的說出，然而偶不留意，就露出閻王並不反對，而「小鬼」反不樂聞的話來。總而言之，我為自己和為別人的設想，是兩樣的。所以者何，就因為我的思想太黑暗，但究竟是否真確，又不得而知，所以只能在自身試驗，不敢邀請別人。其實小鬼希望父兄長存，而自視為「廢物」，硬去替「大衆請命」，大半也是如此。

「莽原」實在有些穿棉花鞋了，但沒有撒潑文章，真也無法。自己呢，又做慣了晦澀的文章，一時改不過來，下筆時立志要顯豁，而後來往往仍以晦澀結尾，實在可氣之至！現在除附「京報」分送外，另售千五百，看的人也不算少。待「鬧潮」略有結束，你這一匹「害群之馬」多來發一點議論罷。

魯迅。

五月三十日。

众请命”，大半也是如此。

《莽原》实在有些穿棉花鞋了，但没有撒泼文章，真也无法。自己呢，又做惯了晦涩的文章，一时改不过来，下笔时立志要显豁，而后来往往仍以晦涩结尾，实在可气之至！现在除附《京报》分送外，另售千五百，看的人也不算少。待“闹潮”略有结束，你这一匹“害群之马”[6]多来发一点议论罢。

鲁迅。五月三十日。

---

① 秦小姐，疑指“琴心女士”，即女师大学生夏雪纹。② 西滢：陈源（1896 ~ 1970），字通伯，笔名西滢，江苏无锡人，现代评论派的主要成员。曾留学英国，当时任北京大学英文系主任。他在《现代评论》第一卷第二十五期（1925 年 5 月 30 日）发表的《闲话》中说：“我们在报纸上看见女师大七教员的宣言，以前我们常常听说女师大的风潮，有在北京教育界占最大势力的某籍某系的人在暗中鼓动，可是我们总不敢相信。这个宣言语气措辞，我们看来，未免过于偏袒一方，不大公允。” ③ 指《并非闲话》，后收入《华盖集》。④ 杨荫榆（1884 ~ 1938），江苏无锡人，曾留学美国。1924 年任北京女子师范大学校长。⑤ “杨家将”，原指北宋初年世代抗击契丹入侵的杨业一家将领。这里借指杨荫榆及其支持者。⑥ “害群之马”，杨荫榆在开除女师大学生会许广平等六干事的布告中，曾有“开除学籍，即令出校，以免害群”的话。这里是对许的戏称。

［第 12 封］拆信

广平兄：

拆信案件[①]，或者牠们有些受了冤，因为卅一日的那一封，也许是我自己拆过的。那时已经很晚，又写了许多信，所以自己不大记得清楚，只记得将其中之一封拆开（从下方），在第一张上加了一点细注。如你所收的第一张上有小注，那就确是我自己拆过的了。

至于别的信，我却不能代牠们辩护。其实，私拆函件，本是中国的惯技，我也早料到的。但是这类技俩，也不过心劳日拙而已。听说明的方孝孺[②]，就被永乐皇帝灭十族，其一是“师”，但也许是齐东野语[③]，我没有考查过这事的真伪。可是从西滢的文字上看来，此辈一得志，则不但灭族，怕还要“灭系”，“灭籍”了。

明明将学生开除，而布告文中文其词曰“出校”，我当时颇叹中国文字之巧。今见上海印捕击杀学生[④]，而路透电则云，“华人不省人事”，可谓异曲同工，但此系中国报译文，不知原文如何。

其实我并不很喝酒．饮酒之害，我是深知道的。现在也还是不喝的时候多，只要没有人劝喝。多住些时，固无不可的。短刀我的确有，但这不过为夜间防贼之用，而偶见者少

廣平兄：

拆信案件，或者牠们有些受了冤，因為卅一日的那一封，也許是我自己拆過的。那時已經很晚，又寫了許多信，所以自己不大記得清楚，只記得將其中之一封拆開（從下方），在第一張上加了一點細注。如你所收的第一張上有小注，那就確是我自己拆過的了。

至于別的信，我却不能代牠们辯護。其實，私拆函件，本是中國的慣技，我也早料到的。但是這類技倆，也不過心勞日拙而已。聽說明的方孝儒，就被永樂皇帝滅十族，其一是「師」，但也許是齊東野语，我沒有考查過這事的真偽。可是從西瀅的文字上看來，此輩一得志，則不但滅族，怕還要「滅系」，「滅籍」了。

明明將学生開除，而布告文中文其詞曰「出校」，我當時頗歎中國文字之巧。今見上海印捕擊殺学生，而路透電則云，「華人不省人事」，可謂異曲同工，但此係中國報譯文，不知原文如何。

其實我並不很喝酒，飲酒之害，我是深知道的。現在也還是不喝的時候多，只要沒有人勸喝。多住些時，固無不可的。短刀我的確有，但這不過為夜间防賊之用，而偶見者少見多怪，遂有「流言」，皆不足信也。

汪懋祖先生的宣言發表了，而引「某女士」之言以為重，可笑。牠们大抵愛用「某」字，不知何也？又觀其意，似乎說是「某籍某系」想將学校解散，也是一種奇談。黑幕中人面目斷露，亦殊可觀，可惜他自己又說要「南歸」了。躲躲閃閃，躲躲閃閃，此其所以為「黑幕中人」歟!? 哈哈！

迅。

六月二日。

见多怪，遂有“流言”，皆不足信也。

汪懋祖先生的宣言[⑤]发表了，而引“某女士”之言以为重，可笑。牠们大抵爱用“某”字，不知何也？又观其意，似乎说是“某籍某系”想将学校解散，也是一种奇谈。黑幕中人面目渐露，亦殊可观，可惜他自己又说要“南归”了。躲躲闪闪，躲躲闪闪，此其所以为“黑幕中人”欤!? 哈哈！

迅。六月二日。

---

① 拆信案件：鲁迅1925年5月31日致许广平信，鲁迅自己曾拆开检查，因当晚写了许多信，耽心装错信封。许广平误以为是女师大当局检查邮件，感到不快。② 方孝孺（1357～1402），浙江宁海人，明建文时任侍讲学士，文学博士。建文四年（1402），建文帝的叔父燕王朱棣起兵攻陷南京，自立为帝，方孝孺因拒绝为他起草即位诏书被杀。据《明史纪事本末·壬午殉难》：“孝孺……掷笔于地，且哭且骂曰：‘死即死耳，诏不可草’。文皇（朱棣）大声曰：‘汝安能遽死。即死，独不顾九族乎？’孝孺曰：‘便十族奈我何！’……九族既戮，亦皆不从，乃及朋友门生廖镛、林嘉猷等为一族，并坐，然后诏磔于市，坐死者八百七十三人，谪戍绝徼死者不可胜计。”③ 齐东野语：语出《孟子·万章（上）》：“此非君子之言，齐东野人之语也。”后来常把不足凭信的话称为齐东野语。④ 上海印捕击杀学生：指五卅惨案。1925年5月30日，上海学生二千余人在租界进行宣传，声援工人，号召收回租界，被英巡捕逮捕百余人，随后群众万余人在英租界南京路捕房前示威，要求释放被捕者。英国巡捕（其中有印度籍的）即开枪射击，伤亡数十人。但英国路透社的消息却说：“示威者受重伤者十人，不省人事者六人”。（见《京报》1925年6月1日）⑤ 汪懋祖的宣言：汪懋祖（1891～1949），字典存，江苏吴县人，当时任女师大教授、哲教系代理主任。他在致“全国教育界”的意见书中称颂杨荫榆，其中曾引《现代评论》第一卷第十五期所载“一个女读者”的来信（题作《女师大的学潮》）。

[第13封] 风潮

广平兄：

六月六日的信早收到了，但我久没有复；今天又收到十二夕信，并文稿。其实我并不做什么事，而总是忙，拿不起笔来，偶然在什么周刊上写几句，也不过是敷衍，近几天尤其甚。这原因大概是因为“无聊”，人到无聊，便比什么都可怕，因为这是从自己发生的，不大有药可救。喝酒是好的，但也很不好。等暑假时闲空一点，我很想休息几天，什么也不做，什么也不看，但不知道可能够。

第一，小鬼不要变成狂人，也不要发脾气了。人一发狂，自己或者没有什么——俄国的梭罗古勃[①]以为倒是幸福——但从别人看来，却似乎一切都已完结。所以我倘能力所及，决不肯使自己发狂，实未发狂而有人硬说我有神经病，那自然无法可想。性急就容易发脾气，最好要酌减“急”的角度，否则，要防自己吃亏。因为现在的中国，总是阴柔人物得胜。

上海的风潮，也出于意料之外。可是今年的学生的动作，据我看来是比前几回进步了。不过这些表示，真所谓“就是这么一回事”。试想：北京全体（？）学生而不能去一章士钉[2]，女师大大多数学生而不能去一杨荫榆，何况英国和日本。但在学生一方面，也只能这么做，唯一的希望，就是等候意外飞来的“公理”。现在“公理”也确有点飞来了，而且，说英国不对的，还有英国人[3]。所以无论如何，我总觉得洋鬼子比中国人文明，货只管排，而那品性却很有可学的地方。这种敢于指摘自己国度的错误的，中国人就很少。

所谓“经济绝交”者，在无法可想中，确是一个最好的方法。但有附带条件，要耐久，认真。这么办起来，有人说中国的实业就会借此促进，那是自欺欺人之谈。（前几年

廣平兄：

六月六日的信早收到了，但我久没有復；今天又收到十二夕信，并文稿。其實我並不做什麽事，而總是忙，拿不起筆來，偶然在什麽週刊上寫幾句，也不過是敷衍，近幾天尤其甚。這原因大概是因為「無聊」，人到無聊，便比什麽都可怕，因為這是從自己發生的，不大有藥可救。喝酒是好的，但也很不好。等暑假時閒空一點，我很想休息幾天，什麽也不做，什麽也不看，但不知道可能够。

第一，小鬼不要變成狂人，也不要發脾氣了。人一發狂，自己或者没有什麽——俄國的梭羅古勃以為倒是幸福——但從別人看來，却似乎一切都已完結。所以我倘能力所及，决不肯使自己發狂，實未發狂而有人硬說我有神經病，那自然無法可想。性急就容易發脾氣，最好要酌减「急」的角度，否則，要防自己吃虧，因為現在的中國，總是陰柔人物得勝。

上海的風潮，也出于意料之外。可是今年的学生的

動作，據我看來是比前幾回進步了。不過這些表示，真所謂「就是這麼一回事」。試想：北京全體(？)學生而不能去一章士釘，女師大大多數學生而不能去一楊蔭榆，何況英國和日本。但在學生一方面，也只能這麼做，唯一的希望，就是等候意外飛來的「公理」。現在「公理」也確有點飛來了，而且，說英國不對的，還有英國人。所以無論如何，我總覺得洋鬼子比中國人文明，貨只管排，而那品性卻很有可學的地方。這種敢于指摘自己國度的錯誤的，中國人就很少。

所謂「經濟絕交」者，在無法可想中，確是一個最好的方法。但有附帶條件，要耐久，認真。這麼辦起來，有人說中國的實業就會藉此促進，那是自欺欺人之談。（前幾年排斥日貨時，大家也那麼說，然而結果不過做成功了一種「萬年糊」。草帽和火柴發達的原因，尚不在此。那時候，是連這種萬年糊也不會做的，排貨事起，有三四個學生組織了一個小團體來製造，我還是小股東，但是每瓶賣八枚銅子的糊，成本要十枚，而且貨色總敵不過日本品。後來，折本，鬧架，關门。現在所做的好得多，進步得多了，但和我輩無關也。）因此獲利的卻是美法商人。我们不過將送給英日的錢，改送美法，歸根結蒂，二五等于一十。但英日卻究竟受損，為報復計，亦足快意而已。

可是據我看起來，要防一個不好的結果，就是白用了許多犧牲，而反為巧人取得自利的機會，這種在中國

排斥日货时，大家也那么说，然而结果不过做成功了一种“万年糊”。草帽和火柴发达的原因，尚不在此。那时候，是连这种万年糊也不会做的，排货事起，有三四个学生组织了一个小团体来制造，我还是小股东，但是每瓶卖八枚铜子的糊，成本要十枚，而且货色总敌不过日本品。后来，折本，闹架，关门。现在所做的好得多，进步得多了，但和我辈无关也。）因此获利的却是美法商人。我们不过将送给英日的钱，改送美法，归根结蒂，二五等于一十。但英日却究竟受损，为报复计，亦足快意而已。

可是据我看起来，要防一个不好的结果，就是白用了许多牺牲，而反为巧人取得自利的机会，这种在中国是常有的。但在学生方面，也愁不得这些，只好凭良心做去，可是要缓而韧，不要急而猛。中国青年中，有些很有太“急”的毛病（小鬼即其一），因此，就难于耐久（因为开首太猛，易将力气用完），也容易碰钉子，吃亏而发脾气，此不佞所再三申说者也，亦自己所曾经实验者也。

前信反对喝酒，何以这回自己“微醉”（？）了？大作中好看的字面太多，拟删去一些，然后“赐列第□期《莽原》”。

□□[④]的态度我近来颇怀疑，因为似乎已与西滢大有联络。其登载几篇反杨之稿，盖

常有的。但在學生方面，也愁不得這些，只好憑良心做去，可是要緩而韌，不要急而猛。中國青年中，有些很有太「急」的毛病（小鬼即其一），因此，就難于耐久（因為開首太猛，易將力氣用完），也容易碰釘子，吃虧而發脾氣：此不佞所再三申說者也，亦自己所曾經實驗者也。

前信反對喝酒，何以這回自己「微醉」(?)了?大作中好看的字面太多，擬删去一些，然後「賜列第■期「莽原」」。

狀園的態度我近來頗懷疑，因為似乎已與西瀅大有聯絡。其登載幾篇反楊之稿，蓋出于不得已。今天在「京副」上，至于指「猛進」，「現代」，「語絲」為「兄弟週刊」，大有賣「語絲」以與「現代」拉攏之觀。或者「京副」之專載滬事，不登他文，也還有別種隱情（但這也許是我的妄猜），「晨副」即不如此。

我明知道幾個人做事，真出于「為天下」是很少的。但人于現狀，總該有點不平，反抗，改良的意思。只這一點共同目的，便可以合作。即使含些「利用」的私心也不妨，利用別人，又給別人做點事，說得好看一點，就是「互助」。但是，我總是「罪孽深重，禍延」自己，每每終于發見純粹的利用，連「互」字也安不上，被用之後，只剩下耗了氣力的自己一個。有時候，他還要反而罵你，不罵你，還要謝他的洪恩。我的時常無聊，就是為此，但我還能將一切忘卻，休息一時之後，從新再

出于不得已。今天在《京副》上，至于指《猛进》,《现代》,《语丝》为“兄弟周刊”，大有卖《语丝》以与《现代》拉拢之观。或者《京副》之专载沪事，不登他文，也还有别种隐情（但这也许是我的妄猜）,《晨副》即不如此。

我明知道几个人做事，真出于“为天下”是很少的。但人于现状，总该有点不平，反抗，改良的意思。只这一点共同目的，便可以合作。即使含些“利用”的私心也不妨，利用别人，又给别人做点事，说得好看一点，就是“互助”。但是，我总是“罪孽深重，祸延”自己，每每终于发见纯粹的利用，连“互”字也安不上，被用之后，只剩下耗了气力的自己一个。有时候，他还要反而骂你；不骂你，还要谢他的洪恩。我的时常无聊，就是为此，但我还能将一切忘却，休息一时之后，从新再来。即使明知道后来的运命未必会胜于过去。

本来有四张信纸已可写完，而牢骚发出第五张上去了。时候已经不早，非结束不可，止至此而已罢。

迅。六月十三夜。

来。即使明知道後来的運命未必會勝于過去。

本来有四張信紙已可寫完，而竟溢出第五張上去了。時候已經不早，非結束不可，至此而已罷。

六月十三夜 迅。

然而，這一點空白，也還要用空話来填滿。歐陽蘭前回登過啟事，說要到歐洲去，現在聽說又不到歐洲去了。我近来收到一封信，署名「捏蚊」，說要加入「莽原」，大約就是「雪紋」，也即歐陽蘭。這回「民衆文藝」上所登的署名「聶文」的，我看也是他。碰一個小釘子，就說要到歐洲去，一不到歐洲去，就又鬧「琴心」式的老玩藝了。

這一點空白，即以這樣填滿。

然而，这一点空白，也还要用空话来填满。司空蕙前回登过启事，说要到欧洲去，现在听说又不到欧洲去了。我近来收到一封信，署名“捏蚊”，说要加入《莽原》，大约就是“雪纹”，也即司空蕙。这回《民众文艺》[⑤]上所登的署名“聂文”的，我看也是他。碰一个小钉子，就说要到欧洲去，一不到欧洲去，就又闹“琴心”式的老玩艺了。

这一点空白即以这样填满。

---

① 梭罗古勃（φ. Conory6, 1863 ~ 1927），俄国作家。他在长篇小说《小鬼》中表现了一种以发狂为幸福的厌世思想。② 章士钉，指章士钊。据1925年5月12日《京报》“显微镜”栏载：“某学究见某报上载教育总长‘章士钉’五七呈文，愀然日，‘名字怪僻如此，非圣人之徒也，岂能为吾侪卫古文之道乎？”这里移来戏用。③ 1925年6月6日，国际工人后援会中央委员会为五卅惨案发表《致中国国民宣言》，列名的有英国作家萧伯纳等人。④ □□，原信作伏园。⑤《民众文艺》：北京《京报》附刊之一，1924年12月9日创刊，原名《民众文艺周报》，由胡崇轩、项拙、荆有麟等编辑。1924年底至1925年2月，鲁迅曾为它校阅稿件。自第十六号起改为《民众文艺》，由荆有麟负责；第二十五号起改名《民众周刊》，出至第四十七号停刊。署名聂文的文章题为《别空喜欢》，载该刊第二十三号（1925年6月9日）。

[第14封] 杂感

（前缺。）

那一首诗，意气也未尝不盛，但此种猛烈的攻击，只宜用散文，如“杂感”之类，而造语还须曲折，否，即容易引起反感。诗歌较有永久性，所以不甚合于做这样题目。

沪案以后，周刊上常有极锋利肃杀的诗，其实是没有意思的，情随事迁，即味如嚼蜡。我以为感情正烈的时候，不宜做诗，否则锋铓太露，能将“诗美”杀掉。这首诗有此病。

（前缺。）

那一首詩，意氣也未嘗不盛，但此種猛烈的攻擊，只宜用散文，如「雜感」之類，而造語還須曲折，否，即容易引起反感。詩歌較有永久性，所以不甚合于做這樣題目。

滬案以後，週刊上常有極鋒利肅殺的詩，其實是沒有意思的，情隨事遷，即味如嚼蠟。我以為感情正烈的時候，不宜做詩，否則鋒鋩太露，能將「詩美」殺掉。這首詩有此病。

我自己是不會做詩的，只是意見如此。編輯者對于投稿，照例不加批评，現遵來信所囑，妄說幾句，但如投稿者並未要知道我的意見，仍希不必告知。

迅。

六月二十八日。

（此間缺廣平二十八日信一封。）

我自己是不会做诗的，只是意见如此。编辑者对于投稿，照例不加批评，现遵来信所嘱，妄说几句，但如投稿者并未要知道我的意见，仍希不必告知。

迅。六月二十八日。

（此间缺广平二十八日信一封。）

[第 15 封] 辟谣

广平兄：

昨夜，或者今天早上，记得寄上一封信，大概总该先到了。刚才得二十八日函，必须写几句回答，就是小鬼何以屡次诚惶诚恐的赔罪不已，大约也许听了“某籍”小姐[①]的什么谣言了罢？辟谣之举，是不可以已的：

第一，酒精中毒是能有的，但我并不中毒。即使中毒，也是自己的行为，与别人无干。且夫不佞年届半百，位居讲师，难道还会连喝酒多少的主见也没有，至于被小娃儿所激么!? 这是决不会的。

第二，我并不受有何种“戒条”，我的母亲也并不禁止我喝酒。我到现在为止，真的醉止有一回半，决不会如此平和。

然而“某籍”小姐为粉饰自己的逃走起见，一定将不知从那里拾来的故事（也许就从太师母那里得来的），加以演义，以致小鬼也不免吓得赔罪不已了罢。但是，虽是太师母，观察也未必就对，虽是太太师母，观察也未必就对。我自己知道，那天毫没有醉，

廣平兄：
昨夜，或者今天早上，記得寄上一封信，大概總該
先到了。剛纔接到二十八日函，必須寫幾句回答，就是
小鬼何以屢次誠惶誠恐的賠罪不已，大約也許聽了「某
籍」小姐的什麼謠言了罷？闢謠之舉，是不可以已的：
第一，酒精中毒是能有的，但我並不中毒。即使中
毒，也是自己的行為，與別人無干。且夫不佞年屆半百，

位居講師，難道還會連喝酒多少的主見也沒有，至于被小娃兒所激麼!?這是決不會的。

第二，我並不受有何種「戒條」，我的母親也並不禁止我喝酒。我到現在為止，真的醉止有一回半，決不會如此平和。

然而「某籍」小姐為粉飾自己的逃走起見，一定將不知從那里撿來的故事（也許就從太師母那里得來的），加以演義，以致小鬼也不免嚇得賠罪不已了罷。但是，雖是太師母，觀察也未必就對，雖是太太師母，觀察也未必就對。我自己知道，那天毫沒有醉，更何至于胡塗，擊房東之拳，嚇而去之的事，全都記得的。

所以，此後不准再來道歉，否則，我「學笈單洋，

更何至于胡涂，击房东之拳，吓而去之的事，全都记得的。

所以，此后不准再来道歉，否则，我“学笈单洋，教鞭 17 载”[②]，要发杨荫榆式的宣言以传布小姐们胆怯之罪状了。看你们还敢逞能么？

来稿有过火处，或者须改一点。其中的有些话，大约是为反对往执政府请愿而说的罢。总之，这回以打学生手心之马良[③]为总指挥，就可笑。

《莽原》第十期，与《京报》同时罢工了，发稿是星期三，当时并未想到要停刊，所以并将目录在别的周刊上登载了。现在正在交涉，要他们补印，还没有头绪；倘不能补，则旧稿便在本星期五出版。

《莽原》的投稿，就是小说太多，议论太少。现在则并小说也少，大约大家专心爱国，要“到民间去”[④]，所以不做文章了。

迅。六，二九，晚。

（其间当缺往来信札数封，不知确数。）

教鞭什載」，要發楊蔭榆式的宣言以淒佈小姐們膽怯之罪狀了。看你們還敢逞能麼？

來稿有過火處，或者須改一點。其中的有些話，大約是為反對往執政府請願而說的罷。總之，這回以打学生手心之馬良為總指揮，就可笑。

「莽原」第十期，與「京報」同時罷工了，發稿是星期三，當時並未想到要停刊，所以算將目錄在別的週刊上登載了。現在正在交涉，要他們補印，還沒有頭緒；倘不能補，則舊稿便在本星期五出版。

「莽原」的投稿，就是小說太多，議論太少。現在則并小說也少，大約大家專心愛國，要「到民間去」，所以不做文章了。

迅。

六，二九，晚。

（其間當缺往來信札數封，不知確數。）

---

①“某籍”小姐：指当年端午节去鲁迅家聚餐的绍兴籍女生许羡苏、俞芳、俞芬、王顺亲等。②“学笈单洋，教鞭17载”：这是对杨荫榆文句的仿用。杨在1 925年5月20日《晨报》发表的《对于暴烈学生之感言》中说：“荫榆夙不自量，蓄志研求，学笈重洋，教鞭十稔。”③马良（1875～？），字子贞，河北清苑人。历任北洋政府济南镇守使、参战军第二师师长等职。据《晨报》报道，1925年6月25日北京各界十余万人为反对英、日帝国主义在上海屠杀我国民众举行示威游行，由马良任总指挥。④“到民间去”：原是十九世纪六十至七十年代俄国民粹派的口号，它号召青年到农村去，发动农民反对沙皇政府。“五四”以后，特别是在五卅运动高潮中，这个口号在我国知识分子中间也相当流行。

［第16封］投稿

广平仁兄大人阁下，敬启者：

前蒙投赠之大作，就要登出来，而我或将被作者暗暗咒骂。因为我连题目也已经改换，而所以改换之故，则因为原题太觉怕人故也。收束处太没有力量，所以添了几句，想来也未必与尊意背驰；但总而言之：殊为专擅。尚希曲予海涵，免施贵骂，勿露“勃豀”[①]之技，暂羁“害马”之才，仍复源源投稿，以光敝报，不胜侥幸之至！

至于大作之所以常被登载者，实在因为《莽原》有些闹饥荒之故也。我所要多登的是议论，而寄来的偏多小说，诗。先前是虚伪的“花呀”“爱呀”的诗，现在是虚伪的“死呀”“血呀”的诗。呜呼，头痛极了！所以倘有近于议论的文章，即易于登出，夫岂“骗小孩”云乎哉！

又，新做文章的人，在我所编的报上，也比较的易于登出，此则颇有“骗小孩”之嫌疑者也。但若做得稍久，该有更进步之成绩，而偏又偷懒，有敷衍之意，则我要加以猛烈之打击：小心些罢！肃此布达，敬请“好说话的”安！

“老师”谨训。七月九日。

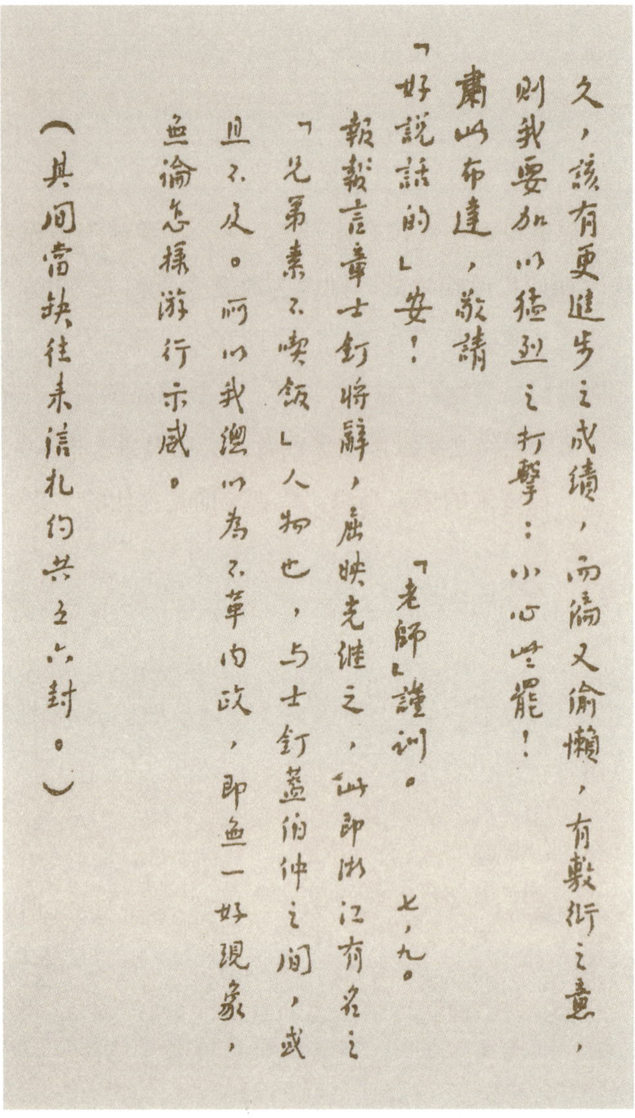
久，該有更進步之成績，而偏又偷懶，有敷衍之意，則我要加以猛烈之打擊：小心些罷！肅此布達，敬請「好說話的」安！

「老師」謹训。七，九。

報載言章士釘將辭，屈映光繼之，此即浙江有名之「兄弟素不吃飯」人物也，與士釘蓋伯仲之間，或且不及。所以我總以為不革内政，即無一好現象，無論怎樣遊行示威。

（其間當缺往来信札約五六封。）

报言章士钉将辞，屈映光[2]继之，此即浙江有名之“兄弟素不吃饭”人物也，与士钉盖伯仲之间，或且不及。

所以我总以为不革内政，即无一好现象，无论怎样游行示威。

（其间当缺往来信札约五六封。）

---

①“勃谿”：杨荫榆在《对于暴烈学生之感言》中有“与此曹子勃谿相向”的话。勃谿，原出《庄子. 外物》：“室无空虚，则妇姑勃谿。”据唐代成玄英疏：“勃谿，争斗也，室屋不空，则不容受，故妇姑争处，无复尊卑。”

② 屈映光（1883 ~ 1973），字文六，浙江临海人，当时为北洋政府临时参政院参政。据 1925 年 5 月 17 日《京报》：“教长人选，……其呼声最高者，为林长民、江庸、屈映光等。”下面的“兄弟素不吃饭”，据《屈映光纪事》（未署作者及出版处）：“映光前年赴京觐见，有友某招其晚餐，映光复书谢之曰弟向不吃饭，更不吃晚饭云云，京内外传为笑柄。其意盖谓向不赴人餐约，尤不赴人晚餐，而文理不通如此。”

［第 17 封］文章

广平兄：

在好看的天亮还未到来之前，再看了一遍大作，我以为还不如不发表。这类题目，其实，在现在，是只能我做的，因为大概要受攻击。然而我不要紧，一则，我自有还击的方法；二则，现在做“文学家”似乎有些做厌了，仿佛要变成机械，所以倒很愿意从所谓“文坛”上摔下来。至于如诸君之雪花膏派，则究属“嫩”之一流，犯不上以一篇文章而招得攻击或误解，终至于“泣下沾襟”。

那上半篇，倘在小说，或回忆的文章里，固然毫不足奇，但在论文中，而给现在的中国读者看，却还太直白；至于下半篇，则实在有点迂。我在那篇文章里本来说：这种骂法，是“卑劣”的。而你却硬诬赖我“引以为荣”，真是可恶透了。

其实，对于满抱着传统思想的人们，也还大可以这样骂。看目下有些批评文字，表面上虽然没有什么，而骨子里却还是“他妈的”思想，对于这样批评的批评，倒不如直捷爽

廣平兄：

在好看的天亮還未到來之前，再看了一遍大作，我以為還不如不發表。這類題目，其實，在現在，是只能我做的，因為大概要受攻擊。然而我不要緊，一則，我自有還擊的方法；二則，現在做「文學家」似乎有些做厭了，彷彿要變成機械，所以倒很願意從所謂「文壇」上摔下來。至于如諸君之雪花膏派，則究屬「嫩」之一流，犯不上以一篇文章而招得攻擊或誤解，終至于「泣下沾襟」。

那上半篇，倘在小說，或回憶的文章裏，固然毫不足奇，但在論文中，而給現在的中國讀者看，卻還太直白；至于下半篇，則實在有點迂。我在那篇文章裏本來說：這種罵法，是「卑劣」的。而你卻硬誣賴我「引以為榮」，真是可惡透了。

其實，對于滿抱着傳統思想的人們，也還大可以這樣罵。看目下有些批評文字，表面上雖然沒有什麼，而骨子裏卻還是「他媽的」思想，對于這樣批評的批評，倒不如直捷爽快的罵出來，就是「即以其人之道，還治其人之身」，于人我均屬合適。我常想：治中國應該有兩種方法，對新的用新法，對舊的仍然用舊法。例如「遺老」有罪，即該用清朝法律：打屁股。因為這是他所佩服的。民元革命時，對于任何人都寬容（那時稱為「文明」），但待到二次革命失敗，許多舊黨對于革命黨卻不

快的骂出来，就是“即以其人之道，还治其人之身”[①]，于人我均属合适。我常想：治中国应该有两种方法，对新的用新法，对旧的仍然用旧法。例如“遗老”有罪，即该用清朝法律：打屁股。因为这是他所佩服的。民元革命时，对于任何人都宽容（那时称为“文明”），但待到二次革命失败，许多旧党对于革命党却不“文明”了：杀。假使那时（元年）的新党不“文明”，则许多东西早已灭亡，那里会来发挥他们的老手段？现在用“他妈的”来骂那些背着祖宗的木主[②]以自傲的人们，夫岂太过也欤哉!?

还有一篇，今天已经发出去，但将两段并作一个题目了：《五分钟与半年》[③]。多么漂亮呀。

天只管下雨，绣花衫不知如何？放晴的时候，赶紧晒一晒罢，千切千切！

迅。七月二十九，或三十，随便。

①“即以其人之道，还治其人之身”，语出宋代朱熹《中庸》第十三章注。② 木主，也称神主，写有死者姓名作为供奉灵位的木牌。③《五分钟与半年》，即《过时的话》，分《五分钟以后》和《半年以后》两节，载《莽原》周刊第十五期（1925 年 7 月 31 日），署名景宋。

《第贰集》守望

这部分信写于1926年9月至1927年1月，其间鲁迅在厦门大学任教，许广平在广州女师。

两人的心越走越近，面对许广平炽烈而真挚的追爱，鲁迅犹豫了，他心里不肯接受许广平，他认为自己『不配』。再加上世俗的偏见和流言，鲁迅对这段恋情始终是艰涩的。

1926年9月，鲁迅南下到厦门大学任教，许广平则去了广州女师。临行前两人约定各自奋斗，两年后再相聚。分离的思念之苦也充满了浪漫，一封封书信往返于广州和厦门间。只有在书信中，才会发现大先生温柔、体贴的一面。其间既有对所处环境的纪录，更有充满无限关怀的深情。

在这期间，两人的书信来往频繁，通过书信聊以慰藉彼此孤独而热烈的心，守望着这段『惊世骇俗』的师生之恋。

第二集 厦門—廣州

一九二六年九月
至二七年一月．

[第 18 封] 厦门

廣平兄：
我九月一日夜半上船，二日晨七時開，四日午後一
時到厦門，一路無風，船很平穩。這里的話，我一字都
不懂，只得暫到客寓，打電話給林語堂，他便來接，當
晚即移入學校居住了。
我在船上時，看見後面有一隻輪船，總是不遠不近
地走着，我疑心就是廣大。不知你在船中，可看見前面
有一隻船否？倘看見，那我所懸擬的便不錯了。
此地背山面海，風景佳絶，白天雖暖——約八十七
八度——夜却涼。四面幾無人家，離市面約有十里，要
静養倒好的。普通的東西，亦不易買。聽差懶極，不會
做事也不肯做事；郵政也懶極，星期六下午及星期日都
不辦事。
因為教員住室尚未造好（據說一月後可完工，但未
必確），所以我暫住在一間很大的三層樓上，上下雖不
便，眺望却佳。學校開課是二十日，還有許多天可閒。
我寫此信時，你還在船上，但我當于明天發出，則
你一到校，此信也就到了。你到校後，望即見告，那時
再寫較詳細的情形罷，因為現在我初到，還不知道什麽。
迅。
九月四日夜。

广平兄：

我九月一日夜半上船，二日晨七时开，四日午后一时到厦门，一路无风，船很平稳。这里的话，我一字都不懂，只得暂到客寓，打电话给林语堂[①]，他便来接，当晚即移入学校居住了。

我在船上时，看见后面有一只轮船，总是不远不近地走着，我疑心就是“广大”[②]。不知你在船中，可看见前面有一只船否？倘看见，那我所悬拟的便不错了。

此地背山面海，风景佳绝，白天虽暖——约八十七八度[③]——夜却凉。四面几无人家，

离市面约有十里，要静养倒好的。普通的东西，亦不易买。听差懒极，不会做事也不肯做事；邮政也懒极，星期六下午及星期日都不办事。

因为教员住室尚未造好（据说一月后可完工，但未必确），所以我暂住在一间很大的三层楼上，上下虽不便，眺望却佳。学校开课是二十日，还有许多日可闲。

我写此信时，你还在船上，但我当于明天发出，则你一到校，此信也就到了。你到校后，望即见告，那时再写较详细的情形罢，因为现在我初到，还不知什么。

迅。九月四日夜。

① 林语堂（1895 ~ 1976），福建龙溪人，作家。曾留学美国，早期是《语丝》撰稿人之一。先后在北京大学、北京师范大学、北京女子师范大学等校任教，当时任厦门大学文科主任兼国学院秘书。② 许广平应聘赴广州广东女师任教，广大即许所乘轮船“广大号”。③ 此为华氏寒暑表的温度，相当于摄氏 31 度。

[第 19 封] 寓所

（明信片背面）[①]

从后面（南普陀）所照的厦门大学全景。

前面是海，对面是鼓浪屿。最右边的是生物学院和国学院，第三层楼上有■记的便是我所住的地方。

昨夜发飓风，拔木发屋，但我没有受损害。

迅。九，十一。

（明信片正面）

想已到校，已开课否？

此地二十日上课。

十三日。

① 此信写在明信片上。

（明信片背面）
從後面（南普陀）所照的厦门大学全景。
前面是海，對面是鼓浪嶼。最右邊的是生物學院和國學院，第三層樓上有米記的便是我所住的地方。
昨夜發颶風，拔木發屋，但我沒有受損害。
迅。九，十一。
（明信片正面）
想已到校，已開課否？
此地二十日上課。
十三日。

[第 20 封] 客居

广平兄：

依我想，早该得到你的来信了，然而还没有。大约闽粤间的通邮，不大便当，因为并非每日都有船。此地只有一个邮局代办所，星期六下午及星期日不办事，所以今天什么信件也没有——因为是星期——且看明天怎样罢。

我到厦门后发一信（五日），想早到。现在住了已经近十天，渐渐习惯起来了，不过言语仍旧不懂，买东西仍旧不便。开学在二十日，我有六点钟功课，就要忙起来，但未开学之前，却又觉得太闲，有些无聊，倒望从速开学，而且合同的年限早满[①]。学校的房子尚未造齐，所以我暂住在国学院的陈列所空屋里，是三层楼上，眺望风景，极其合宜，我已写好一张有这房子照相的明信片，或者将与此信一同发出。上遂[②]的事没有结果，我心中很不安，然而也无法可想。

十日之夜发飓风，十分利害，林语堂的住宅的房顶也吹破了，门也吹破了，粗如笔管

廣平兄：
依我想，早該得到你的來信了，然而還沒有。大約閩粵間的通郵，不大便當，因爲並非每日都有船。此地只有一個郵局代辦所，星期六下午及星期日不辦事，所以今天什麼信件也沒有——因爲是星期——且看明天怎樣罷。
我到厦门後發一信（五日），想早到。現在住了已經近十天，漸漸習慣起來了，不過言語仍舊不懂，買東西仍舊不便。開學在二十日，我有六點鐘功課，就要忙起來，但未開學之前，却又覺得太閑，有些無聊，倒望從速開學，而且合同的年限早滿。學校的房子尚未造齊，所以我暫住在國學院的陳列所空屋裏，是三層樓上，眺望風景，極其合宜，我已寫好一張有這房子照相的明信片，或者將與此信一同發出。季黻的事沒有結果，我心中很不安，然而也無法可想。
十日之夜發颶風，十分利害，林玉堂的住宅的房頂也吹破了，門也吹破也了，粗如筆管的銅閂也都擰彎，毁東西不少。我所住的屋子只破了一扇外層的百葉窗，此外沒有損失。今天學校近旁的海邊漂來不少東西，有桌子，有枕頭，還有死尸，可見別處還翻了船或漂沒了房屋。
此地四無人煙，圖書館中書籍不多，常在一處的人，又都是「面笑心不笑」，無話可談，真是無聊之至。海水浴倒是很近便，但我多年沒有浮水了；又想，倘若你

在這里，恐怕一定不贊成我這種舉動，所以沒有去洗，以後也不去洗罷，學校有洗浴處的。夜間，電燈一開，飛蟲聚集甚多，幾乎不能做事，此後事情一多，大約非早睡而一早起來做不可。 迅。
九月十二夜。

今天（十四日）上午到郵政代辦所去看看，得到你六日八日的兩封來信，高興極了。此地的代辦所太懶，信件往往放在櫃臺上，不送來，此後來信，可于厦门大学下加「國学院」三字，使他易于投遞，且看如何。這幾天，我是每日去看的，昨天還未見你的信，因想起報載英国鬼子在廣州胡鬧，進口船或者要受影響，所以心中很不安，現在放心了。看上海報，北京已戒嚴，不知何故；女師大已被合併為女子学院，師範部的主任是林素園（小研究系），而且于四日武裝接收了，真令人氣憤，但此時無暇管也無法管，只得暫且不去理會牠，還有將來呢。

回上去講我途中的事，同房的是一個五十多歲的廣東人，姓魏或韋，我沒有問清楚，似乎也是民黨中人，所以還可談，也許是老同盟會員罷。但我們不大談政事，因為彼此都不知道底細；也曾問他從厦门到廣州的走法，據說最好是從厦门到汕頭，再到廣州，和你所聞于客棧中人的話一樣。船中的飯菜頗敎，與「廣大」同，也有雞粥之，船也平穩；但無耶穌教徒，比你所遭遇的好得多了。小船的傾側，真太危險，幸而終于「馬」已登陸，使我得以放心。我到厦门時，亦以小船搬入学校，浪也不

的铜闩也都挤弯，毁东西不少。我住的屋子只破了一扇外层的百叶窗，此外没有损失。今天学校近旁的海边漂来不少东西，有桌子，有枕头，还有死尸，可见别处还翻了船或漂没了房屋。

此地四无人烟，图书馆中书籍不多，常在一处的人，又都是"面笑心不笑"，无话可谈，真是无聊之至。海水浴倒是很近便，但我多年没有浮水了；又想，倘若你在这里，恐怕一定不赞成我这种举动，所以没有去洗，以后也不去洗罢，学校有洗浴处的。夜间，电灯一开，飞虫聚集甚多，几乎不能做事，此后事情一多，大约非早睡而一早起来做不可。

迅。九月十二夜。

今天（十四日）上午到邮政代办所去看看，得到你六日八日的两封来信，高兴极了。此地的代办所太懒，信件往往放在柜台上，不送来，此后来信，可于厦门大学下加"国学院"三字，使他易于投递，且看如何。这几天，我是每日去看的，昨天还未见你的信，因想起报载英国鬼子在广州胡闹，进口船或者要受影响，所以心中很不安，现在放心了。看上海报，北京已戒严[③]，不知何故；女师大已被合并为女子学院，师范部的主任是林素园

小，但我是從小慣于坐小船的，所以一點也沒有什麼。
我前信似乎說過這里的聽差很不好，現在熟識些了，覺得殊不盡然。大約看慣了北京的聽差的唯唯從命的，即容易覺得南方人的倔強，其實是南方的等級觀念，沒有北方之深，所以便是聽差，也常有平等言動，現在我和他們的感情好起來了，覺得並不可惡。但茶水很不便，所以我現在少喝茶了，或者這倒是好的。煙卷似乎也比先前少吸。
我上船時，是建人送我去的，還有客棧里的茶房。當未上船之前，我們談了許多話，我纔知道關于我的事情，伏園已經大大的宣傳過了，還做些演義。所以上海的有些人，見我們同車到此，便深信伏園之說了，然而也並不為奇。
我已不喝酒了，飯是每餐一大碗（方底的碗，等于尖底的兩碗），但因為此地的菜總是淡而無味（校內的飯菜是不能吃的，我們合雇了一個廚子，每月工錢十元，每人飯菜錢十元，但仍然淡而無味），所以還不免吃點辣椒末，但我還想改良，逐漸停止。
我的功課，大約每週當有六小時，因為玉堂希望我多講，情不可卻。其中兩點是小說史，無須豫備；兩點是專書研究，須豫備；兩點是中國文學史，須編講義。看看這里舊存的講義，則我隨便講講就很夠了，但我還想認真一點，編成一本較好的文學史。你已在大大地用功，豫備講義了罷，但每班一小時，八時相同，或者不至于很費力罷。此地北伐順利的消息也甚多，極快人意。報上又常有閩粵風雲緊張之說，在這里卻看不出，不過聽說鼓浪嶼上已有很多寓客，極少空屋了，這嶼就在學校對面，坐船板一二十分鐘可到。
迅。 九月十四日午

（小研究系），而且于四日武装接收[4]了，真令人气愤，但此时无暇管也无法管，只得暂且不去理会它，还有将来呢。

回上去讲我途中的事，同房的是一个五十多岁的广东人，姓魏或韦，我没有问清楚，似乎也是民党中人，所以还可谈，也许是老同盟会员罢。但我们不大谈政事，因为彼此都不知道底细，也曾问他从厦门到广州的走法，据说最好是从厦门到汕头，再到广州，和你所闻于客栈中人的话一样。船中的饭菜顿数，与广大同，也有鸡粥；船也很平；但无耶稣教徒，比你所遭遇的好得多了。小船的倾侧，真太危险，幸而终于“马”已登陆，使我得以放心。我到厦门时，亦以小船搬入学校，浪也不小，但我是从小惯于坐小船的，所以一点也没有什么。

我前信似乎说过这里的听差很不好，现在熟识些了，觉得殊不尽然。大约看惯了北京的听差的唯唯从命的，即容易觉得南方人的倔强，其实是南方的等级观念，没有北方之深，所以便是听差，也常有平等言动，现在我和他们的感情好起来了，觉得并不可恶。但茶水很不便，所以我现在少喝茶了，或者这倒是好的。烟卷似乎也比先前少吸。

我上船时，是克士[5]送我去的，还有客栈里的茶房。当未上船之前，我们谈了许多话，我才知道关于我的事情[6]，伏园已经大大的宣传过了，还做些演义。所以上海的有些人，见我们同车到此，便深信伏园之说了，然而也并不为奇。

我已不喝酒了，饭是每餐一大碗（方底的碗，等于尖底的两碗），但因为此地的菜总是淡而无味（校内的饭菜是不能吃的，我们合雇了一个厨子，每月工钱十元，每人饭菜钱十元，但仍然淡而无味），所以还不免吃点辣椒末，但我还想改良，逐渐停止。

我的功课，大约每周当有六小时，因为语堂希望我多讲，情不可却。其中两点是小说史，无须豫备；两点是专书研究，须豫备；两点是中国文学史，须编讲义。看看这里旧存的讲义，则我随便讲讲就很够了，但我还想认真一点，编成一本较好的文学史。你已在大大地用功，豫备讲义了罢，但每班一小时，八时相同，或者不至于很费力罢。此地北伐顺利的消息也甚多，极快人意。报上又常有闽粤风云紧张之说，在这里却看不出，不过听说鼓浪屿上已有很多寓客，极少空屋了，这屿就在学校对面，坐舢板一二十分钟可到。

迅。九月十四日午。

---

① 据 1927 年 1 月 15 日《厦声日报》所载《与鲁迅的一席话》，鲁迅受聘于厦门大学，原定期限为两年。② 上遂，原信作季黻，即许寿裳（1883 ~ 1948），字季黻，号上遂，浙江绍兴人，教育家。鲁迅留学日本弘文学院时的同学，后又在教育部、北京女子师范大学、广州中山大学等处与鲁迅同事多年。当时鲁迅正在为他谋职。抗日战争胜利后在台湾大学任教。1948 年 2 月 18 日深夜被刺杀于台北寓所。③ 北京戒严：奉系军阀与直系军阀争夺对北京的控制权，奉系张宗昌于 1926 年 9 月 3 日夜十时突然发布戒严令。④ 武装接收：1926 年 8 月 28 日，北洋政府决定将北京女子师范大学改为师范部，并入北京女子学院，由教育总长任可澄自兼院长，并任命林素园为师范部学长。9 月 4 日，任可澄同林素园率领军警武装接收女师大。⑤ 克士，原信作建人，即周建人（1888 ~ 1984），字乔峰，笔名克士，鲁迅的三弟，生物学家。当时在商务印书馆任编辑。⑥ 我的事情，指作者与许广平恋爱之事。

[第 21 封] 开学

广平兄：

十三日发的给我的信，已经收到了。我从五日发了一信之后，直到十四日才发信，十四以前，我只是等着等着，并没有写信，这一封才是第三封。前天，我寄上了《彷徨》和《十二个》[①]各一本。

看你所开的职务[②]，似乎很繁重，住处[③]亦不见佳。这种四面“碰壁”的住所，北京没有，上海是有的，在厦门客店里也看见过，实在使人气闷。职务有定，除自己心知其意，善为处理外，更无他法；住室却总该有一间较好的才是，否则，恐怕要瘦下。

本校今天行开学礼，学生在三四百人之间，就算作四百人罢，分为豫科及本科七系，

廣平兄：
十三日發的給我的信，已經收到了。我從五日發了
一信之後，直到十四日才發信；十四以前，我只是等着
等着，並沒有寫信，這一封纔是第三封。前天，我寄上
了「彷徨」和「十二個」各一本。
看你所開的職務，似乎很繁重，住處亦不見佳。這
種四面「碰壁」的住所，北京沒有，上海是有的，在廈
門客底裏也看見過，實在使人氣悶。職務有定，除自己
心知其意，善為處理外，更無他法；住室却總該有一間
較好的纔是，否則，恐怕要瘦下。
本校今天行開學禮，學生在三四百人之間，就算作
四百人罷，分為豫科及本科七系，每系分三級，則每級
人數之寥寥，也可想而知。此地不但交通不便，招考極
嚴，寄宿舍也只容四百人，四面是荒地，無屋可租，即
使有人要來，也無處可住，而學校當局還想本校發達，
真是夢想。大約早先就是沒有計畫的，現在也很散漫，
我們來後，都被擱在須作陳列室的大洋樓上，至今尚無
一定住所。聽說現正趕造着教員的住所，但何時造成，
殊不可知。我現在如去上課，須走石階九十六級，來回
就是一百九十二級；喝開水也不容易，幸而近來倒已習
慣，不大喝茶了。我和兼士及顧頡剛，是早就收到聘書
的，此外還有幾個人，已經到此，而忽然不送聘書，玉
堂費了許多力，才于前天送來；玉堂在此似乎也不大順
手，所以季黻的事，竟無法開口。
我的薪水不可謂不多，教科是五或六小時，也可以
算很少，但別的所謂「相當職務」，却太繁，有本校季
刊的作文，有本院季刊的作文，有指導研究員的事（將
來還有審查），合計起來，很夠做做了。學校當局又急

每系分三级，则每级人数之寥寥，亦可想而知。此地不但交通不便，招考极严，寄宿舍也只容四百人，四面是荒地，无屋可租，即使有人要来，也无处可住，而学校当局还想本校发达，真是梦想。大约早先就是没有计画的，现在也很散漫，我们来后，都被搁在须作陈列室的大洋楼上，至今尚无一定住所。听说现正赶造着教员的住所，但何时造成，殊不可知。我现在如去上课，须走石阶九十六级，来回就是一百九十二级；喝开水也不容易，幸而近来倒已习惯，不大喝茶了。我和兼士[④]及朱山根[⑤]，是早就收到聘书的，此外还有几个人，已经到此，而忽然不送聘书，玉堂费了许多力，才于前天送来；玉堂在此似乎也不大顺手，所以上遂的事，竟无法开口。

我的薪水不可谓不多，教科是五或六小时，也可以算很少，但别的所谓“相当职务”，却太繁，有本校季刊的作文，有本院季刊的作文，有指导研究员的事（将来还有审查），合计起来，很够做做了。学校当局又急于事功，问履历，问著作，问计画，问年底有什么成绩发表，令人看得心烦。其实我只要将《古小说钩沉》整理一下拿出去，就可以作为研究教授三四年的成绩了，其余都可以置之不理，但为了玉堂好意请我，所以我除教文学史外，还拟指导一种编辑书目的事[⑥]，范围颇大，两三年未必能完，但这也只能做到那里算那里了。

在国学院里的，朱山根是胡适之[⑦]的信徒，另外还有两三个，好像都是朱荐的，和他

于事功，開履歷，開著作，開計畫，開年底有什麽成績發表，令人看得心煩。其實我只要將「古小說鉤沈」整理一下拿出去，就可以作為研究教授三四年的成績了，其餘都可以置之不理，但為了玉堂好意請我，所以我除教文學史外，還擬指導一種編輯書目的事，範圍頗大，兩三年未必能完，但這也只能做到那里算那里了。

在國學院裏的，顧頡剛是胡適之的信徒，另外還有兩三個，好像都是顧薦的，和他大同小異，而更淺薄，一到這里，孫伏園便要算可以談談的了。我真想不到天下何其淺薄者之多。他們面目倒漂亮的，而語言無味，夜間還要玩留聲機，什麽梅蘭芳之類。我現在惟一的方法是少說話；他們的家眷到來之後，大約要搬往別處去了罷。從前在女師大做辦事員的黄堅是一個職員兼林玉堂的秘書，一樣浮而不實，將来也許會興風作浪，我現在也竭力地少和他往來。此外，教員內有一個熟人，是先前往陝西去時認識的，似乎還好；集美中學內有師大舊学生五人，都是國文系畢業的，昨天他们請我们喫飯，算作歡迎，他们是主張白話的，在此好像有點孤立。

這一星期以來，我對于本地更加習慣了，飯量照舊，這幾天而且更能睡覺，每晚總可以睡九至十小時；但還有點懶，未曾理髮，只在前晚用安全剃刀刮了一回鬍鬚而已。我想從此整理為較有條理的生活，大約只要少應酬，關起門來，是做得到的。此地的點心很好；鮮龍眼已喫過了，並不見佳，還是香蕉好。但我不能自己去買

大同小异，而更浅薄，一到这里，孙伏园便要算可以谈谈的了。我真想不到天下何其浅薄者之多。他们面目倒漂亮的，而语言无味，夜间还要玩留声机，什么梅兰芳[8]之类。我现在惟一的方法是少说话；他们的家眷到来之后，大约要搬往别处去了罢。从前在女师大做办事员的白果[9]是一个职员兼玉堂的秘书，一样浮而不实，将来也许会兴风作浪，我现在也竭力地少和他往来。此外，教员内有一个熟人[10]，是先前往陕西去时认识的，似乎还好；集美中学内有师大旧学生五人[11]，都是国文系毕业的，昨天他们请我们吃饭，算作欢迎，他们是主张白话的，在此好像有点孤立。

这一星期以来，我对于本地更加习惯了，饭量照旧，这几天而且更能睡觉，每晚总可以睡九至十小时；但还有点懒，未曾理发，只在前晚用安全剃刀刮了一回髭须而已。我想从此整理为较有条理的生活，大约只要少应酬，关起门来，是做得到的。此地的点心很好；鲜龙眼已吃过了，并不见佳，还是香蕉好。但我不能自己去买东西，因为离市有十里，校旁只有一个小店，东西非常之少，店中人能说几句“普通话”，但我懂不到一半。这里的人似乎很有点欺生。因为是闽南了，所以称我们为北人；我被称为北人，这回是第一次。

東西，因為雜市有十里，校旁只有一個小店，東西非常之少，店中人能說幾句「普通話」，但我懂不到一半。這里的人似乎很有點欺生。因為是閩南了，所以稱我們為北人；我被稱為北人，這回是第一次。

現在的天氣正像北京的夏末，蟲類多極了，最利害的是螞蟻，有大有小，無處不至，點心是放不過夜的。蚊子倒不多，大概是因為我在三層樓上之故。生瘧疾的很多，所以校醫常給我們喫金雞納。霍亂已經減少了。但那街道，却真是壞，其實是在繞着人家的牆下，簷下走，無所謂路的。

兼士似乎還要回京去，他要我代他的職務，我不答應他。最初的布置，我未與聞，中途接手，一班絕不相干的人，指揮不靈，如何措手，還不如關起門來，「自掃門前雪」罷，況且我的工作也已經够多了。

章錫琛託建人寫信給我，說想託你給「新女性」做一點文章，囑我轉達。不知可有這興致？如有，可先寄我，我看後轉寄去。「新女性」的編輯，近來好像是建人了，不知何故。那第九(?)期，我已寄上，想早到了。

我從昨日起，已停止喫青椒，而改為胡椒了，特此奉聞。再談。

迅。九月二十日下午。

现在的天气正像北京的夏末，虫类多极了，最利害的是蚂蚁，有大有小，无处不至，点心是放不过夜的。蚊子倒不多，大概是因为我在三层楼上之故。生疟疾的很多，所以校医给我们吃金鸡纳[12]。霍乱已经减少了。但那街道，却真是坏，其实是在绕着人家的墙下，檐下走，无所谓路的。

兼士似乎还要回京去，他要我代他的职务，我不答应他。最初的布置，我未与闻，中途接手，一班绝不相干的人，指挥不灵，如何措手，还不如关起门来，“自扫门前雪”罢，况且我的工作也已经够多了。

章锡琛托建人写信给我，说想托你给《新女性》[13]做一点文章，嘱我转达。不知可有这兴致？如有，可先寄我，我看后转寄去。《新女性》的编辑，近来好像是建人了，不知何故。那第九（？）期，我已寄上，想早到了。

我从昨日起，已停止吃青椒，而改为胡椒了，特此奉闻。再谈。

迅。九月二十日下午。

①《十二个》：长诗，苏联勃洛克著，胡敩译，鲁迅作后记，1926年8月北新书局出版。② 你所开的职务：许广平1926年9月12日致鲁迅信中说，她除授课外还担任广东女师训育主任，权责多达十七项。③ 住处：许广平校中宿舍狭而暗，周围无窗，四面“碰壁”。④ 兼士：沈兼士（1886 ~ 1947），浙江吴兴人。当时是厦门大学国学研究院研究部主任。⑤ 朱山根，原信作顾颉刚（1893 ~ 1980），江苏吴县人，历史学家。当时任厦门大学国学院教授兼文科国文系名誉讲师。⑥ 据1926年12月4日《厦大周刊》：厦门大学国学院计划编印《中国图书志》，内容包括谱录、春秋、地理、曲、道家儒家、尚书、小学、医学、小说、金石、政书、集、法家共十三类书目。鲁迅负责小说类。⑦ 胡适之（1891 ~ 1962），名适，字适之，安徽绩溪人，早年留学美国，“五四”时期新文化运动的代表人物之一。当时是北京大学教授，现代评论派的精神领袖。⑧ 梅兰芳（1894 ~ 1961），名澜，字畹华，江苏泰州人，京剧表演艺术家。⑨ 白果，原信作黄坚。字振玉，江西清江人，曾任北京女子师范大学教务处和总务处秘书。当时任厦门大学国学院陈列部干事兼文科主任办公室襄理。⑩ 指陈定谟（18894 ~ 1961），江苏昆山人。曾任北京大学教授，1924年任天津南开大学教授，同年7月与鲁迅同去西安讲学。当时任厦门大学社会科学教授。⑪ 指戴锡樟、吴菁、赵宗闽、林品石、宋文翰，鲁迅在北京师范大学国文系任教时的学生。⑫ 金鸡纳：一作金鸡纳霜，即奎宁。⑬《新女性》：月刊，1926年1月创刊，章锡琛主编。1929年12月停刊，共出四卷。上海新女性社发行。

[第22封] 安好

广平兄：

十七日的来信，今天收到了。我从五日发信后，只在十三日发一信片，十四日发一信，中间间隔，的确太多，致使你猜我感冒，我真不知怎样说才好。回想那时，也有些傻气，因为我到此以后，正听见英人在广州肇事[①]，遂疑你所坐的船，亦将为彼等所阻，所以只盼望来信，连寄信的事也拖延了。这结果，却使你久不得我的信。

现在十四的信，总该早到了罢。此后，我又于同日寄《新女性》一本，于十八日寄《彷徨》及《十二个》各一本，于二十日寄信一封（信面却写了廿一），想来都该到在此信之前。

我在这里，不便则有之，身体却好，此地并无人力车，只好坐船或步行，现在已经练得走扶梯百余级，毫不费力了。眠食也都好，每晚吃金鸡纳霜一粒，别的药一概未吃。昨日到市去，买了一瓶麦精鱼肝油，拟日内吃它。因为此地得开水颇难，所以不能吃散拿吐瑾[②]。但十天内外，我要移住到旧的教员寄宿所去了，那时情形又当与此不同，或者易得开水罢。（教员寄宿舍有两所，一所住单身人者曰“博学楼”，一所住有夫人者曰“兼爱楼”，不知何人所名，颇可笑。）

教科也不算忙，我只六时，开学之结果，专书研究二小时无人选，只剩了文学史，小

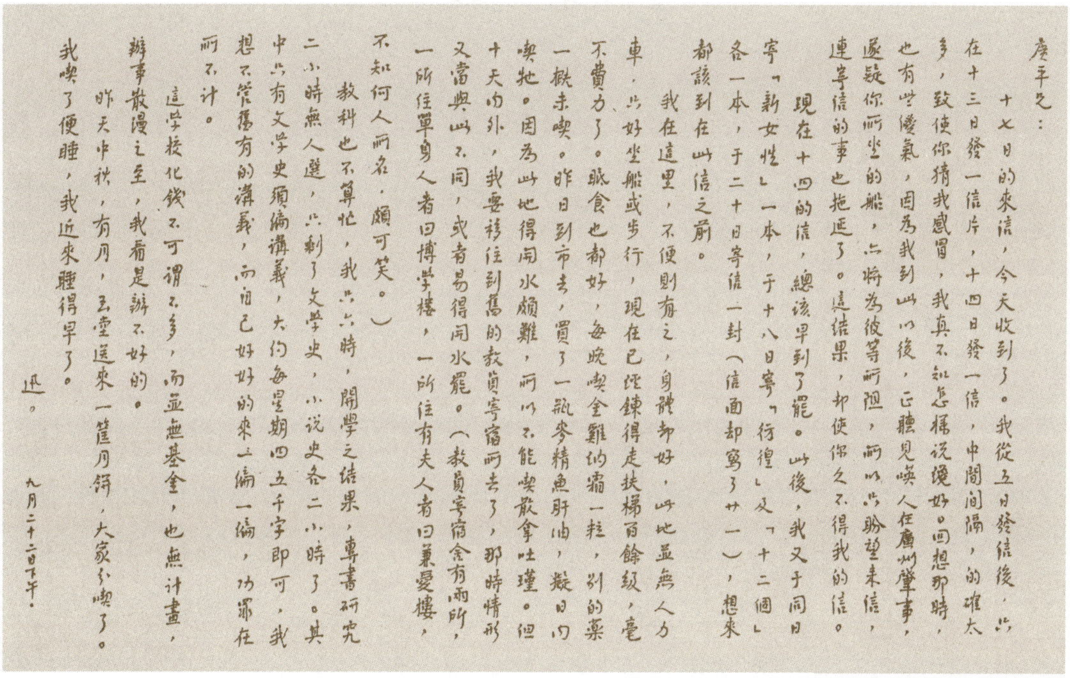
廣平兄：

十七日的來信，今天收到了。我從五日發信後，只在十三日發一信片，十四日發一信，中間間隔，的確太多，致使你猜我感冒，我真不知怎樣說纔好。回想那時，也有些憂氣，因為我到此以後，正聽見英人在廣州肇事，遂疑你所坐的船，只將為彼等所阻，所以只盼望來信，連寫信的事也拖延了。這結果，卻使你久不得我的信。

現在十四的信，總該早到了罷。此後，我又于同日寄「新女性」一本，于十八日寄「彷徨」及「十二個」各一本，于二十日寄信一封（信面卻寫了廿一），想來都該到在此信之前。

我在這裡，不便則有之，身體卻好，此地並無人力車，只好坐船或步行，現在已經鍊得走扶梯百餘級，毫不費力了。眠食也都好，每晚喫金雞納霜一粒，别的藥一概未喫。昨日到市去，買了一瓶麥精魚肝油，擬日內喫他。因為此地得開水頗難，所以不能喫散拿吐瑾。但十天以外，我要移住到舊的教員寄宿所去了，那時情形又當與此不同，或者易得開水罷。（教員寄宿舍有兩所，一所住單身人者曰博學樓，一所住有夫人者曰兼愛樓，不知何人所名，頗可笑。）

教科也不算忙，我只六時，開學之結果，專書研究二小時無人選，只剩了文學史，小說史各二小時了。其中只有文學史須編講義，大約每星期四五千字即可，我想不管舊有的講義，而自己好好的來之編一編，功罪在所不計。

這學校化錢不可謂不多，而並無基金，也無計畫，辦事散漫之至，我看是辦不好的。

昨天中秋，有月，玉堂送來一筐月餅，大家分喫了。我喫了便睡，我近來睡得早了。

迅。九月二十二日下午。

说史各二小时了。其中只有文学史须编讲义，大约每星期四五千字即可，我想不管旧有的讲义，而自己好好的来编一编，功罪在所不计。

这学校化钱不可谓不多，而并无基金，也无计划，办事散漫之至，我看是办不好的。

昨天中秋，有月，玉堂送来一筐月饼，大家分吃了。我吃了便睡，我近来睡得早了。

迅。九月二十二日下午。

---

① 1926 年 9 月 4 日，英国军舰武装占领广州省港码头，截击货船，并向省港罢工纠察队挑衅。② 散拿吐瑾：德国柏林出产的补脑健胃药品。

[第 23 封] 换房

广平兄：

十八日之晚的信，昨天收到了。我十三日所发的明信片既然已经收到，我惟有希望十四日所发的信也接着收到。我惟有以你现在一定已经收到了我的几封信的事，聊自慰

廣平兄：

十八日之晚的信，昨天收到了。我十三日所發的明信片既然已經收到，我惟有希望十四日所發的信也趕着收到。我惟有以你現在一定已經收到了我的幾封信的事，聊自慰解而已。至于你所寄的七，九，十二，十七的信，我卻都收到了，大抵是我或孫伏園從郵務代辦處去尋來的，他們很亂，或送或不送，堆成一團，只要有人去說要拿那幾封，便給拿去，但冒領的事倒似乎還沒有。我或伏園是每日自去看一回。

看廈大的國學院，越看越不行了。顧頡剛是自稱只佩服胡適陳源兩個人的，而潘家洵，陳萬里，黃堅三人，似皆他所薦引。黃堅（江西人）尤善興風作浪，他曾在

解而已。至于你所寄的七，九，十二，十七的信，我却都收到了，大抵是我或孙伏园从邮务代办处去寻来的，他们很乱，或送或不送，堆成一团，只要有人去说要拿那几封，便给拿去，但冒领的事倒似乎还没有。我或伏园是每日自去看一回。

看厦大的国学院，越看越不行了。朱山根是自称只佩服胡适陈源两个人的，而田千顷，辛家本①，白果三人，似皆他所荐引。白果尤善兴风作浪，他曾在女师大做过职员，你该知道的罢，现在是玉堂的襄理，还兼别的事，对于较小的职员，气焰不可当，嘴里都是油滑话。我因为亲闻他密语玉堂，“谁怎样不好”等等，就看不起他了。前天就很给他碰了一个钉子，他昨天借题报复，我便又给他碰了一个大钉子，而自己则辞去国学院兼职。我是不与此辈共事的，否则，何必到厦门。

我原住的房屋，要陈列物品了，我就须搬。而学校之办法甚奇，一面催我们，却并不指出搬到那里，教员寄宿舍已经人满，而附近又无客栈，真是无法可想。后来总算指给我一间了，但器具毫无，向他们要，则白果又故意特别刁难起来（不知何意，此人大概是

有喜欢给别人吃点小苦头的脾气的），要我开帐签名具领，于是就给碰了一个钉子而又大发其怒。大发其怒之后，器具就有了，还格外添了一把躺椅，总务长[②]亲自监督搬运。因为玉堂邀请我一场，我本想做点事，现在看来，恐怕是不行的，能否到一年，也很难说，所以我已决计将工作范围缩小，希图在短时日中，可以有点小成绩，不算来骗别人的钱。

此校用钱并不少，也很不撙节，而有许多悭吝举动，却令人难耐。即如今天我搬房时，就又有一件。房中原有两个电灯，我当然只用一个的，而有电机匠来，必要取去其一个玻璃泡，止之不可。其实对于一个教员，薪水已经化了这许多了，多点一个电灯或少点一个，又何必如此计较呢。

至于我今天所搬的房，却比先前的静多了，房子颇大，是在楼上。前回的明信片上，不是有照相么？中间一共五座，其一是图书馆，我就住在那楼上，间壁是孙伏园和张颐[③]教授（今天才到，原先也是北大教员），那一面是钉书作场，现在还没有人。我的房有两个窗门，可以看见山。今天晚上，心就安静得多了，第一是离开了那些无聊人，也不必一同吃

女師大做過職員，你該知道的罷，現在是玉堂的襄理，還兼別的事，對于較小的職員，氣燄不可當，嘴裏都是油滑話。我因為親聞他密語玉堂，「誰怎樣不好」等等，就看不起他了。前天就很給他碰了一個釘子，他昨天借題報復，我便又給他碰了一個大釘子，而自己則辭去國學院兼職。我是不與此輩共事的，否則，何必到廈門。

我原住的房屋，要陳列物品了，我就須搬。而學校之辦法甚奇，一面催我們，卻並不指出搬到那里，教員寄宿舍已住人滿，而附近又無客棧，真是無法可想。後來總算指給我一間了，但器具毫無，向他們要，則黃堅又故意特別刁難起來（不知何意，此人大概是有喜歡給別人吃點小苦頭的脾氣的），要我開賬簽名具領，于是

饭，听些无聊话了，这就很舒服。今天晚饭是在一个小店里买了面包和罐头牛肉吃的，明天大概仍要叫厨子包做。又自雇了一个当差的，每月连饭钱十二元，懂得两三句普通话，但恐怕颇有点懒。如果再没有什么麻烦事，我想开手编《中国文学史略》④了。来听我的讲义的学生，一共有二十三人（内女生二人），这不但是国文系全部，而且还含有英文，教育系的。这里的动物学系，全班只有一人，天天和教员对坐而听讲。

就給碰了一個釘子而又大發其怒。大發其怒之後，器具就有了，還格外添了一把躺椅，總務長親自監督搬運。因為玉堂邀請我一場，我本想做點事，現在看來，恐怕是不行的，能否到一年，也很難說，所以我已決計將工作範圍縮小，希圖在短時日中，可以有點小成績，不算來騙別人的錢。

此校用錢並不少，也很不撙節，而有許多悭吝舉動，卻令人難耐。即如今天我搬房時，就又有一件。房中原有兩個電燈，我當然只用一個的，而有電機匠來，必要取去其一個玻璃泡，止之不可。其實對于一個教員，薪水已經化了這許多了，多點一個電燈或少點一個，又何必如此計較呢。

但是我也许还要搬。因为现在是图书馆主任正请假着，由玉堂代理，所以他有权。一旦本人回来，或者又有变化也难说。在荒地里开学校，无器具，无房屋给教员住，实在可笑。至于搬到那里去，现在是无从揣测的。

现在的住房还有一样好处，就是到平地只须走扶梯二十四级，比原先要少七十二级了。然而“有利必有弊”，那“弊”是看不见海，只能见轮船的烟通。

今夜的月色还很好，在楼下徘徊了片时，因有风，遂回，已是十一点半了。我想，我

至于我今天所搬的房，却比先前的静多了，房子颇大，是在樓上。前回的明信片上，不是有照相麽？中间一共五座，其一是圖書館，我就住在那樓上，间壁是理伏園和張頤（今天纔到，也是北大教員），那一面是釘書作場，現在還沒有人。我的房有兩個窗门，可以看見山。今天晚上，心就安靜得多了，第一是離開了那些無聊人，也不必一同喫飯，聽些無聊話了，這就很舒服。今天晚飯是在一個小店裏買了麵包和罐頭牛肉喫的，明天大概仍要叫厨子包做。又自僱了一個當差的，每月連飯錢十二元，懂得兩三句普通話，但恐怕頗有點懶。如果再沒有什麼麻煩事，我想用手编『中國文学史略』了。來聽我的講義的學生，一共有二十三人（内女生二人），

的十四的信，到二十，二十一或二十二总该寄到了罢，后天（二十七）也许有信来，因先来写了这两张，待二十八日寄出。

二十二日曾寄一信，想已到了。

迅。二十五日之夜。

今天是礼拜，大风，但比起那一次来，却差得远了。明天未必一定有从粤来的船，所以昨天写好的两张信，我决计于明天一早寄出。

昨天雇了一个人，叫作流水，然而是替工，今天本人来了，叫作春来，也能说几句普通话，大约可以用罢。今天又买了许多器具，大抵是铝做的，又买了一只小水缸，所以现在是不但茶水饶足，连吃散拿吐瑾也不为难了。（我从这次旅行，才觉到散拿吐瑾是补品中之最麻烦者，因为它须兼用冷水热水两种，别的补品不如此。）

今天忽然有瓦匠来给我刷墙壁了，懒懒地乱了一天。夜间大约也未必能静心编讲义，玩一整天再说罢。

迅。九月二十六日晚七点钟。

這不但是國文系全部，而且還含有英文，教育系的。這里的動物學系，全班只有一人，天天和教員對坐而聽講。

但是我也許還要搬。因為現在是圖書館主任正請假着，由玉堂代理，所以他有權。一旦本人回來，或者又有變化也難說。在荒地裏開學校，無器具，無房屋給教員住，實在可笑。至于搬到那里去，現在是無從揣測的。

現在的住房還有一樣好處，就是到平地只須走扶梯二十四級，比原先要少七十二級了，然而「有利必有弊」，那「弊」是看不見海，只能見輪船的煙通。

今夜的月色還很好，在樓下徘徊了片時，因有風，遂回，已是十一點半了。我想，我的十四的信，到二十，二十一或二十二總該寄到了罷，後天（二十七）也許有信來，因先來寫了這兩張，待二十八日寄出。

二十二日曾寄一信，想已到了。

迅。

二十五日之夜。

今天是禮拜，大風，但比起那一次來，却差得遠了。明天未必一定有從粵來的船，所以昨天寫好的兩張信，我決計于明天一早寄出。

昨天雇了一個人，叫作流水，然而是替工，今天本人來了，叫作春來，也能說几句普通話，大约可以用罷。今天又買了許多器具，大抵是鋁做的，又買了一隻小水缸，所以現在是不但茶水饒足，連喫散拿吐瑾也不為難了。（我從這次旅行，纔覺到散拿吐瑾是補品中之最麻煩麻者，因為牠須兼用冷水熱水兩種，別的補品不如此。）

今天忽然有瓦匠來給我刷牆壁了，懶懶地亂了一天。夜間大约也未必能靜心編講義，玩一整天再說罷。

迅。

九月二十六日晚七點鐘。

---

① 田千顷，原信作陈万里（1891 ~ 1969），江苏吴县人，当时任厦门大学国学院考古学导师，兼造型部干事和文科国文系名誉讲师。辛家本，原信作潘家洵（1896 ~ 1989），江苏吴县人，翻译家。当时任厦门大学国学院英文编辑，兼外国语言文学系讲师。② 总务长：指周辨明（1891 ~ 1984），字汴明，福建惠安人，当时任厦门大学外国语言文学系主任，语言学教授兼总务处主任。③ 张颐（1887 ~ 1969），字真如，四川叙永人，曾任北京大学教授，当时任厦门大学哲学系教授。④ 即《汉文学史纲要》。

[第 24 封] 风土

广平兄：

廿七日寄上一信，收到了没有？今天是我在等你的信了，据我想，你于廿一二大约该有一封信发出，昨天或今天要到的，然而竟还没有到，所以我等着。

我所辞的兼职（研究教授），终于辞不掉，昨晚又将聘书送来了，据说林玉堂因此一晚睡不着。使玉堂睡不着，我想，这是对他不起的，所以只得收下，将辞意取消。玉堂对于国学院，不可谓不热心，但由我看来，希望不多，第一是没有人才，第二是校长有些掣

廣平兄：

廿七日寄上一信，收到了沒有？今天是我在等你的信了，據我想，你于廿一二大约該有一封信發出，昨天或今天要到的，然而竟還沒有到，所以我等着。

我所辭的兼職（研究教授），終于辭不掉，昨晚又將聘書送來了，據說林玉堂因此一晚睡不着。使玉堂睡不着，我想，這是對他不起的，所以只得收下，將辭意取消。玉堂對于國学院，不可謂不熱心，但由我看來，希望不多，第一是沒有人才，第二是校長有些掣肘（我覺得這樣）。但我仍然做我該做的事，從昨天起，已開手編中國文学史講義，今天編好了第一章。眠食都好，飯兩淺碗，睡覺是可以有八或九小時。

從前天起，開始喫散拿吐瑾，只是白糖無法辦理。這里的馬蟻可怕極了，有一種小而紅的，無處不到。我現在將糖放在碗裏，將碗放在貯水的盤中，然而倘若偶然忘記，則頃刻之間，滿碗都是小馬蟻。點心也這樣。這里的點心很好，而我近來卻怕敢買了，買來之後，喫過幾個，其餘的竟無處安放，我住在四層楼上的時候，常將一包點心和馬蟻一同拋到草地裏去。

風也很利害，幾乎天天發，較大的時候，令人疑心窗玻璃就要吹破；若在屋外，則走路倘不小心，也可以

肘（我觉得这样）。但我仍然做我该做的事，从昨天起，已开手编中国文学史讲义，今天编好了第一章。眠食都好，饭两浅碗，睡觉是可以有八或九小时。

从前天起，开始吃散拿吐瑾，只是白糖无法办理。这里的蚂蚁可怕极了，有一种小而红的，无处不到。我现在将糖放在碗里，将碗放在贮水的盘中，然而倘若偶然忘记，则顷刻之间，满碗都是小蚂蚁。点心也这样。这里的点心很好，而我近来却怕敢买了，买来之后，吃过几个，其余的竟无处安放，我住在四层楼上的时候，常将一包点心和蚂蚁一同抛到草地里去。

风也很利害，几乎天天发，较大的时候，令人疑心窗玻璃就要吹破；若在屋外，则走路倘不小心，也可以被吹倒的。现在就呼呼地吹着。我初到时，夜夜听到波声，现在不听见了，因为习惯了，再过几时，风声也会习惯的罢。

现在的天气，同我初来时差不多，须穿夏衣，用凉席，在太阳下行走，即遍身是汗。听说这样的天气，要继续到十月（阳历？）底。

L. S. [1]九月二十八日夜。

被吹倒的。現在就呼呼地吹着。我初到時，夜夜聽到波聲，現在不聽見了，因為習慣了，再過些時，風聲也會習慣的罷。

現在的天氣，同我初來時差不多，須穿夏衣，用涼席，在太陽下行走，即遍身是汗。聽說這樣的天氣，要繼續到十月（陽歷？）底。

九月二十八日夜。 L.S.

今天下午收到廿四發的來信了，我所料的並不錯。但粵中學生情形如此，却真出于我的「意表之外」，北京似乎還不至此。你自然只能照你來信所說的做，但看那些職務，不是忙得連一點閒空都沒有了麽？我想，做事自然是應該做的，但不要拚命地做才好。此地對于外面的情形，也不大了然，看今天的報章，登有上海電（但這些電報是甚麽來路，却不明），總結起來：武昌還未降，大約要攻擊；南昌猛撲數次，未取得；孫傳芳已出兵；吳佩孚似乎在鄭州，現正與奉天方面暗爭保定大名。

我之願合同早滿者，就是願意年月過得快，快到民國十七年，可惜來此未及一月，却如過了一年了。其實此地對于我的身體，彷彿倒好，能喫能睡，便是證據，也許肥胖一點了罷。不過總有些無聊，有些不高興，好像不能安居樂業似的，但我也以轉瞬便是半年，一年，聊自排遣，或者開手編講義，來排遣排遣，所以眠食是好的。我在這里的情形，就是如此，還可以無需幫助，你還是給學校辦點事的好。

今天下午收到廿四发的来信了，我所料的并不错。但粤中学生情形[②]如此，却真出于我的“意表之外”，北京似乎还不至此。你自然只能照你来信所说的做，但看那些职务，不是忙得连一点闲空都没有了么？我想，做事自然是应该做的，但不要拚命地做才好。此地对于外面的情形，也不大了然，看今天的报章，登有上海电（但这些电报是什么来路，却不明），总结起来：武昌还未降，大约要攻击；南昌猛扑数次，未取得；孙传芳已出兵[③]；吴佩孚似乎在郑州[④]，现正与奉天方面暗争保定大名。

我之愿合同早满者，就是愿意年月过得快，快到民国十七年[⑤]，可惜来此未及一月，却如过了一年了。其实此地对于我的身体，仿佛倒好，能吃能睡，便是证据，也许肥胖一点了罢。不过总有些无聊，有些不高兴，好像不能安居乐业似的，但我也以转瞬便是半年，一年，聊自排遣，或者开手编讲义，来排遣排遣，所以眠食是好的。我在这里的情形，就是如此，还可以无需帮助，你还是给学校办点事的好。

中秋的情形，前信说过了。谢君的事[⑥]，原已早向玉堂提过的，没有消息。听说这里喜欢用“外江佬”，理由是因为倘有不合，外江佬卷铺盖就走了，从此完事，本地人却永久在近旁，容易结怨云。这也是一种特别的哲学。谢君的令兄我想暂且不去访问他，否

中秋的情形，前信說過了。謝君的事，原已早向玉堂提過的，没有消息。聽說這里喜歡用「外江佬」，理由是因為倘有不合，「外江佬」捲鋪蓋就走了，從此完事，本地人却永久在近旁，容易結怨云。這也是一種特別的哲學。謝君的令兄我想暫且不去訪問他，否則，他須來招呼我，我又須去回謝他，反而多一番應酬也。

伏園今天接孟餘一電，招他往粵辦報，他去否似尚未定。這電報是廿三發的，走了七天，同信一樣慢，真奇。至于他所宣傳的，大略是說：他家不但常有男學生，也常有女學生，但他是愛高的那一個的，因為她最有才氣云云。平常凡得很，正如伏園之人，不足道也。

此地所請的教授，我和兼士之外，還有顧頡剛。這人是陳源之流，我是早知道的，現在一調查，則他所安排的羽翼，竟有七人之多，先前所謂不問外事，專一看書的輿論，乃是全都為其所騙。他已在開始排斥我，說我是「名士派」，可笑。好在我並不想在此掙帝王萬世之業，不去管他了。

我到郵政代辦處的路，大約有八十步，再加八十步，才到便所，所以我一天總要走過三四回，因為我須去小解，而牠就在中途，只要伸首一窺，毫不費事。天一黑，我就不到那里去了，就在樓下的草地上了事。此地的生活法，就是如此散漫，真是聞所未聞。我因為多住了幾天，漸漸習慣，而且罵來了一些用具，又自買了一些用具，又自僱了一個用人，好得多了，近幾天有幾個初到

则，他须来招呼我，我又须去回谢他，反而多一番应酬也。

伏园今天接孟余[7]一电，招他往粤办报，他去否似尚未定。这电报是廿三发的，走了七天，同信一样慢，真奇。至于他所宣传的，大略是说：他家不但常有男学生，也常有女学生，但他是爱高的那一个的，因为她最有才气云云。平凡得很，正如伏园之人，不足多论道也。

此地所请的教授，我和兼士之外，还有朱山根。这人是陈源之流，我是早知道的，现在一调查，则他所安排的羽翼，竟有七人之多，先前所谓不问外事，专一看书的舆论，乃是全都为其所骗。他已在开始排斥我，说我是“名士派”，可笑。好在我并不想在此挣帝王万世之业，不去管他了。

我到邮政代办处的路，大约有八十步，再加八十步，才到便所，所以我一天总要走过三四回，因为我须去小解，而它就在中途，只要伸首一窥，毫不费事。天一黑，我就不到那里去了，就在楼下的草地上了事。此地的生活法，就是如此散漫，真是闻所未闻。我因为多住了几天，渐渐习惯，而且骂来了一些用具，又自买了一些用具，又自雇了一个用人，好得多了，近几天有几个初到的教员，被迎进在一间冷房里，口干则无水，要小便则

的教員，被迎進在一間冷房裏，以乾則無水，要小便則須旅行，還在「茫茫若喪家之狗」哩。

聽講的學生倒多起來了，大概有許多是别科的。女生共五人。我决定目不邪視，而且將來永遠如此，直到離開了厦门。嘴也不大亂喫，只喫了幾回香蕉，自然比北京的好，但價亦不廉，此地有一所小店，我去買時，倘五個，那里的一位胖老婆子就要「吉格渾」（一角錢），倘是十個，便要「能（二）格渾」了。究竟是確要這許多呢，還是欺我是外江佬之故，我至今還不得而知。好在我的錢原是從厦门騙來的，拿出「吉格渾」「能格渾」去給厦门人，也不打緊。

我的功課現在有五小時了，只有兩小時須編講義，然而頗費事；因為文學史的範圍太大了。我到此之後，從上海又買了一百元書。建人已有信來，說他已遷居，而與一個無錫人姓孫的同住。我想，這是不好的，但他也不笨，或不至于上當。

要睡覺了，已是十二時，再談罷。

九月三十日之夜。 迅。

须旅行，还在“茫茫若丧家之狗”哩。

听讲的学生倒多起来了，大概有许多是别科的。女生共五人。我决定目不邪视，而且将来永远如此，直到离开了厦门。嘴也不大乱吃，只吃了几回香蕉，自然比北京的好，但价亦不廉，此地有一所小店，我去买时，倘五个，那里的一位胖老婆子就要“吉格浑”(一角钱)，倘是十个，便要“能（二）格浑”了。究竟是确要这许多呢，还是欺我是外江佬之故，我至今还不得而知。好在我的钱原是从厦门骗来的，拿出“吉格浑”“能格浑”去给厦门人，也不打紧。

我的功课现在有五小时了，只有两小时须编讲义，然而颇费事，因为文学史的范围太大了。我到此之后，从上海又买了一百元书。克士已有信来，说他已迁居，而与一个同事姓孙的同往，我想，这人是不好的，但他也不笨，或不至于上当。

要睡觉了，已是十二时，再谈罢。

迅。九月三十日之夜。

---

①L. S.：“鲁迅”二字罗马字拼音的缩写。② 粤中学生情形：许广平 1926 年 9 月 23 日致鲁迅信中谈到广东女师学生中有右派，“势力滋蔓，甚难图也”。③ 孙传芳出兵：1926 年 9 月 21 日，孙传芳从南京赶赴九江，亲自督兵与北伐军在九江、德安、南昌一线作战。④ 吴佩孚（1874 ~ 1939），字子玉，山东蓬莱人，北洋军阀直系首领之一。1926 年 9 月 16 日，北伐军攻克汉口、汉阳，他在 17 日逃至郑州，企图组织援军反攻。这时奉系军阀张作霖趁机向吴提出接防保定、大名的要求，为此两派之间进行明争暗斗。⑤ 快到民国十七年：鲁迅与许广平在北京分手时，曾约定两年之后（即 1928 年）见面成家。⑥ 谢君的事：指谢敦南托许广平请鲁迅为其兄谢德南（当时在家赋闲）在厦门大学谋职。谢是许广平好友常瑞麟之夫。⑦ 孟余：顾兆熊（1888 ~ 1972），字梦余，又作孟余，河北宛平（今属北京）人，曾任北京大学教授、教务长。1925 年 12 月任广东大学校长，1926 年 10 月任中山大学委员会副委员长。后任国民党中央执行委员会常务委员等职。

［第 25 封］闭关

广平兄：

一日寄出一信并《莽原》两本，早到了罢。今天收到九月廿九的来信了，忽然于十分的邮票大发感慨，真是孩子气。花了十分[①]，比寄失不是好得多么？我先前闻粤中学生情形，颇“出于意表之外”，今闻教员情形[②]，又“出于意表之外”，我先前总以为广东

廣平兄：

一日寄出一信并「莽原」兩本，早到了罷。今天收到九月廿九的來信了，忽然于十分的郵票大發感慨，真是孩子氣。花了十分，比寄失不是好得多麼？我先前聞粵中學生情形，頗「出于意表之外」，今聞教員情形，又「出于意表之外」，我先前總以為廣東學界狀況，總該比別處好得多，現在看來，似乎也只是一種幻想。你初作事，要努力工作，我當然不能說什麼，但也須兼顧自己，不要「鞠躬盡瘁」才好。至于作文，我怎樣鼓舞，引導呢？我說，大膽做來，先寄給我，不够麼？好在我先看，即使不好，現在太遠，不能打手心，只得記賬，這就已可以放膽下筆，無須退縮的了，還要怎麼樣呢？

從信上推測起你的住室來，似乎比我的闊些，我用具寥寥，只有六件，皆從奮鬥得來者也。但自從買了火酒燈之後，我也忙了一點，因為凡有飲用之水，我必煮沸一回才用，因為忙，無聊也彷彿減少了。醬油已買，也常喫罐頭牛肉，何嘗省錢!!!火腿我卻不想喫，在北京時喫怕了。在上海時，我和建人因為喫不多，便只叫了

一碗炒飯，不料又惹出影響，至于不在先施公司多買東西，孩子之神經過敏，真令人無法可想。相距又遠，鞭長不及馬腹，也還是姑且記在賬上罷。

我在此常喫香蕉，柚子，都很好；至于楊桃，却沒有見過，又不知道是甚麼名字，所以也無從買起。鼓浪嶼也許有罷，但我還未去過，那地方大约也不過像別處的租界，我也無甚趣味，終于懶下来了。此地雨倒不多，只有風，現在還熱，可是荷葉却乾了。一切花，我大抵不認識；羊是黑的。防止螞蟻，我現也用四面圍水之法，總算白糖已經安全，而在桌上，則晝夜總有十餘匹爬着，拂去又來，沒有法子。

我現在專取閑閑主義，一切教職員，少與往來，也少說話。此地之學生似尚佳，清早便運動，晚亦常有；閱報室中也常有人。對我之感情似亦好，多說文科今年有生氣了，我自省自己之懶惰，殊為内愧。小說史有成書，所以我對于編文学史講義，不願草率，現已有兩章付印了，可惜本校藏書不多，編起来很不便。

北京信已有收到，家裏是平安的，煤已買，每噸至二十元。學校還未開課，北大学生去繳學費，而當局不收，可謂客氣，然則開学之毫無把握可知。女師大的事沒有聽到什麼，單知道教員都換了男師大的，大概暫時當是研究系勢力。總之，環境如此，女師大是決不會單獨弄好的。

季巿要送家眷回南，自己行踪未定，我曾為之寫信

学界状况，总该比别处好得多，现在看来，似乎也只是一种幻想。你初作事，要努力工作，我当然不能说什么，但也须兼顾自己，不要“鞠躬尽瘁”才好。至于作文，我怎样鼓舞，引导呢？我说，大胆做来，先寄给我，不够么？好否我先看，即使不好，现在太远，不能打手心，只得记账，这就已可以放胆下笔，无须退缩的了，还要怎么样呢？

从信上推测起你的住室[③]来，似乎比我的阔些，我用具寥寥，只有六件，皆从奋斗得来者也。但自从买了火酒灯之后，我也忙了一点，因为凡有饮用之水，我必煮沸一回才用，因为忙，无聊也仿佛减少了。酱油已买，也常吃罐头牛肉，何尝省钱！！！火腿我却不想吃，在北京时吃怕了。在上海时，我和建人因为吃不多，便只叫了一碗炒饭，不料又惹出影响，至于不在先施公司多买东西，孩子之神经过敏，真令人无法可想。相距又远，鞭长不及马腹，也还是姑且记在帐上罢。

我在此常吃香蕉，柚子，都很好；至于杨桃，却没有见过，又不知道是甚么名字，所以也无从买起。鼓浪屿也许有罢，但我还未去过，那地方大约也不过像别处的租界，我也无甚趣味，终于懒下来了。此地雨倒不多，只有风，现在还热，可是荷叶却干了。一切花，我大抵不认识；羊是黑的。防止蚂蚁，我现也用四面围水之法，总算白糖已经安

向天津学校設法，但恐亦無效。他也想赴廣東，而無介紹。此地總無法想，玉堂也不能指揮如意，許多人的聘書，校長壓了多日才發下來。校長是尊孔的，對于我和兼士，倒還沒有什麽，但因為化了這許多錢，汲汲要有成效，如以好草喂牛，要擠些牛乳一般。玉堂蓋亦窺知此隱，故不日要開展覽會，除学校自買之泥人（古冢中土偶也）而外，還要將我的石刻拓片掛出。其實這些古董，此地人那里會要看，無非胡里胡塗，忙碌一番而已。

在這里好像刺戟少些，所以我頗能睡，但也做不出文章來，北京來催，只好不理。開明書店想我有書給他印，我還沒有；對于北新，則我還未將「華蓋集續編」整理給他，因為沒有工夫。長虹和這兩店，鬧起來了，因為要錢的事。沈鍾社和創造社，也鬧起來了，現已以文章口角。創造社伙計內部，也鬧起來了，已將柯仲平逐出，原因我不知道。

迅。

十，四，夜。

全，而在桌上，则昼夜总有十余匹爬着，拂去又来，没有法子。

我现在专取闭关主义，一切教职员，少与往来，也少说话。此地之学生似尚佳，清早便运动，晚亦常有；阅报室中也常有人。对我之感情似亦好，多说文科今年有生气了，我自省自己之懒惰，殊为内愧。小说史有成书，所以我对于编文学史讲义，不愿草率，现已有两章付印了，可惜本校藏书不多，编起来很不便。

北京信已有收到，家里是平安的，煤已买，每吨至二十元。学校还未开课，北大学生去缴学费，而当局不收，可谓客气，然则开学之毫无把握可知。女师大的事没有听到什么，单知道教员都换了男师大的，大概暂时当是研究系[④]势力。总之，环境如此，女师大是决不会单独弄好的。

上遂要送家眷回南；自己行踪未定，我曾为之写信向天津学校设法，但恐亦无效。他也想赴广东，而无介绍。此地总无法想，玉堂也不能指挥如意，许多人的聘书，校长[⑤]压了多日才发下来。校长是尊孔的，对于我和兼士，倒还没有什么，但因为化了这许多钱，汲汲要有成效，如以好草喂牛，要挤些牛乳一般。玉堂盖亦窥知此隐，故不日要开展览会，除学校自买之泥人（古冢中土偶也）而外，还要将我的石刻拓片挂出。其实这些古董，此地人那里会要看，无非胡里胡涂，忙碌一番而已。

在这里好像刺戟少些，所以我颇能睡，但也做不出文章来，北京来催，只好不理。□□书店[⑥]想我有书给他印，我还没有；对于北新，则我还未将《华盖集续编》整理给他，因为没有工夫。长虹和这两店，闹起来了，因为要钱的事。沉钟社和创造社，也闹起来了，现已以文章口角[⑦]；创造社伙计内部，也闹起来了，已将柯仲平[⑧]逐出，原因我不知道。

迅。十，四，夜。

---

① 鲁迅将《彷徨》和《十二个》寄许广平，花邮费 10 分，许广平在信中说这样“太不经济”。② 教员情形：许广平的宿舍与龙姓、关姓、徐姓三位小学教员为邻，她们“胸襟狭窄”，经常“大嘈大嚷”，还不讲卫生。③ 放大的住室：许广平 1926 年 9 月 28 日致鲁迅信中介绍她在广东女师的宿舍，并绘制了平面图，题为“放大的住室”。④ 研究系：1916 年袁世凯死后，在黎元洪任总统、段祺瑞任国务总理时期，围绕国会制宪问题，形成府、院之争，原进步党首领梁启超、汤化龙等组织“宪法研究会”，依附和支持段祺瑞，这个政客集团被称为“研究系”。此处实指胡适派。⑤ 指林文庆（1869 ~ 1957），字梦琴，福建海澄人，曾留学英国。1921 年起任厦门大学校长，曾在马来亚华侨中发起组织孔教会并任会长。著有《孔教大纲》等。⑥ □□书店：原信作开明书店，1926 年 8 月在上海成立。⑦ 沉钟社和创造社口角：沉钟社，文学团体。1925 年秋成立于北京，主要成员有林如稷、陈炜谟、陈翔鹤、杨晦、冯至等。创造社，文学团体，1921 年 6 月成立于日本东京，在上海活动，早期主要成员有郭沫若、郁达夫、成仿吾等。1926 年 6 月，《洪水》半月刊第二卷第十九期，登有《创造社出版部为 < 沉钟 > 半月刊启事》，声明因“事务浩繁”，原定由该部代印的《沉钟》半月刊，一时难以出版；同年 8 月，《沉钟》半月刊第一期也登有《< 沉钟 > 半月刊为创造社出版部启事》，说明该刊第一、二期交稿五月，而创造社出版部未能印行，故特改由北新书局出版。9 月中，《洪水》第二卷第二十三、二十四合期又发表了周全平的《出版部的幸不幸二事》，针对《沉钟》的启事说：“出版部成立不久，就有不少的友人来托我们帮他的刊物出版的忙”，但因资本不多，所以便“得罪了不少的友人”，“《沉钟》半月刊便是失望而归的一个”；接着《沉钟》第四期也发表陈炜谟的《“无聊事”——答创造社的周全平》，列举事实，辨明《沉钟》之委托创造社出版部代印，系先由周全平致函沉钟社社员愿意“帮助出版”，因此，“便同他接洽印半月刊”，“沉钟社并不曾‘来托’创造社帮忙”等等。⑧ 柯仲平（1902 ~ 1964），云南广南人，诗人。曾是狂飙社成员，参加过后期的创造社，当时在创造社出版部工作。

[第 26 封] 布展

广平兄：

十月四日得九月廿九日来信后，即于五日寄一信，想已收到了。人间的纠葛真多，兼士直到现在，未在应聘书上签名，前几天便拟于国学研究院成立会一开毕，便往北京去，因为那边也有许多事待他料理。玉堂大不以为然，而兼士却非去不可。我便从中调和，先

廣平兄：

十月四日得九月廿九日來信後，即于五日寄一信，想已收到了。人間的糾葛真多，兼士直到現在，未在應聘書上簽名，前幾天便擬于國学研究院成立會一開畢，便往北京去，因為那邊也有許多事待他料理。玉堂大以不以為然，而兼士却非去不可。我便從中调和，先令兼士在應聘書上簽名，然後到請假到北京去一趟，年内再來厦門一次，算是在此半年。兼士有些可以了，玉堂又堅執不允，非他在此整半年不可。我只好退開。過了兩天，玉堂也可以了，大约也覺得除此更無别路了罷。現在此事只要經校長允許後，便要告一结束了。兼士大约十五左右動身，聞先將赴粤一看，再向上海。伏園恐怕也同行，至是否便即在粤，抑接洽之後，仍回厦门一次，則不得而知。孟餘請他是辦副刊，他已經答應了，但何時辦起，則似未定。

據我想：兼士當初是未嘗不豫備常在這里的，待到厦门一看，覺交通之不便，生活之無聊，就不免「歸心如箭」了。這實在是無可奈何的事，教我如何劝得他。

這里的学校當局，雖出重資聘请教員，而未免視教員如變把戲者，要他空拳赤手，顯出本領來。即如這回開展览會，我就喫苦不少。當開會之前，兼士要我的碑

令兼士在应聘书上签名，然后请假到北平去一趟，年内再来厦门一次，算是在此半年。兼士有些可以了，玉堂又坚执不允，非他在此整半年不可。我只好退开。过了两天，玉堂也可以了，大约也觉得除此更无别路了罢。现在此事只要经校长允许后，便要告一结束了。兼士大约十五左右动身，闻先将赴粤一看，再向上海。伏园恐怕也同行，至是否便即在粤，抑接洽之后，仍回厦门一次，则不得而知。孟余请他是办副刊，他已经答应了，但何时办起，则似未定。

据我想：兼士当初是未尝不豫备常在这里的，待到厦门一看，觉交通之不便，生活之无聊，就不免“归心如箭”了。这实在是无可奈何的事，教我如何劝得他。

这里的学校当局，虽出重资聘请教员，而未免视教员如变把戏者，要他空拳赤手，显出本领来。即如这回开展览会，我就吃苦不少。当开会之前，兼士要我的碑碣拓片去陈列，我答应了。但我只有一张小书桌和小方桌，不够用，只得摊在地上，伏着，一一选出。及至拿到会场去时，则除孙伏园自告奋勇，同去陈列之外，没有第二人帮忙，寻校役

喝招牌去陳列，我答應了。但我只有一張小書桌和小方桌，不夠用，只得攤在地上，伏著，一一選出。及至拿到會場去時，則除孫伏園自告奮勇，同去陳列之外，沒有第二人幫忙，尋校役也尋不到。于是只得二人陳列，高處則須桌上放一椅子，由我站上去。弄至中途，黃堅又硬將孫伏園叫去了，因為他是「襄理」（玉堂的），有叫孫伏園去之權力。兼士看不過去，便自來幫我，他已喝了一點酒，這回跳上跳下，晚上就大吐了一通。襄理的位置，正如明朝的太監，可以倚靠權勢，胡作非為，而受害的不是他，是學校。昨天因為黃堅對書記們下條子（上諭式的），下午同盟罷工了，後事不知如何。玉堂信用此人，可謂胡塗。我前回辭國學院研究教授而又

也寻不到。于是只得二人陈列，高处则须桌上放一椅子，由我站上去。弄至中途，白果又硬将孙伏园叫去了，因为他是“襄理”（玉堂的），有叫孙伏园去之权力。兼士看不过去，便自来帮我，他已喝了一点酒，这回跳上跳下，晚上就大吐了一通。襄理的位置，正如明朝的太监，可以倚靠权势，胡作非为，而受

中止者，因怕兼士與玉堂覺得為難也，現在看來，總非堅決辭去不可，人亦何苦因為太為別人計，而自輕自賤至此哉！

此地的生活也實在無聊，外省的教員，幾乎無一人作長久之計，兼士之去，固無足怪。但我比兼士隨便一些，又因為見玉堂的兄弟及太太，都很為我們的生活操心；學生對我尤好，只恐怕我在此住不慣，有幾個本地人，甚至于星期六不回家，豫備星期日我若往市上去玩，他們好同去作翻譯。所以只要沒有什麼大下不去的事，我總想在此至少講一年，否則，我也許早跑到廣州或上海去了。（但還有幾個很歡迎我的人，是要我首先開口攻擊此地的社會等等，他們好跟着來開槍。）

害的不是他，是学校。昨天因为白果对书记们下条子（上谕式的），下午同盟罢工了，后事不知如何。玉堂信用此人，可谓胡涂。我前回辞国学院研究教授而又中止者，因怕兼士与玉堂觉得为难也，现在看来，总非坚决辞去不可，人亦何苦因为别人计，而自轻自贱至此哉！

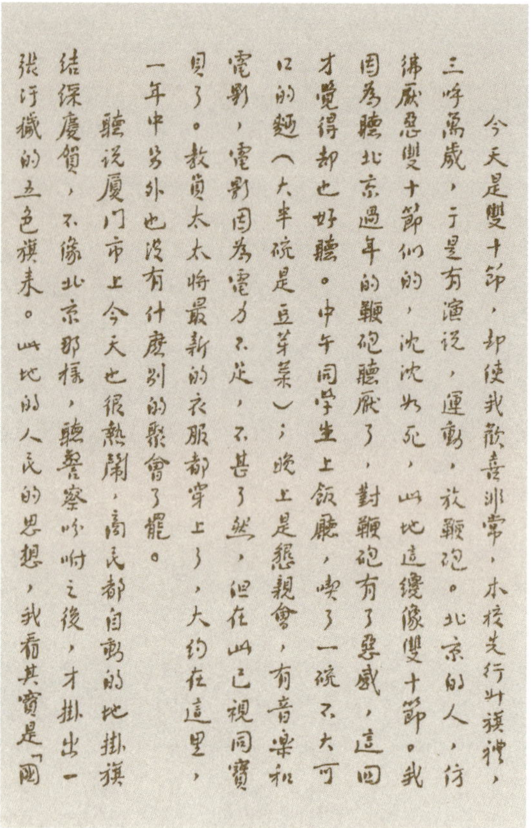
今天是雙十節，卻使我歡喜非常，本校先行升旗禮，三呼萬歲，于是有演說，運動，放鞭炮。北京的人，彷彿厭惡雙十節似的，沈沈如死，此地這纔像雙十節。我因為聽北京過年的鞭炮聽厭了，對鞭炮有了惡感，這回才覺得卻也好聽。中午同學生上飯廳，喫了一碗不大可口的麵（大半碗是豆芽菜）；晚上是懇親會，有音樂和電影，電影因為電力不足，不甚了然，但在此已視同寶貝了。教員太太將最新的衣服都穿上了，大約在這里，一年中另外也沒有什麼別的聚會了罷。

聽說厦門市上今天也很熱鬧，商民都自動的地掛旗結綵慶賀，不像北京那樣，聽警察吩咐之後，才掛出一張污穢的五色旗來。此地的人民的思想，我看其實是「國

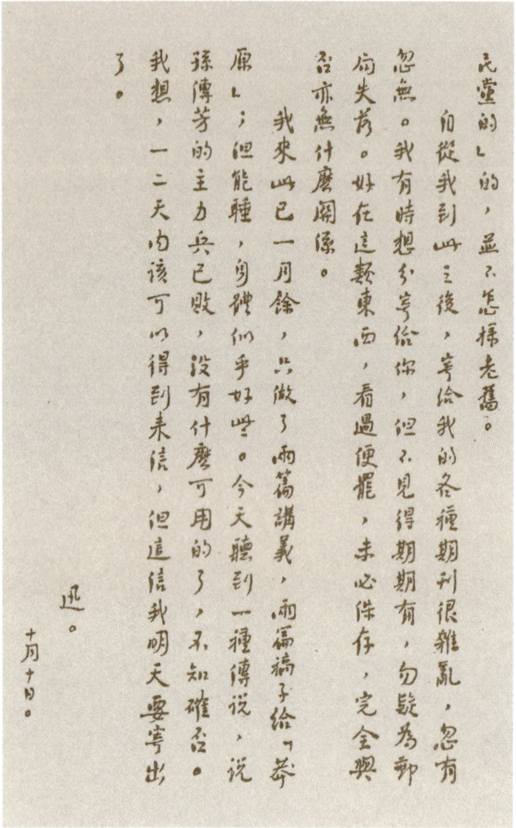
民黨的」的，並不怎樣老舊。

自從我到此之後，寄給我的各種期刊很雜亂，忽有忽無。我有時想分寄給你，但不見得期期有，勻疑為郵局失落。好在這些東西，看過便罷，未必保存，完全與否亦無什麼關係。

我來此已一月餘，只做了兩篇講義，兩篇稿子給「莽原」；但能睡，身體似乎好些。今天聽到一種傳說，說孫傳芳的主力兵已敗，沒有什麼可用的了，不知確否。我想，一二天內該可以得到來信，但這信我明天要寄出了。

迅。

十月十日。

此地的生活也实在无聊，外省的教员，几乎无一人作长久之计，兼士之去，固无足怪。但我比兼士随便一些，又因为见玉堂的兄弟及太太，都很为我们的生活操心；学生对我尤好，只恐怕我在此住不惯，有几个本地人，甚至于星期六不回家，豫备星期日我若往市上去玩，他们好同去作翻译。所以只要没有什么大下不去的事，我总想在此至少讲一年，否则，我也许早跑到广州或上海去了。（但还有几个很欢迎我的人，是要我首先开口攻击此地的社会等等，他们好跟着来开枪。）

今天是双十节[①]，却使我欢喜非常，本校先行升旗礼，三呼万岁，于是有演说，运动，放鞭炮。北京的人，仿佛厌恶双十节似的，沉沉如死，此地这才像双十节。我因为听北京过年的鞭炮听厌了，对鞭炮有了恶感，这回才觉得却也好听。中午同学生上饭厅，吃了一碗不大可口的面（大半碗是豆芽菜）；晚上是恳亲会，有音乐和电影，电影因为电力不足，不甚了然，但在此已视同宝贝了。教员太太将最新的衣服都穿上了，大约在这里，一年中另外也没有什么别的聚会了罢。

听说厦门市上今天也很热闹，商民都自动地挂旗结彩庆贺，不像北京那样，听警察吩咐之后，才挂出一张污秽的五色旗来。此地的人民的思想，我看其实是“国民党的”的，

并不怎样老旧。

自从我到此之后，寄给我的各种期刊很杂乱，忽有忽无。我有时想分寄给你，但不见得期期有，勿疑为邮局失落。好在这类东西，看过便罢，未必保存，完全与否亦无什么关系。

我来此已一月余，只做了两篇讲义，两篇稿子[②]给《莽原》；但能睡，身体似乎好些。今天听到一种传说，说孙传芳的主力兵已败，没有什么可用的了，不知确否。我想，一二天内该可以得到来信，但这信我明天要寄出了。

迅。十月十日。

---

① 双十节：1911 年 10 月 10 日武昌起义（即辛亥革命）后，次年 1 月 1 日建立中华民国，9 月 28 日南京临时参议院议决以 10 月 10 日为国庆纪念日，又称“双十节”。② 两篇讲义，指《汉文学史纲要》中的《自文字至文章》及《书和诗》两篇。两篇稿子，指《从百草园到三味书屋》和《父亲的病》，后收入《朝花夕拾》。

[第 27 封] 关心

广平兄：

昨天刚寄出一封信，今天就收到你五日的来信了。你这封信，在船上足足躺了七天多，因为有一个北大学生[①]来此做编辑员的，就于五日从广州动身，船因避风，或行或止，直到今天才到，你的信大约就与他同船的。一封信的往返，往往要二十天，真是可叹。

我看你的职务太烦剧了，薪水又这么不可靠，衣服又须如此变化，你够用么？我想：一个人也许应该做点事，但也无须乎劳而无功。天天看学生的脸色办事，于人我都无益，这也就是所谓“敝精神于无用之地”[②]，听说在广州寻事做并不难，你又何必一定要等到学期之末呢？忙自然不妨，但倘若连自己休息的时间都没有，那可是不值得的。

我的能睡，是出于自然的，此地虽然不乏琐事，但究竟没有北京的忙，即如校对等事，在这里就没有。酒是自己不想喝，我在北京，太高兴和太愤懑时就喝酒，这里虽然仍不免有小刺戟，然而不至于“太”，所以可以无须喝了，况且我本来没有瘾。少吸烟卷，可不知道是怎么一回事，大约因为编讲义，只要调查，无须思索之故罢。但近几天可又多吸了一点，因为我连做了四篇《旧事重提》[③]。这东西还有两篇便完，拟下月再做，从明

廣平兄：

昨天剛寄出一封信，今天就收到你五日的來信了。你這封信，在船上足足躺了七天多，因為有一個北大學生來此做編輯員的，就于五日從廣州動身，船因避風，或行或止，直到今天才到，你的信大約就與他同船的。一封信的往返，往往要二十天，真是可歎。

我看你的職務太煩劇了，薪水又這麼不可靠，衣服又須如此變化，你够用麼？我想：一個人也許應該做點事，但也無須乎勞而無功。天天看學生的臉色辦事，于人我都無益，這也就是所謂「敝精神于無用之地」，聽說在廣州尋事做並不難，你又何必一定要等到學期之末呢？忙自然不妨，但倘若連自己休息的時間都沒有，那可是不值得的。

我的能睡，是出于自然的，此地雖然不乏瑣事，但究竟沒有北京的忙，即如校對等事，在這裏就沒有。酒是自己不想喝，我在北京，太高興和太憤懣時就喝酒，這裏雖然仍不免有小刺戟，然而不至于「太」，所以可以無須喝了，況且我本來沒有癮。少吸煙卷，可不知道是怎麼一回事，大約因為編講義，只要調查，無須思索之故罷。但近幾天可又多吸了一點，因為我連做了四篇「舊事重提」。這東西還有兩篇便完，擬下月再做，從

天起，又要编讲义了。

兼士尚未动身，他连替他的人也还未弄妥，但因为急于回北京，听说不往广州了。孙伏园似乎还要去一趟。今天又得李逢吉[④]从大连来信，知道他往广州，但不知道他去作何事。

广东多雨，天气和厦门竟这么不同么？这里不下雨，不过天天有风，而风中很少灰尘，所以并不讨厌。我自从买了火酒灯以后，开水不生问题了，但饭菜总不见佳。从后天起，要换厨子了，然而大概总还是差不多的罢。

迅。十月十二夜。

八日的信，今天收到了；以前的九月廿四，廿九，十月五日的信，也都收到。看你收入和做事的比例，实在相距太远了。你不知能即另作他图否？我以为如此情形，努力也都是白费的。

“经过一次解散而去的”，自然要算有福，倘我们还在那里，一定比现在要气愤得多。

明天起，又要編講義了。

兼士尚未動身，他連替他的人也還未弄妥，但因為急于回北京，聽說不往廣州了。孫伏園似乎還要去一趟。今天又得李遇安從大連來信，知道他往廣州，但不知道他去作何事。

迅。十月十二日夜。

廣東多雨，天氣和廈門竟這麼不同麼？這里不下雨，不過天天有風，而風中很少灰塵，所以並不討厭。我自從買了火酒燈以後，開水不生問題了，但飯菜總不見佳。從後天起，要換廚子了，然而大概總還是差不多的罷。

八日的信，今天收到了；以前的九月廿四，廿九，十月五日的信，也都收到。看你收入和做事的比例，實在相距太遠了。你不知能即另作他圖否？我以為如此情形，努力也都是白費的。

「經過一次解散而去的」，自然要算有福，倘我們還在那里，一定比現在要氣憤得多。至于我在這里的情形，我信中都已陸續說出，其實也等于賣身，除為了薪水之外，再沒有別的什麼，但我現在或者還可以暫時敷衍，再看情形。當初我也未嘗不想起廣州，後來一聽情形，暫時不作此想了。你看陳惺農尚且站不住，何況我呢。

我在這里不大高興的原因，首先是在周圍多是語言無味的人物，令我覺得無聊。他們倘肯讓我獨自躲在房里看書，倒也罷了，偏又常常尋上門來，給我小刺戟。

至于我在这里的情形，我信中都已陆续说出，其实也等于卖身。除为了薪水之外，再没有别的什么，但我现在或者还可以暂时敷衍，再看情形。当初我也未尝不想起广州，后来一听情形，暂时不作此想了。你看陈惺农尚且站不住，何况我呢。

我在这里不大高兴的原因，首先是在周围多是语言无味的人物，令我觉得无聊。他们倘肯让我独自躲在房里看书，倒也罢了，偏又常常寻上门来，给我小刺戟。但也很有一班人当作宝贝看，和在北京的天天提心吊胆，要防危险的时候一比，平安得多，只要自己的心静一静，也未尝不可以暂时安住。但因为无人可谈，所以将牢骚都在信里对你发了。你不要以为我在这里苦得很，其实也不然的，身体大概比在北京还要好一点。

你收入这样少，够用么？我希望你通知我。

今天本地报上的消息很好，但自然不知道可确的。一，武昌已攻下；二，九江已取得；三，陈仪[5]（孙之师长）等通电主张和平；四，樊锺秀[6]已入开封，吴佩孚逃保定（一云郑州）。总而言之，即使要打折扣，情形很好总是真的。

迅。十月十五日夜。

但也很有一班人當作寶貝看，和在北京的天天提心吊膽，要防危險的時候一比，平安得多，只要自己的心静一静，也未嘗不可以暫時安住。但因為無人可談，可以將牢騷都在信裏對你發了。你不要以為我在這里苦得很，其實也不然的，身體大概比在北京還要好一點。

你收入這樣少，够用麼？我希望你通知我。

今天本地報上的消息很好，但自然不知道可確的。一，武昌已攻下；二，九江已取得；三，陳儀（孫之師長）等通電主張和平；四，樊鍾秀已入開封，吴佩孚逃保定（一云鄭州）。總而言之，即使要打折扣，情形很好總是真的。

迅。

十月十五之夜。

① 指丁丁山（1901 ~ 1952），安徽和县人，北京大学研究所国学门毕业。当时任厦门大学国学院编辑。②“敝精神于无用之地”：语出宋代罗大经《鹤林玉露》卷九：“敝精神于无用矣。”③ 指《朝花夕拾》中所收回忆散文。④ 李逢吉，原信作李遇安，河北人，《莽原》、《语丝》的投稿者，1926年10月在广州中山大学任职。⑤ 陈仪（1883 ~ 1950），字公侠，浙江绍兴人，日本陆军士官学校炮兵科毕业。当时为孙传芳部浙江陆军第一师师长兼徐州镇守使。⑥ 樊钟秀（1888 ~ 1930），河南宝丰人。原任直系军阀豫南司令，1923年归附孙中山。据《申报》报道，1926年9月，他率部配合北伐军在河南沿京汉线追击吴佩孚，18日克信阳，同日，吴佩孚逃往郑州。

［第 28 封］两派

广平兄：

今天（十六日）刚寄一信，下午就收到双十节的来信了。寄我的信，是都收到的。我一日所寄的信，既然未到，那就恐怕已和《莽原》一同遗失。我也记不清那信里说的是什么了，由它去罢。

我的情形，并未因为怕你神经过敏而隐瞒，大约一受刺激，便心烦，事情过后，即平安些。可是本校情形实在太不见佳，朱山根之流已在国学院大占势力，□□（□□）[①]又要到这里来做法律系主任了，从此《现代评论》色彩，将弥漫厦大。在北京是国文系对抗着的，而这里的国学院却弄了一大批胡适之陈源之流，我觉得毫无希望。你想：兼士至于如此胡涂，他请了一个朱山根，山根就荐三人，田难干[②]，辛家本，田千顷，他收了；田千顷又荐两人，卢梅，黄梅[③]，他又收了。这样，我们个体，自然被排斥。所以我现在很想至多在本学期之末，离开厦大。他们实在有永久在此之意，情形比北大还坏。

另外又有一班教员，在作两种运动：一，是要求永久聘书，没有年限的；一，是要求

廣平兄

今天（十六日）剛寄一信，下午就收到雙十節的來信了。寄我的信，是都收到的。我一日所寄的信，既然未到，那就恐怕已和「莽原」一同遺失。我也記不清那信裏說的是什麼了，由他去罷。

我的情形，並未因為怕你神經過敏而隱瞞，大約一受刺激，便心煩，事情過後，即平安些。可是本校情形實在太不見佳，顧頡剛之流已在國學院大佔勢力，周覽（鯁生）又要到這裏來做法律系主任了，從此「現代評論」色彩，將瀰漫廈大。在北京是國文系對抗着的，而這裏的國學院卻弄了一大批胡適之陳源之流，我覺得毫無希望。你想：兼士至于如此胡塗，他請了一個顧頡剛，顧就薦三人，陳乃乾，潘家洵，陳萬里，他收了；陳萬里又薦兩人，羅某，黃某，他又收了。這樣，我們個體，自然被排斥。所以我現在很想至多在本學期之末，離開廈大。他們實在有永久在此之意，情形比北大還壞。

另外又有一班教員，在作兩種運動：一，是要求永久聘書，沒有年限的；一，是要求十年二十年後，由學校付給養老金終身。他們似乎要想在這裏建立他們理想中的天國，用橡皮做成的。諺云「養兒防老」，不料廈大也可以「防老」。

我在這里又有一事不自由，學生個個認得我了，記者之類亦有來訪，或者希望我提倡白話，和舊社會鬧一通，或者希望我編週刊，鼓吹本地新文藝；而玉堂他們

十年二十年后，由学校付给养老金终身。他们似乎要想在这里建立他们理想中的天国，用橡皮做成的。谚云“养儿防老”，不料厦大也可以“防老”。

我在这里又有一事不自由，学生个个认得我了，记者之类亦有来访，或者希望我提倡白话，和旧社会闹一通；或者希望我编周刊，鼓吹本地新文艺；而玉堂他们又要我在《国学季刊》上做些“之乎者也”，还有到学生周会去演说，我真没有这三头六臂。今天在本地报上载着一篇访我的记事，记者对于我的态度，以为“没有一点架子，也没有一点派头，也没有一点客气，衣服也随便，铺盖也随便，说话也不装腔作势……”觉得很出意料之外。这里的教员是外国博士很多，他们看惯了那俨然的模样的。

今天又得了朱家骅[4]君的电报，是给兼士玉堂和我的，说中山大学已改委员制，叫我们去指示一切。大概是议定学制罢。兼士急于回京，玉堂是不见得去的。我本来大可以借此走一遭，然而上课不到一月，便请假两三星期，又未免难于启口，所以十之九总是不能去了，这实是可惜，倘在年底，就好了。

无论怎么打击，我也不至于“秘而不宣”，而且也被打击而无怨。现在柚子是不吃已

是不能去了，這實是可惜，倘在年底，就好了。

無論怎麼打擊，我也不至于「秘而不宣」，而且也被打擊而無怨。現在柚子是不喫已有四五天了，因為我覺得不大消化。香蕉却還喫，先前是一喫便要肚痛的，在這里却不，而對于便秘，反似有好處，所以想暫不停止牠，而且每天至多也不過四五個。

一點泥人和一點拓片便開展覽會，你以為可笑麼？還有可笑的呢。陳萬里並將他所照的照片陳列起來，幾張古壁畫的照片，還可以說是與「考古」相關，然而還有什麼「牡丹花」，「夜的北京」，「北京的刮風」，「葦子」……。倘使我是主任，就非令撤去不可，但這里却沒有一個人覺得可笑，可見在此也惟有陳萬里們相宜。又

有四五天了，因为我觉得不大消化。香蕉却还吃，先前是一吃便要肚痛的，在这里却不，而对于便秘，反似有好处，所以想暂不停止它，而且每天至多也不过四五个。

一点泥人和一点拓片便开展览会，你以为可笑么？还有可笑的呢。田千顷并将他所照的照片陈列起来，几张古壁画的照片，还可以说是与“考古”相关，然而还有什么“牡丹花”，“夜的北京”，“北京的刮风”，“苇子”……。倘使我是主任，就非令撤去不可，但这里却没有一个人觉得可笑，可见在此也惟有田千顷们相宜。又国学院从商科借了一套历代古钱来，我一看，大半是假的，主张不陈列，没有通过。我说，那么，应该写作“古钱标本”。后来也不实行，听说是恐怕商科生气。后来的结果如何呢？结果是看这假古钱的人们最多。

这里的校长是尊孔的，上星期日他们请我到周会演说[5]，我仍说我的“少读中国书”主义，并且说学生应该做“好事之徒”。他忽而大以为然，说陈嘉庚[6]也正是“好事之徒”，所以肯兴学，而不悟和他的尊孔冲突。这里就是如此胡里胡涂。

L. S. 十月十六日之夜。

國學院從商科借了一套歷代古錢來，我一看，大半是假的，主張不陳列，沒有通過。我說，那麽，應該寫作「古錢標本」。後來也不實行，聽說是恐怕商科生氣。後來的結果如何呢？結果是看這假古錢的人們最多。

這里的校長是尊孔的，上星期日他們請我到週會去演說，我仍說我的「少讀中國書」主義，並且說學生應該做「好事之徒」。他忽而大以為然，說陳嘉庚也正是「好事之徒」，所以肯興學，而不悟和他的尊孔衝突。這里就是如此胡里胡塗。

L.S.

十月十六日之夜。

① □□（□□）：原信作周览（鲠生）。周鲠生（1889 ~ 1971），湖南长沙人，国际法学家。曾任北京大学政治系主任，当时受聘为厦门大学法律系主任，后未就职。② 田难干：原信作陈乃乾，浙江海宁人，当时受聘为厦门大学国学院图书部干事兼国文系讲师，后未到任。③ 卢梅：原信作罗某。指罗常培（1899 ~ 1958），字莘田，北京人，语言学家。当时任厦门大学国文系讲师。黄梅，原信作黄某。指王肇鼎，江苏吴县人。当时任厦门大学国学院编辑兼陈列部事务员。④ 朱家骅（1893 ~ 1963），字骝先，浙江吴兴人。早年留学德国，曾任北京大学教授。当时任广州中山大学委员会委员，主持校务。后任国民党政府教育部长、国民党中央组织部长等职。⑤ 据鲁迅日记，这次演说在 1926 年 10 月 14 日。星期日应为星期四。同年 10 月 23 日出版的《厦大周刊》第一六期曾记有讲词大要，“略谓世人对于好事之徒，每致不满，以为好事二字，一若有遇事生风之意，其实不然。我以为今之中国，却欲好事之徒之多，盖凡社会一切事物，惟其有好事之人，而后可以推陈出新，日渐发达。。”此次演说中关于“少读中国书”部分，因与尊孔的校长见解相悖，故《厦大周刊》未载。⑥ 陈嘉庚（1874 ~ 1961），福建集美（今属厦门）人，长期侨居新加坡，爱国华侨领袖。1912 年创办集美学校，1921 年创办厦门大学。

[第 29 封] 请假

广平兄：

伏园今天动身了。我于十八日寄你一信，恐怕就在邮局里一直躺到今天，将与伏园同船到粤罢。我前几天几乎也要同行，后来中止了。要同行的理由，小半自然也有些私心，但大部分却是为公，我以为中山大学既然需我们商议，应该帮点忙，而且厦大也太过于闭关自守，此后还应该与他大学往还。玉堂正病着，医生说三四天可好，我便去将此意说明，他亦深以为然，约定我先去，倘尚非他不可，我便打电报叫他，这时他病已好，可以坐船了。不料昨天又有了变化，他不但自己不说去，而且对于我的自去也翻了成议，说最好是向校长请假。教员请假，向来是归主任管理的，现在他这样说，明明是拿难题给我做。我想了一想，就中止了。

此外还有一个原因，大概因为和南洋相距太近之故罢，此地实在太斤斤于银钱，“某人多少钱一月”等等的话，谈话中常听见；我们在此，当局者也日日希望我们从速做许多工作，发表许多成绩，像养牛之每日挤牛乳一般。某人每日薪水几元，大约是大家都念念不忘的。我一走，至少需两星期，有些人一定将以为我白白骗去了他们半月薪水，玉

廣平兄：

伏園今天動身了。我於十八日寄你一信，恐怕就在郵局裏一直躺到今天，將與伏園同船到粵罷。我前幾天幾乎也要同行，後來中止了。要同行的理由，小半自然也有些私心，但大部分却是為公，我以為中山大學既然需我们商議，應該幫點忙，而且廈大也太過于閉關自守，此後還應該與他大學往還。玉堂正病着，醫生说三四天可好，我便去將此意说明，他亦深以為然，約定我先去，倘尚非他不可，我便打電報叫他，這時他病已好，可以坐船了。不料昨天又有了變化，他不但自己不說去，而且對于我的自去也翻了成議，說最好是向校長請假。教員請假，向來是歸主任管理的，現在他這樣說，明明是拿難題給我做。我想了一想，就中止了。此外還有一個原因，大概因為和南洋相距太近之故罷，此地實在太斤斤于銀錢，「某人多少錢一月」等等的話，談話中常聽見；我们在此，當局者也日日希望我们從速做許多工作，發表許多成绩，像養牛之每日擠牛乳一般。某人每日薪水幾元，大約是大家都念念不忘的。我一走，至少需兩星期，有些人一定將以為我白白騙去了他们半月薪水，玉堂之不願我曠課，或者就因為顧慮着這一節。我已收

了三個月薪水，而上課才一月，自然不應該又請假，但倘計劃遠大，就不必拘拘于此，因為將来可以盡力之日正長。然而他們是眼光不遠的，我也不作久遠之想，所以我便不走，擬于本年中為他們作一篇季刊上的文章，到學術講演會去講演一次，又將我所輯的「古小說鉤沈」獻出，則學校可以覺得錢不白化，而我也可以來去自由了。至于研究教授，那自然不再去辭，因為即使辭掉，他們也仍要想法使你做別的工作，使收成與國文系教授之薪水相當的，還是任他拖着的好。

「現代評論」派的勢力，在這里我看要膨漲起來，當局者的性質，也與此輩相合。理科也很忌文科，正與北大一樣。閩南與閩北人之感情頗不洽，有幾個學生極

堂之不愿我旷课，或者就因为顾虑着这一节。我已收了三个月薪水，而上课才一月，自然不应该又请假，但倘计划远大，就不必拘拘于此，因为将来可以尽力之日正长。然而他们是眼光不远的，我也不作久远之想，所以我便不走，拟于本年中为他们作一篇季刊上的文章，到学术讲演会去讲演一次，又将我所辑的《古小说钩沉》献出，则学校可以觉得钱不白化，而我也可以来

希望我走，但並非對我有惡意，乃是要學校倒楣。

這幾天此地正在歡迎兩位名人。一個是太虛和尚到南普陀來講經，于是佛化青年會提議，擬令童子軍捧鮮花，隨太虛行踪而散之，以示「步步生蓮花」之意。但此議竟未實行，否則和尚化為潘妃，倒也有趣。一個是馬寅初博士到廈門來演說，所謂「北大同人」，正在發昏章第十一，排班歡迎。我固然是「北大同人」之一，也非不知銀行可以發財，然而于「銅子換毛錢，毛錢換大洋」學說，實在沒有什麼趣味，所以都不加入，一切由牠去罷。（二十日下午。）

寫了以上的信之後，躺下看書，聽得打四點的下課鐘了，便到郵政代辦所去看，收得了十五日的來信。我

去自由了。至于研究教授，那自然不再去辞，因为即使辞掉，他们也仍要想法使你做别的工作，使收成与国文系教授之薪水相当的，还是任它拖着的好。

“现代评论”派的势力，在这里我看要膨涨起来，当局者的性质，也与此辈相合。理科也很忌文科，正与北大一样。闽南与闽北人之感情颇不

那一日的信既已到收，那很好。邪視尚不敢，而況「瞪」乎？至于張先生的偉論，我也很佩服，我若作文，也許這樣說的。但事實怕很難，我若有公之于衆的東西，那是自己所不要的，否則不願意。以己之心，度人之心，知道私有之念之消除，大約當在二十五世紀，所以決計從此不瞪了。

這里近三天涼起來了，可穿夾衫，據說到冬天，比現在冷得不多，但草卻已有黃了的。學生方面，對我仍然很好；他們想出一種文藝刊物，我已為之看稿，大抵尚幼稚，然而初學的人，也只能如此，或者下月要印出來。至于工作，我不至于拚命，我實在比先前懈得多了，時常閒看玩，不做事。

你不會起草章程，並不足為能力薄弱之證據。草章程是別一種本領，一須多看章程之類，二須有法律趣味，三須能顧到各種事件。我就最怕做這東西，或者也非你之所長罷。然而人又何必定須會做章程呢？即使會做，也不過一個「做章程者」而已。

據我想，伏園未必做政論，是辦副刊。孟餘們的意思，蓋以為副刊的效力很大，所以想大大的幹一下。季黻還是找不到事做，真是可歎，我不得已，已囑伏園面託孟餘去了。

北伐軍得武昌，得南昌，都是確的。浙江確也獨立了，上海附近也許又要小戰，建人又要逃難，此人也是命運註定，不大能够安逸的，但走幾步便是租界，大概

洽，有几个学生极希望我走，但并非对我有恶意，乃是要学校倒楣。

这几天此地正在欢迎两位名人。一个是太虚和尚[①]到南普陀来讲经，于是佛化青年会[②]提议，拟令童子军捧鲜花，随太虚行踪而散之，以示“步步生莲花”之意。但此议竟未实行，否则和尚化为潘妃[③]，倒也有趣。一个是马寅初[④]博士到厦门来演说，所谓“北大同人”，正在发昏章第十一[⑤]，排班欢迎。我固然是“北大同人”之一，也非不知银行之可以发财，然而于“铜子换毛钱，毛钱换大洋”学说，实在没有什么趣味，所以都不加入，一切由它去罢。

二十日下午。

写了以上的信之后，躺下看书，听得打四点的下课钟了，便到邮政代办所去看，收得了十五日的来信。我那一日的信既已收到，那很好。邪视尚不敢，而况“瞪”乎[⑥]？至于张先生的伟论[⑦]，我也很佩服，我若作文，也许这样说的。但事实怕很难，我若有公之于众的东西，那是自己所不要的，否则不愿意。以己之心，度人之心，知道私有之念之消除，大约当在二十五世纪，所以决计从此不瞪了。

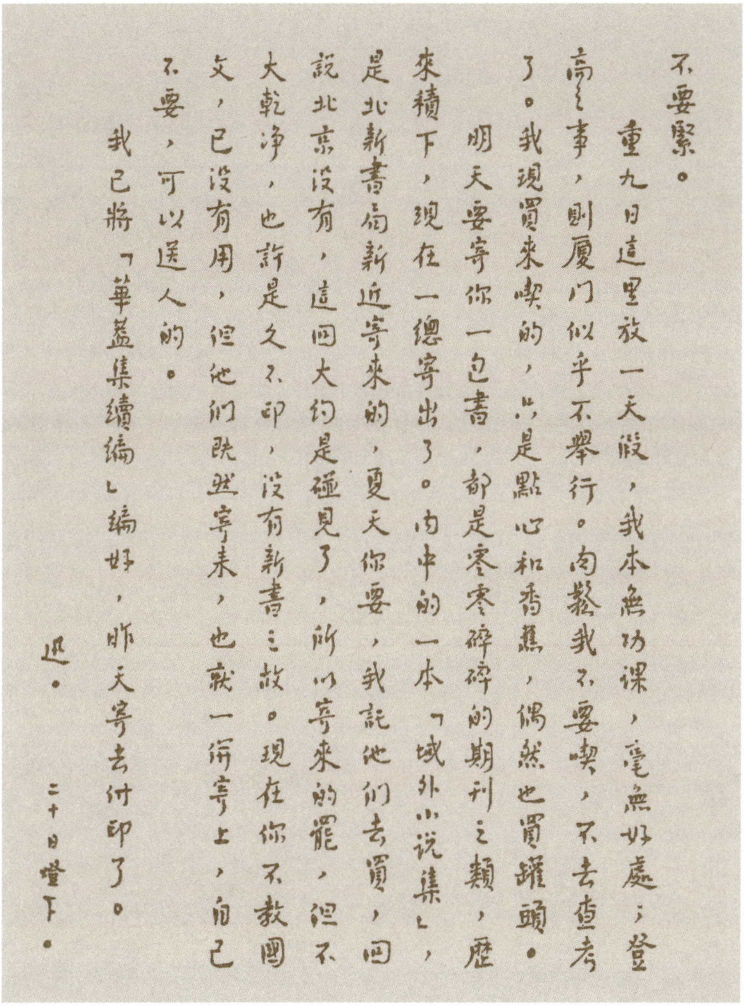

不要緊。

重九日這里放一天假，我本無功課，毫無好處；登高之事，則廈门似乎不舉行。肉鬆我不要喫，不去查考了。我現買來喫的，只是點心和香蕉，偶然也買罐頭。

明天要寄你一包書，都是零零碎碎的期刊之類，歷來積下，現在一總寄出了。內中的一本「域外小說集」，是北新書局新近寄來的，夏天你要，我託他們去買，回說北京沒有，這回大約是碰見了，所以寄來的罷，但不大乾淨，也許是久不印，沒有新書之故。現在你不教國文，已沒有用，但他們既然寄來，也就一併寄上，自己不要，可以送人的。

我已將「華蓋集續編」編好，昨天寄去付印了。

迅。二十日燈下。

这里近三天凉起来了，可穿夹衫，据说到冬天，比现在冷得不多，但草却已有黄了的。学生方面，对我仍然很好；他们想出一种文艺刊物，我已为之看稿，大抵尚幼稚，然而初学的人，也只能如此，或者下月要印出来。至于工作，我不至于拚命，我实在比先前懈得多了，时常闲着玩，不做事。

你不会起草章程，并不足为能力薄弱之证据。草章程是别一种本领，一须多看章程之类，二须有法律趣味，三须能顾到各种事件。我就最怕做这东西，或者也非你之所长罢。然而人又何必定须会做章程呢？即使会做，也不过一个“做章程者”而已。

据我想，伏园未必做政论，是办副刊。孟余们的意思，盖以为副刊的效力很大，所以想大大的干一下。上遂还是找不到事做，真是可叹，我不得已，已嘱伏园面托孟余去了。

北伐军得武昌，得南昌，都是确的。浙江确也独立[8]了，上海附近也许又要小战，建人又要逃难，此人也是命运注定，不大能够安逸的，但走几步便是租界，大概不要紧。

重九日这里放一天假，我本无功课，毫无好处；登高之事，则厦门似乎不举行。肉松我不要吃，不去查考了。我现在买来吃的，只是点心和香蕉，偶然也买罐头。

明天要寄你一包书，都是零零碎碎的期刊之类，历来积下，现在一总寄出了。内中的一本《域外小说集》，是北新书局新近寄来的，夏天你要，我托他们去买，回说北京没有，这回大约是碰见了，所以寄来的罢，但不大干净，也许是久不印，没有新书之故。现在你不教国文，已没有用，但他们既然寄来，也就一并寄上，自己不要，可以送人的。

我已将《华盖集续编》编好，昨天寄去付印了。

迅。二十日灯下。

---

① 太虚和尚（1889 ~ 1947），俗名吕沛林，法名唯心，字太虚，浙江崇德（今并入桐乡）人，佛教新派代表人物、中国近代佛教奠基人。曾任中国佛教总会会长等职。② 佛化青年会，全称闽南佛化青年会。③ 潘妃，名玉儿，南齐东昏侯的妃子。据《南史 · 齐本纪》：东昏侯“为潘妃起神仙、永寿、玉寿三殿，皆匝饰以金璧。……又凿金为莲华以帖地，令潘妃行其上，日：‘此步步生莲华也。’”④ 马寅初（1882 ~ 1982），浙江嵊县人，经济学家。美国哥伦比亚大学经济学博士，当时任北京大学教授。他在《中国币制问题》（载 1924 年《晨报六周年纪念增刊》）一文中曾谈到主币、辅币的换算问题。⑤ 发昏章第十一：见《水浒传》第二十六回：“西门庆被武松从狮子桥楼上扔下街心时，跌得‘发昏章第十一’。”⑥ 而况“瞪”乎：鲁迅 1926 年 9 月 30 日致许广平信中，表示他对教室里的女生“目不邪视”。许广平 10 月 14 日复信说：“邪视”有什么要紧，惯常倒不是“邪视”，我想，许是冷不提防的一瞪罢！⑦ 伟论：张竞生认为，人的精神境界提高之后，一切包括爱人都愿公之于众，让人像鲜花美画一样欣赏，打消据为私有之念。张竞生（1888 ~ 1970），广东饶平人，曾任北京大学教授，著有《美的人生观》等，1927 年在上海开设美的书店，宣传性文化。⑧ 浙江独立：1926 年 10 月 15 日孙传芳旧部、浙江省长夏超宣布浙江省独立，次日就任国民革命军第十八军军长。孙传芳闻讯后，即将所属驻苏州、吴淞之七十六军各部，分别调集上海，夏超则将杭州保安队集中嘉兴，双方在上海附近对峙。

[第 30 封] 排挤

广平兄：

我今天上午刚发一信，内中说到厦门佛化青年会欢迎太虚的笑话，不料下午便接到请柬，是南普陀寺和闽南佛学院公宴太虚，并邀我作陪，自然也还有别的人。我决计不去，而本校的职员硬要我去，说否则他们将以为本校看不起他们。个人的行动，会涉及全校，真是窘极了，我只得去。罗庸[①]说太虚“如初日芙蓉”，我实在看不出这样，只是平平常常。入席，他们要我与太虚并排上坐，我终于推掉，将一位哲学教员[②]供上完事。太虚倒并不专讲佛事，常论世俗事情，而作陪之教员们，偏好问他佛法，什么“唯识”呀，“涅槃”[③]哪，真是其愚不可及，此所以只配作陪也欤。其时又有乡下女人来看，结果是跪下大磕其头，得意之状可掬而去。

这样，总算白吃了一餐素斋。这里的酒席，是先上甜菜，中间咸菜，末后又上一碗甜菜，这就完了，并无饭及稀饭。我吃了几回，都是如此。听说这是厦门的特别习惯，福州即不然。

散后，一个教员和我谈起，知道有几个这回同来的人物之排斥我，渐渐显著了，因为从他们的语气里，他已经听得出来，而且他们似乎还同他去联络。他于是叹息说：“玉堂敌人颇多，但对于国学院不敢下手者，只因为兼士和你两人在此也。兼士去而你在，尚可支持，倘你亦走，敌人即无所顾忌，玉堂的国学院就要开始动摇了。玉堂一失败，他们也站不住了。而他们一面排斥你，一面又个个接家眷，准备作长久之计，真是胡涂”云云。我看这是确的，这学校，就如一部《三国志演义》，你枪我剑，好看煞人。北京的学界在都市中挤轧，这里是在小岛上挤轧，地点虽异，挤轧则同。但国学院内部的排挤现象，外敌却还未知道（他们误以为那些人们倒是兼士和我的小卒，我们是给他们来打地盘的），将来一知道，就要乐不可支。我于这里毫无留恋，吃苦的还是玉堂，但我和玉堂的交情，还不到可以向他说明这些事情的程度，即使说了，他是否相信，也难说的。我所以只好一声不响，自做我的事，他们想攻倒我，一时也很难，我在这里到年底或明年，看我自己的

廣平兄：

我今天上午剛發一信，內中說到廈門佛化青年會歡迎太虛的笑話，不料下午便接到請柬，是南普陀寺和閩南佛學院公讌太虛，并邀我作陪，自然也還有別的人。我決計不去，而本校的職員硬要我去，說否則他們將以為本校看不起他們。個人的行動，會涉及全校，真是窘極了，我只得去。羅庸說太虛「如初日芙蓉」，我實在看不出這樣，只是平平常常。入席，他們要我與太虛並排上坐，我終于推掉，將一位哲學教員供上完事。太虛倒並不專講佛事，常論世俗事情，而作陪之教員們，偏好問他佛法，什麽「唯識」呀，「涅槃」哪，真是其愚不可及，此所以只配作陪也歟。其時又有鄉下女人來看，結果是跪下大磕其頭，得意之狀可掬而去。

這樣，總算白吃了一餐素齋。這里的酒席，是先上甜菜，中間鹹菜，末後又上一碗甜菜，這就完了，並無飯及稀飯。我吃了幾回，都是如此。聽說這是廈門的特別習慣，福州即不然。

散後，一個教員和我談起，知道那些北京同來的鬼蜮之排斥我，漸漸顯著了，因為從他們的語氣裏，他已

經聽得出来，而且他们似乎還同他去聯络（他和有幾個
鬼蜮是同鄉，去年到此，我是去年在陝西認識的）。他
于是歎息說：「玉堂敵人頗多，但對于國學院不敢下手
者，以因為兼士和你兩人在此也。兼士去而你在，尚可
支持，倘你亦走，敵人即無所顧忌，玉堂的國學院就要
開始動摇了。玉堂一失敗，他们也站不住了。而他们一
面排斥你，一面又個個接家眷，準備作長久之計，真是
胡塗」云云。我看這是確的，這学校，就如一部「三國
志演義」，你鎗我劍，好看煞人。北京的学界在都市中
擠軋，這里是小島上擠軋，地點雖異，擠軋則同。但國
学院內部的排擠現象，外敵却還未知道（他们誤以為鬼
蜮们倒是兼士和我的小卒，我们是給他们来打地盤的），

高兴。至于玉堂，我大概是爱莫能助的了。

二十一日灯下。

十九的信和文稿，都收到了。文是可以用的，据我看来。但其中的句法有不妥处，这是小姐们的普通病，其病根在于粗心，写完之后，大约自

將來一知道，就要樂不可支。我于這里毫無留戀，喫苦的還是玉堂，但我和玉堂的交情，還不到可以向他說明這些事情的程度，即使說了，他是否相信，也難說的。我所以只好一聲不響，自做我的事，他們想攻倒我，一時也很難，我在這里到年底或明年，看我自己的高興。至于玉堂，我大概是愛莫能助的了。 二十一日燈下。

十九的信和文稿，都收到了。文是可以用的，據我看來。但其中的句法有不妥處，這是小姐們的普通病，其病根在于粗心，寫完之後，大約自己也未必再看一遍。過一兩天，改正了寄去罷。

兼士擬于廿七日動身向滬，不赴粵；伏園却已走了，打聽陳惺農，該可以知道他的住址。但我以為他是用不

己也未必再看一遍。过一两天，改正了寄去罢。

兼士拟于廿七日动身向沪，不赴粤；伏园却已走了，打听陈惺农，该可以知道他的住址。但我以为他是用不着翻译的，他似认真非认真，似油滑非油滑，模模胡胡的走来走去，永远不会遇到所谓“为难”。然而行旌所过，却往往会留一点长远的小麻烦来给别人打扫。我不是雇了一个工人

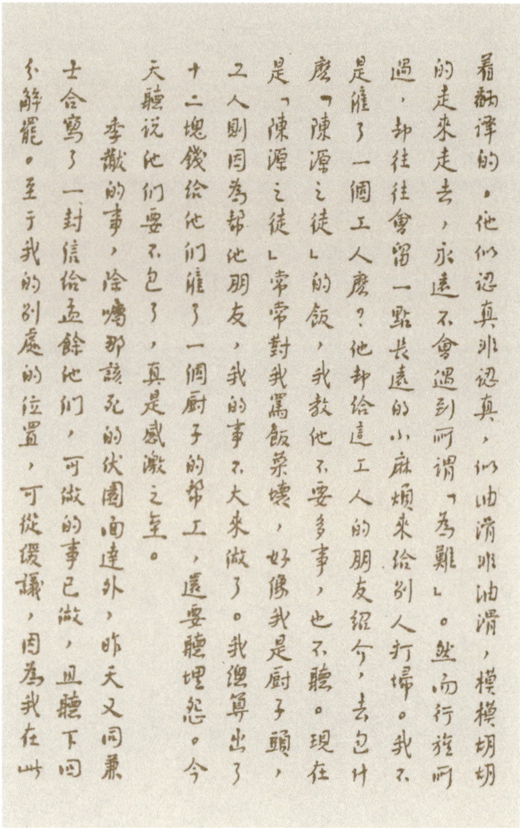
着翻譯的。他似乎認真非認真，似油滑非油滑，模模胡胡
的走來走去，永遠不會遇到所謂「為難」。然而行旌所
過，却往往會留一點長遠的小麻煩來給別人打掃。我不
是僱了一個工人麽？他却給這工人的朋友紹介，去包什
麽「陳源之徒」的飯，我教他不要多事，也不聽。現在
是「陳源之徒」常常對我罵飯菜壞，好像我是厨子頭，
工人則因為幫他朋友，我的事不大來做了。我總算出了
十二塊錢給他們僱了一個厨子的幫工，還要聽埋怨。今
天聽說他們要不包了，真是感激之至。
季黻的事，除囑那該死的伏園面達外，昨天又同兼
士合寫了一封信給孟餘他們，可做的事已做，且聽下回
分解罷。至于我的別處的位置，可從緩議，因為我在此

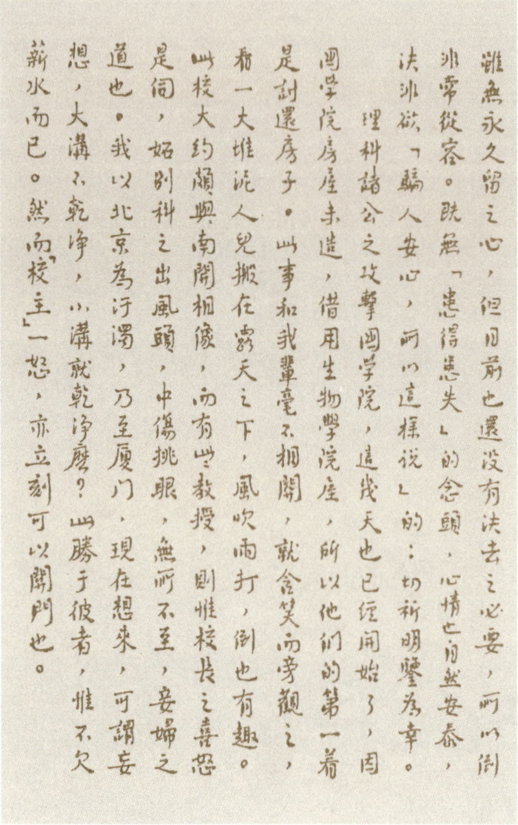
雖無永久留之心，但目前也還沒有決去之必要，所以倒
非常從容。既無「患得患失」的念頭，心情也自然安泰，
決非欲「騙人安心，所以這樣說」的：切祈明鑒為幸。
理科諸公之攻擊國學院，這幾天也已經開始了，因
國學院房屋未造，借用生物學院屋，所以他們的第一着
是討還房子。此事和我輩毫不相關，就含笑而旁觀之，
看一大堆泥人兒搬在露天之下，風吹雨打，倒也有趣。
此校大約頗與南開相像，而有些教授，則惟校長之喜怒
是伺，妒別科之出風頭，中傷挑眼，無所不至，妾婦之
道也。我以北京為污濁，乃至廈門，現在想來，可謂妄
想，大溝不乾淨，小溝就乾淨麽？此勝于彼者，惟不欠
薪水而已。然而「校主」一怒，亦立刻可以關門也。

么？他却给这工人的朋友绍介，去包什么“陈源之徒”的饭，我教他不要多事，也不听。现在是“陈源之徒”常常对我骂饭菜坏，好像我是厨子头，工人则因为帮他朋友，我的事不大来做了。我总算出了十二块钱给他们雇了一个厨子的帮工，还要听埋怨。今天听说他们要不包了，真是感激之至。

上遂的事，除嘱那该打的伏园面达外，昨天又同兼士合写了一封信给孟余他们，可做的事已做，且听下回分解罢。至于我的别处的位置，可从缓议，因为我在此虽无久留之心，但目前也还没有决去之必要，所以倒非常从容。既无“患得患失”的念头，心情也自然安泰，决非欲“骗人安心，所以这样说”的：切祈明鉴为幸。

理科诸公之攻击国学院，这几天也已经开始了，因国学院房屋未造，借用生物学院屋，所以他们的第一着是讨还房子。此事和我辈毫不相关，就含笑而旁观之，看一大堆泥人儿搬在露天之下，风吹雨打，倒也有趣。此校大约颇与南开[4]相像，而有些教授，则惟校长之喜怒是伺，妒别科之出风头，中伤挑眼，无所不至，妾妇之道也。我以北京为污浊，乃至厦门，现在想来，可谓妄想，大沟不干净，小沟就干净么？此胜于彼者，惟不欠薪水而已。然而，“校主”一怒，亦立刻可以关门也。

我所住的這麽一所大洋樓上，到夜，就只住着三個人：一張頤教授，一伏園，一即我。張因不便，住到他朋友那里去了，伏園又已走，所以現在就只有我一人。但我却可以靜觀默想，所以精神上倒並不感到寂寞。年假之期又已近來，于是就比先前沈靜了。我自己計算，到此剛五十天，而恰如過了半年。但這不只我，兼士們也這樣説，則生活之單調可知。

我新近想到了一句話，可以形容這學校的，是「硬將一排洋房，擺在荒島的海邊上」。然而雖是這樣的地方，人物却各式俱有，正如一滴水，用顯微鏡看，也是一個大世界。其中有一班「妾婦」們，上面已説過了。還有希望得愛，以九元一盒的糖果恭送女教員的老外國

教授；有和着名的美人結婚，三月復離的青年教授；有以異性為玩藝兒，每年一定和一個人往來，先引之而終拒之的密斯先生；有打聽糖果所在，羣往喫之的無耻之徒……世事大概差不多，地的繁華和荒僻，人的多少，都沒有多大關係。

浙江獨立，是確的了；今天聽説陳儀的兵已與盧永祥開仗，那麽，陳在徐州也獨立了，但究竟確否，却不能知。閩邊的消息倒少聽見，似乎周蔭人是必倒的，而民軍則已到漳州。

長虹又在和韋漱園吵鬧了，在上海出版的「狂飆」上大罵，又登了一封給我的信，要我説幾句話。這真是喫得閑空，然而我却不願意奉陪了，這幾年來，生命耗

我所住的这么一所大洋楼上，到夜，就只住着三个人：一张颐教授，一伏园，一即我。张因不便，住到他朋友那里去了，伏园又已走，所以现在就只有我一人。但我却可以静观默想，所以精神上倒并不感到寂寞。年假之期又已近来，于是就比先前沉静了。我自己计算，到此刚五十天，而恰如过了半年。但这不只我，兼士们也这样说，则生活之单调可知。

我新近想到了一句话，可以形容这学校的，是“硬将一排洋房，摆在荒岛的海边上”。然而虽是这样的地方，人物却各式俱有，正如一滴水，用显微镜看，也是一个大世界。其中有一班“妾妇”们，上面已经说过了。还有希望得爱，以九元一盒的糖果恭送女教员的老外国教授；有和著名的美人结婚，三月复离的青年教授；有以异性为玩艺儿，每年一定和一个人往来，先引之而终拒之的密斯先生；有打听糖果所在，群往吃之的无耻之徒……世事大概差不多，地的繁华和荒僻，人的多少，都没有多大关系。

浙江独立，是确的了；今天听说陈仪的兵已与卢永祥[⑤]开仗，那么，陈在徐州也独立了，但究竟确否，却不能知。闽边的消息倒少听见，似乎周荫人[⑥]是必倒的，而民军则已到漳州。

长虹又在和韦漱园吵闹了[⑦]，在上海出版的《狂飙》上大骂，又登了一封给我的信，

去不少，也陪得够了，所以决計置之不理。况且鬧的原因，據說是為了「莽原」不登向培良的劇本，但培良和漱園在北京發生糾葛，而要在上海的長虹破口大罵，還要在厦门的我出來說話，辦法真是離奇得很。我那里知道其中的底細曲折呢。

此地天氣涼起來了，可穿夾衣。明天是星期，夜間大約要看影戲，是林肯一生的故事。大家集資招來的，需六十元，我出一元，可坐特別席。林肯之類的故事，我是不大要看的，但在這里，能有好的影片看麼？大家所知道而以為好看的，至多也不過是林肯的一生之類罷了。

這信將于明天寄出，開學以後，郵政代辦所在星期日也辦公事了。

L.S.

十月二十三日燈下。

要我说几句话。这真是吃得闲空，然而我却不愿意奉陪了，这几年来，生命耗去不少，也陪得够了，所以决计置之不理。况且闹的原因，据说是为了《莽原》不登向培良的剧本，但培良和漱园在北京发生纠葛，而要在上海的长虹破口大骂，还要在厦门的我出来说话，办法真是离奇得很。我那里知道其中的底细曲折呢。

此地天气凉起来了，可穿夹衣。明天是星期，夜间大约要看影戏，是林肯[8]一生的故事。大家集资招来的，需六十元，我出一元，可坐特别席。林肯之类的故事，我是不大要看的，但在这里，能有好的影片看吗？大家所知道而以为好看的，至多也不过是林肯的一生之类罢。

这信将于明天寄出，开学以后，邮政代办所在星期日也办公半日了。

L. S. 十月二十三日灯下。

---

① 罗庸（1900 ~ 1950），字膺中，江苏江都人，1922 年北京大学研究所国学门毕业，当时任北京大学讲师，并在女师大兼课。1925 年曾从太虚游，为太虚和尚整理过讲经录。② 指陈定谟。③ “唯识”：佛家语。“识”指一种神秘的精神本体。佛教唯识宗认为世界的本原是“阿赖耶识”，世界万有是“唯识所变”（《成唯识论》）。太虚著有《法相唯识学》。涅槃，佛家语，梵文 Nirvāna 的音译，意为寂灭、解脱等，指佛和高僧的死亡，也叫圆寂；后来引申作死的意思。④ 南开：指天津南开大学。⑤ 卢永祥，原信作卢香亭。卢香亭，河北河间人，曾任直系军阀孙传芳部陆军第二师师长、浙江总司令。陈仪于 1926 年 10 月下旬从徐州回师浙江，能与接战的应是卢香亭部。卢部不久即被国民革命军第六军歼灭。卢永祥（1867 ~ 1933），山东济阳人，北洋皖系军阀，曾任浙江军务督办等职。⑥ 周荫人（1884 ~ ？），河北武强人，当时任福建省军务督办。1926 年 10 月北伐军分三路进攻福建，他于 12 月率残部逃往浙江。⑦ 长虹和素园吵闹：高长虹在《狂飙》周刊第二期（1926 年 10 月 17 日）发表致韦素园和鲁迅的《通讯》二则，指责韦素园所编《莽原》半月刊不刊登向培良的剧本《冬天》，并要鲁迅表态：“你如愿意说话时，我也想听一听你的意见。”《狂飙》周刊，高长虹主编，1926 年 10 月 10 日在上海创刊，次年 1 月 30 日出至第十七期停刊。⑧ 林肯（A. Lincoln，1809 ~ 1865），美国政治家，1861 年就任总统。

［第 31 封］ 办“公”

广平兄：

廿三日得十九日信及文稿后，廿四日即发一信，想已到。廿二日寄来的信，昨天收到了。闽粤间往来的船，当有许多艘，而邮递信件，似乎被一个公司所包办，惟它的船才带信，所以一星期只有两回，上海也如此。我疑心这公司是太古[①]。

我不得同意，不见得用对付少爷们之法，请放心。但据我想，自己是恐怕决不开口的，真是无法可想。这样食少事烦的生活，怎么持久？但既然决心做一学期，又有人来帮忙，做做也好，不过万不要拚命。人固然应该办“公”，然而总须大家都办，倘人们偷懒，而只有几个人拚命，未免太不“公”了，就该适可而止，可以省下的路少走几趟，可以不管的事少做几件，自己也是国民之一，应该爱惜的，谁也没有要求独独几个人应该做得劳苦而死的权利。

我这几年来，常想给别人出一点力，所以在北京时，拚命地做，忘记吃饭，减少睡

廣平兄：

廿三日得十九日信及文稿後，廿四日即發一信，想已到。廿二日寄來的信，昨天收到了。閩粵間往來的船，當有許多艘，而郵遞信件，似乎被一個公司所包辦，唯牠的船才帶信，所以一星期只有兩回，上海也如此。我疑心這公司是太古。

我不得同意，不見得用對付少爺們之法，請放心。但據我想，自己是恐怕決不開口的，真是無法可想。這樣食少事煩的生活，怎麽持久？但既然決心做一學期，又有人來幫忙，做做也好，不過萬不要拚命。人固然應該辦「公」，然而總須大家都辦，倘人們偷懶，而只有幾個人拚命，未免太不「公」了，就該適可而止，可以省下的路少走幾趟，可以不管的事少做幾件，自己也是國民之一，應該愛惜的，誰有沒有要求獨獨幾個人應該做得勞苦而死的權利。

我這幾年來，常想給別人出一點力，所以在北京時，拚命地做，忘記吃飯，減少睡眠，吃了藥來編輯，校對，

眠，吃了药来编辑，校对，作文。谁料结出来的，都是苦果子。有些人就将我做广告来自利，不必说了；便是小小的《莽原》，我一走也就闹架。长虹因为社里压下（压下而已）了投稿，和我理论，而社里则时时来信，说没有稿子，催我作文。我实在有些愤愤了，拟至二十四期止，便将《莽原》停刊，没有了刊物，看大家还争持些什么。

我早已有些想到过，你这次出去做事，会有许多莫名其妙的人们来访问你的，或者自称革命家，或者自称文学家，不但访问，还要要求帮忙。我想，你是会去帮的。然而帮忙之后，他们还要大不满足，而且怨恨，因为他们以为你收入甚多，这一点即等于不帮，你说竭力的帮了，乃是你吝啬的谎话。将来或有些失败，便都一哄而散，甚者还要下石，即

作文。誰料结出來的，都是苦果子。有些人就将我做廣告來自利，不必說了；便是小小的「莽原」，我一走也就鬧架。長虹因為社裏壓下（壓下而已）了投稿，和我理論，而社裏則時時來信，說沒有稿子，催我作文。我實在有些憤憤了，擬至二十四期止，便將「莽原」停刊，沒有了刊物，看大家還爭持些什麼。

我早已有些想到過，你這次出去做事，會有許多莫名其妙的人們來訪問你的，或者自稱革命家，或者自稱文學家。不但訪問，還要要求幫忙。我想，你是會去幫的。然而幫忙之後，他們還要大不滿足，而且怨恨，因為他們以為你收入甚多，這一點即等于不幫，你說竭力的幫了，乃是你吝嗇的謊話。將來或有些失敗，便都一

将访问你时所见的态度，衣饰，住处等等，作为攻击之资，这是对于先前的吝啬的罚。这种情形，我都曾一一尝过了，现在你大约也正要开始尝着这况味。这很使人苦恼，不平，但尝尝也好，因为知道世事就可以更加真切了。但这状态是永续不得的，经验若干时之后，便须恍然大悟，斩钉截铁地将他们撇开，否则，即使将自己全部牺牲了，他们也仍不满足，而且仍不能得救。其实呢，就是你现在见得可怜的所谓“妇孺”，恐怕也不在这例外。

哄而散，甚有還要下石，即將訪問你時所見的態度，衣飾，住處等等，作為攻擊之資，這是對于先前的含蓄的罰。這種情形，我都曾一一嘗過了，現在你大約也正要開始嘗着這況味。這很使人苦惱，不平，但嘗嘗也好，因為知道世事，就可以更加真切了。但這狀態是永續不得的，經驗若干時之後，便須恍然大悟，斬釘截鐵地將他們撇開，否則，即使將自己全部犧牲了，他們也仍不滿足，而且仍不能得救。其實呢，就是你現在見得可憐的所謂「婦孺」，恐怕也不在這例外。

以上是午飯前寫的。現在是四點鐘，今天沒有事了。兼士昨天已走，早上來別。伏園已有信來，云船上大吐（他上船之前喝了酒，活該！），現寓長堤的廣泰來客

以上是午饭前写的。现在是四点钟，今天没有事了。兼士昨天已走，早上来别。伏园已有信来，云船上大吐（他上船之前喝了酒，活该！），现寓长堤的广泰来客店，大概我信到时，他也许已走了。浙江独立已失败，那时外面的报上虽然说得热闹，但我看见浙江本地报，却很吞吐其词，好像独立之初，本就灰色似的，并不如外间所传的轰轰烈烈。福建事也难明真相，有一种报上说周荫人已为乡团所杀，我看也未必真。

这里可穿夹衣，晚上或者可加棉坎肩，但近几天又无需了。今天下雨，

店，大概我信到時，他也許已走了。浙江獨立已失敗，那時外面的報上雖然說得熱鬧，但我看見浙江本地報，卻很吞吐其詞，好像獨立之初，本就灰色似的，並不如外間所傳的轟轟烈烈。福建事也難明真相，有一種報上說周蔭人已為鄉團所殺，我看也未必真。

這里可穿夾衣，晚上或者可加棉坎肩，但近幾天又無需了。今天下雨，也並不涼。我自從雇了一個工人之後，比較的便當得多。至于工作，其實也並不多，閑工夫儘有，但我總不做什麼事，拿本無聊的書玩玩的時候多，倘連編三四點鐘講義，便覺影響于睡眠，不容易睡着，所以我講義也編得很慢，而且遇有來催我做文章的，大抵置之不理，做事沒有上半年那麼急進了，這似乎是退步，但從別一面看，倒是進步也難說。

樓下的後面有一片花圃，用有刺的鐵絲攔着，我因為要看牠有怎樣的攔阻力，前幾天跳了一回試試。跳出了，但那刺果然有效，給了我兩個小傷，一股上，一膝旁，可是並不深，至多不過一分。這是下午的事，晚上就全愈了，一點沒有什麼。恐怕這事會招到誥誡，但這是因為知道沒有什麼危險，所以試試的，倘覺可慮，就很謹慎。例如，這里頗多小蛇，常見被打死着，顎部多不膨大，大抵是沒有什麼毒的，但到天暗，我便不到草地上走，連夜間小解也不下樓去了，就用磁的唾壺裝着，看夜半無人時，即從窗口潑下去。這雖然近于無賴，但學校的設備如此不完全，我也只得如此。

玉堂病已好了。黃堅已往北京去接家眷，他大概決計要在這里安身立命。我身體是好的，不喝酒，胃口亦佳，心緒比先前較安帖。

迅。

十月二十八日。

也并不凉。我自从雇了一个工人之后，比较的便当得多。至于工作，其实也并不多，闲工夫尽有，但我总不做什么事，拿本无聊的书玩玩的时候多，倘连编三四点钟讲义，便觉影响于睡眠，不容易睡着，所以我讲义也编得很慢，而且遇有来催我做文章的，大抵置之不理，做事没有上半年那么急进了，这似乎是退步，但从别一面看，倒是进步也难说。

楼下的后面有一片花圃，用有刺的铁丝拦着，我因为要看它有怎样的拦阻力，前几天跳了一回试试。跳出了，但那刺果然有效，给了我两个小伤，一股上，一膝旁，可是并不深，至多不过一分。这是下午的事，晚上就全愈了，一点没有什么。恐怕这事会招到诰诫，但这是因为知道没有什么危险，所以试试的，倘觉可虑，就很谨慎。例如，这里颇多小蛇，常见被打死着，颚部多不膨大，大抵是没有什么毒的，但到天暗，我便不到草地上走，连夜间小解也不下楼去了，就用磁的唾壶装着，看夜半无人时，即从窗口泼下去。这虽然近于无赖，但学校的设备如此不完全，我也只得如此。

玉堂病已好了。白果已往北京去接家眷，他大概决计要在这里安身立命。我身体是好的，不喝酒，胃口亦佳，心绪比先前较安帖。

迅。十月二十八日。

① 太古：指太古兴记轮船公司，英商太古洋行在中国经营的航运垄断组织。1920 年和 1924 年，该公司曾两次与北洋政府邮政当局签立合约，承包寄往厦门、广州、香港直至马尼拉、英国等处的邮件。

[第 32 封] “快”信

广平兄：

前日（廿七）得廿二日的来信后，写一回信，今天上午自己送到邮局去，刚投入邮箱，局员便将二十三发的快信交给我了。这两封信是同船来的，论理本该先收到快信，但说起来实在可笑，这里的情形是异乎寻常的。普通信件，一到就放在玻璃箱内，我们倒早看见；至于挂号的呢，则秘而不宣，一个局员躲在房里，一封一封上帐，又写通知单，叫人带印章去取。这通知单也并不送来，仍然供在玻璃箱里，等你自己走过看见。快信也同样办理，所以凡挂号信和“快”信，一定比普通信收到得迟。

我暂不赴粤的情形，记得又在二十一日的信里说过了。现在伏园已有信来，并未有非我即去不可之概；开学既然在明年三月，则年底去也还不迟。我固然很愿意现在就走一趟，但事实的牵扯实在也太利害，就是：走开三礼拜后，所任的事搁下太多，倘此后一一补做，则工作太重，倘不补，就有占了便宜的嫌疑。假如长在这里，自然可以慢慢地补做，不成问题，但我又并不作长久之计，而况还有玉堂的苦处呢。

至于我下半年那里去，那是不成问题的。上海，北京，我都不去，倘无别处可走，就

廣平兄：

前日（廿七）得廿二日的來信後，寫一回信，今天上午自己送到郵局去，剛投入郵箱，局員便將二十三發的快信交給我了。這兩封信是同船來的，論理本該先收普通信件，一到就放在玻璃箱內，我們倒早看見；至于掛號的呢，則秘而不宣，一個局員躲在房裏，一封一封上賬，又寫通知單，叫人帶印章去取。這通知單也並不送來，仍然供在玻璃箱裏，等你自己走過看見。快信也同樣辦理，所以凡掛號信和「快」信，一定比普通信收到得遲。

我暫不赴粵的情形，記得又在二十一日的信裏說過了。現在伏園已有信來，並未有非我即去不可之概；開學既然在明年三月，則年底去也還不遲。我固然很願意現在就走一趟，但事實的牽扯實在也太利害，就是：走開三禮拜後，所任的事擱下太多，倘此後一一補做，則工作太重，倘不補，就有沾了便宜的嫌疑。假如長在這裏，自然可以慢慢地補做，不成問題，但我又並不作長久之計，而況還有玉堂的苦處呢。

至于我下半年那里去，那是不成問題的。上海，北京，我都不去，倘無別處可走，就仍在這里混半年。現在去留，專在我自己，外界的鬼祟，一時還攻我不倒。我很想嘗嘗楊桃，其所以熬着者，為己，只有一個經濟問題，為人，就只怕我一走，玉堂立刻要被攻擊，因此有些彷徨。一個人就能為這樣的小問題所牽掣，實在可歎。

才發信，沒有什麼事了，再談罷。

迅。 十，二九，夜。

仍在这里混半年。现在去留，专在我自己，外界的鬼祟，一时还攻我不倒。我很想尝尝杨桃，其所以熬着者，为己，只有一个经济问题，为人，就只怕我一走，玉堂立刻要被攻击，因此有些彷徨。一个人就能为这样的小问题所牵掣，实在可叹。

才发信，没有什么事了，再谈罢。

迅。十，二九。

[第33封] 徘徊

广平兄：

十月廿七的信，今天收到了；十九，二十二，二十三的，也都收到。我于廿四，廿九，卅日均发信，想已到。至于刊物，则查载在日记上的，是廿，廿一，各一回，什么东西，已经忘却，只记得有一回内中有《域外小说集》。至于十月六日的刊物，则不见于日记上，不知道是失载，还是其实是廿一所发，而我将月日写错了。只要看你是否收到廿一寄的一包，就知道，倘没有，那是我写错的了；但我仿佛又记得六日的是别一包，似乎并不是包，而是三本书对叠，像普通寄期刊那样的。

伏园已有信来，据说上遂的事很有希望，学校的别的事情却没有提。他大约不久当可回校，我可以知道一点情形，如果中大定要我去，我到后于学校有益，那我就于开学之前到那边去。此处别的都不成问题，只在对不对得起玉堂。但玉堂也太胡涂——不知道还是老实——至今还迷信着他的“襄理”，这是一定要糟的，无药可救。山根先生仍旧专门荐人，图书馆有一缺，又在计画荐人了，是胡适之的书记[①]，但这回好像不大顺手似的。至于学校方面，则这几天正在大敷衍马寅初。昨天浙江学生欢迎他，硬要拖我去一同照相，我竭力拒绝，他们颇以为怪。呜呼，我非不知银行之可以发财也，其如“道不同不相为谋”何。明天是校长赐宴，陪客又有我，他们处心积虑，一定要我去和银行家扳谈，苦哉苦哉！但我在知单上只写了一个“知”字，不去可知矣。

据伏园信说，副刊[②]十二月开手，那么，他回校之后，两三礼拜便又须去了，也很好。

十一月一日午后。

廣平兄：

十月廿七的信，今天收到了；十九，二十二，二十三的，也都收到。我于廿四，廿九，卅日均發信，想已到。至于刊物，則查載在日記上的，是廿一，廿一各一回，什麼東西，已經忘却，只記得有一回內中有「域外小說集」。至于十月六日的刊物，則不見于日記上，不知道是失載，還是其實是廿一所發，而我將月日寫錯了。只要看你是否收到廿一寄的一包，就知道，倘沒有，那是我寫錯的了；但我彷彿又記得不六日的是別一包，似乎並不是包，而是三本書對疊，像普通寄期刊那樣的。

伏園已有信來，據說李翽的事很有希望，學校的別的事情卻沒有提。他大約不久當可回校，我可以知道一點情形，如果中大定要我去，我到後于學校有益，那我就于開學之前到那邊去。此處別的都不成問題，只在對不對得起玉堂。但玉堂也太胡塗——不知道還是老實——至今還迷信着他的「襄理」，這是一定要糟的，無藥可

但我对于此后的方针，实在很有些徘徊不决，那就是：做文章呢，还是教书？因为这两件事，是势不两立的：作文要热情，教书要冷静。兼做两样的，倘不认真，便两面都油滑浅薄，倘都认真，则一时使热血沸腾，一时使心平气和，精神便不胜困惫，结果也还是两面不讨好。看外国，兼做教授的文学家，是从来很少有的。我自已想，我如写点东西，也许于中国不无小好处，不写也可惜；但如果使我研究一种关于中国文学的事，大概也可以说出一点别人没有见到的话来，所以放下也似乎可惜。但我想，或者还不如做些有益的文章，至于研究，则于余暇时做，不过倘使应酬一多，可又不行了。

救。顧頡剛仍舊専门薦人，圖書館有一缺，又在計畫薦人了，是胡適之的書記，但這回好像不大順手似的。至于学校方面，則這幾天正在大敷衍馬寅初。昨天浙江学生歡迎他，硬要拖我去一同照相，我竭力拒絶，他們頗以為怪。嗚呼，我非不知銀行之可以發財也，其如"道不同不相為謀"何。明天是校長賜宴，陪客又有我，他們處心積慮，一定要我去和銀行家扳談，苦哉苦哉！但我在知單上只寫了一個"知"字，不去可知矣。

據伏園信説，副刊十二月開手，那麽他回校之後，兩三禮拜便又須去了，也很好。

十一月一日午后。

但我對于此後的方針，實在很有些徘徊不決，那就是：做文章呢，還是教書？因為這兩件事，是勢不兩立

此地这几天很冷，可穿夹袍，晚上还可以加棉背心。我是好的，胃口照常，但菜还是不能吃，这在这里是无法可想的。讲义已经一共做了五篇，从明天起，想做季刊的文章了。

迅。十一月一日灯下。

的：作文要熱情，教書要冷靜。兼做兩樣的，倘不認真，便兩面都油滑淺薄，倘都認真，則一時使熱血沸騰，一時使心平氣和，精神便不勝困憊，結果也還是兩面不討好。看外國，兼做教授的文學家，是從來很少有的。我自己想，我如寫點東西，也許于中國不無小好處，不寫也可惜；但如果使我研究一種關于中國文學的事，大概也可以說出別人沒有見到的話來，所以放下也似乎可惜。但我想，或者還不如做些有益于文章，至于研究，則于餘暇時做，不過倘使應酬一多，可又不行了。

此地這幾天很冷，可穿夾袍，晚上還可以加棉背心。我是好的，胃口照常，但菜還是不能吃，這在這里是無法可想的。講義已經一共做了五篇，從明天起，想做季刊的文章了。

迅。十一月一日燈下。

① 指程憬，字仰之，安徽绩溪人，曾任胡适的书记员，1926 年 11 月底到厦门，住在南普陀寺候职。② 副刊：指当时准备在汉口出版的国民党机关报《中央日报》副刊。

[第 34 封] 伏园

广平兄：

昨天刚发一信，现在也没有什么话要说，不过有一些小闲事，可以随便谈谈。我又在玩——我这几天不大用功，玩着的时候多——所以就随便写它下来。

今天接到一篇来稿，是上海大学的女生曹轶欧[①]寄来的，其中讲起我在北京穿着洋布大衫在街上走的事，下面注道：“这是我的朋友 P. 京的 H. M. 女校生亲口对我说的”。P. 自然是北京，但那校名却奇怪，我总想不出是那一个学校来。莫非就是女师大，和我们所用的是同一意义么？

廣平兄：

昨天剛發一信，現在也沒有什麼話要說，不過有一些小閒事，可以隨便談談。我又在玩——我這幾天不大用功，玩着的時候多——所以就隨便寫牠下來。

今天接到一篇來稿，是上海大學的女生曹軼歐寄來的，其中講起我在北京穿着洋布大衫在街上走的事，下面注道：「這是我的朋友P京的HM女校生親口對我說的」。P自然是北京，但那校名却奇怪，我總想不出是那一個學校來。莫非就是女師大，和我們所用的是同一意義麼？

今天又知道一件事，有一個留學生在東京自稱我的代表去見鹽谷溫氏，向他索取他所印的「三國志平話」，但因為書尚未裝成，沒有拿去。他怕將來鹽谷氏直接寄我，將事情弄穿，便託鄭振鐸寫信給我，要我追認他為代表，還說，否則，于中國人之名譽有關。你看，「中國人的名譽」，是建立在他和我的說謊之上了。

今天又知道一件事。先前顧頡剛要薦一個人到國學院，但沒有成。現在這人終于來了，住在南普陀寺。為什麼住到那里去的呢？因為伏園在那寺裏的佛學院有幾點功課（每月五十元），現在請人代看，他們就想挖取這地方。從昨天起，顧頡剛已在大施宣傳手段，說伏園假期已滿（實則未滿）而不來，乃是在那邊已經就職，不來的了。今天又另派探子，到我這里來探聽伏園消息。我不禁好笑，答得極其神出鬼沒，似乎不來，似乎並非不來，而且立刻要來，于是乎終于莫名其妙而去。你看「現代」派下的小卒就這麼陰鷙，無孔不入，真是可怕可厭。不過我想這實在難對付，譬如要我去和此輩周旋，就必須將別的事情放下，另用一番心機，本業拋荒，所得的成績就有限了。「現代」派學者之無不淺薄，即因為分心于此等下流事情之故也。

十一月三日大風之夜，迅。

十月卅日的信，今天收到了。馬又要發脾氣，我也無可奈何。事情也只得這樣辦，索性解決一下，較之天天對付，勞而無功的當然好得多。教我看戲目，我就看戲目，在這里也只能看戲目，不過總希望太做得力盡筋疲，一時養不轉。

今天有從中大寄給伏園的信到來，可見他已經離開廣州，但尚未到，也許到汕頭或福州游玩去了。他走後給我兩封信，關于我的事，一字不提。今天看見中大的考試委員名單，文科中人多得很，他也在內，郭沫若，郁達夫也在，那麼，我的去不去也似乎沒有多大關係，可以不必急急趕到了。

今天又知道一件事，有一个留学生在东京自称我的代表去见盐谷温氏[②]，向他索取他所印的《三国志平话》，但因为书尚未装成，没有拿去。他怕将来盐谷氏直接寄我，将事情弄穿，便托C. T. [③]写信给我，要我追认他为代表，还说，否则，于中国人之名誉有关。你看，“中国人的名誉”，是建立在他和我的说谎之上了。

今天又知道一件事。先前朱山根要荐一个人到国学院，但没有成。现在这人终于来了，住在南普陀寺。为什么住到那里去的呢？因为伏园在那寺里的佛学院有几点钟功课（每月五十元），现在请人代着，他们就想挖取这地方。从昨天起，山根已在大施宣传手段，说伏园假期已满（实则未满）而不来，乃是在那边已经就职，不来的了。今天又另派探子，到我这里来探听伏园消息。我不禁好笑，答得极其神出鬼没，似乎不来，似乎并非不来，而且立刻要来，于是乎终于莫名其妙而去。你看“现代”派下的小卒就这么阴鸷，无孔不入，真是可怕可厌。不过我想这实在难对付，譬如要我去和此辈周旋，就必须将别的事情放下，另用一番心机，本业抛荒，所得的成绩就有限了。“现代”派学者之无不浅薄，即因为分心于此等下流事情之故也。

迅。十一月三日大风之夜。

關于我所用的聽差的事，說起來話長了。初來時確是好的，現在也許還不壞，但自從伏園要他的朋友去給大家包飯之後，他就忙得很，不大見面。後來他的朋友因為有幾個人不大肯付錢（這是據聽差說的），一怒而去，幾個人就算了，而還有幾個人卻要他接辦。此事由伏園開端，我也沒法禁止，也無從一一去接洽，勸他們另尋別人。現在這聽差是忙，錢不夠，我的飯錢和他自己的工錢，都已預支一月以上。又，伏園臨走宣言：自己不在時仍付飯錢。然而只是一句話，現在這一筆賬也在向我索取。我本來不善于管這些瑣事，所以常常弄得頭昏眼花。這些代付和預支的款，不消說是不能收回的，所以在十月這一個月中，我就是每日得一盆臉水，喫兩

十月卅日的信，今天收到了。马又要发脾气，我也无可奈何。事情也只得这样办，索性解决一下，较之天天对付，劳而无功的当然好得多。教我看戏目，我就看戏目[④]。在这里也只能看戏目，不过总希望勿太做得力尽神疲，一时养不转。

今天有从中大寄给伏园的信到来，可见他已经离开广州，但尚未到，

頓飯，而共需大洋約五十元。這樣貴的聽差，用得下去的麼？「解鈴還仗繫鈴人」，所以這回伏園回來，我仍要他將事情弄清楚。否則，我大概只能不再雇人了。

明天是季刊文章交稿的日期，所以我昨夜寫信一張後，即開手做文章，別的東西不想動手研究了，便將先前弄過的東西東抄西撮，到半夜，并今天一上午，做好了，有四千字，並不吃力，從此就又玩幾天。

這里已可穿棉坎肩，似乎比廣州冷。我先前同兼士往市上去，見他買魚肝油，便趁熱鬧也買了一瓶。近來散拿吐瑾吃完了，就試服魚肝油，這幾天胃口彷彿漸漸好起來似的，我想再試幾天看，將來或者就改吃這魚肝油（麥精的，即「帕勒塔」）也說不定。

迅。

十一月四日燈下。

也许到汕头或福州游玩去了。他走后给我两封信，关于我的事，一字不提。今天看见中大的考试委员名单，文科中人多得很，他也在内，郭沫若，郁达夫⑤也在，那么，我的去不去也似乎没有多大关系，可以不必急急赶到了。

关于我所用的听差的事，说起来话长了。初来时确是好的，现在也许还不坏，但自从伏园要他的朋友去给大家包饭之后，他就忙得很，不大见面。后来他的朋友因为有几个人不大肯付钱（这是据听差说的），一怒而去，几个人就算了，而还有几个人却要他接办。此事由伏园开端，我也没法禁止，也无从一一去接洽，劝他们另寻别人。现在这听差是忙，钱不够，我的饭钱和他自己的工钱，都已预支一月以上。又，伏园临走宣言：自己不在时仍付饭钱。然而只是一句话，现在这一笔账也在向我索取。我本来不善于管这些琐事，所以常常弄得头昏眼花。这些代付和预支的款，不消说是不能收回的，所以在十月这一个月中，我就是每日得一盆脸水，吃两顿饭，而共需大洋约五十元。这样贵的听差，用得下去的么？“解铃还仗系铃人”，所以这回伏园回来，我仍要他将事情弄清楚。否则，我大概只能不再雇人了。

明天是季刊[⑥]文章交稿的日期，所以我昨夜写信一张后，即开手做文章，别的东西不想动手研究了，便将先前弄过的东西东抄西撮，到半夜，并今天一上午，做好了，有四千字，并不吃力，从此就又玩几天。

这里已可穿棉坎肩，似乎比广州冷。我先前同兼士往市上去，见他买鱼肝油，便趁热闹也买了一瓶。近来散拿吐瑾吃完了，就试服鱼肝油，这几天胃口仿佛渐渐好起来似的，我想再试几天看，将来或者就改吃这鱼肝油（麦精的，即“帕勒塔”）也说不定。

迅。十一月四日灯下。

---

① 曹轶欧（1903 ~ 1989），山东济南人，当时上海大学的学生。曾写《阶级与鲁迅》一文寄给鲁迅，后发表于《语丝》周刊第一〇八期（1926 年 12 月 4 日），署名一萼。② 盐谷温（1878 ~ 1962），日本汉学家，当时是东京大学教授。《三国志平话》，即《全相三国志平话》，三卷，元代至治年间建安虞氏刊印。1926 年盐谷温曾据日本内阁文库藏本影印此书。③ C. T.：指郑振铎（1898 ~ 1958），笔名西谛，福建长乐人，作家、文学史家，文学研究会发起人之一。当时在上海主编《小说月报》。据鲁迅 1926 年 11 月 3 日日记：“下午得郑振铎信，附宓汝卓信，即复。”文中所说的“一个留学生”，当指宓汝卓（1903 ~ ？），浙江慈溪人，当时在日本留学。④ 许广平 1926 年 10 月 30 日致鲁迅信中表示，她有决心与勇气跟广东省立女师中的右派斗争，并说双方“旗鼓相当”，让鲁迅“在城上看戏”，待她“陆续开出戏目”。⑤ 郁达夫（1896 ~ 1945），浙江富阳人，作家，前期创造社主要成员之一。当时任中山大学英国文学系主任。⑥ 指《厦大国学季刊》，鲁迅当晚所作并拟交该刊的文章，即《<嵇康集>考》。后因该刊未出，文章亦未发表。现编入《鲁迅全集·古籍序跋集》。

［第 35 封］厨子

广平兄：

昨上午寄出一信，想已到。下午伏园就回来了，关于学校的事，他不说什么。问了的结果，所知道的是：（1）学校想我去教书，但无聘书；（2）上遂的事尚无结果，最后的答

廣平兄：

昨上午寄出一信，想已到。下午伏園就回來了，關于學校的事，他不說什麽。問了的結果，所知道的是：(1)學校想我去教書，但無聘書；(2)季黻的事尚無結果，最後的答覆是「總有法子想」；(3)他自己除編副刊外，也是教授，已有聘書；(4)學校又另電請幾個人，內有「現代」派。這樣看來，我的行止，當看以後的情形再定。但總當于陰曆年假去走一回，這里陽曆只放幾天，陰曆卻有三禮拜。

李遇安前有信來，說訪友不遇，要我給他設法紹介，我即寄了一封紹介于陳惺農的信，從此無消息。這回伏園說遇諸塗，他早在中大做職員了，也並不去見惺農，這些事真不知是怎麽的，我如在做夢。他寄一封信來，並不提起何以不去見陳，但說我如往廣州，創造社的人們很喜歡云云，似乎又與他們在一處，真是莫名其妙。

伏園帶了楊桃回來，昨晚喫過了，我以為味道並不十分好，而汁多可取，最好是那香氣，出于各種水果之上。又有「桂花蟬」和「龍虱」，樣子實在好看，但沒有一個人敢喫。廈门也有這兩種東西，但不喫。你喫過麽？什麽味道？

复是“总有法子想”；（3）他自己除编副刊外，也是教授，已有聘书；（4）学校又另电请几个人，内有“现代”派[①]。这样看来，我的行止，当看以后的情形再定。但总当于阴历年假去走一回，这里阳历只放几天，阴历却有三礼拜。

李逢吉前有信来，说访友不遇，要我给他设法绍介，我即寄了一封绍介于陈惺农的信，从此无消息。这回伏园说遇诸途，他早在中大做职员了，也并不去见惺农，这些事真不知是怎么的，我如在做梦。他寄一封信来，并不提起何以不去见陈，但说我如往广州，创造社的人们很喜欢云云，似乎又与他们在一处，真是莫名其妙。

伏园带了杨桃回来，昨晚吃过了，我以为味道并不十分好，而汁多可取，最好是那香气，出于各种水果之上。又有“桂花蝉”和“龙虱”[②]，样子实在好看，但没有一个人敢吃。厦门也有这两种东西，但不吃。你吃过么？什么味道？

以上是午前写的，写到那地方，须往外面的小饭店去吃饭。因为我的听差不包饭了，

以上是午前寫的，寫到那地方，須往外面的小飯店去喫飯。因為我的聽差不包飯了，說是本校的廚子要打他（這是他的話，確否殊不可知），我们這里雖喫一口飯也就如此麻煩。在飯店裏遇見容肇祖（東莞人，本校講師）和他的滿口廣東話的太太。對于桂花蟬之類，他们倆的主張就不同，容說好喫的，他的太太說不好喫的。

六日燈下。

從昨天起，喫飯又發生了問題，須上小館子或買麵包來，這種問題都得自己時時操心，所以也不大靜得下。我本可以于年底將此地決然舍去，但所遲疑的是怕廣州比這里還煩勞，認識我的人们也多，不幾天就忙得如在北京一樣。

说是本校的厨子要打他（这是他的话，确否殊不可知），我们这里虽吃一口饭也就如此麻烦。在饭店里遇见容肇祖[3]（东莞人，本校讲师）和他的满口广东话的太太。对于桂花蝉之类，他们俩的主张就不同，容说好吃的，他的太太说不好吃的。

六日灯下。

中大的薪水比廈大少，這我倒並不在意，所慮的是功課多，聽說每週最多可至十二小時，而做文章一定也萬不能免，即如伏園所辦的副刊，就非投稿不可，倘再加上別的事情，我就又須喫藥做文章了。在這年中，我很遇見了些文學青年，由經驗的結果，覺他們之於我，大抵是可以使役時便竭力使役，可以詰責時便竭力詰責，可以攻擊時自然是竭力攻擊，因此我於進退去就，頗有戒心，這或也是頹唐之一端，但我覺得這也是環境造成的。

其實我也還有一點野心，也想到廣州後，對於「現代」派加以打擊，至多無非不能回北京去，並不在意。第二是與創造社聯合起來，造一條戰線，更向舊社會進攻，

从昨天起，吃饭又发生了问题，须上小馆子或买面包来，这种问题都得自己时时操心，所以也不大静得下。我本可以于年底将此地决然舍去，我所迟疑的是怕广州比这里还烦劳，认识我的人们也多，不几天就忙得如在北京一样。

中大的薪水比厦大少，这我倒并不在意，所虑的是功课多，听说每周最多可至十二小时，而做文章一定也万不能免，即如伏园所办的副刊，就非投稿不可，倘再加上别的事情，我就又须吃药做文章了。在这几年中，我很遇见了些文学青年，由经验的结果，觉他们之于我，大抵是可以使役时便竭力使役，可以诘责时便竭力诘责，可以攻击时自然是竭力攻击，因此我于进退去就，颇有戒心，这或也是颓唐之一端，但我觉得这也是环境造成的。

其实我也还有一点野心，也想到广州后，对“现代系”仍然加以打击，至多无非不能回北京去，并不在意。第二是与创造社联合起来，造一条战线，更向旧社会进攻，我再勉力写些文字。但不知怎的，看见伏园回来吞吞吐吐之后，便又不作此想了。然而这也不过是近一两天如此，究竟如何，还当看后来的情形的。

今天大风，仍为吃饭而奔忙；又是礼拜，陪了半天客，无聊得头昏眼花了，所以心绪不大好，发了一通牢骚，望勿以为虑，静一静又会好的。

明天想寄给你一包书，没有什么好的，自己如不要，可以分给别人。

迅。十一月七日灯下。

我再勉力寫些文字。但不知怎的，看見伏園回來吞吞吐吐之後，便又不作此想了。然而這也不過是近一兩天如此，究竟如何，還當看後來的情形的。

今天大風，為一點喫飯的事而奔忙；又是禮拜，陪了半天客，無聊得頭昏眼花了，所以心緒不大好，發了一通牢騷，望勿以為慮，靜一靜又會好的。

明天想寄給你一包書，沒有什麼好的，自己如不要，可以分給別人。

迅。　十一月七日燈下。

昨天在信上發了一通牢騷後，又給「語絲」做了一點「廈门通信」，牢騷已經發完，舒服得多了。今天又已約定一個廚子包飯，每月十元，飯菜還過得去，大概又可以敷衍半月一月罷。

昨夜玉堂來打聽廣東的情形，我们因勸其將此處放棄，明春同赴廣州。他想了一會，説：我來時提出條件，学校一一允許，怎能忽然不幹呢？他大約決不離開這裏的了。但我看現存的一批人物，國学院是一定沒有希望的，至多，只能小小補苴，混下去而已。

浙江獨立早已失色，夏超確已死了，是為自己的兵所殺的，浙江的警備隊，全不中用。今天看報，知九江已克，周鳳岐（浙兵師長）降，也已見于路透電，定是確的，則孫傳芳仍當聲勢日蹙耳，我想浙江或當還有點變化。

L.S。　十一月八日午後。

昨天在信上发了一通牢骚后，又给《语丝》做了一点《厦门通信》，牢骚已经发完，舒服得多了。今天又已约定一个厨子包饭，每月十元，饭菜还过得去，大概又可以敷衍半月一月罢。

昨夜玉堂来打听广东的情形，我们因劝其将此处放弃，明春同赴广州。他想了一会，说，我来时提出条件，学校一一允许，怎能忽然不干呢？他大约决不离开这里的了。但我看现在的一批人物，国学院是一定没有希望的，至多，只能小小补苴④，混下去而已。

浙江独立早已灰色，夏超⑤确已死了，是为自己的兵所杀的，浙江的警备队，全不中用。今天看报，知九江已克，周凤岐⑥（浙兵师长）降，也已见于路透电，定是确的，则孙传芳仍当声势日蹙耳，我想浙江或当还有点变化。

L. S. 十一月八日午后。

---

①“现代”派：原信作顾颉刚。②“桂花蝉”、“龙虱”：都是水生甲虫，可食用。③ 容肇祖（1897 ~ 1994），字元胎，曾任厦门大学哲学系助教，国文系讲师。④ 补苴：语出汉代刘向《新序·刺奢》：“今民衣敝不补，履决不苴。”⑤ 夏超（1882 ~ 1926），字定侯，浙江青田人。1924 年 9 月任北洋政府浙江省省长，1926 年 10 月 15 日宣布浙江独立。据 1926年10月30日《申报》：10月23日，孙传芳派兵占领杭州，夏超败走余杭，为乱军所杀。⑥ 周凤岐（1879 ~ 1938）浙江长兴人。原为孙传芳部浙江陆军第二师师长，1926 年 11 月初，归附国民革命军，12 月任二十六军军长。

[第 36 封] 牢骚

广平兄：

昨天上午寄出一包书并一封信，下午即得五日的来信。我想如果再等信来而后写，恐怕要隔许多天了，所以索性再写几句，明天付邮，任它和前信相接，或一同寄到罢。

对于学校也只能这么办。但不知近来如何？如忙，则不必详叙，因为我也并不怎样放在心里，情形已和对杨荫榆时不同也。

伏园已回厦门，大约十二月中再去。逢吉只托他带给我一封含含胡胡的信，但我已推测出，他前信说在广州无人认识是假的。《语丝》第百一期上，徐耀辰所做的《送南行的爱而君》的 L 就是他，他给他好几封信，绍介给熟人（= 创造社中人）①，所以他和创造社人在一处了，突然遇见伏园，乃是意外之事，因此对我便只好吞吞吐吐。“老实”与否，可研究之。

忽而匿名写信来骂，忽而又自来取消的乌文光②，也和他在一处；另外还有些我所认

廣平兄：

昨天上午寄出一包書并一封信，下午即得五日的来信。我想如果再等信来而後寫，恐怕要隔許多天了，所以索性再寫幾句，明天付郵，任他和前信相接，或一同寄到罷。

對于学校也只能這麼辦。但不知近来如何？如忙，則不必詳敘，因為我也並不怎樣放在心裏，情形已和對楊蔭榆時不同也。

伏園已回厦门，大約十二月中再去。遇安只託他帶給我一封含含胡胡的信，但我已推測出，他前信說在廣州無人認識是假的。「語絲」第百一期上，徐祖正所做的「送南行的愛而君」的L就是他，他給他他好幾封信，紹介給熟人（=創造社中人），所以他和創造社人在一處了，突然遇見伏園，乃是意外之事，因此對我便只好

识的人们。我这几天忽而对于到广州教书的事，很有些踌躇了，恐怕情形会和在北京时相像。厦门当然难以久留，此外也无处可走，实在有些焦躁。我其实还敢站在前线上，但发见当面称为“同道”的暗中将我作傀儡或从背后枪击我，却比被敌人所伤更其悲哀。我的生命，碎割在给人改稿子，看稿子，编书，校字，陪坐这些事情上者，已经很不少，而有些人因此竟以主子自居，稍不合意，就责难纷起，我此后颇想不再蹈这覆辙了。

忽又发起牢骚来，这回的牢骚似乎发得日子长一点，已经有两三天。但我想，明后天

呑呑吐吐。「老實」與否，可研究之。
忽而匿名寫信來罵，忽而又自來取消的黎錦明一也和他在一處；另外還有些我所認識的人們。我這幾天忽而對于到廣州教書的事，很有些躊躇了，恐怕情形會和在北京時相像。厦门當然難以久留，此外也無處可走，實在有些焦躁。我其實還敢站在前線上，但發見當面稱為「同道」的暗中將我作傀儡或從背後鎗擊我，卻比被敵人所傷更其悲哀。我的生命，碎割在給人改稿子，看稿子，編書，校字，陪坐這些事情上者，已經很不少，而有些人因此竟以主子自居，稍不合意，就責難紛起，我此後頗想不再蹈這覆轍了。
忽又發起牢騷來，這回的牢騷似乎發得日子長一點，已經有兩三天，但我想，明後天就要平復了，不要緊的。
這里還是照先前一樣，並沒有什麼，只聽說漳州是民軍就要入城了。克復九江，則其事當甚確。昨天又聽到一消息，說陳儀入浙後，也獨立了，這使我很高興，但今天無續得之消息，必須再過幾天，纔能知道真假。
中國學生學什麼意大利，以趨奉北政府，還說什麼「樹的黨」，可笑極了。別的人就不能用更粗的棍子對打麼？伏園回來說廣州學生情形，真很出我意外。
迅。 十一月九日燈下。

就要平复了，不要紧的。

这里还是照先前一样，并没有什么，只听说漳州是民军就要入城了。克复九江，则其事当甚确。昨天又听到一消息，说陈仪入浙后，也独立了，这使我很高兴，但今天无续得之消息，必须再过几天，才能知道真假。

中国学生学什么意大利，以趋奉北政府，还说什么“树的党”③，可笑极了。别的人就不能用更粗的棍子对打么？伏园回来说广州学生情形，真很出我意外。

迅。十一月九日灯下。

① 徐耀辰，即徐祖正。他在《送南行的爱而君》中曾说：“方才你（按指李遇安）来向我辞行，我交给你几封绍介信”，又说，“我所介绍你去见的人，都只是海外来的同学、同志，大都只呼吸过文艺美术的空气。”按这里提到的“同学、同志”，当为早期创造社的一些成员。② 乌文光：原信作黎锦明（1905 ~ 1999），湖南湘潭人，当时在广东海丰中学任教，著有短篇小说集《烈火》等。③“树的党”：“树的”，英语 stick 的音译，指国民党右派“孙文主义学会”操纵的广州学生组织。许广平 1926 年 11 月 4 日信中提到：“以一枝粗的手杖为武器，攻打敌党，有似意大利的棒喝团。”

[第37封] 打杂

广平兄：

十日寄出一信，次日即得七日来信，略略一懒，便迟到今天才写回信了。

对于侄子的帮助，你的话是对的。我愤激的话多，有时几乎说：“宁我负人，毋人负我。”①然而自己也往往觉得太过，实行上或者且正与所说的相反。人也不能将别人都作坏人看，能帮也还是帮，不过最好是量力，不要拚命就是了。

“急进”问题，我已经不大记得清楚了，这意思，大概是指“管事”而言，上半年还不能不管事者，并非因为有人和我淘气，乃是身在北京，不得不尔，譬如挤在戏台面前，想不看而退出，也是不很容易的。至于不以别人为中心，也很难说，因为一个人的中心并不一定在自己，有时别人倒是他的中心，所以虽说为人，其实也是为己，因此而不能“以自己定夺”的事，也就往往有之。

我先前在北京为文学青年打杂，耗去生命不少，自己是知道的。但到这里，又有几个学生办了一种月刊，

廣平兄：

十日寄出一信，次日即得七日來信，略略一懶，便遲到今天才寫回信了。

對于侄子的幫助，你的話是對的。我憤激的話多，有時幾乎說：「寧我負人，毋人負我。」然而自己也往往覺得太過，實行上或者且正與所說的相反。人也不能將別人都作壞人看，能幫也還是幫，不過最好是量力，不要拚命就是了。

「急進」問題，我已經不大記得清楚了，這意思，

大概是指「管事」而言，上半年還不能不管事者，並非因為有人和我淘氣，乃是身在北京，不得不爾，譬如擠在戲臺面前，想不看而退出，也是不很容易的。至于不以別人為中心，也很難說，因為一個人的中心並不一定在自己，有時別人倒是他的中心，所以雖說為人，其實也是為己，因此而不能「以自己定奪」的事，也就往往有之。

我先前在北京為文學青年打雜，耗去生命不少，自己是知道的。但到這裏，又有幾個學生辦了一種月刊，叫作「波艇」，我卻仍然去打雜。這也還是上文所說，不能因為遇見幾個壞人，便將人們都作壞人看的意思。但先前利用過我的人，現在見我偃旗息鼓，遯跡海濱，

叫作《波艇》[②]，我却仍然去打杂。这也还是上文所说，不能因为遇见过几个坏人，便将人们都作坏人看的意思。但先前利用过我的人，现在见我偃旗息鼓，遁迹海滨，无从再来利用，就开始攻击了。长虹在《狂飙》第五期上尽力攻击，自称见过我不下百回，知道得很清楚，并捏造许多会话（如

说我骂郭沫若之类）。其意即在推倒《莽原》，一方面则推广《狂飙》的销路，其实还是利用，不过方法不同。他们那时的种种利用我，我是明白的，但还料不到他看出活着他不能吸血了，就要打杀了煮吃，有如此恶毒。我现在姑且置之不理，看看他技俩发挥到如何。总之，他戴着见了我“不下百回”的假面具，现在是除下来了，我还要子细的看看。

校事不知如何？如少暇，简略的告知几句就好。我已收到中大聘书，月薪二百八，无年限的，大约那计画是将以教授治校，所以凡认为非军阀帮闲的，就不立年限。但我的行止，一时也还不能决定。此地空气恶劣，当然不愿久居，而到广州也有不合的几点：（一）我对于行政方面，素不留心，治校恐非所长；（二）听说政府将移武昌③，则熟人必多离粤，我独以“外江佬”留在校内，大约未必有味；而况（三）我的一个朋友或者将往汕头，则我虽至广州，又与在厦门何异。所以究竟如何，当看情形再定了，好在开学还在明年三月初，很有考量的余地。

我在静夜中，回忆先前的经历，觉得现在的社会，大抵是可利用时则竭力利用，可

的，就不立年限。但我的行止，一時也還不能決定。此地空氣惡劣，當然不願久居，而到廣州也有不合的幾點：(一)我對于行政方面，素不留心，治校恐非所長；(二)聽說政府將移武昌，則熟人必多離粤，我獨以"外江佬"留在校內，大約未必有味；而況(三)我的一個朋友或者將往汕頭，則我雖至廣州，又與在廈門何異。所以究竟如何，當看情形再定了，好在開學還在明年三月初，很有考量的餘地。

我在靜夜中，回憶先前的經歷，覺得現在的社會，大抵是可利用時則竭力利用，可打擊時則竭力打擊，只要于他有利。我在北京是這麼忙，來客不绝，但一受段祺瑞章士釗們的壓迫，有些人就立刻來索還原稿，不要

打击时则竭力打击，只要于他有利。我在北京这么忙，来客不绝，但一受段祺瑞，章士钊们的压迫，有些人就立刻来索还原稿，不要我选定，作序了。其甚者还要乘机下石，连我请他吃过饭也是罪状了，这是我在运动他；请他喝过好茶也是罪状了，这是我奢侈的证据。借自己的升沉，看看人们的嘴脸的变化，虽然很有益，也有趣，但我的涵养工夫太浅了，有时总还不免有些愤激，因此又常迟疑于此后所走的路：（一）死了心，积几文钱，将来什么事都不做，顾自己苦苦过活；（二）再不顾自己，为人们做些事，将来饿肚也不妨，也一任别人唾骂；（三）再做一些事，倘连所谓"同人"也都从背后枪击我了，为生存和报复起见，我便什么事都敢做，但不愿失了我的朋友。第二条我已行过两年了，终于觉得太傻。前一条当先托庇于资本家，恐怕熬不住。末一条则颇险，也无把握（于生活），而且又略有所不忍。所以实在难于下一决心，我也就想写信和我的朋友商议，给我一条光④。

我選定，作席了。其甚者還要乘機下石，連我請他喫過飯也是罪狀了，這是我在運動他；請他喝過好茶也是罪狀了，這是我奢侈的證據。藉自己的升沈，看看人們的嘴臉的變化，雖然很有益，也有趣，但我的涵養工夫太淺了，有時總還不免有些憤激，因此又常遲疑于此後所走的路：(一)死了心，積些文錢，將來什麼事都不做，顧自己苦苦過活；(二)再不顧自己，為人們做些事，將來餓肚也不妨，也一任別人唾罵；(三)再做一些事，倘連所謂「同人」也都從背後鎗擊我了，為生存和報復起見，我便什麼事都敢做，但不願失了我的朋友。第二條我已行過兩年了，終于覺得太傻。前一條當先託庇于資本家，恐怕熬不住。末一條則頗險，也無把握(于生活)，而且又略有所不忍。所以實在難于下一決心，我也就想寫信和我的朋友商議，給我一條光。

昨天今天此地都下雨，天氣稍涼。我仍然好的，也不怎麼忙。

迅。十一月十五日燈下。

昨天今天此地都下雨，天气稍凉。我仍然好的，也不怎么忙。

迅。十一月十五日灯下。

---

① “宁我负人，毋人负我”：曹操的话，见《三国志·魏书·武帝纪》裴松之注引孙盛《杂记》。②《波艇》：文艺月刊，厦门大学学生组织的泱泱社创办，1926 年 12 月创刊，撰稿人有崔真吾、王方仁、俞念远、谢玉生等。鲁迅曾为该刊撰稿和审稿，并介绍上海北新书局代为印刷发行。1927 年 1 月出版两期后停刊。③ 政府将移武昌：国民政府于 1926 年 12 月 7 日自广州移往武昌。国民革命军总司令部仍留广州，由总参谋长李济深主持。④ 指许广平。当时有人邀她到汕头任市妇女部部长兼汕头女子中学校长。

[第 38 封] 恳亲

广平兄：

十六日寄出一信，想已到。十二日发的信，今天收到了。校事已见头绪，很好，总算结束了一件事。至于你此后所去的地方，却教我很难代下断语。你初出来办事，到各处看看，历练历练，本来也很好的，但到太不熟悉的地方去，或兼任的事情太多，或在一个小地方拜帅，却并无益处，甚至会变成浅薄的政客之流。我不知道你自己是否仍旧愿在广州，抑非走开不可，倘非决欲离开，则伏园下月中旬当赴粤，我可以托他问一问，看中大女生指导员之类有无缺额，他一定肯绍介的。上遂的事，我也要托他办。

曹轶欧大约不是男生假托的，因为回信的地址是女生宿舍，但这些都不成问题，由它去

廣平兄

十六日寄出一信，想已到。十二日發的信，今天收到了。校事已見頭緒，很好，總算結束了一件事。至于你此後所去的地方，卻教我很難代下斷語。你初出來辦事，到各處看看，歷練歷練，本來也很好的，但到太不熟悉的地方去，或兼任的事情太多，或在一個小地方拜帥，卻並無益處，甚至會變成淺薄的政客之流。我不知道你自己是否仍舊願在東州廣州，抑非走開不可，倘非決欲離開，則伏園下月中旬當赴粵，我可以託他問一問，看中大女生指導員之類有無缺額，他一定肯紹介的。季黻的事，我也要託他辦。

曹軼歐大約不是男生假託的，因為回信的地址是女生宿舍，但這些都不成問題，由牠去罷。中山生日的情形，我以為和他本身是無關的，只是給大家看熱鬧；要是我，實在是「身後名，不如即時一杯酒」，恐怕連盛大的提燈會也激不起來的了。但在這里，也卻太沒有生氣，只見和尚自做水陸道場，男男女女上廟拜佛，真令人看得索然氣盡。我近來只做了幾篇付印的書的序跋，雖多牢騷，卻有不少真話；還想做一篇記事，將五年來

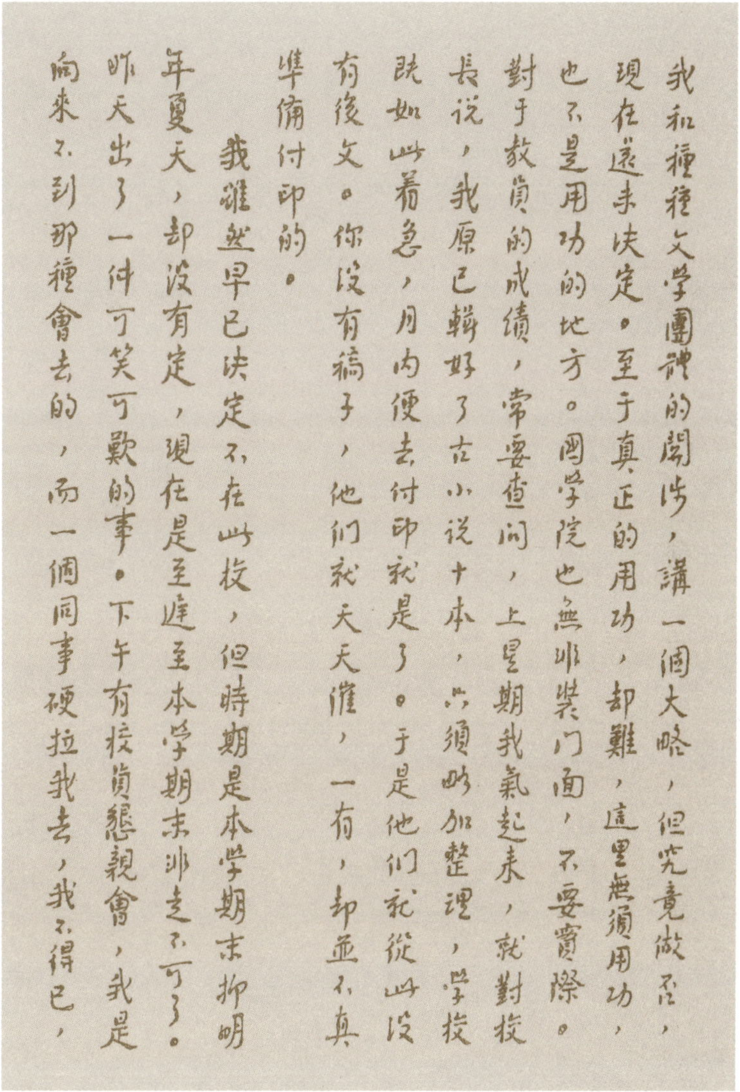
我和種種文學團體的關涉，講一個大略，但究竟做否，現在還未決定。至于真正的用功，却難，這里無須用功，也不是用功的地方。國學院也無非裝门面，不要實際。對于教員的成績，常要查问，上星期我氣起來，就對校長說，我原已輯好了古小說十本，只須略加整理，學校既如此着急，月内便去付印就是了。于是他们就從此沒有後文。你沒有稿子，他们就天天催，一有，却並不真準備付印的。

我雖然早已決定不在此校，但時期是本學期末抑明年夏天，却沒有定，現在是至遲至本學期末非走不可了。昨天出了一件可笑可歎的事。下午有校員懇親會，我是向來不到那種會去的，而一個同事硬拉我去，我不得已，

罢。中山生日的情形，我以为和他本身是无关的，只是给大家看热闹；要是我，实在是“身后名，不如即时一杯酒”[1]，恐怕连盛大的提灯会也激不起来的了。但在这里，却也太没有生气，只见和尚自做水陆道场，男男女女上庙拜佛，真令人看得索然气尽。我近来只做了几篇付印的书的序跋[2]，虽多牢骚，却有不少真话；还想做一篇记事，将五年来我和种种文学团体的关涉，讲一个大略，但究竟做否，现在还未决定。至于真正的用功，却难，这里无须用功，也不是用功的地方。国学院也无非装门面，不要实际。对于教员的成绩，常要查问，上星期我气起来，就对校长说，我原已辑好了古小说十本，只须略加整理，学校既如此着急，月内便去付印就是了。于是他们就从此没有后文。你没有稿子，他们就天天催，一有，却并不真准备付印的。

我虽然早已决定不在此校，但时期是本学期末抑明年夏天，却没有定，现在是至迟至本学期末非走不可了。昨天出了一件可笑可叹的事。下午有校员恳亲会，我是向来不到那种会去的，而一个同事硬拉我去，我不得已，去了。不料会中竟有人演说，先感谢校长给我们吃点心，次说教员吃得多么好，住得多么舒服，薪水又这么多，应该大发良心，拚命做事，而校长如此体帖我们，真如父母一样……我真要立刻跳起来，但已有别一个教员上前驳斥他

去了。不料會中竟有人演說，先感謝校長給我們喫點心，次說教員喫得多麼好，住得多麼舒服，薪水又這麼多，應該大發良心，拚命做事，而校長如此體帖我們，真如父母一樣……我真要立刻跳起來，但已有別一個教員上前駁斥他了，鬧得不歡而散。

還有希奇的事情，是教員裏面，竟有对于駁斥他的教員，不以為然的。他说，在西洋，父子和朋友不大兩樣，所以倘说誰和誰如父子，也就是誰和誰如朋友的意思。這人是西洋留学生，你看他到西洋一番，竟学得了這樣的大識見。

昨天的懇親會是第三次，我却初次到，見是男女分房的，不但分座。

了，闹得不欢而散。[3]

还有稀奇的事情，是教员里面，竟有对于驳斥他的教员，不以为然的。他说，在西洋，父子和朋友不大两样，所以倘说谁和谁如父子，也就是谁和谁如朋友的意思。这人是西洋留学生，你看他到西洋一番，竟学得了这样的大

我纔知道在金錢下的人們是這樣的，我決計要走了，但我不想以這一件事為口實，且仍于學期之類作一結束。至于那到里去，一時也難定，總之無論如何，年假中我必到廣州走一遭，即使無啖飯處，廈門也決不住下去的了。又我近來忽然對于做教員發生厭惡，于學生也不願意親近起來，接見這里的學生時，自己覺得很不熱心，不誠懇。

我還要忠告玉堂一回，勸他離開這里，到武昌或廣州做事去。但看來大半是無效的，這里是他的故鄉，他不肯輕易決絕，同來的鬼蜮又遮住了他的眼睛，一定要弄到大失敗纔罷，我的計畫，也不過聊盡同事一場的交

迅。

十八，夜。

识见。

昨天的恳亲会是第三次，我却初次到，见是男女分房的，不但分坐。

我才知道在金钱下的人们是这样的，我决计要走了，但我不想以这一件事为口实，且仍于学期之类作一结束。至于到那里去，一时也难定，总之无论如何，

年假中我必到广州走一遭，即使无噉饭处，厦门也决不住下去的了。又我近来忽然对于做教员发生厌恶，于学生也不愿意亲近起来，接见这里的学生时，自己觉得很不热心，不诚恳。

我还要忠告玉堂一回，劝他离开这里，到武昌或广州做事去。但看来大半是无效的，这里是他的故乡，他不肯轻易决绝，同来的鬼蜮又遮住了他的眼睛，一定要弄到大失败才罢，我的计画，也不过聊尽同事一场的交情而已。

迅。十八，夜。

---

①“身后名，不如即时一杯酒”：见《世说新语 · 任诞》：“张季鹰纵任不拘，……。或谓之曰‘卿乃可纵适一时，独不为身后名邪？’答曰：‘使我有身后名，不如即时一杯酒！’” ②指《华盖集续编 · 小引》和同书的“校讫记”、《坟 · 题记》、《写在 <坟> 后面》、《<争自由的波浪> 小引》。③据鲁迅 1926 年 11 月 17 日日记：“下午校中教职员照相毕，开恳亲会，终至林玉霖妄语，缪子才痛斥。”按林玉霖（1887 ~ 1964），福建龙溪人，林语堂之兄，当时任厦门大学学生指导长。缪子才，名篆，字子才，江苏泰兴人，当时任厦门大学哲学系副教授。

[第 39 封] 假冠

广平兄：

十九日寄出一信；今天收到十三，六，七日的来信了，一同到的。看来广州有事做，所以你这么忙，这里是死气沉沉，也不能改革，学生也太沉静，数年前闹过一次，激烈的都走出，在上海另立大夏大学了①。我决计至迟于本学期末（阳历正月底）离开这里，到中山大学去。

中大的薪水是二百八十元，可以不搭库券。朱骝先②还对伏园说，也可以另觅兼差，照我现在的收入之数。但我并不计较这一层，实收百余元，大概已经够用，只要不在不死不活的空气里就好了。我想我还不至于完在这样的空气里，到中大后，也许不难择一并不空耗精力而较有益于学校或社会的事。至于厦大，其实是不必请我的，因为我虽颓唐，而他们还比我颓唐得利害。

玉堂今天辞职了，因为减缩豫算的事，但只辞国学院秘书，未辞文科主任。我已托伏园转达我的意见，劝他不必烂在这里，他无回话。我还要自己对他说一回。但我看他的辞职是不会准的。

从昨天起，我又很冷静了，一是因为决定赴粤，二是因为决定对长虹们给一打击。你的话大抵不错的，但我之所以愤慨，却并非因为他们使我失望，而在觉得了他先前日日吮血，一看见不能再吮了，便想一棒打杀，还将肉作罐头卖以获利。这回长虹笑我对章士钊的失败道，“于是遂戴其纸糊的‘思想界的权威者’之假冠，而入于身心交病之状态矣。[3]”但他八月间在《新女性》上登广告，却云“与思想界先驱者鲁迅合办《莽原》”，一面自己加我“假冠”以欺人，一面又因别人所加之“假冠”而骂我，真是轻薄卑劣，不成人样。有青年攻击或讥笑我，我是向来不去还手的，他们还脆弱，还是我比较的禁得起践踏。然而他竟得步进步，骂个不完，好像我即使避到棺材里去，也还要戮尸的样子。所以我昨天就决定，无论什么青年，我也不再留情面，先作一个启事[4]，将他利用我的名字，而对于

廣平兄：

十九日寄出一信；今天收到十三，六，七日的來信了，一同到的。看來廣州有事做，所以你這麼忙，這里是死氣沈沈，也不能改革，學生也太沈静，數年前鬧過一次，激烈的都走出，在上海另立大夏大學了。我決计至遲于本學期末（陽歷正月底）離開這里，到中山大學去。

中大的薪水是二百八十元，可以不搭庫券。朱骝先還對伏園説，也可以另覓兼差，照我現在的收入之數。但我並不計較這一層，實收百餘元，大概已經够用，只要不在不死不活的空氣裏就好了。我想我還不至于完在這樣的空氣裏，到中大後，也許不難擇一並不空耗精力而較有益于學校或社會的事。至于廈大，其實是不必請我的，因為我雖頗麻，而他們還比我頗麻得利害。

玉堂今天辭職了，因為減縮豫算的事，但只辭國學院秘書，未辭文科主任。我已託伏園轉達我的意見，勸他不必爛在這里，他無回話。我還要自己對他説一回。

但我看他的辭職是不會准的。

從昨天起，我又很冷靜了，一是因為決定赴粵，二是因為決定對長虹們給一打擊。你的話大抵不錯的，但我之所以憤慨，却並非因為他們使我失望，而在覺得了他先前日日吮血，一看見不能再吮了，便想一棒打殺，還將肉作罐頭賣以獲利。這回長虹笑我對章士釗的失敗，道，「于是遂戴其紙糊的『思想界的權威者』之假冠，而入于身心交病之狀態矣。」但他八月間在『新女性』上登廣告，却云「與思想界先驅者魯迅合辦『莽原』」，一面自己加我「假冠」以欺人，一面又因別人所加之「假冠」而罵我，真是輕薄卑劣，不成人樣。有青年攻擊或譏笑我，我是向來不去還手的，他們還脆弱，還是我比較的禁得起踐踏。然而他竟得步進步，罵個不完，好像我即使避到棺材裏去，也還要戮屍的樣子。所以我昨天就決定，無論什麼青年，我也不再留情面，先作一個啟事，將他利用我的名字，而對于別人用我名字，則加笑罵等情狀，揭露出來，比他的嘮嘮叨叨的長文要刻毒得多，即送登「語絲」，「莽原」，「新女性」，「北新」四種刊物。我已決定不再彷徨，拳來拳對，刀來刀當，所以心裏也很舒服了。

我大約也終于不見得為了小障礙而不走路，不過因為神經不好，所以容易說憤話。小障礙能絆倒我，我不至于要離開廈门了。我也很想走坦塗，但目前還不能，非不願，勢不可也。至于你的來廈，我以為大可不必，

别人用我名字，则加笑骂等情状，揭露出来，比他的唠唠叨叨的长文要刻毒得多，即送登《语丝》,《莽原》,《新女性》,《北新》四种刊物。我已决定不再彷徨，拳来拳对，刀来刀当，所以心里也很舒服了。

我大约也终于不见得为了小障碍而不走路，不过因为神经不好，所以容易说愤话。小障碍能绊倒我，我不至于要离开厦门了。我也很想走坦途，但目前还不能，非不愿，势不可也。至于你的来厦，我以为大可不必，“劳民伤财”，都无益处；况且我也并不觉得“孤独”，没有什么“悲哀”。

你说我受学生的欢迎，足以自慰么？不，我对于他们不大敢有希望，我觉得特出者很少，或者竟没有。但我做事是还要做的，希望全在未见面的人们；或者如你所说：“不要认真”。我其实毫不懈怠，一面发牢骚，一面编好《华盖集续编》，做完《旧事重提》，编好《争自由的波浪》[5]（董秋芳译的小说），看完《卷葹》[6]，都分头寄出去了。至于还有人和我同道，那自然足以自慰的，并且因此使我自勉，但我有时总还虑他为我而牺牲。而“推及一二以至无穷”，我也不能够。有这样多的么？我倒不要这样多，有一个就好了。

「勞民傷財」，都無益處；況且我也並不覺得「孤獨」，沒有什麼「悲哀」。

你說我受學生的歡迎，足以自慰麼？不，我對于他們不大敢有希望，我覺得特出者很少，或者竟沒有。但我做事是還要做的，希望全在未見面的人們；或者如你所說：「不要認真」。我其實毫不懈怠，一面發牢騷，一面編好「華蓋集續編」，做完「舊事重提」，編好「爭自由的波浪」（董秋芳譯的小說），看完「卷葹」，都分頭寄出去了。至于還有人和我同道，那自然足以自慰的，並且因此使我自勉，但我有時總還慮他為我而犧牲。而「推及一二以至無窮」，我也不能夠。有這樣多的麼？我倒不要這樣多，有一個就好了。

提起《卷葹》，又想到了一件事。这是王品青[⑦]送来的，淦女士所作，共四篇，皆在《创造》上发表过。这回送来要印入《乌合丛书》[⑧]，据我看来，是因为创造社不征作者同意，将这些印成小丛书，自行发卖，所以这边也出版，借谋抵制的。凡未在那边发表过者，一篇都不在内，我要求再添几篇新的，品青也不肯。创造社量狭而多疑，一定要以为我在和他们捣乱，结果是成仿吾[⑨]借别的事来骂一通。但我给她编定了，不添就不添罢，要骂就骂去罢。

我过了明天礼拜，便又要编讲义，余闲就玩玩，待明年换了空气，再好好做事。今天来客太多，无工夫可写信，写了这两张，已经是夜十二点半了。

和这信同时，我还想寄一束杂志，其中的《语丝》九七和九八，前回曾经寄去过，但因为那是切光的，所以这回补寄毛边者两本。你大概是不管这些的，不过我的脾气如此，所以仍寄。

迅。十一月廿日。

提起「卷葹」，又想到了一件事。這是王品青送來的，淦女士所作，共四篇，皆在「創造」上發表過。這回送來要印入「烏合叢書」，據我看來，是因為創造社不徵作者同意，將這些印成小叢書，自行出版，所以這邊也出版，藉謀抵制的。凡未在那邊發表過者，一篇也都不在內，我要求再添幾篇新的，品青也不肯。創造社量狹而多疑，一定要以為我在和他們搗亂，結果是成仿吾借別的事來罵一通。但我給她編定了，不添就不添罷，要罵就罵去罷。

我過了明天禮拜，便又要編講義，餘閒就玩玩，待明年換了空氣，再好好做事。今天來客太多，無工夫可寫信，寫了這兩張，已經是夜十二點半了。

和這信同時，我還想寄一束雜志，其中的「語絲」九七和九八，前回曾經寄去過，但因為那是切光的，所以這回補寄毛邊者兩本。你大概是不管這些的，不過我的脾氣如此，所以仍寄。

迅。十一月廿日。

---

① 另立大夏大学：1924 年 4 月，厦门大学学生对校长林文庆不满，拟作出要求校长辞职的决议，因部分学生反对而作罢。林文庆为此开除为首学生，解聘教育科主任等九人，从而引起学潮。6 月 1 日，林下令提前放暑假，限令学生五日离校，扬言届时即停膳、停电、停水。学生被迫宣布集体离校，在被解聘教职员的帮助下到上海另建大夏大学。② 指朱家骅。③ 高长虹的这些话，见《狂飙》周刊第五期（1926 年 11 月 7 日）所载《1925 北京出版界形势指掌图》。④ 启事：即《所谓“思想界先驱者”鲁迅启事》，后收入《华盖集续编》。⑤《争自由的波浪》：俄国小说和散文集，董秋芳由英译本转译为中文，鲁迅为之作《小引》，1927 年 1 月北新书局出版，为《未名丛书》之一。⑥《卷葹》：短篇小说集，冯沅君（笔名淦女士）作，1927 年 1 月北新书局出版，为《乌合丛书》之一。冯沅君（1900 ~ 1974），河南唐河人，作家。⑦ 王品青（？ ~ 1927），名贵铃，字品青，河南济源人。北京大学毕业，《语丝》投稿者。曾任孔德学校教员。⑧《乌合丛书》：鲁迅在北京主编的专收创作的一种丛书。1926 年初开始由北新书局出版。⑨ 成仿吾（1897 ~ 1984），湖南新化人，创造社主要成员，文学批评家。当时任中山大学文科教授，并在黄埔军官学校任兵器处科技正。

[第 40 封] 请辞

广平兄：

二十一日寄一信，想已到。十七日所发的又一简信，二十二日收到了；包裹还未来，大约包裹及书籍之类，照例比普通信件迟，我想明天也许要到，或者还有信，我等着。我还想从上海买一合较好的印色来，印在我到厦门后所得的书上。

近日因为校长要减少国学院预算，玉堂颇愤慨，要辞去主任，我因劝其离开此地，他极以为然。今天和校长开谈话会，我即提出强硬之抗议，以去留为孤注，不料校长竟取消前议了，别人自然大满足，玉堂亦软化，反一转而留我，谓至少维持一年，因为教员中途难请云云。又，我将赴中大消息，此地报上亦经揭载，大约是从广州报上抄来的，学生因亦有劝我教满他们一年者。这样看来，我年底大概未必能走了，虽然校长的维持豫算之说，十之九不久又会取消，问题正多得很。

我自然要从速离开此地，但什么时候，殊不可知。我想 H. M. 不如不管我怎样，而到自己觉得相宜的地方去，否则，也许因此去做很牵就，非意所愿的事务，比现在的事情还无聊。至于我，再在这里熬半年，也还做得到的，以后如何，那自然此时还无从说起。

今天本地报上的消息很好，泉州已得，浙陈仪又独立，商震[①]反戈攻张家口，国民一军将至潼关[②]。此地报纸大概是民党色采，消息或倾于宣传，但我想，至少泉州攻下总是

廣平兄：

二十一日寄一信，想已到。十七日所發的又一簡信，二十二日收到了；包裹還未來，大約包裹及書籍之類，照例比普通信件遲，我想明天也許要到，或者還有信，我等着。我還想從上海買一合較好的印色來，印在我到

厦門後所得的書上。

近日因為校長要減少國学院預算，玉堂頗憤慨，要辭去主任，我因勸其離開此地，他極以為然。今天和校長開談話會，我即提出強硬之抗議，以去留為孤注，不料校長竟取消前議了，別人自然大滿足，玉堂亦軟化，反一轉而留我，謂至少維持一年，因為教員中途難請云云。又，我將赴中大消息，此地報上亦經揭載，大約是從廣州報上抄來的，學生因亦有勸我教滿他们一年者。這樣看來，我年底大概未必能走了，雖然校長的維持預算之說，十之九不久又會取消，問題正多得很。

我自然要從速離開此地，但什麼時候，殊不可知。

我想H.M.不如不管我怎樣，而到自己覺得相宜的地方去，

确的。本校学生中，民党不过三十左右，其中不少是新加入者，昨夜开会，我觉得他们都没有历练，不深沉，连设法取得学生会以供我用的事情都不知道，真是奈何奈何。开一回会，空嚷一通，徒令当局者因此注意，那夜反民党的职员就在门外窃听。

二十五日之夜，大风时。

否則，也許因此去做很牽就，非意所願的事務，比現在的事情還無聊。至于我，再在這里熬半年，也還做得到的，以後如何，那自然此時還無從說起。

今天本地報上的消息很好，泉州已得，浙陳儀又獨立，商震反戈攻張家口，國民一軍將至潼關。此地報紙大概是民黨色采，消息或傾于宣傳，但我想，至少泉州攻下總是確的。本校學生中，民黨不過三十左右，其中不少是新加入者，昨夜開會，我覺得他們都沒有歷練，不深沈，連設法取得學生會以供我用的事情都不知道，真是奈何奈何。開一回會，空嚷一通，徒令當局者因此注意，那夜反民黨的職員就在門外竊聽。

二十五日之夜，大風時。

写了一张之（刚写了这五个字，就来了一个客，一直坐到十二点）后，另写了一张应酬信，还不想睡，再写一点罢。伏园下月准走，十二月十五左右，一定可到广州了。上遂的事，则至今尚无消息，不知何故。我同兼士曾合写一信，又托伏园面说，又写一信，都无回音，其实上遂的办事能力，比我高得多。

我想 H. M. 正要为社会做事，为了我的牢骚而不安，实在不好，想到这里，忽然静下来了，没有什么牢骚了。其实我在这里的不方便，仔细想起来，大半是由于言语不通，例如前天厨房不包饭了，我竟无法查问是厨房自己不愿做了呢，还是听差和他冲突，叫我不要他做了。不包则不包亦可。乃同伏园去到一个福州馆，要他包饭，而馆中只有面，问以饭，曰无有，废然而返。今天我托一个福州学生去打听，才知道无饭者，乃适值那时无饭，并非永远无饭也，为之大笑。大约明天起，当在这一个福州馆包饭了。

寫了一張之（剛寫了這五個字，就來了一個客，一直坐到十二點）後，另寫了一張應酬信，還不想睡，再寫一點罷。伏園下月準走，十二月十五左右，一定可到廣州了。季黻的事，則至今尚無消息，不知何故。我同兼士曾合寫一信，又託伏園面說，又寫一信，都無回音，其實季黻的辦事能力，比我高得多。

我想H M正要為社會做事，為了我的牢騷而不安，實在不好，想到這里，忽然靜下來了，沒有什麼牢騷了。其實我在這里的不方便，仔細想起來，大半是由于言語不通，例如前天廚房又不包飯了。我竟無法查問是廚房自己不願做了呢，還是聽差和他衝突，叫我不要他做了。不包則不包亦可。乃同伏園去到一個福州館，要他包飯，

仍是二十五日之夜，十二点半。

此刻是上午十一时，到邮务代办处去看了一回，没有信。而我这信要寄出了，因为明天大约有从厦门赴粤之船，倘不寄，便须待下星期三这一艘了。但我疑心此信一寄，明天便要收到来信，那时再写罢。

记得约十天以前，见报载新宁轮由沪赴粤，在汕头被盗劫，纵火。[③]不知道我的信可有被烧在内。我的信是十日之后，有十六，十九，二十一等三封。

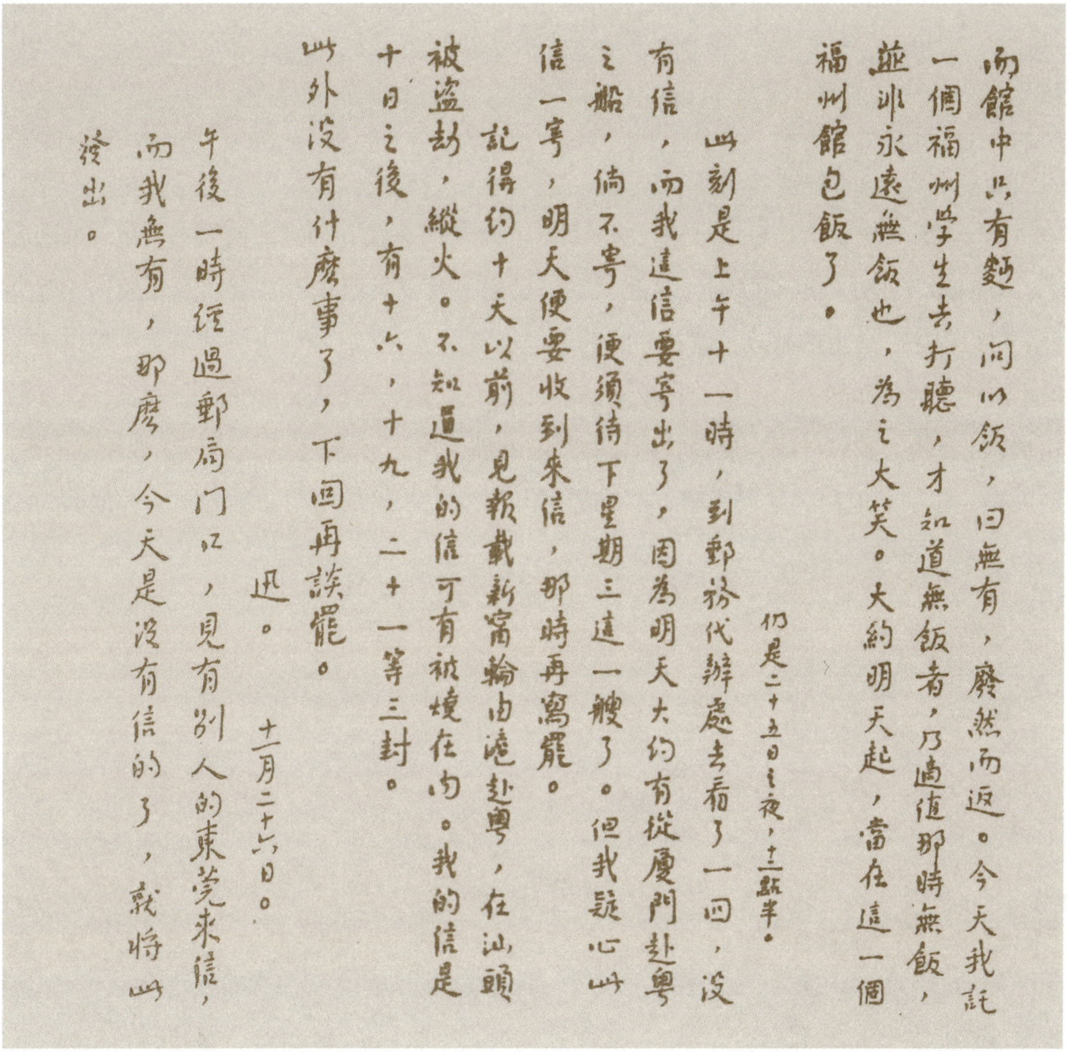
而館中只有麵，問以飯，曰無有，廢然而返。今天我託
一個福州學生去打聽，才知道無飯者，乃適值那時無飯，
並非永遠無飯也，為之大笑。大約明天起，當在這一個
福州館包飯了。

仍是二十五日之夜，十二點半。

此刻是上午十一時，到郵務代辦處去看了一回，沒
有信，而我這信要寄出了，因為明天大約有從廈門赴粵
之船，倘不寄，便須待下星期三這一艘了。但我疑心此
信一寄，明天便要收到來信，那時再寫罷。

記得約十天以前，見報載新寧輪由滬赴粵，在汕頭
被盜劫，縱火。不知道我的信可有被燒在內。我的信是
十日之後，有十六，十九，二十一等三封。
此外沒有什麼事了，下回再談罷。

迅。

十一月二十六日。

午後一時經過郵局門口，見有別人的東莞來信，
而我無有，那麼，今天是沒有信的了，就將此
發出。

此外没有什么事了，下回再谈罢。

迅。十一月二十六日。

午后一时经过邮局门口，见有别人的东莞来信，而我无有，那么，今天是没有信的了，就将此发出。

---

① 商震（1887 ~ 1978），号启宇，浙江绍兴人，原任阎锡山部第一师师长、绥远都统；反正后，任国民革命军第三集团军第一军团总指挥。② 国民一军将至潼关：当时冯玉祥的国民联军入陕进攻围困西安达七个月之久的刘镇华部。据 1926 年 11 月 24 日《民国日报》：18 日，冯玉祥部刘郁芬率国民军六师攻克三原、富平，进逼潼关。③ 据 1926 年 11 月 18 日《申报》载路透社 17 日香港电：来往于沪、港间的太古轮船公司新宁号，十五日在距香港八十英里处为四十名海盗所劫。海盗与船员搏斗，并“纵火焚其头等舱”，舵楼被烧毁，后在港方派去之军舰救护下，由拖轮将其拖回香港。

[第 41 封] 失计

广平兄：

二十六日寄出一信，想当已到。次日即得二十三日来信，包裹的通知书，也一并送到了，即向邮政代办处取得收据，星期六下午已来不及，星期日不办事，下星期一（廿九日）可以取来，这里的邮政，就是如此费事。星期六这一天，我同玉堂往集美学校讲演[1]，以小汽船来往，还耗去了一整天；夜间会客，又耗去了许多工夫，客去正想写信，间壁的礼堂里走了电，校役吵嚷，夜警吹哨，闹得“石破天惊”[2]，究竟还是物理学教授有本领，走进去关住了总电门，才得无事，只烧焦了几块木头。我虽住在并排的楼上，但因为墙

廣平兄：

二十六日寄出一信，想當已到。次日即得二十三日來信，包裹的通知書，也一併送到了，即向郵政代辦處取得收據，星期六下午已來不及，星期日不辦事，下星期一（廿九日）可以取來，這里的郵政，就是如此費事。星期六這一天，我同玉堂往集美學校講演，以小汽船來往，還耗去了一整天；夜間會客，又耗去許多工夫，客去正想寫信，間壁的禮堂裏走了電，校役吵嚷，校警吹哨，鬧得石破天驚，究竟還是物理學教授有本領，走進去關住了總電门，才得無事，只燒焦了幾塊木頭。我雖住在並排的樓上，但因為牆是石造的，知道不會延燒，所以並不搬動，也没有損失，不過因了電燈俱熄，洋燭的光搖搖而昏暗，于是也不能寫信了。

我一生的失計，即在向來並不為自己生活打算，一切聽人安排，因為那時豫料是活不久的。後來豫料並不確中，仍能生活下去，遂至弊病百出，十分無聊。再後來，思想改變了，但還是多所顧忌，這些顧忌，大部分自然是為生活，幾分也為地位，所謂地位者，就是指我歷來的一點小小工作而言，怕因我的行為的劇變而失去

是石造的，知道不会延烧，所以并不搬动，也没有损失，不过因了电灯俱熄，洋烛的光摇摇而昏暗，于是也不能写信了。

我一生的失计，即在向来不为自己生活打算，一切听人安排，因为那时预料是活不久的。后来预料并不确中，仍能生活下去，遂至弊病百出，十分无聊。再后来，思想改变了，但还是多所顾忌，这些顾忌，大部分自然是为生活，几分也为地位，所谓地位者，就是指我历来的一点小小工作而言，怕因我的行为的剧变而失去力量。这些瞻前顾后，其实也是很可笑的，这样下去，更将不能动弹。第三法最为直截了当，而细心一点，也可以比较的安全，所以一时也决不定。总之，我先前的办法已是不妥，在厦大就行不通，我也决计不再敷衍了，第一步我一定于年底离开这里，就中大教授职。但我极希望 H. M. 也在同地，至少可以时常谈谈，鼓励我再做些有益于人的工作。

昨天我向玉堂提出以本学期为止，即须他去的正式要求，并劝他同走。对于我走这一层，略有商量的话，终于他无话可说了。他自己呢，我看未必走，再碰几个钉子，则明年夏天可以离开。

此地无甚可为。近来组织了一种期刊，而作者不过寥寥数人，或则受创造社影响，过于颓唐，或则像狂飙社嘴脸，大言无实；又在日报上添了一种文艺周刊[③]，恐怕也不见得有什么好结果。大学生都很沉静，本地人文章，则“之乎者也”居多，他们一面请马寅初写字，一面要我做序，真是一视同仁，不加分别。有几个学生因为我和兼士在此而来的，我们一走，大约也要转学到中大去。

离开此地之后，我必须改变我的农奴生活；为社会方面，则我想除教书外，仍然继续作文艺运动，或其他更好的工作，俟那时再定。我觉得现在 H. M. 比我有决断得多，我自到此地以后，仿佛全感空虚，不再有什么意见，而且有时确也有莫明其妙的悲哀，曾经作了一篇我的杂文集的跋[④]，就写着那时的心情，十二月末的《语丝》上可以发表，你一看就知道。自己也明知道这是应该改变的，但现在无法，明年从新来过罢。

逢吉既知道通信地方，何以又须详询住址，举动颇为离奇。我想，他是在研究 H. M. 是否真在广州办事，也说不定。因他们一群中流言甚多，或者会有 H. M. 亦在厦门之说也。

女师校长给三主任的信，我在报上早见过了。现在未知如何？无米之炊，是人力所做不到的。能别有较好之地，自以从速走开为宜。但在这个时候，不知道可有这样凑巧的处所？

迅。十一月廿八日午十二时。

的雜文集的跋，就寫着那時的心情，十二月末的「語絲」上可以發表，你一看就知道。自己也明知道這是應該改變的，但現在無法，明年從新來過罷。

遇安既知道通信的地方，何以又須詳詢住址，舉動頗為離奇。我想，他是在研究HM是否真在廣州辦事，也說不定。因他們一羣中流言甚多，或者會有HM亦在廈门之說也。

女師校長給三主任的信，我在報上早見過了。現在未知如何？無米之炊，是人力所做不到的，能別有較好之地，自以從速走開為宜。但在這個時候，不知道可有這樣湊巧的處所？

迅。

十一月廿八日午十二時。

① 往集美学校讲演：讲稿佚。演讲内容为“聪明人”不能做事，因为他想来想去，终于什么也做不成。②“石破天惊”：语出李贺《李凭箜篌引》：“女娲炼石补天处，石破天惊逗秋雨。”③ 指《鼓浪》周刊。厦门大学学生组织的鼓浪社创办，附《民钟日报》发行。1926 年 12 月 1 日创刊，次年 1 月 5 日出至第六期停刊。④ 指《写在 <坟> 后面》。

［第 42 封］教书

广平兄：

上月廿九日寄一信，想已收到了。廿七日发来的信，今天已到。同时伏园也得陈惺农信，知道政府将移武昌，他和孟余都将出发，报也移去，改名《中央日报》，叫伏园直接往那边去，因为十二月下旬须出版。所以伏园大约不再赴广州；广州情状，恐怕比较地要不及先前热闹了。

至于我呢，仍然决计于本学期末离开这里而往广州中大，教半年书看看再说。一则换换空气，二则看看风景，三则……。教不下去时，明年夏天又走，如果住得便，多教几时也可以。不过“指导员”一节，无人先为打听了。

其实，你的事情，我想还是教几点钟书好。要豫备足，则钟点不宜多。办事与教书，在目下都是淘气之事，但我们舍此亦无可为。我觉得教书与办别事实在不能并行，即使没有风潮，也往往顾此失彼。不知你此后可有教书之处（国文之类），有则可以教几点钟，不必多，每日匀出三四点钟来看书，也算豫备，也算是自己的享乐，就好了；暂时也算是一种职业。你大约世故没有我这

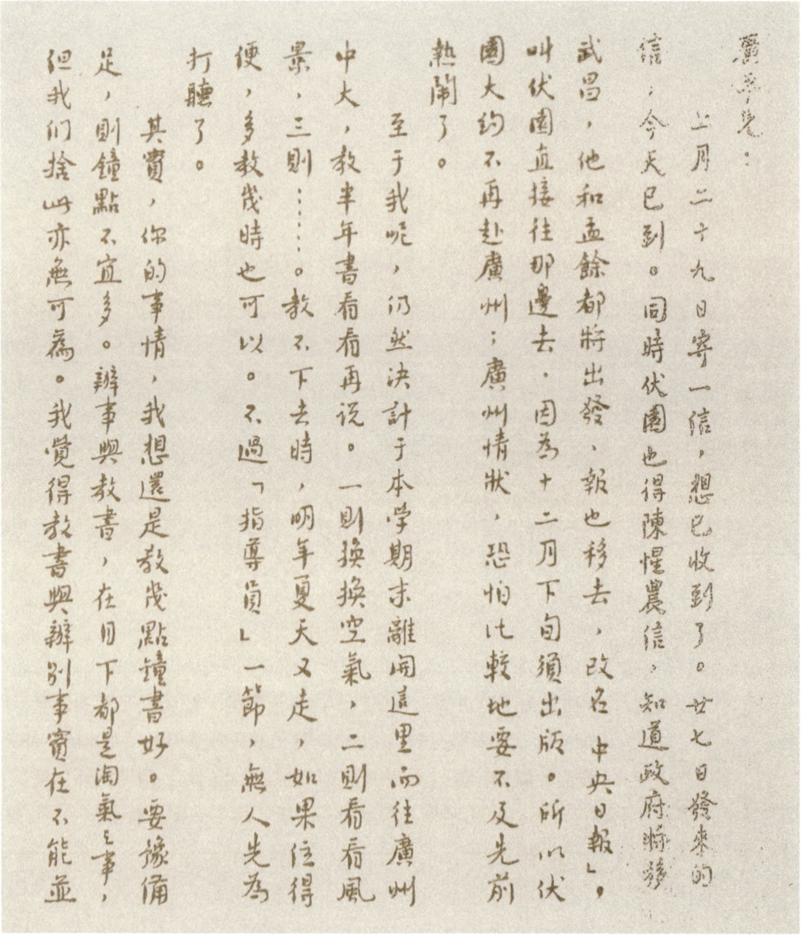
廣平兄：
上月二十九日寄一信，想已收到了。廿七日發來的信，今天已到。同時伏園也得陳惺農信，知道政府將移武昌，他和孟餘都將出發，報也移去，改名「中央日報」，叫伏園直接往那邊去，因為十二月下旬須出版。所以伏園大約不再赴廣州；廣州情狀，恐怕比較地要不及先前熱鬧了。
至于我呢，仍然決計于本學期末離開這里而往廣州中大，教半年書看看再說。一則換換空氣，二則看看風景，三則……。教不下去時，明年夏天又走，如果住得便，多教幾時也可以。不過「指導員」一節，無人先為打聽了。
其實，你的事情，我想還是教幾點鐘書好。要豫備足，則鐘點不宜多。辦事與教書，在目下都是淘氣之事，但我們捨此亦無可為。我覺得教書與辦別事實在不能並

么深，所以思想虽较简单，却也较为明快，研究一种东西，不会困难的，不过那粗心要纠正。还有一个吃亏之处是不能看别国书，我想较为便利的是来学日本文，从明年起我当勒令学习，反抗就打手心。

至于中央政府迁移而我到广州，于我倒并没有什么。我并不在追踪政府，许多人和政府一同移去，我或者反而可以闲暇些，不至于又大欠文章债，所以无论如何，我还是到中大去的。

包裹已经取来了，背心已穿在小衫外，很暖，我看这样就可以过冬，无需棉袍了。印章很好，其实这大概就是称为“金星石”的，并不是“玻璃”。我已经写信到上海去买印泥，因为旧有的一盒油太多，印在书上是不合适的。

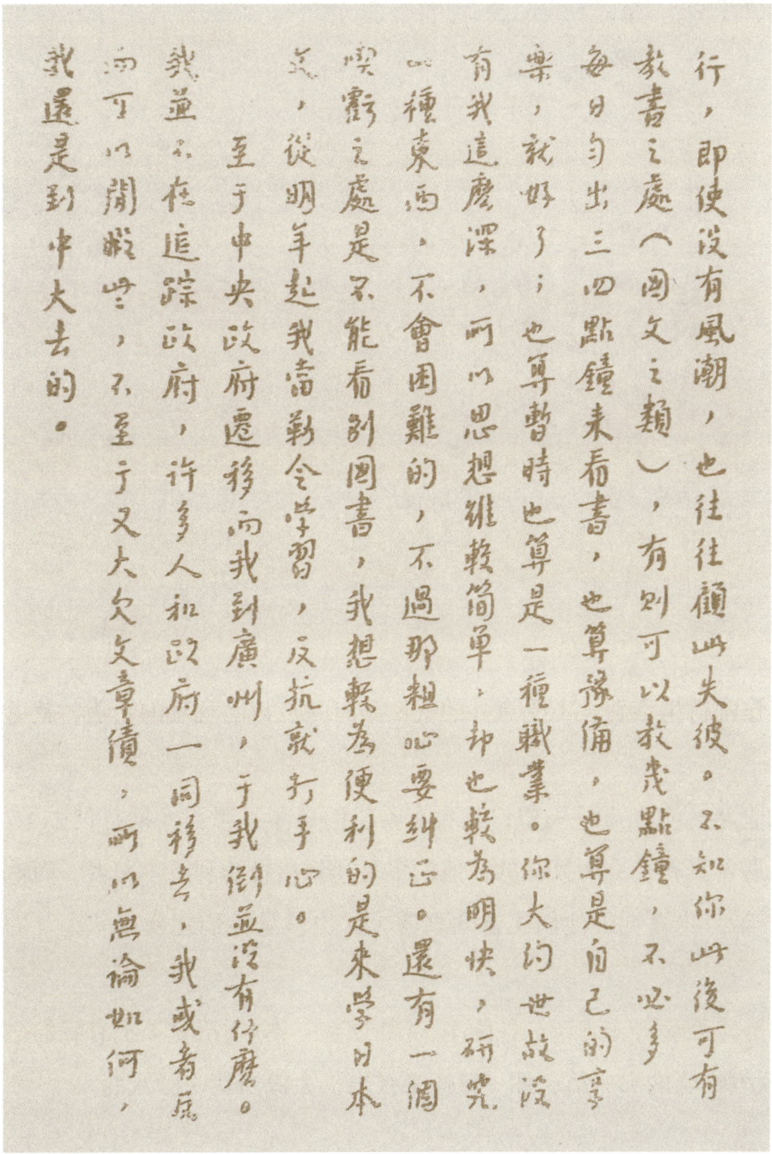
行，即使沒有風潮，也往往顧此失彼。不知你此後可有教書之處（國文之類），有則可以教幾點鐘，不必多每日匀出三四點鐘來看書，也算豫備，也算是自己的享樂，就好了；也算暫時也算是一種職業。你大約世故沒有我這麼深，所以思想雖較簡單，却也較為明快，研究一種東西，不會困難的，不過那粗心要糾正。還有一個吃虧之處是不能看別國書，我想較為便利的是來學日本文，從明年起我當勒令學習，反抗就打手心。

至于中央政府遷移而我到廣州，于我倒並沒有什麼。我並不在追蹤政府，許多人和政府一同移去，我或者反而可以閒暇些，不至于又大欠文章債，所以無論如何，我還是到中大去的。

计算起来，我在此至多也只有两个月了，其间编编讲义，烧烧开水，也容易混过去。厨子的菜又变为不能吃了，现在是单买饭，伏园自己做一点汤，且吃罐头。他十五左右当去。我是什么菜也不会做的，那时只好仍包菜，但好在其时离放学已只四十多天了。

阅报，知北京女师大失火[1]，焚烧不多，原因是学生自己做菜。烧伤了两个人：杨立

包裹已經取來了，背心已穿在小衫外，很暖，我看這樣就可以過冬，無需棉袍了。印章很好，其實這大概就是稱為「金星石」的，並不是「玻璃」。我已經寫信到上海去買印泥，因為舊有的一盒油太多，印在書上是不合適的。

計算起來，我在此至多也只有兩個月了，其間編編講義，燒燒開水，也容易混過去。廚子的菜又變為不能喫了，現在是單買飯，伏園自己做一點湯，且喫罐頭。他十五左右當去，我是什麼菜也不會做的，那是只好仍包菜，但好在其時離放學已只四十多天了。

閱報，知北京女師大失火，焚燒不多，原因是學生自己做菜。燒傷了兩個人：楊立侃，廖敏。姓名很生，

侃，廖敏。姓名很生，大约是新生，你知道么？她们后来都死了。

以上是午后四点钟写的，因琐事放下，接着是吃饭，陪客，现在已是夜九点钟了。在金钱下呼吸，实在太苦，苦还罢了，受气却难耐。大约中国在最近几十年内，怕未必能够做若干事，即得若干相当的报酬，干干净净。（写到这里，又放下了，因为有客来。我这里是毫无躲避处，有人要进来就直冲进来的。你看如此住处，岂能用功。）往往须费额外的力，受无谓的气，无论做什么事，都是如此。我想此后只要能以工作赚得生活费，不受意外的气，又有一点自己玩玩的余暇，就可以算是万分幸福了。

我现在对于做文章的青年，实在有些失望；我看有希望的青年，恐怕大抵打仗去了，至于弄弄笔墨的，却还未遇着真有几分为社会的，他们多是挂新招牌的利己主义者。而他们竟自以为比我新一二十年，我真觉得他们无自知之明，这也就是他们之所以“小”的地方。

上午寄出一束刊物，是《语丝》，《北新》各两本，《莽原》一本。《语丝》上有我的一篇文章[2]，不是我前信所说发牢骚的那一篇，那一篇还未登出，大概当在一〇八期。

迅。十二月二日之夜半。

大約是新生，你知道麼？她們後來都死了。

以上是午後四點鐘寫的，因瑣事放下，接着是喫飯，陪客，現在已是夜九點鐘了。在金錢下呼吸，實在太苦，苦還罷了，受氣卻難耐。大約中國在最近幾十年內，怕未必能夠做若干事，即得若干相當的報酬，乾乾淨淨。（寫到這里，又放下了，因為有客來。我這里是毫無躲避處，有人要進來就直衝進來的。你看如此住處，豈能用功。）往往須費額外的力，受無謂的氣，無論做什麼事，都是如此。我想此後只要能以工作賺得生活費，不受意外的氣，又有一點自己玩玩的餘暇，就可以算是萬分幸福了。

我現在對于做文章的青年，實在有些失望；我看有希望的青年，恐怕大抵打仗去了，至于弄弄筆墨的，卻還未遇着真有幾分為社會的，他們多是掛新招牌的利己主義者。而他們竟自以為比我新一二十年，我真覺得他們無自知之明，這也就是他們之所以「小」的地方。

上午寄出一束刊物，是「語絲」，「北新」各兩本，「莽原」一本。「語絲」上有我的一篇文章，不是我前信所說發牢騷的那一篇，那一篇還未登出，大概當在一〇八期。

迅。

十二月二日之夜半。

① 女师大失火：1926 年 11 月 22 日，北京女师大学生在宿舍用酒精灯烧饭酿成火灾。按这时的女师大已改名为女子学院师范部。② 指《坟 · 题记》，载《语丝》周刊第一〇六期（1926 年 11 月 20 日）。下文所说“那一篇”，指《写在 < 坟 > 后面》，载 1926 年 12 月 4 日《语丝》周刊第一〇八期。

[第 43 封] 外江

广平兄：

今天刚发一信，也许这信要一同寄到罢，你初看或者会以为又有甚么要事了，其实并

廣平兄：

今天剛發一信，也許這信要一同寄到罷，你初看或者會以為又有甚麼要事了，其實並不，不過是閒談。前回的信，我半夜投在郵筒中；這里郵筒有兩個，一在所內，五點後就進不去了，夜間便只能投入所外的一個。而近日郵政代辦所裏的伙計是新換的，滿臉獃氣，我覺得他連所外的一個郵筒也未必記得開，我的信不知送往總局否，所以再寫幾句，俟明天上午投到所內的一個郵筒裏去。

我昨夜的信裏是說：伏園也得惺農信，說國民政府要搬了，叫他直接上武昌去，所以他不再往廣州。至于我則無論如何，仍于學期之末離開廈門而往中大，因為我倒並不一定要跟隨政府，熟人較少，或者反而可以清閒些。但你如離開師範，不知在本地可有做事之處，我想還不如教一點國文，鐘點以少為妙，可以多豫備。大略不過如此。

政府一搬，廣東的「外江佬」要減少了。廣東被「外江佬」刮了許多天，此後也許要向「遺佬」報仇，連累我未曾搜刮的「外江佬」喫苦，但有「害馬」保鑣，所以不妨膽大。「幻洲」上有一篇文章，很稱讚廣東人，使我更願意去看看，至少也住到夏季。大約說話是一點不懂，和在此蓋相同，但總不至于連買飯的處所也沒有。

我還想喫一回蛇，嘗一點龍虱。

到我這里來空談的人太多，即此一端也就不宜久居

不，不过是闲谈。前回的信，我半夜投在邮筒中；这里邮筒有两个，一个在所内，五点后就进不去了，夜间便只能投入所外的一个。而近日邮政代办所里的伙计是新换的，满脸呆气，我觉得他连所外的一个邮筒也未必记得开，我的信不知送往总局否，所以再写几句，俟明天上午投到所内的一个邮筒里去。

我昨夜的信里是说：伏园也得惺农信，说国民政府要搬了，叫他直接上武昌去，所以他不再往广州。至于我，则无论如何，仍于学期之末离开厦门而往中大，因为我倒并不一定要跟随政府，熟人较少，或者反而可以清闲些。但你如离开师范，不知在本地可有做事之处，我想还不如教一点国文，钟点以少为妙，可以多豫备。大略不过如此。

政府一搬，广东的“外江佬”要减少了。广东被“外江佬”刮了许多天，此后也许要向“遗佬”报仇，连累我未曾搜刮的“外江佬”吃苦，但有“害马”保镖，所以不妨胆大。《幻洲》[①]上有一篇文章，很称赞广东人，使我更愿意去看看，至少也住到夏季。大约说话是一点不懂，与在此盖相同，但总不至于连买饭的处所也没有。我还想吃一回蛇，尝一点龙虱。

到我这里来空谈的人太多，即此一端也就不宜久居于此。我到中大后，拟静一静，暂时少与别人往来，或用点功，或玩玩。我现在身体是好的，能吃能睡，但今天我发见我的

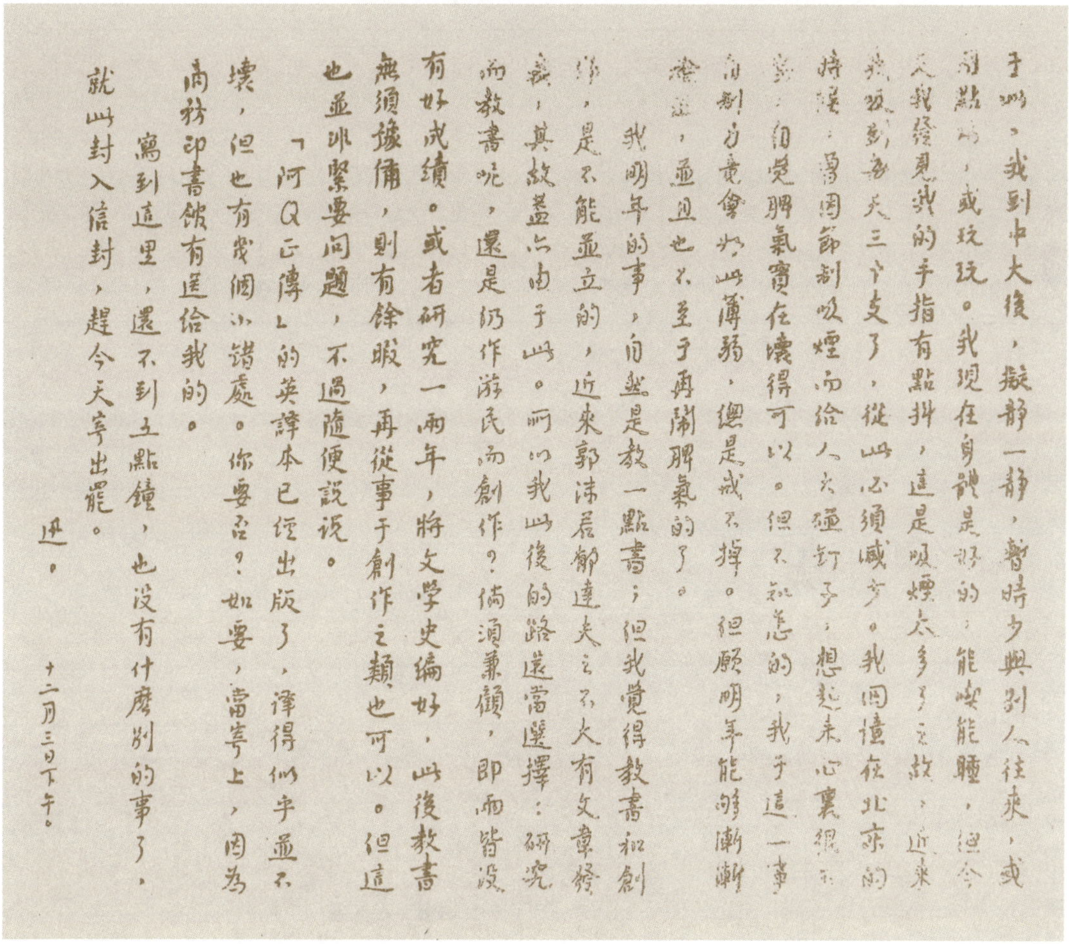

手冷，我到中大後，擬靜一靜，暫時少與別人往來，或閉戶，或玩玩。我現在自覺是好的，能吃能睡，但今天我發見我的手指有點抖，這是吸煙太多了之故，近來我吸到每天三十支了，從此必須減少。我回憶在北京的時候，曾因節制吸煙而給人大碰釘子，想起來心裏很不安，自覺脾氣實在壞得可以。但不知怎的，我于這一事自制力竟會如此薄弱，總是戒不掉。但願明年能夠漸漸矯正，並且也不至于再鬧脾氣的了。

我明年的事，自然是教一點書；但我覺得教書和創作，是不能並立的，近來郭沫若郁達夫之不大有文章發表，其故蓋亦由于此。所以我此後的路還當選擇：研究而教書呢，還是仍作游民而創作？倘須兼顧，即兩皆沒有好成績。或者研究一兩年，將文學史編好，此後教書無須豫備，則有餘暇，再從事于創作之類也可以。但這也並非緊要問題，不過隨便說說。

「阿Q正傳」的英譯本已經出版了，譯得似乎並不壞，但也有幾個小錯處。你要否？如要，當寄上，因為商務印書館有送給我的。

寫到這里，還不到五點鐘，也沒有什麼別的事了，就此封入信封，趕今天寄出罷。

迅。 十二月三日下午。

手指有点抖，这是吸烟太多了之故，近来我吸到每天三十支了，从此必须减少。我回忆在北京的时候，曾因节制吸烟而给人大碰钉子，想起来心里很不安，自觉脾气实在坏得可以。但不知怎的，我于这一事自制力竟会如此薄弱，总是戒不掉。但愿明年能够渐渐矫正，并且也不至于再闹脾气的了。

我明年的事，自然是教一点书；但我觉得教书和创作，是不能并立的，近来郭沫若郁达夫之不大有文章发表，其故盖亦由于此。所以我此后的路还当选择：研究而教书呢，还是仍作游民而创作？倘须兼顾，即两皆没有好成绩。或者研究一两年，将文学史编好，此后教书无须豫备，则有余暇，再从事于创作之类也可以。但这也并非紧要问题，不过随便说说。

《阿Q正传》的英译本[②]已经出版了，译得似乎并不坏，但也有几个小错处[③]。你要否？如要，当寄上，因为商务印书馆有送给我的。

写到这里，还不到五点钟，也没有什么别的事了，就此封入信封，赶今天寄出罢。

迅。十二月三日下午。

①《幻洲》：文艺性半月刊，叶灵凤、潘汉年编辑，1926 年 10 月在上海创刊，1928 年 1 月出至第二卷第八期停刊。该刊第一卷第二期（1926 年 10 月）骆驼所作《把广州比上海》中说："广州的人好似一块石头，硬性的，然而是干脆的；是一凿一块的，即是不作兴拖泥带水的，……他们从没有临时装成的笑脸，……不会有无理的敲诈，难堪的讥嘲，可耻的欺骗，虽然你是不懂广州话的外江阿木林。"②《阿 Q 正传》英译本，梁社乾译，1926 年上海商务印书馆出版。关于译文中的小错误，作者在《<阿 Q 正传>的成因》（收入《华盖集续编》）中曾经说及。③ 鲁迅在《<阿 Q 正传>的成因》中指出有两处可以商榷：一是"三百大钱九十二串"当译为"三百大钱，以九十二文作为一百"的意思；二是"柿油党"不如音译，因为原是"自由党"，乡下人不能懂，便讹成他们能懂的"柿油党"了。

[第 44 封] 中大

广平兄：

三日寄出一信，并刊物一束，系《语丝》等五本，想已到。今天得二日来信，可谓快矣。对于廿六日函中的一段话，我于廿九日即发一函，想当我接到此信时，那边必亦已到，现在我也无须再说了。其实我这半年来并不发生什么"奇异感想"，不过"我不太将人当作牺牲么"这一种思想——这是我向来常常想到的思想——却还有时起来，一起来，便沉闷下去，就是所谓"静下去"，而间或形于词色。但也就悟出并不尽然，故往往立即恢复，二日得中央政府迁移消息后，便连夜发一信（次

意，當時僅以為在社會上閱歷幾時，可以得較多之經驗而已，並非我將永遠靜着，以至于冷眼旁觀，將HM賣掉，而自以為在孤島中度寂寞生活，咀嚼着寂寞，即足以自慰自贖也。

但廿六日信中的事，已成往事，也不必多說了。中大的鐘點雖然較多，我想總可以設法教一點擔子稍輕的功課，以求有休息的餘暇，況且抄錄材料等等，又可有幫我的人，所以鐘點倒不成問題。每週二十時左右者，大抵是紙面文章，也未必實做的。

你們的學校，真是好像「溼手捏了乾麵粉」，粘纏極了。雖說「天下興亡，匹夫有責」，但在位者不講信用，專責「匹夫」，使幾個人挑着重擔，未免太任意將

日又发一信），说明我的意思与廿九日信中所说者并无变更，实未有愿你“终生颠倒于其中而不自拔”之意，当时仅以为在社会上阅历几时，可以得较多之经验而已，并非我将永远静着，以至于冷眼旁观，将 H. M. 卖掉，而自以为在孤岛中度寂寞生活，咀嚼着寂寞，即足以自慰自赎也。

但廿六日信中的事，已成往事，也不必多说了。中大的钟点虽然较多，我想总可以设法教一点担子稍轻的功课，以求有休息的余暇，况且抄录材料等等，又可有帮我的人，所以钟点倒不成问题。每周二十时左右者，大抵是纸面文章，也未必实做的。

你们的学校，真是好像“湿手捏了干面粉”，粘缠极了。虽然“天下兴亡，匹夫有责”[①]，但在位者不讲信用，专责“匹夫”，使几个人挑着重担，未免太任意将人来做无谓的牺牲。我想，事到如此，该以自己为主了，觉得耐不住，便即离开，倘因生计或别的关系，非暂时敷衍不可，便再敷衍它几日。“以德感”，“以情系”这些老话头，只好置之度外。只有几个人是做不好的。还傻什么呢？“匹夫匹妇之为谅也，自经于沟渎而莫之知也！”[②]。

伏园须直往武昌了，不再转广州，前信似已说过。昨有人（据云系民党）从汕头来，说陈启修因为泄漏机密，已被党部捕治了。我和伏园正惊疑，拟电询，今日得你信，知二日曾经看见他，以日期算来，则此人是造谣言的。但何以要造如此谣言，殊不可解。

人來做無謂的犧牲。我想，事到如此，該以自己為主了，覺得耐不住，便即離開，倘因生計或別的關係，非暫時敷衍不可，便再敷衍牠幾日。「以德感」「以情繫」這些老話頭，只好置之度外。只有幾個人是做不好的。還讓什麼呢？「匹夫匹婦之為諒也，自經于溝瀆而莫之知也！」

伏園須直往武昌了，不再轉廣州，前信似已說過。昨有人（據云係民黨）從汕頭來，說陳啟修因為洩漏機密，已被黨部捕治了。我和伏園正驚疑，擬電詢，今日得你信，知二日曾往看見他，以日期算來，則此人是造謠言的。但何以要造如此謠言，殊不可解。

前一束刊物不知到否？記得先前也有一次，久不到，而終在學校的郵件中尋來。三日又寄一束，到否也是問題。此後寄書，殆非掛號不可。「桃色之雲」再版已出了，擬寄上一冊，但想寫幾個字，并用新印，而印泥才向上海去帶，大約須十日後才來，那時再寄罷。

迅。 十二月六日之夜。

前一束刊物不知到否？记得先前也有一次，久不到，而终在学校的邮件中寻来。三日又寄一束，到否也是问题。此后寄书，殆非挂号不可。《桃色的云》[3]再版已出了，拟寄上一册，但想写几个字，并用新印，而印泥才向上海去带，大约须十日后才来，那时再寄罢。

迅。十二月六日之夜。

---

①“天下兴亡，匹夫有责”：语出清代顾炎武《日知录·正始》。②“匹夫匹妇之为谅也”等语，见《论语·宪问》。谅，固执成见。③《桃色的云》：童话剧，爱罗先珂作，鲁迅译。1923 年北京新潮社初版，1926 年北新书局再版。鲁迅寄许广平一册，题字为：“一九二六年十二月十五日寄赠广平兄 译者从厦门。”

[第 45 封] 懒·胖

广平兄：

本月六日接到三日来信后，次日（七日）即发一信，想已到。我猜想昨今两日当有信来，但没有；明天是星期，没有信件到校的了。我想或者是你因校事太忙没有发，或者是轮船误了期。

计算从今天到一月底，只有了五十天，我到这里，已经三个月又一星期了。现在倒没

廣平兄：

本月六日接到三日來信後，次日（七日）即發一信，想已到。我猜想昨今兩日當有信來，但沒有；明天是星期，沒有信件到校的了。我想或者是你因校事太忙沒有發，或者是輪船誤了期。

計算從今天到一月底，只有了五十天，我到這里，已經三個月又一星期了。現在倒沒有什麼事。我每天能睡八九小時，然而仍然懶。有人說我胖一點了，不知確否？恐怕也未必。對于學生，我已經說明了學期末要離開，有幾個因我在此而來的，大约也要走。至于有一部分，那簡直無藥可醫，他們整天的讀「古文觀止」。

伏園就要動身，仍然十五左右；但也许仍從廣州，取陸路往武昌去。

我想一兩日內，當有信來，我的廿九日信的回信也應該就到了，那時再寫罷。

迅。

十二月十一日之夜。

有什么事。我每天能睡八九小时，然而仍然懒。有人说我胖一点了，不知确否？恐怕也未必。对于学生，我已经说明了学期末要离开，有几个因我在此而来的[①]，大约也要走。至于有一部分，那简直无药可医，他们整天的读《古文观止》[②]。

伏园就要动身，仍然十五左右；但也许仍从广州，取陆路往武昌去。

我想一两日内，当有信来，我的廿九日信的回信也应该就到了，那时再写罢。

迅。十二月十一日之夜。

---

① 指谢玉生、王方仁、廖立我、谷中龙等人。②《古文观止》：清代康熙年间吴楚材、吴调侯编选的古文读本，收入先秦到明代散文二百二十篇。

[第46封] 金石

广平兄：

今天早上寄了一封信。现在是虽在星期日，邮政代办所也开半天了。我今天起得早，因为平民学校[①]的成立大会要我演说，我去说了五分钟，又恭听校长辈之胡说至十一时。有一曾经留学西洋之教授曰：这学校之有益于平民也，例如底下人认识了字，送信不再会送错，主人就喜欢他，要用他，有饭吃……。我感佩之极，溜出会场，再到代办所去一看，果然已有三封信在：两封是七日发的，一封是八日发的。

金星石虽然中国也有，但看印匣的样子，还是日本做的，不过这也没有什么关系。“随便叫它曰玻璃”，则可谓胡涂，玻璃何至于这样脆，又岂可“随便”到这样？若夫“落地必碎”，则一切印石，大抵如斯，岂独玻璃为然？特买印泥，亦非“多事”，因为不如此，则不舒服也。

近来对于厦大，什么都不过问了，但他们还要常来找我演说，一演说，则与当局者的意见一定相反，真是无聊。玉堂现在亦深知其不可为，有相当机会，什九是可以走的。我手已不抖，前信竟未说明。至于寄给《语丝》的那篇文章[②]，因由未名社[③]转寄，被社中截留了，登在《莽原》第廿三期上。其中倒没有什么未尽之处。当时动笔的原因，一是恨自己为生活起见，不能不暂戴假面，二是感到了有些青年之于我，见可利用则尽情利用，倘觉不能利用了，便想一棒打杀，所以很有些悲愤之言。不过这种心情，现在早已过去了。

廣平兄：

今天早上寄了一封信。現在是雖在星期日，郵政代辦所也開半天了。我今天起得早，因為平民學校成立大會要我演說，我去說了五分鐘，又恭聽校長輩之胡說至十一時，有一曾任留學西洋之教授曰：這學校之有益于平民也，例如底下人認識了字，送信不再會送錯，主人就喜歡他，要用他，有飯喫……。我感佩之極，溜出會場，再到代辦所去一看，果然已有三封信在：兩封是七日發的，一封是八日發的。

金星石雖然中國也有，但看印匣的樣子，還是日本做的，不過這也沒有什麼關係。「隨便叫牠曰玻璃」，則可謂胡塗，玻璃何至于這樣脆，又豈可「隨便」到這樣？若夫「落地必碎」，則一切印石，大抵如斯，豈獨玻璃為然？特買印泥，亦非「多事」，因為不如此，則不舒服也。

近來對于廈大，什麼都不過問了，但他們還要常來找我演說，一演說，則與當局者的意見一定相反，真是無聊。玉堂現在亦深知其不可為，有相當機會，什九是可以走的。我手已不抖，前信竟未說明。至于寄給「語絲」的那篇文章，因由未名社轉寄，被社中截留了，登在「莽原」第廿三期上。其中倒沒有什麼未盡之處。當

我时时觉得自己很渺小，但看他们的著作，竟没有一个如我，敢自说是戴着假面和承认“党同伐异”④的，他们说到底总必以“公平”或“中立”自居。因此，我又觉得我或者并不渺小。现在拚命要蔑视我和骂倒我的人们的眼前，终于黑的恶鬼似的站着“鲁迅”这两个字者，恐怕就为此。

我离厦门后，有几个学生要随我转学，还有一个助教也想同我走，他说我对于金石的知识于他有帮助。我在这里，常有客来谈空天，弄得自己的事无暇做，这样下去，是不行的。我将来拟在校中取得一间屋，算是住室，作为豫备功课及会客之用，另在外面觅一相当的地方，作为创作及休息之用，庶几不至于起居无节，饮食不时，再蹈在北京时之覆辙。但这可俟到粤后再说，无须未雨绸缪。总之，我的主意，是在想少陪无聊之客而已。倘在学校，谁都可以直冲而入，并无可谈，而东拉西扯，坐着不走，殊讨厌也。

现在我们的饭是可笑极了，外面仍无好的包饭处，所以还是从本校厨房买饭，每人每月三元半，伏园做菜，辅以罐头。而厨房屡次宣言：不买菜，他要连饭也不卖了。那么，

時動筆的原因，一是恨自己為生活起見，不能不暫戴假
面，二是感到了有些青年之于我，見可利用則盡情利用，
倘覺不能利用了，便想一棒打殺，所以很有些悲憤之言。
不過這種心情，現在早已過去了。我時時覺得自己很渺
小，但看他們的著作，竟沒有一個如我，敢于說是戴着
假面和承認「黨同伐異」的，他們說到底總必以「公平」
或「中立」自居。因此，我又覺得我或者並不渺小。現
在拚命要蔑視我和罵倒我的人們的眼前，終于黑的惡鬼
似的站着「魯迅」這兩個字者，恐怕就為此。
我離廈門後，有幾個學生要隨我轉學，還有一個助
教也想同我走，他說我對于金石的知識于他有帮助。我
在這里，常有客來談空天，弄得自己的事無暇做，這樣

下去，是不行的。我將來擬在校中取得一間屋，算是住
室，作為預備功課及會客之用，另在外面覓一相當的地
方，作為創作及休息之用，庶几不至于起居無節，飲食
不時，再蹈在北京時之覆轍。但這可俟到粵後再說，無
須未雨綢繆。總之，我的主意，是在想少陪無聊之客而
已。倘在學校，誰都可以直衝而入，並無可談，而東拉
西扯，坐着不走，殊討厭也。
現在我們的飯是可笑極了，外面仍無好的包飯處，
所以還是從本校廚房買飯，每人每月三元半，伏園做菜，
輔以罐頭。而廚房屢次宣言：他要連飯不賣，也不賣
了。那麼，我們為買飯計，必須月出十元，一併買他毫
不能吃之菜。現在還敷衍着，伏園走後，我想索性一併

我们为买饭计，必须月出十元，一并买他毫不能吃之菜。现在还敷衍着。伏园走后，我想索性一并买菜，以省麻烦，好在日子也已经有限了。工人则欠我二十元，其中二元，是他兄弟急病时借去的，我以为他穷，说这二元不要他还了，算是欠我十八元，他即于次日又借去二元，仍凑足二十元之数。厦门之对于“外江佬”，好像也颇要愚弄似的。

以中国人一般的脾气而论，失败之后的著作，是没有人看的，他们见可役使则尽量地役使，见可笑骂则尽量地笑骂，虽一向怎样常常往来，也即刻翻脸不识，看和我往来最久的少爷们的举动，便可推知。但只要作品好，大概十年或数十年后，就又有人看了，不过这只是书坊老板得益，至于作者，则也许早被逼死，不再有什么相干。遇到这样的时候，为省事计，则改业也行，走外国也行；为赌气计，则无所不为也行，倒行逆施也行。但我还没有细想过，因为这还不是急切的问题，此刻不过发发空议论。

“能食能睡”，是的确的，现在还如此，每天可睡至八九小时。然而人还是懒，这大约是气候之故。我想厦门的气候，水土，似乎于居民都不宜，我所见的本地人，胖子很少，十之九都黄瘦，女性也很少有丰满活泼的；加以街道污秽，空地上就都是坟，所以人寿保险的价格，居厦门者比别处贵。我想国学院倒大可以缓办，不如作卫生运动，一面将水，土壤，都分析分析，讲一个改善之方。

買菜，以省麻煩，好在日子也已經有限了。工人則欠我二十元，其中二元，是他先第急病時借去的，我以為他窮，說這二元不要他還了，算是欠我十八元，他即次日又來借去二元，仍湊足二十元之數。廈门之對于「外江佬」，好像也頗要愚弄似的。

以中國人一般的脾氣而論，失敗之後的著作，是沒有人看的，他們見可役使則儘量地役使，見可笑罵則儘量地笑罵，雖一向怎樣常常往來，也即刻翻臉不識，看和我往來最久的少爺們的舉動，便可推知。但只要作品好，大概十年或數十年後，就又有人看了，不過這只是書坊老板得益，至于作者，則也許早被逼死，不再有什麼相干。遇到這樣的時候，為省事計，則改業也行，走外國也行；為賭氣計，則無所不為也行，倒行逆施也行。但我還沒有細想過，因為這還不是急切的問題，此刻不過發發空議論。

「能食能睡」，是的確的，現在還如此，每天可睡至八九小時。然而人還是懶，這大約是氣候之故。我想廈门的氣候，水土，似乎于居民都不宜，我所見的本地人，胖子很少，十之九都黃瘦，女性也很少有豐滿活潑的；加以街道污穢，空地上就都是墳，所以人壽保險的價格，在廈门者比別處貴。我想國學院倒大可以緩辦，不如作衛生運動，一面將水，土壤，都分析分析，講一個改善之方。

此刻已經夜一時了，本來還可以投到所外的箱子裏去，但既有「命令」，就待至明晨罷，真是可懼，「我着實為難」。

迅。

十二月十二日。

此刻已经夜一时了，本来还可以投到所外的箱子里去，但既有“命令”，就待至明晨罢，真是可惧，“我着实为难”。

迅。十二月十二日。

---

① 平民学校：厦门大学学生自治会为本校工人创办的学校。由学生任教员。② 指《写在 < 坟 > 后面》，仍载《语丝》第一〇八期。③ 未名社：文学团体，1925 年秋成立于北京，成员有鲁迅、韦素园、曹靖华、李霁野、台静农、韦丛芜。该社注重介绍外国文学，特别是俄国和东欧文学，曾先后出版《莽原》半月刊、《未名》半月刊和《未名丛刊》、《未名新集》等。1931 年秋结束。④ “党同伐异”：语出《后汉书·党锢传序》。

[第 47 封] 杂事

广平兄：

昨（十三日）寄一信，今天则寄出期刊一束，怕失少，所以挂号，非因特别宝贵也。

廣平兄：

昨（十三日）寄一信，今天則寄出期刊一束，怕失少，所以掛號，非因特別寶貴也。束中有「新女性」一本，大作在內，又「語絲」兩期，即登着我之發牢騷文，蓋先為未名社截留，到底又被小峰奪過去了，所以仍在「語絲」上。

慨自寄了二十三日之信，幾乎大不得了，偉大之釘子，迎面碰來，幸而上帝保佑，早有廿九日之信發出，聲明前此一函，實屬大逆不道，應即取消，于是始蒙褒為「傻子」，賜以「命令」，作善者降之百祥，幸何如之。現在對于校事，已悉不問，專編講義，作一結束，授課只餘五星期，此後便是考試了。但離校恐當在二月初，因為一月份薪水，是要等着拿走的。

中大又有信來，催我速去，且云教員薪水，當設法增加，但我還是只能于二月初出發。至于伏園，却在二十左右要走了，大約先至粵，再從陸路入武漢。今晚語堂餞行，亦頗有活動之意，而其太太則大不謂然，以為帶着兩個孩子，常常搬家，如何是好。其實語在她的地

束中有《新女性》一本，大作在内，又《语丝》两期，即登着我之发牢骚文，盖先为未名社截留，到底又被小峰[1]夺过去了，所以仍在《语丝》上。

慨自寄了二十三日之信，几乎大不得了，伟大之钉子，迎面碰来，幸而上帝保佑，早有廿九日之信发出，声明前此一函，实属大逆不道，应即取消，于是始蒙褒为“傻子”，赐以“命令”，作善者降之百祥[2]，幸何如之。

现在对于校事，已悉不问，专编讲义，作一结束，授课只余五星期，此后便是考试了。但离校恐当在二月初，因为一月份薪水，是要等着拿走的。

中大又有信来，催我速去，且云教员薪水，当设法增加，但我还是只能于二月初出发。至于伏园，却在二十左右要走了，大约先至粤，再从陆路入武汉。今晚语堂饯行，亦

位上来觀察，的確也困苦的，旅行式的家庭，教管理家
政的女性如何措手。然而語堂殊激昂。後事如何，只得
且聽下回分解」了。
狂飈社中人一面罵我，一面又要用我了。培良要我
在廈门或廣州尋地方，尚鉞要將小說編入「烏合叢書」
去，並謂前係誤罵，後當停止，附寄未發表的罵我之文
稿，請看畢燒掉云。我想，我先前的種種不客氣，大抵
施之于同年輩或地位相同者，而對于青年，則必退讓，
或默然甘受損失。不料他们竟以為可欺，或糾纏，或奴
役，或責罵，或誣衊，得步進步，鬧個不完。我常歎中
國無「好事之徒」，所以什麼也没有人管，現在看来，
做「好事之徒」實在也大不容易，我略管閒事，就弄得

颇有活动之意，而其太太则大不谓然，以为带着两个孩子，常常搬家，如何是好。其实站在她的地位上来观察，的确也困苦的，旅行式的家庭，教管理家政的女性如何措手。然而语堂殊激昂。后事如何，只得“且听下回分解”了。

狂飙社中人一面骂我，一面又要用我了。培良要我在厦门或广州寻地方，尚钺[3]要将小说编入《乌合丛书》去，并谓前系误骂，后当停止，

附寄未发表的骂我之文稿，请看毕烧掉云。我想，我先前的种种不客气，大抵施之于同年辈或地位相同者，而对于青年，则必退让，或默然甘受损失。不料他们竟以为可欺，或纠缠，或奴役，或责骂，或诬蔑，得步进步，闹个不完。我常叹中国无“好事之徒”，所以什么也没有人管，现在看来，做“好事之徒”实在也大不容易，我略管闲事，就弄得这么麻烦。现在是方针要改变了，地方也不寻，丛书也不编，文稿也不看，也不烧，回信也不写，关门大吉，自己看书，吸烟，睡觉。

《妇女之友》第五期上，有沄沁[4]给你的一封公开信，见了没有？内中也没有什么，不过是对于女师大再被毁坏的牢骚。我看《世界日报》[5]，似乎程干云仍在校，罗静轩[6]却只得滚出了，报上有一封她的公开信，说卖文也可以过活。我想，怕很难罢。

今天白天有雾，器具都有点潮湿。蚊子很多，过于夏天，真是奇怪。叮得可以，要躲进帐子里去了，下次再写。

天氣今天仍熱，但大風，蚊子忽而很少了，不知道是怎麼一回事。于是，編了一篇講義。印泥已從上海寄來，此刻就在「桃色的雲」上寫了幾個字，將那「玻璃」印和印泥都第一次用在這上面，預備等「莽原」第二十三期到來時，一同寄出。因為天氣熱，印泥軟，所以印得不大好，但那也不要緊。必須如此辦理，才覺舒服，雖被斥為「多事」，亦不再辯，橫豎受攻擊慣了的，聽點申斥又算得什麼。

本校並無新事發生。惟顧頡剛仍是日日夜夜布置安插私人；黃堅從北京到了，一個太太，四個小孩，兩個用人，四十件行李，大有「山河永固」之意。不知怎地我忽而記起了「燕巢危幕」的故事，看到這一大堆人物，不禁為之淒然。

十五夜。

十二日的來信，今天（十六）就到了，也算快的。我看廣州廈門间的郵信船大約每週有二次，假如星期二，五開的罷，那麼，星期一，四發的信便快，三，六發的就慢了，但我終于研究不出那船期是星期幾。

貴校的情形，實在不大高妙，也如別的學校一樣，恐怕是不過是不死不活，不上不下。一沾手，一定為難。倘使直截痛快，或改革，或被打倒，爽快，或苦痛，那倒好了。然而大抵不如此。就是辦也辦不好，放也放不下，不爽快，也並不大苦痛，只是終日渾身不舒服，那種感覺，我們那里有一句俗語，叫作「穿湿布衫」，就

十四日灯下。

天气今天仍热，但大风，蚊子忽而很少了，不知道是怎么一回事。于是编了一篇讲义。印泥已从上海寄来，此刻就在《桃色的云》上写了几个字，将那“玻璃”印和印泥都第一次用在这上面，预备等《莽原》第二十三期到来时，一同寄出。因为天气热，印泥软，所以印得不大好，但那也不要紧。必须如此办理，才觉舒服，虽被斥为“多事”，亦不再辩，横竖受攻击惯了的，听点申斥又算得什么。

本校并无新事发生。惟山根先生仍是日日夜夜布置安插私人；白果从北京到了，一个太太，四个小孩，两个用人，四十件行李，大有“山河永固”之意。不知怎地我忽而记起了“燕巢危幕”[7]的故事，看到这一大堆人物，不禁为之凄然。

十五夜。

十二日的来信，今天（十六）就到了，也算快的。我看广州厦门间的邮信船大约每周有二次。假如星期二，五开的罢，那么，星期一、四发的信更快，三、六发的就慢了，但

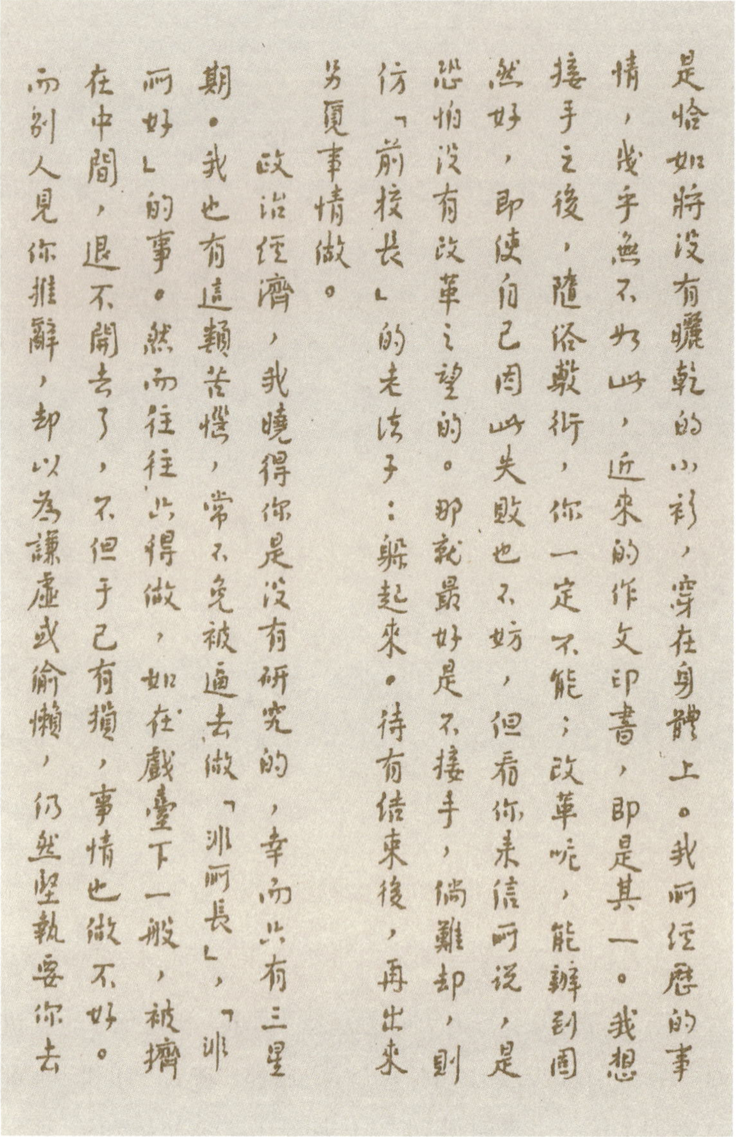
是恰如將沒有曬乾的小衫，穿在身體上。我所經歷的事
情，幾乎無不如此，近來的作文印書，即是其一。我想
接手之後，隨俗敷衍，你一定不能；改革呢，能辦到固
然好，即使自己因此失敗也不妨，但看你來信所說，是
恐怕沒有改革之望的。那就最好是不接手，倘難却，則
仿「前校長」的老法子：躲起來。待有結束後，再出來
另覓事情做。
政治經濟，我曉得你是沒有研究的，幸而只有三星
期。我也有這類苦惱，常不免被逼去做「非所長」，「非
所好」的事。然而往往只得做，如在戲臺下一般，被擠
在中間，退不開去了，不但于己有損，事情也做不好。
而別人見你推辭，却以為謙虛或偷懶，仍然堅執要你去

我终于研究不出那船期是星期几。

贵校的情形，实在不大高妙，也如别的学校一样，恐怕不过是不死不活，不上不下。一沾手，一定为难。倘使直截痛快，或改革，或被打倒，爽快，或苦痛，那倒好了。然而大抵不如此。就是办也办不好，放也放不下，不爽快，也并不大苦痛，只是终日浑身不舒服，那种感觉，我们那里有一句俗话，叫作“穿湿布衫”，就是恰如将没有晒干的小衫，穿在身体上。我所经历的事情，几乎无不如此，近来的作文印书，即是其一。我想接手之后，随俗敷衍，你一定不能；改革呢，能办到固然好，即使自己因此失败也不妨，但看你来信所说，是恐怕没有改革之望的。那就最好是不接手，倘难却，则仿“前校长”的老法子：躲起来。待有结束后，再出来另觅事情做。

政治经济，我晓得你是没有研究的，幸而只有三星期。我也有这类苦恼，常不免被逼去做“非所长”，“非所好”的事。然而往往只得做，如在戏台下一般，被挤在中间，退不开去了，不但于己有损，事情也做不好。而别人见你推辞，却以为谦虚或偷懒，仍然坚执要你去做。这样地玩“杂耍”一两年，就只剩下些油滑学问，失了专长，而也逐渐被社会所弃，变了“药渣”了，虽然也曾煎熬了请人喝过汁。一变药渣，便什么人都来践踏，连

先前喝过汁的人也来践踏，不但践踏，还要冷笑。

牺牲论究竟是谁的“不通”而该打手心，还是一个疑问。人们有自志取舍，和牛羊不同，仆虽不敏，是知道的。然而这“自志”又岂出于本来，还不是很受一时代的学说和别人的言动的影响的么？那么，那学说的是否真实，那人的是否确当，就是一个问题。我先前何尝不出于自愿，在生活的路上，将血一滴一滴地滴过去，以饲别人，虽自觉渐渐瘦弱，也以为快活。而现在呢，人们笑我瘦弱了，连饮过我的血的人，也来嘲笑我的瘦弱了。我听得甚至有人说：他一世过着这样无聊的生活，本早可以死了的，但还要活着，可见他没出息。”于是也乘我困苦的时候，竭力给我一下闷棍，然而，这是他们在替社会除去无用的废物呵！这实在使我愤怒，怨恨了，有时简直想报复。我并没有略存求得称誉，报答之心，不过以为喝过血的人们，看见没有血喝了就该走散，不要记着我是血的债主，临走时还要打杀我，并且为消灭债券计，放火烧掉我的一间可怜的灰棚。我其实并不以债主自居，也没有债券。他们的这种办法，是太过的。我近来的渐渐倾向个人主义，就是为此；常常想到像我先前那样以为“自所甘愿，即非牺牲”的人，也就是为此；常常劝别人要一并顾及自己，也就是为此。但这是我的

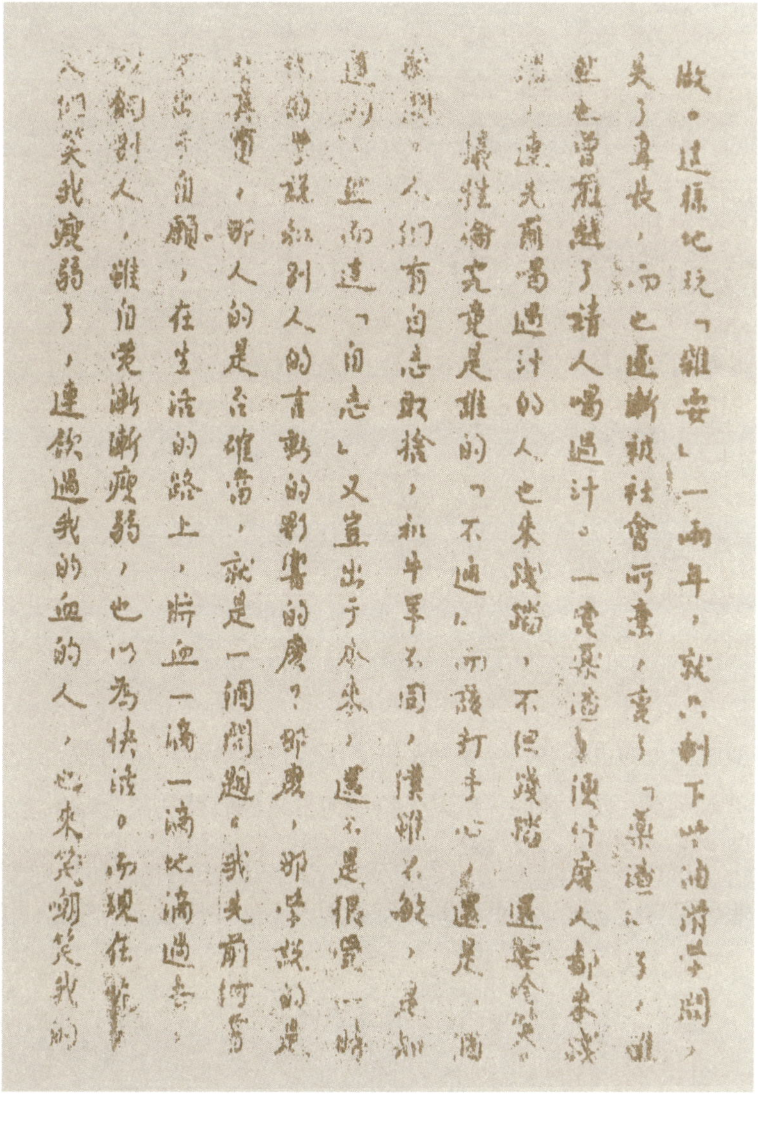
散。這樣地玩「雖要」一兩年，就只剩下些油滑學問，
失了尊長，而也逐漸被社會所棄，變了「藥渣」了，雖
然也曾煎熬了請人喝過汁。一變藥渣，便什麼人都來踐
踏，連先前喝過汁的人也來踐踏，不但踐踏，還要冷笑。
犧牲論究竟是誰的「不通」而該打手心，還是一個
疑問。人們有自志取捨，和牛羊不同，仆雖不敏，是知
道的。然而這「自志」又豈出于本來，還不是很受一時
代的學說和別人的言動的影響的麼？那麼，那學說的是
否真實，那人的是否確當，就是一個問題。我先前何嘗
不出于自願，在生活的路上，將血一滴一滴地滴過去，
以飼別人，雖自覺漸漸瘦弱，也以為快活。而現在呢，
人們笑我瘦弱了，連飲過我的血的人，也來嘲笑我的

瘦弱了。我甚聽得甚至于有人說：「他一世過着這樣無聊的生活，本早可以死了的，但還要活着，可見他沒出息。」于是也乘我困苦的時候，竭力給我一下悶棍，然而，這是他們在替社會除去無用的廢物呵！這實在使我憤怒，怨恨了，有時簡直想報復。我並沒有略存求得稱譽，報答之心，不過以為喝過血的人們，看見沒有血喝了就該走散，不要記着我是血的債主，臨走還要打殺我，並且為消滅債券計，放火燒掉我的一間可憐的灰棚。我其實並不以債主自居，也沒有債券，他們的這種辦法，是太過的。我近來的漸漸傾向個人主義，就是為此；常常想到像我先前那樣以為「自所甘願，即非犧牲」的人，也就是為是此；常常勸別人要一併顧及自己，也就

意思，至于行为，和这矛盾的还很多，所以终于是言行不一致，恐怕不足以服足下之心，好在不久便有面谈的机会，那时再辩论罢。

我离厦门的日子，还有四十多天，说“三十多”，少算了十天了，然则心粗而傻，似乎也和“傻气的傻子”差不多，“半斤八两相等也”。伏园大约一两日内启行，此信或者也和他同船出发。从今天起，我们兼包饭菜了，先前单包饭的时候，每人只得一碗半（中小碗），饭量大的人，兼吃两人的也不够，今天是多一点了，你看厨子多么利害。这里的工役，似乎都与当权者有些关系，换不掉的，所以无论如何，只好教员吃苦，即如这个厨子，原是国学院听差中之最懒而最狡猾的，兼士费了许多力，才将他弄走，而他的地位却更好了。他那时的主张，是：他是国学院的听差，所以别人不能使他做事。你想，国学院是一所房子，会开口叫他做事的么？

我向上海买书很便当，那两本当即去带，并遵来命，年底面呈。

迅。十六日下午。

是為此。但這是我的意思，至于行為，和這矛盾的還很多，所以終于是言行不一致，恐怕不足以服足下之心，好在不久便有面談的機會，那時再辯論罷。

我離廈門的日子，還有四十多天，說「三十多」，少算了十天了，然則心粗而傻，似乎也和「傻氣的傻子」差不多，「半斤八兩」相等也。伏園大約一兩日內啟行，此信或者也和他同船出發。從今天起，我們兼包飯菜了，先前單包飯的時候，每人只得一碗半（中小碗），飯量大的人，兼喫兩人的也不夠，今天是多一點了，你看廚子多麼利害。這里的工役，似乎都與當權者有些關係，換不掉的，所以無論如何，只好敎員喫苦，即如這個廚子，原是國學院聽差中之最懶而最狡猾的，兼士費了許多力，才將他弄走，而他的地位卻更好了。他那時的主張，是：他是國學院的聽差，所以別人不能使他做事。你想，國學院是一所房子，會叫他做事的麼？

我向上海買書很便當，那兩本當即去帶，並遵來命，年底面呈。

迅。

十六日下午。

① 小峰：即李小峰（1897 ~ 1971），江苏江阴人，北京大学哲学系毕业，曾参加新潮社和语丝社，当时是上海北新书局主持人。② 作善者降之百祥：语出《尚书·伊训》："惟上帝不常，作善降之百祥，作不善降之百殃。" ③ 尚钺（1902 ~ 1982），号宗武，一作钟吾，河南罗山人，历史学家。早期参加莽原社，后为狂飙社成员。这里所说"小说"指《斧背》，后列为《狂飙丛书》之一，1928 年 5 月上海泰东图书局出版。④ 沄沁：即吕云章（1891 ~ 1974），字倬人，别名沄沁，山东蓬莱人，女师大国文系毕业。她在《妇女之友》第五期（1926 年 11 月）上发表的《寄景宋的公开信》，谈及许广平离开女师大后，林素园率领军警武装接收女师大等情形。《妇女之友》，半月刊，1926 年 9 月创刊于北京。⑤《世界日报》：1925 年 2 月创刊于北京，成舍我主办。1926 年 9 月 21 日该报刊登"女师大领得俄款"的消息中说："女师大应得款项六千余元，由前总务长程干云代领。" ⑥ 罗静轩（1896 ~ 1979），湖北红安人。北京女子高等师范学校毕业，当时任北京女子学院舍务主任。因学校失火烧死学生事引咎辞职。1926 年 12 月 6 日，她在《世界日报》上发表致北京女子学院教职员及全体同学公开信，其中有"静轩虽不才，鬻文为生，尚足养母"等语。⑦ "燕巢危幕"：语出《左传》襄公二十九年："夫子之在此也，犹燕之巢于幕上。"

[第 48 封] 安静

广平兄：

十六日得十二日信后，即复一函，想已到。我猜想一两日内当有信来，但此刻还没有，就先写几句，豫备明天发出。

伏园前天晚上走了，昨晨开船。现在你也许已经看见过。中大有无可做的事，我已托他探问，但不知结果如何。上遂南归，杳无消息，真是奇怪，所以他的事情也无从计划。

我这里是什么事也没有发生，不过前几天很闹了一通，将伏园的火腿用江瑶柱[1]

廣平兄：
十六日得十二日信後，即復一函，想已到。我猜想一兩日內當有信來，但此刻還沒有，就先寫幾句，豫備明天發出。
伏園前天晚上走了，昨晨開船。現在你也許已經看見過。中大有無可做的事，我已託他探問，但不知結果如何。季黻南歸，杳無消息，真是奇怪，所以他的事情也無從計畫。
我這裏是什麼事也沒有發生，不過前幾天很閙了一通，將伏園的火腿用江瑤柱煮了一大鍋，喫了。我又從杭州帶來茶葉兩斤，每斤二元，喝着。伏園走後，庶務科便派人來和我商量，要我搬到他所住過的小屋子裏去。我的即和氣的回答他：一定可以，不過可否再緩一個多月的樣子，那時我一定搬。他們滿意而去了。
其實，教員的薪水，少一點倒不妨的，只是必須顧到他的居住飲食，並給以相當的尊重。可憐他們全不知道，看人如一把椅子或一個箱子，搬來搬去，弄不完，幸而我就要搬出，否則，恐怕要成為旅行式的教授的。

顧頡剛已經知道我必走，較先前安靜得多了，但聽說他的「學問」好像也已講完，漸漸講不出來，在講堂上愈加裝口吃。陳萬里是只能在會場上唱崑腔，真是到了所謂「俳優畜之」的境遇。但此輩也正和此地相宜。

我很好，手指早已不抖，前信已經聲明。廚房的飯又尅減了，每餐復歸于一碗半，幸而我還夠喫，又幸而只有四十天了。北京上海的信雖有來的，而印刷物多日不到，不知其故何也。再談。

迅。

十二月二十日午後。

現已夜十一時，終不得信，此信明天寄出罷。

二十日夜。

煮了一大锅，吃了。我又从杭州带来茶叶两斤，每斤二元，喝着。伏园走后，庶务科便派人来和我商量，要我搬到他所住过的半间小屋子里去。我即和气的回答他：一定可以，不过可否再缓一个多月的样子，那时我一定搬。他们满意而去了。

其实，教员的薪水，少一点倒不妨的，只是必须顾到他的居住饮食，并给以相当的尊重。可怜他们全不知道，看人如一把椅子或一个箱子，搬来搬去，弄不完，幸而我就要搬出，否则，恐怕要成为旅行式的教授的。

朱山根已经知道我必走，较先前安静得多了，但听说他的“学问”好像也已讲完，渐渐讲不出来，在讲堂上愈加装口吃。田千顷是只能在会场上唱昆腔，真是到了所谓“俳优蓄之”[②]的境遇。但此辈也正和此地相宜。

我很好，手指早已不抖，前信已经声明。厨房的饭又克减了，每餐复归于一碗半，幸而我还够吃，又幸而只有四十天了。北京上海的信虽有来的，而印刷物多日不到，不知其故何也。再谈。

迅。十二月二十日午后。

现已夜十一时，终不得信，此信明天寄出罢。

二十日夜。

---

① 江瑶柱：俗名干贝，海贝干制品。② “俳优蓄之”：语出《汉书·严助传》：“（东方）朔、（枚）皋不根持论，上颇俳优蓄之。”

[第 49 封] 催往

广平兄：

十九日信今天到，十六的信没有收到，怕是遗失了，所以终于不知寄信的地方。此信也不知能收到否？我于十二上午寄一信，此外尚有十六，廿一两信，均寄学校。

前日得郁达夫及逢吉信，十四日发的，似于中大颇不满，都走了。次日又得中大委员会十五来信，言所定“正教授”只我一人，催我速往。那么，恐怕是主任了。不过我仍只能结束了学期再走，拟即复信说明，但伏园大概已经替我说过。至于主任，我想不做，只要教教书就够了。

这里一月十五考起，阅卷完毕，当在廿五左右，等薪水，所以至早恐怕要在一月廿八才可以动身[①]罢。我想先住客栈，此后如何，看情形再说，现在可以不必豫先酌定。

电灯坏了。洋烛所余无几，只得睡了。倘此信能收到，可告我更详确的地址，以便写信面。

迅。十二月廿三夜。

怕此信失落，另写一封寄学校。

廣平兄：

十九日信今天到，十六的信没有收到，怕是遺失了，所以終于不知寄信的地方。此信也不知能收到否？我于十二上午寄一信，此外尚有十六，廿一兩信，均寄學校。

前日得郁達夫及遇安信，十四日發的，似乎中大頗不滿，都走了。次日又得中大委員會十五來信，言所定"正教授"只我一人，催我速往。那麼，恐怕是主任了。不過我仍只能結束了學期再走，擬即復信説明，但伏園大概已經替我説過。至于主任，我想不做，只要教教書就够了。

這里一月十五考起，閱卷完畢，當在廿五左右，等薪水，所以至早恐怕要在一月廿八才可以動身罷。我想先住客棧，此後如何，看情形再説，現在可以不必豫先酌定。

電燈壞了，洋燭所餘無幾，只得睡了。倘此信能收到，可告我更詳確的地址，以便寫信面。

迅。

十二月廿三夜。

怕此信失落，另寫一封寄學校。

---

① 鲁迅离开厦门赴广州的实际日期为 1927 年 1 月 16 日。

[第 50 封] 等候

广平兄：

今日得十九来信，十六日信终于未到，所以我不知你住址，但照信面所写的发了一信，不知能到否？因此另写一信，挂号寄学校，冀两信中有一信可到。

前日得郁达夫及逢吉信，说当于十五离粤，似于中大颇不满。又得中大委员会信，十五发，催我速往，言正教授只我一人。然则当是主任。拟即作复，说一月底才可以离厦，但也许伏园已经替我说明了。

我想不做主任。只教书。

厦校一月十五考试，阅卷及等候薪水等，恐至早须廿八九才得动身。我想先住客栈，此后则看情形再定。

我除十二，十三，各寄一信外，十六，二十一，又俱发信，不知收到否？

电灯坏了，洋烛已短，又无处买添，只得睡觉，这学校真是不便极了！

此地现颇冷，我白天穿夹袍，夜穿皮袍，其实棉袍已够，而我懒于取出。

迅。十二月廿三夜。

告我通信地址。

[第51封]“学者”

广平兄：

昨（廿三）得十九日信，而十六日信待至今晨还没有到，以为一定遗失的了，因写两信，一寄高第街，一挂号寄学校，内容是一样的，上午发出，想该有一封可以收到。但到下午，十六日发的一封信竟收到了，一共走了九天，真是奇特的邮政。

学校现状，可见学生之无望，和教职员之聪明，独做傻子，实在不值得，还不如暂逃回家，不闻不问。这种事我也遇到过好几次，所以世故日深，而有量力为之，不拚死命之说，因为别人太巧，看得生气也。伏园想早到粤，已见过否？他曾说要为你向中大一问。

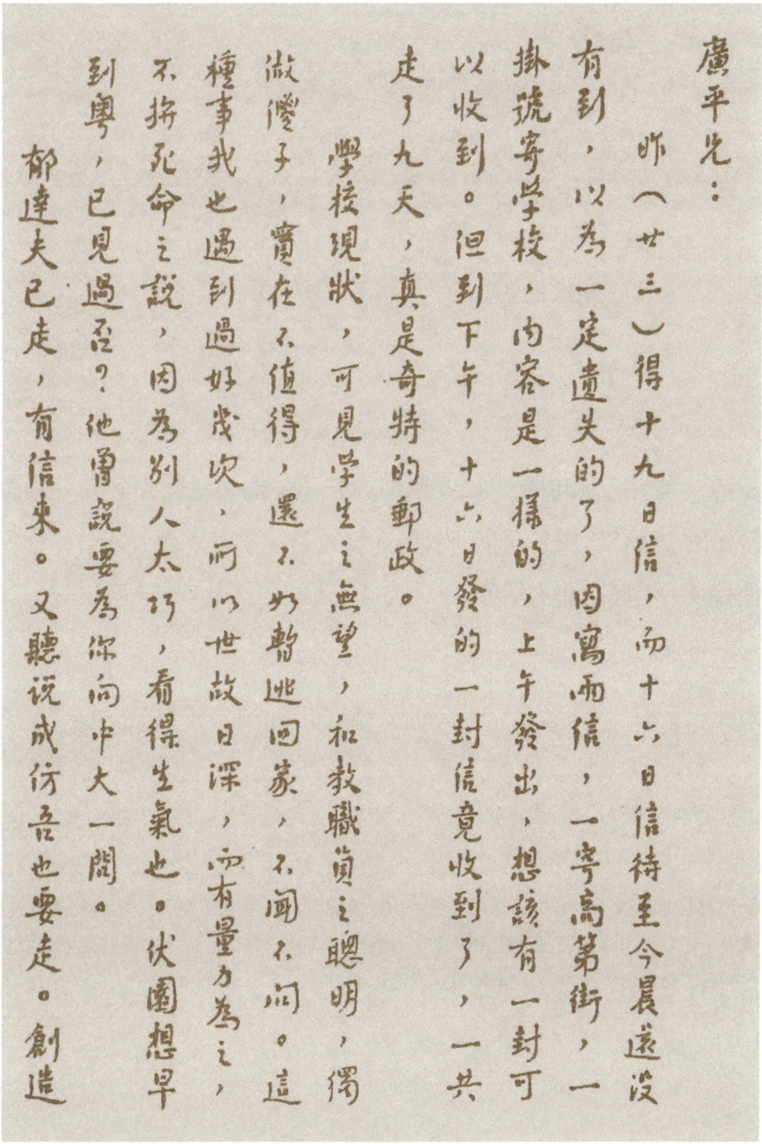
廣平兄：
昨（廿三）得十九日信，而十六日信待至今晨還沒有到，以為一定遺失的了，因寫兩信，一寄高第街，一掛號寄學校，內容是一樣的，上午發出，想該有一封可以收到。但到下午，十六日發的一封信竟收到了，一共走了九天，真是奇特的郵政。
學校現狀，可見學生之無望，和教職員之聰明，獨做傻子，實在不值得，還不如暫逃回家，不聞不問。這種事我也遇到過好幾次，所以世故日深，而有量力為之，不拚死命之說，因為別人太巧，看得生氣也。伏園想早到粵，已見過否？他曾說要為你向中大一問。
郁達夫已走，有信來。又聽說成仿吾也要走。創造

郁达夫已走，有信来。又听说成仿吾也要走。创造社中人，似乎和中大有什么不对似的，但这不过是我的猜测。达夫逢吉则信上确有愤言。我且不管，旧历年底仍往粤。算起来只有一个多月了。

现在在这里倒还没有什么不舒

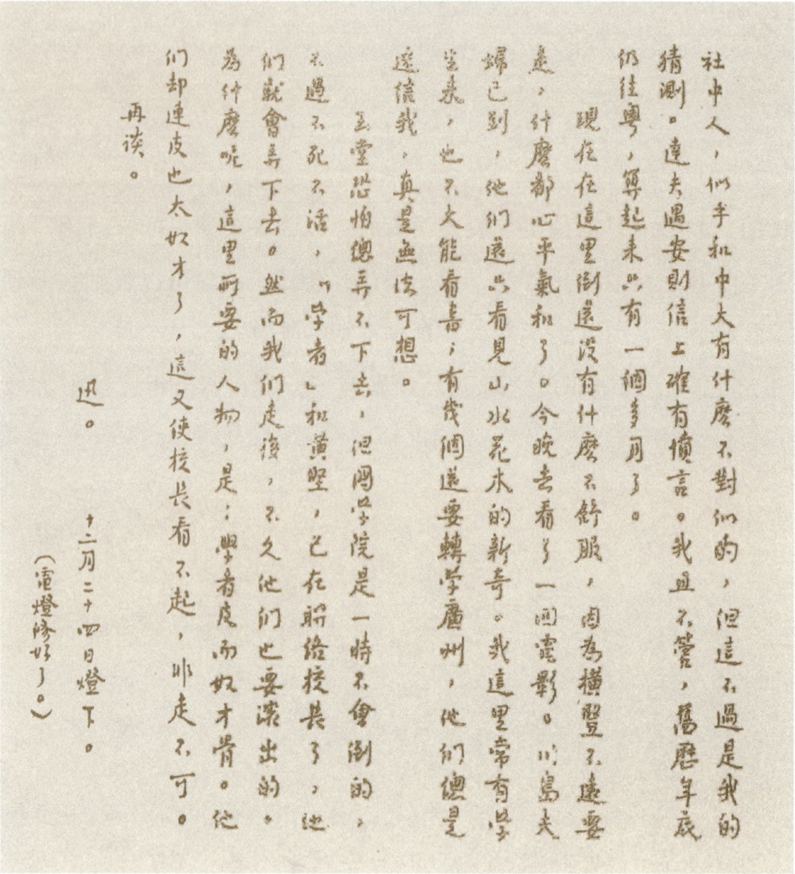
社中人，似乎和中大有什麽不對似的，但這不過是我的猜測。達夫遇安則信上確有憤言。我並不管，舊曆年底仍往粵，算起來只有一個多月了。

現在在這裏倒還沒有什麽不舒服，因為橫豎不遠要走，什麽都心平氣和了。今晚去看了一回電影。川島夫婦已到，他們還只看見山水花木的新奇。我這裏常有學生來，也不大能看書；有幾個還要轉學廣州，他們總是迷信我，真是無法可想。

玉堂恐怕總弄不下去，但國學院是一時不會倒的，不過不死不活，"學者"和黃堅，已在聯絡校長了，他們就會弄下去。然而我們走後，不久他們也要滾出的。為什麽呢，這裏所要的人物，是：學者皮而奴才骨。他們卻連皮也太奴才了，這又使校長看不起，非走不可。

再談。

迅。

十二月二十四日燈下。

(電燈修好了。)

服，因为横竖不远要走，什么都心平气和了。今晚去看了一回电影。川岛[1]夫妇已到，他们还只看见山水花木的新奇。我这里常有学生来，也不大能看书；有几个还要转学广州，他们总是迷信我，真是无法可想。

玉堂恐怕总弄不下去，但国学院是一时不会倒的，不过不死不活，“学者”和白果，已在联络校长了，他们就会弄下去。然而我们走后，不久他们也要滚出的。为什么呢，这里所要的人物，是：学者皮而奴才骨。他们却连皮也太奴才了，这又使校长看不起，非走不可。

再谈。

迅。十二月二十四日灯下。

（电灯修好了。）

---

① 川岛：章廷谦（1901 ~ 1981），字矛尘，笔名川岛，浙江绍兴人。北京大学哲学系毕业，《语丝》撰稿人。曾在北京大学任教，当时来厦门大学任国学院出版部干事兼图书馆编辑。其妻孙斐君（1897 ~ 1990），黑龙江安达人，北京女子高等师范学校毕业，1924 年与章廷谦结婚。

[第52封] 早走

广平兄：

廿五日寄一函，想已到。今天以为当得来信，而竟没有，别的粤信，都到了。伏园已寄来一函，今附上，可借知中大情形。上遂与你的地方，大概都极易设法。我已写信通知上遂，他本在杭州，目下不知怎样。

看来中大似乎等我很急，所以我想就与玉堂商量，能早走则早走。况且我在厦大，他们并不以为必要，为之结束学期与否，不成什么问题也。但你信只管发，即我已走，也有人代收寄回。

厦大我只得抛开了，中大如有可为，我还想为之尽一点力，但自然以不损自己之身心为限。我来厦门，虽是为了暂避军阀官僚“正人君子”们的迫害，然而小半也在休息几时，及有些准备，不料有些人遽以为我被夺掉笔墨了，不再有开口的可能，便即翻脸攻击，想踏着死尸站上来，以显他的英雄，并报他自己心造的仇恨。北京似乎也有流言，和在上海所闻者相似，且云长虹之拚命攻击我，乃为此。这真出我意外，但无论如何，用这样的手段，想来征服我，是不行的，我先前对于青年的唯唯听命，乃是退让，何尝是无力战斗。现既逼迫不完，我就偏又出来做些事，而且偏在广州，住得更近点，看他们躲在黑暗里的诸公其奈我何。然而这也许是适逢其会的借口，其实是即使并无他们的闲话，我也还是要到广州的。

再谈。

迅。十二月廿九日灯下。

[第 53 封] 辞职

广平兄：

自从十二月廿三，四日得十九，六日信后，久不得信，真是好等，今天（一月二日）上午，总算接到十二月廿四的来信了。伏园想或已见过，他到粤后所问的事情，我已于三十日函中将他的信附上，收到了罢。至于刊物，则十一月廿一之后，我又寄过两次，一是十二月三日，恐已遗失，一是十四日，挂号的，也许还会到。学校门房连公物都据为已有，真可叹，所以工人地位升高的时候，总还须有教育才行。

前天，十二月卅一日，

廣平兄：
自從十二月廿三，四日得十九，六日信後，久不得信，真是好等，今天（一月二日）上午，總算接到十二月廿四的來信了。伏園想或已見過，他到粵後所問的事情，我已于三十日函中將他的信附上，收到了罷。至于刊物，則十一月廿一之後，我又寄過兩次，一是十二月三日，恐已遺失，一是十四日，掛號的，也許還會到。學校門房連公物都據為己有，真可歎，所以工人地位升高的時候，總還須有教育才行。
前天，十二月卅一日，我已將正式的辭職書提出，截至當日止，辭去一切職務。這事很給學校當局一點苦悶：為虛名計，想留我，為乾淨，省事計，願放走我，所以頗為難。但我和厦大根本衝突，無可调和，故無論如何，總是收得後者的結果的。今日是學生會也舉代表來留，自然是具文而已。接着大概是送別會，有恭維和憤慨的演說。學生對于學校並不滿足，但風潮是不會有的，因為四年前曾經失敗過一次。

上月的薪水，聽說後天可發；我現在是在看試卷，兩三天即完。此後我便收拾行李，至遲于十四五日以前，離開廈门。但其時恐怕已有轉學的學生同走了，須為之交涉安頓。所以此信到後，不必再寄信來，其已經寄出的，也不妨，因為有人代收。至于器具，我除幾種鋁製的東西和火酒爐而外，沒有什麼，當帶着，恭呈鈞覽。想來二十日以前，總可以到廣州了。你的工作的地方，那時當能設法，我想即同在一校也無妨，偏要同在一校，管他媽的。

今天照了一個照相，是在草莽叢中，坐在一個洋灰的墳的祭桌上的，但照得好否，要後天纔知道。

迅。一月二日下午。

我已将正式的辞职书提出，截至当日止，辞去一切职务。这事很给学校当局一点苦闷：为虚名计，想留我，为干净，省事计，愿放走我，所以颇为难。但我和厦大根本冲突，无可调和，故无论如何，总是收得后者的结果的。今日学生会也举代表来留，自然是具文而已。接着大概是送别会，有恭维和愤慨的演说。学生对于学校并不满足，但风潮是不会有的，因为四年前曾经失败过一次。[①]

上月的薪水，听说后天可发；我现在是在看试卷，两三天即完。此后我便收拾行李，至迟于十四五日以前，离开厦门。但其时恐怕已有转学的学生同走了，须为之交涉安顿。所以此信到后，不必再寄信来，其已经寄出的，也不妨，因为有人代收。至于器具，我除几种铝制的东西和火酒炉而外，没有什么，当带着，恭呈钧览。

想来二十日以前，总可以到广州了。你的工作的地方，那时当能设法，我想即同在一校也无妨，偏要同在一校，管他妈的。

今天照了一个相[2]，是在草莽丛中，坐在一个洋灰的坟的祭桌上的，但照得好否，要后天才知道。

迅。一月二日下午。

---

① 指 1924 年厦门大学学生反对校长林文庆之事。② 指当天鲁迅在厦门南普陀西面的小山岗上，背向墓冢，端坐在野生龙舌兰中拍摄的照片。鲁迅想以此照作为杂文集《坟》的插图。

[第 54 封] “名人”

广平兄：

伏园想已见过了。他于十二月廿九日给我一封信，今裁出一部分附上[1]，未知以为何如？我想，助教是不难做的，并不必讲授功课，而给我做助教尤其容易，我可以少摆教授架子。

这几天，“名人”做得太苦了，赶了几处送别会，都要演说，照相。我原以为这里是死海，不料经这一搅，居然也有了些波动，许多学生因此而愤慨，有些人颇恼怒，有些人则借此来攻击学校或人们，而被攻击者是竭力要将我之为人说得坏些，以减轻自己的伤害。所以近来谣言颇多，我但袖手旁观，煞是有趣。然而这些事故，于学校是仍无益处的，这学校除全盘改造之外，没有第二法。

学生至少有二十个也要走。我确也非走不可了，因为我在这里，竟有从河南中州大学转学而来的，而学校的实际又是这模样，我若再帮同来招徕，岂不是误人子弟？所以我一面又做了一篇《通信》[②]，去登《语丝》，表明我已离开厦门。我好像也已经成了偶像了，记得先前有几个学生拿了《狂飙》来，力劝我回骂长虹，说道：你不是你自己的了，许多青年等着听你的话！我曾为之吃惊，心里想，我成了大家的公物，那是不得了的，我不愿意。还不如倒下去，舒服得多。

现在看来，还得再硬做“名人”若干时，这才能够罢手。但也并无大志，只要中大的文科办得还像样，我的目的就达了，此外都不管。我近来改变了一点态度，诸事都随手应付，不计利害，然而也不很认真，倒觉得办事很容易，也不疲劳。

此信以后，我在厦门大约不再发信了。

迅。一月五日午后。

① 鲁迅裁附的孙伏园信如下："许广平君已搬出学校，表明辞职决心，我乃催问骝先，据他说校中职员大概几十块钱，是不适宜的。我便问他：'你从前说李遇安君可作鲁迅之助教。现在遇安不在，鲁迅助教可请广平了。'他说助教也不过百元，平常只有八十。那末我说百元就百元罢。（好在从下月起，因为财政略微充裕，可以不搭公债。）骝先说，'鲁迅一到，即送聘书可也。'许君处尚未同她说过，一二天内我当写信给她，以免她再去弄别的事。先生能早来最好。" ② 指《厦门通信（三）》，后收入《华盖集续编》。

[第 55 封] 助教

广平兄：

五日寄一信，想当先到了。今天得十二月卅日信，所以再来写几句。

中大拟请你作助教，并非伏园故意谋来，和你开玩笑的，看我前次附上的两信便知，因为这原是李逢吉的遗缺，现在正空着。北大和厦大的助教，平时并不授课，厦大的规定是教授请假半年或几月时，间或由助教代课，但这样的事是很少见的，我想中大当不至于特别罢。况且教授编而助教讲，也太不近情理，足下所闻，殆谣言也。即非谣言，亦有法想，似乎无须神经过敏。未发聘书，想也不至于中变，其于上遂亦然。我想中学职员可不必去做，即有中变，

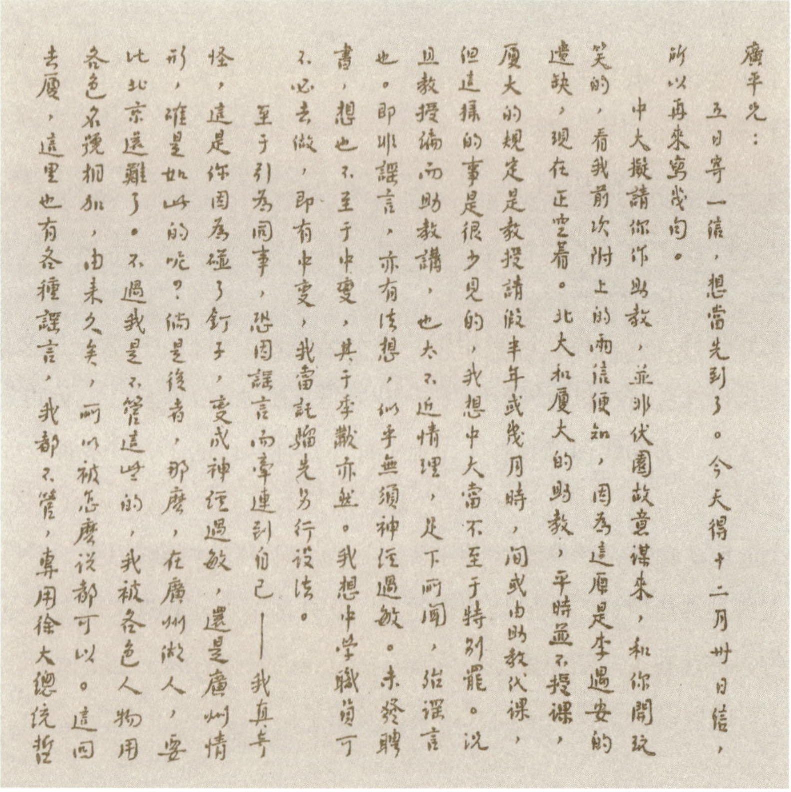
廣平兄：
五日寄一信，想當先到了。今天得十二月卅日信，所以再來寫幾句。
中大擬請你作助教，並非伏園故意謀來，和你開玩笑的，看我前次附上的兩信便知，因為這原是李遇安的遺缺，現在正空着。北大和厦大的助教，平時並不授課，厦大的規定是教授請假半年或幾月時，間或由助教代課，但這樣的事是很少見的，我想中大當不至于特別罷。況且教授編而助教講，也太不近情理，足下所聞，殆謠言也。即非謠言，亦有法想，似乎無須神經過敏。未發聘書，想也不至于中變，其于季黻亦然。我想中學職員可不必去做，即有中變，我當託騮先另行設法。
至于引為同事，恐因謠言而牽連到自己——我真奇怪，這是你因為碰了釘子，變成神經過敏，還是廣州情形，確是如此的呢？倘是後者，那麼，在廣州做人，要比北京還難了。不過我是不管這些的，我被各色人物用各色名號相加，由來久矣，所以被怎麼說都可以。這回去厦，這裏也有各種謠言，我都不管，專用徐大總統哲

學：聽其自然。

我十日以前走不成了，因為上月的薪水，至今還沒有付给我，說是還得等几天。但無論怎樣，我十五日以前總要動身的。我看這是他們的一點小玩藝，無非使我不能早走，在這里白白的等几天。不過這種小巧，恐怕反而失策了：校内大约要有風潮，現正在醞釀，兩三日内怕要爆發。這已由挽留運動轉為改革學校運動，本已與我不相干，不過我早走，則學生少一刺戟，或者不再舉動，下去可不行了。那時一定又有人歸罪于我，指為「放火者」，然而也只得「聽其自然」，放火者就放火者罷。

這几天全是赴會和餞行，說話和喝酒，大概這樣的還有兩三天。這種無聊的應酬，真是和生命有讐，即如這封信，就是夜裏三點鐘寫的，因為赴席後回來是十點鐘，睡了一覺起來，已是三點了。

那些請喫飯的人，蓄意也種種不同，所以席上的情形，倒也煞是好看。我在這里是許多人覺得討厭的，但要走了却又都恭維為大人物。中國老例，無論誰，只要死了，輓聯上不都說活着的時候多麽好，沒有了又多麽可惜麽？于是連黄堅也稱我為「吾師」了，並且對人說道，「我是他的學生呀，感情當然很好的。」他今天還要辦酒給我餞行，你想這酒是多麽難喝下去。

這里的情氣，是積四五年之久而彌漫的，現在有些學生們想藉我的四個月的魔力来打破他，我看不過是一個幻想。

迅。一月六日燈下。

我当托人另行设法。

至于引为同事，恐因谣言而牵连自己，——我真奇怪，这是你因为碰了钉子，变成神经过敏，还是广州情形，确是如此的呢？倘是后者，那么，在广州做人，要比北京还难了。不过我是不管这些的，我被各色人物用各色名号相加，由来久矣，所以被怎么说都可以。这回去厦，这里也有各种谣言，我都不管，专用徐大总统[①]哲学：听其自然。

我十日以前走不成了，因为上月的薪水，至今还没有付给我，说是还得等几天。但无论怎样，我十五日以前总要动身的。我看这是他们的一点小玩艺，无非使我不能早走，在这里白白的等几天。不过这种小巧，恐怕反而失策了：校内大约要有风潮，现正在酝酿，两三日内怕要爆发。这已由挽留运动转为改革学校运动[②]，本已与我不相干，不过我早走，则学生少一刺戟，或者不再举动，但拖下去可不行了。那时一定又有人归罪于我，指为“放火者”，然而也只得“听其自然”，放火者就放火者罢。

这几天全是赴会和饯行，说话和喝酒，大概这样的还有两三天。这种无聊的应酬，真是和生命有仇，即如这封信，就是夜里三点钟写的，因为赴席后回来是十点钟，睡了一觉起来，已是三点了。

那些请吃饭的人，蓄意也种种不同，所以席上的情形，倒也煞是好看。我在这里是许多人觉得讨厌的，但要走了却又都恭维为大人物。中国老例，无论谁，只要死了，挽联上不都说活着的时候多么好，没有了又多么可惜么？于是连白果也称我为“吾师”了，并且对人说道，“我是他的学生呀，感情当然很好的。”他今天还要办酒给我饯行，你想这酒是多么难喝下去。

这里的惰气，是积四五年之久而弥漫的，现在有些学生们想借我的四个月的魔力来打破它，我看不过是一个幻想。

迅。一月六日灯下。

---

① 指徐世昌（1855 ~ 1939），字卜五，号菊人，天津人。清宣统时曾任内阁协理大臣，1918 年 10 月至 1922 年 6 月任北洋政府总统。② 改革学校运动：厦门大学学生自治会得知鲁迅辞职的消息后，于 1927 年 1 月 2 日派代表前往挽留。当他们知道鲁迅去志已定时，就组织罢课风潮委员会，于 1 月 7 日召开全校学生大会，发动停课罢考，张贴打倒校长亲信刘树杞的标语和传单。据《福建青年》第四期（1927 年 2 月 15 日）《集美停办与厦大风潮之再起》一文说：“这次风潮的目的就是：一、求整个的——学生、教员、学校——的生机。二、拯救闽南衰落的文化。三、培植福建的革命气息。”

[第 56 封] 流言

广平兄：

五日与七日的两函，今天（十一）上午一同收到了。这封挂号信，却并无要事，不过我因为想发几句议论，倘被遗失，未免可惜，所以宁可做得稳当些。

这里的风潮似乎还在蔓延，但结果是决不会好的。有几个人已在想利用这机会高升，或则向学生方面讨好，或则向校长方面讨好，真令人看得可叹。我的事情大致已了，本可以动身了，今天有一只船，来不及坐，其次，只有星期六有船，所以于十五日才能走。这封信大约要和我同船到粤，但姑且先行发出。我大概十五日上船，也许要到十六才开，则到广州当在十九或二十日。我拟先住广泰来栈，待和学校接洽之后，便暂且搬入学校，房子是大钟楼，据伏园来信说，他所住的一间就留给我。

助教是伏园出力，中大聘请的，俺何敢“自以为给”呢？至于其余等等，则“爆发”也好，发爆也好，我就是这么干，横竖种种谨慎，也还是重重逼迫，好像是负罪无穷。现在我就来自画招供，自卸甲胄，看看他们的第二拳是怎样的打法。我对于“来者”，先是

廣平兄：

五日與七日的兩函，今天（十一）上午一同收到了。這封掛號信，卻並無要事，不過我因為想發些閒議論，倘被遺失，未免可惜，所以寧可做得穩當些。

這里的風潮似乎還在蔓延，但結果是決不會好的。有些個人已在想利用這機會高陞，或則向學生方面討好，或則向校長方面討好，真令人看得可歎。我的事情大致已了，本可以動身了，今天有一隻船，來不及坐，其次，只有星期六有船，所以于十五日纔能走。這封信大約要和我同船到粵，但姑且先行發出。我大概十五上船，也許十六才開，則到廣州當在十九或二十日。我擬先住廣泰來棧，和學校接洽之後，便暫且搬入學校，房子是大鐘樓，據伏園來信說，他所住的一間就留給我。

助教是伏園出力，中大聘請的，俺何敢「自以為給」呢？至于其餘等等，則「爆發」也好，發爆也好，我就

抱着博施于众的心情，但现在我不，独于其一，抱了独自求得的心情了。（这一段也许我误解了原意，但已经写下，不再改了。）这即使是对头，是敌手，是枭蛇鬼怪，我都不问；要推我下来，我即甘心跌下来，我何尝高兴站在台上？我对于名声，地位，什么都不要，只要枭蛇鬼怪够了，对于这样的，我就叫作“朋友”。谁有什么法子呢？但现在之所以还只（！）说了有限的消息者：一，为己，是总还想到生计问题；二，为人，是可以暂借我已成之地位，而作改革运动。但要我兢兢业业，专为这两事牺牲，是不行了。我牺牲得不少了，而享受者还不够，必要我奉献全部的性命。我现在不肯了，我爱对头，我反抗

是這麽幹，横豎種種謹慎，也還是重重逼迫，好像是負罪無窮。現在我就來自畫招供，自卸甲冑，看看他們的第二拳是怎樣的打法。我對於"來者"，先是抱着博施濟眾的心情，但現在我不，獨於其一，抱了獨自求得的心情了。（這一段也許我誤解了原意，但已經寫下，不再說了。）這即使是對頭，是敵手，是梟蛇鬼怪，我都不問；要推我下來，我即甘心跌下來，我何嘗高興站在臺上？我對於名聲，地位，什麽都不要，只要梟蛇鬼怪够了，對於這樣的，我就叫作"朋友"。誰有什麽法子呢？但現在之所以還只（？）說了有限的消息者：一，爲己，是總還想到生計問題；二，爲人，是可以暫藉我已成之地位，而作改革運動。但要我兢兢業業，專爲這兩事犧

他们。

这是你知道的，单在这三四年中，我对于熟识的和初初相识的文学青年是怎么样，只要有可以尽力之处就尽力，并没有什么坏心思。然而男的呢，他们自己

捱，是不行了。我犧牲得不少了，而享受者還不夠，必要我奉獻全部的性命。我現在不肯了，我愛對頭，我反抗他們。

這是你知道的，單在這三四年中，我對于熟識的和初初相識的文學青年是怎麼樣，只要有可以盡力之處就盡力，並沒有什麼壞心思。然而男的呢，他們掩不住嫉妒，到底爭起來了，一方面于心不滿足，就想打殺我，給那方面也失了助力。看見我有女生在座，他們便造流言。這些流言，無論事之有無，他們是在所必造的，除非我和女人不見面。他們大抵是貌作新思想者，骨子裏卻是暴君酷吏，偵探，小人。如果我再隱忍，退讓，他們更要得步進步，不會完的。我蔑視他們了。我先前偶一想到愛，總立刻自己慚愧，怕不配，因而也不敢愛某一個人，但看清了他們的言行思想的內幕，便使我自信我決不是必須自己貶抑到那麼樣的人了，我可以愛！

那流言，是直到去年十一月，從韋漱園的信裏纔知道的。他說，由沈鍾社裏聽來，長虹的拚命攻擊我是為了一個女性，「狂飆」上有一首詩，太陽是自比，我是夜，月是她。他還問我這事可是真的，要知道一點詳細。我這纔明白長虹原來在害「單相思病」，以及川流不息的到我這里來的原因，他並不是為莽原，卻在等月亮。但對我竟毫不表示一些敵對的態度，直待我到了廈門，纔從背後罵得我一個莫名其妙，真是卑怯得可以。我是夜，則當然要有月亮的，還要做什麼詩，也低能得很。

之间也掩不住嫉妒，到底争起来了，一方面于心不满足，就想打杀我，给那方面也失了助力。看见我有女生在座，他们便造流言。这些流言，无论事之有无，他们是在所必造的，除非我和女人不见面。他们大抵是貌作新思想者，骨子里却是暴君酷吏，侦探，小人。如果我再隐忍，退让，他们更要得步进步，不会完的。我蔑视他们了。我先前偶一想到爱，总立刻自己惭愧，怕不配，因而也不敢爱某一个人，但看清了他们的言行思想的内幕，便使我自信我决不是必须自己贬抑到那么样的人了，我可以爱！

那流言，是直到去年十一月，从韦漱园的信里才知道的。他说，由沉钟社里听来，长虹的拚命攻击我是为了一个女性，《狂飙》上有一首诗，太阳是自比，我是夜，月是她。[①]他还问我这事可是真的，要知道一点详细。我这才明白长虹原来在害“单相思病”，以及川流不息的到我这里来的原因，他并不是为《莽原》，却在等月亮。但对我竟毫不表示一些敌对的态度，直待我到了厦门，才从背后骂得我一个莫名其妙，真是卑怯得可以。我是夜，则当然要有月亮的，还要做什么诗，也低能得很。那时就做了一篇小说[②]，和他开了一些小玩笑，寄到未名社去了。

那时我又写信去打听孤灵[③]，才知道这种流言，早已有之，传播的是品青，伏园，玄倩，微风，宴太[④]。有些人又说我将她带到厦门去了，这大约伏园不在内，是送我上车的

那時就做了一篇小說，和他開了一些小玩笑，寄到未名
社去了。
今天打聽川島，才知道這種流言，早已有之，傳播
的是品青，伏園，衣萍，小峰，二太太。有些人又說我
將她帶到廈門去了，這大約伏園不在內，是送我上車的
人們所流布的。黃堅從北京接家眷來此，又將這帶到廈
门，為攻擊我起見，和顧頡剛分頭廣佈于人，說我之不
肯留，乃為月亮不在之故。在送别會上，陳萬里且故意
當眾發表，意圖中傷。不料完全無效，風潮並不稍减，
因為此次風潮，根柢甚深，並非由我一人而起，而他們
還要玩些這樣的小巧，真可謂「至死不悟」了。
現在是夜二時，校中暗暗的熄了電燈，帖出放假布

告，當即被學生發見，撕掉了。此後怕風潮還要擴大一
點。
我現在真自笑我說話往往刻薄，而對人則太厚道，
我竟從不疑及衣萍之流到我這裏來是在偵探我，雖然他
的目光如鼠，各處亂翻，我有時也有些覺得討厭。並且
今天纔知道我有時請他們在客廳裏坐，他們也不高興，
說我在房裏藏了月亮，不容他們進去了。你看這是多麽
難以伺候的大人先生呵。我託令弟買了幾株柳，種在後
園，拔去了幾株玉蜀黍，母親很可惜，有些不高興，而
二太太即大放謠诼，說我在縱容着學生虐待她。力求清
寧，偏多滓穢，我早先說，嗚呼老家，能否復返，是一
問題，實非神經過敏之談也。

人们所流布的。白果从北京接家眷来此，又将这带到厦门，为攻击我起见，便和田千顷分头广布于人，说我之不肯留居厦门，乃为月亮不在之故。在送别会上，田千顷且故意当众发表，意图中伤。不料完全无效，风潮并不稍减，因为此次风潮，根柢甚深，并非由我一人而起，而他们还要玩些这样的小巧，真可谓“至死不悟”了。

现在是夜二时，校中暗暗的熄了电灯，帖出放假布告，当即被学生发见，撕掉了。此后怕风潮还要扩大一点。

我现在真自笑我说话往往刻薄，而对人则太厚道，我竟从不疑及玄倩之流到我这里来是在侦探我，虽然他的目光如鼠，各处乱翻，我有时也有些觉得讨厌。并且今天才知道我有时请他们在客厅里坐，他们也不高兴，说我在房里藏了月亮，不容他们进去了。你看这是多么难以伺候的大人先生呵。我托令弟[5]买了几株柳，种在后园，拔去了几株玉蜀黍，母亲很可惜，有些不高兴，而宴太即大放谣诼，说我在纵容着学生虐待她。力求清宁，偏多滓秽，我早先说，呜呼老家，能否复返，是一问题，实非神经过敏之谈也。

但这些都由它去，我自走我的路。不过这次厦大风潮之后，许多

学生，或要同我到广州，或想转学到武昌去，为他们计，在这一年半载之中，是否还应该暂留几片铁甲在身上，此刻却还不能骤然决定。这只好于见到时再商量。不过不必连助教都怕做，同事都避忌，倘如此，可真成了流言的囚人，中了流言家的诡计了。

迅。一月十一日。

---

① 指高长虹发表于《狂飙》第七期（1926 年 11 月 21 日）题为《给——》的诗，其中有“月儿我交给他了，我交给夜去消受。……夜是阴冷黑暗，他嫉妒那太阳，太阳丢开他走了，从此再未相见”等句。② 指《奔月》。后收入《故事新编》。③ 孤灵：原信作川岛。④ 玄倩：原信作衣萍。即章衣萍（1900 ~ 1946），名鸿熙，字衣萍，安徽绩溪人，北京大学毕业，《语丝》周刊撰稿人。微风，原信作小峰。宴太，原信作二太太，指周作人之妻、日本人羽太信子（1888 ~ 1962）。⑤ 令弟，原信作羡苏（1901 ~ 1986），浙江绍兴人，许钦文四妹。1924 年北京女子师范大学数理系毕业。鲁迅离京南下后，她随鲁迅母亲居住在西三条胡同二十一号故寓，帮助料理家事，直至 1930 年 3 月离京到河北大名任教。

但這些都由牠去，我自走我的路。不過這次廈大風潮之後，許多學生，或要同我到廣州，或想轉學到武昌去，為他們計，在這一年半載之中，是否還應該暫留幾片鐵甲在身上，此刻卻還不能驟然決定。這只好于見到時再商量。不過不必連助教都怕做，同事都避忌，倘如此，可真成了流言的囚人，中了流言家的詭計了。

迅。 一月十一日。

[第 57 封] 探子

广平兄：

现在是十七夜十时，我在“苏州”船中，泊香港海上。此船大约明晨九时开，午后四时可到黄埔，再坐小船到长堤，怕要八九点钟了。

这回一点没有风浪，平稳如在长江船上，明天是内海，更不成问题。想起来真奇怪，我在海上，竟历来不遇到风波，但昨天也有人躺下不能起来的，或者我比较的不晕船也难说。

我坐的是唐餐间①，两人一房，一个人到香港上去了，所以此刻是独霸一间。至于到广州后，住那一家客栈，现在不能决定。因为有一个侦探性的学生跟住我。此人大概是厦大当局所派，探听消息的，因为那边的风潮未平，他怕我帮助学生，在广州活动。我在船上用各种方法拒斥，至于恶声厉色，令他不堪，但是不成功，他终于嬉皮笑脸，谬托知

廣平兄：

現在是十七夜十時，我在「蘇州」船中，泊香港海上。此船大約明晨九時開，午後四時可到黄埔，再坐小船到長堤，怕要八九點鐘了。

這回一點沒有風浪，平穩如在長江船上，明天是內海，更不成問題。想起來真奇怪，我在海上，竟歷來不大遇到風浪；但昨天也有人躺下不能起來的，或者我比較的不暈船也難說。

我坐的是唐餐間，兩人一房，一個人到香港上去了，所以此刻是獨霸一間。至于到廣州後，住那一家客棧，現在不能決定。因為有一個偵探性的學生跟住我。此人大概是廈大當局所派，探聽消息的，因為那邊的風潮未平，他怕我幫助學生，在廣州活動。我在船上用各種方法拒斥，至于惡聲厲色，令他不堪，但是不成功，他終于嬉皮笑臉，謬託知己，並不遠離。大約此後的手段是和我住同一客棧，時時在我房中，打聽中大情形。我雖並不懷挾祕密，而尾隨着這麽一個東西，卻也討厭，所以我當相機行事，能將他撇下便撇下，否則再設法。

此外還有三個學生，是廣東人，要進中大的，我已通知他們一律戒嚴，所以此人在船上，也探不到什麽消息。

迅。

己，并不远离。大约此后的手段是和我住同一客栈，时时在我房中，打听中大情形。我虽并不怀挟秘密，而尾随着这么一个东西，却也讨厌，所以我当相机行事，能将他撇下便撇下，否则再设法。

此外还有三个学生，是广东人，要进中大的，我已通知他们一律戒严，所以此人在船上，也探不到什么消息。

迅。

① 唐餐间：指供应中餐的船舱，相当于二等舱。旧时外国人称中国人为唐人。

《第叁集》收获

这一部分信写于1929年5月至6月间，是两人正式同居后，鲁迅回京探亲时的通信。

鲁迅终于摆脱了世俗束缚和内心顾忌，认识到原来『我可以爱』，接受了许广平的爱情。1927年，两人开始同居。至此这段师生恋终于修成了正果。虽然两人只共同生活了十年，然而对于许广平来说，这段爱情已经成为她终生的坚守。

在这十年里，鲁迅作品创作数量超过了前20年的总和，而这都离不开许广平的默默付出。鲁迅病逝后，许广平抚养幼子，整理出版鲁迅的作品，撰写回忆录，用心书写着鲁迅的故事。她的后半生活在鲁迅的世界里，『谁谓荼苦，或甘如饴，唯我寸心，先生庶知』（十周年祭）。

这份爱情虽然没有山盟海誓，没有绵绵柔情，却使双方相互成就了最好的自己。

第二集　北平——上海

一九二九年五月至六月。

[第 58 封] 回京

H. M. D[①]：

在沪宁车上，总算得了一个坐位，渡江上了平浦通车，也居然定着一张卧床。这就好了。吃过夜饭，十一点睡觉，从此一直睡到第二天十二点，醒来时，不但已出江苏境，并且通过了安徽界蚌埠，到山东界了。不知道你可能如此大睡，恐怕不能这样罢。

车上和渡江的船上，遇见许多熟人，如幼渔[②]之侄，寿山[③]之友，未名社的人物，还有几个阔人，自说是我的学生，但我不认识他们了。

今天午后到前门站，一切大抵如旧，因为正值妙峰山香市[④]，所以倒并不冷静。正大风，饱餐了三年未吃的灰尘。下午发一电，我想，倘快，则十六日下午可达上海了。

家里一切也如旧[⑤]；母亲精神容貌仍如三年前，但关心的范围好像减小了不少，谈的都是邻近的琐事，和我毫不相干的。以前似乎常常有客来住，久至三四个月，连我的日记本子也都翻过了，这很讨厌，大约是姓车的男人[⑥]所为，莫非他以为我一定死在外面，不再回家了么？

不过这种情形，我倒并不气恼，自然也不喜欢；久说必须回家一趟，现在是回来了，了

H. M. D：

在滬寧車上，總算得了一個坐位，渡江上了平浦通車，也居然定着一張臥牀。這就好了。吃過夜飯，十一點睡覺，從此一直睡到第二天十二點，醒來時，不但已出江蘇境，並且通過了安徽界蚌埠，到山東界了。不知道你可能如此大睡，我恐怕不能這樣。

車上和渡江的船上，遇見許多熟人，如幼漁之姪，壽山之友，未名社的人物，還有幾個闊人，自說是我的學生，但我不認識他們了。

却一件事，总是好的。此刻是夜十二点，静得很，和上海大不相同。我不知道她睡了没有？我觉得她一定还未睡着，以为我正在大谈三年来的经历了，其实并未大谈，却在写这封信。

今天就是这样罢，下次再谈。

EL. 五月十五夜。

今天午後到前门站，一切大抵如舊，因為正值妙峯山香市，所以倒並不冷靜。正大風，飽餐了三年未嘗的灰塵。下午發一電，我電，倘快，則十六日下午可達上海了。

家裏一切也如舊；母親精神容貌仍如三年前，但關心的範圍好像減小了不少，談的都是鄰近的瑣事，和我毫不相干的。以前似乎常常有客來住，久至三四個月，連我的日記本子也都翻過了，這很討厭，大約是姓車的男人所為，莫非他以為我一定死在外面，不再回家了麼？

不過這種情形，我倒並不氣憤，自然也不喜歡；久說必須回家一趟，現在是回來了，了却一件事，總是好的。此刻是夜十二點，靜得很，和上海大不相同。我不知道她睡了沒有？我覺得她一定還未睡着，以為我正在大談三年來的經歷了，其實並未大談，卻在寫這封信。

今天就是這樣罷，下次再談。

EL. 五月十五夜。

---

① D：英语 Dear 的宿写，意为“亲爱的”。② 幼渔：即马裕藻（1878 ~ 1945），字幼渔，浙江鄞县人。曾留学日本，后任浙江教育司视学和北京大学中文系主任、北京女子师范大学教授等。③ 寿山：即齐宗颐（1881 ~ 1965），字寿山，河北高阳人。曾留学德国，后任北洋政府教育部佥事、视学。④ 妙峰山香市：妙峰山位于北京西郊，山上多寺庙，旧俗每年夏历四月初一至十五日举行庙会，远近朝山进香者甚众。庙会期间专卖香烛的集市，称妙峰山香市。⑤ 此信写于鲁迅与许广平在上海同居后的第一次分别时，当时鲁迅回北平探母。⑥ 姓车的男人，指车耕南（1888 ~ 1967），浙江绍兴人，鲁迅二姨之婿，当时在铁道部门任职。

[第 59 封] 应该

H. D:

昨天寄上一函，想已到。今天下午我访了未名社一趟，又去看幼渔，他未回，马珏[①]

H. D.：

昨天寄上一函，想已到。今天下午我訪了未名社一趟，又去看幼漁，他未回，馬珏是因病進了醫院許多日子了。一路所見，倒並不怎樣蕭條，大約所减少的不過是南方籍的官僚而已。

關于咱們的事，聞南北統一後，此地忽然盛傳，研究者也頗多，但大抵知不確切。我想，這忽然盛傳的緣故，是與陸晶清之由滬入京有關的。前日到家，母親即問我害馬為什麼不一同回來，我正在付車錢，匆忙中即答以有些不舒服，昨天才告訴她火車震動，不宜于孩子的事，她很高興，說，我想也應該有了，因為這屋子裏早應該有小孩子走來走去了。這種「應該」的理由，雖然和我們的意見很不同，但總之她非常高興。

這裏很暖，可穿單衣了。明天擬去訪徐旭生，此外再看幾個熟人，別的也無事可做。尹默鳳舉，似已傾心于政治，尹默之汽車，昨天和電車相撞，他臂膊也碰腫了，明天也想去看他，并還草帽。靜農為了一個朋友，聽說天天在查電碼，忙不可當。林卓鳳在西山醫胃病。

附箋一紙，可交與趙公。又通知老三，我當于日內寄書一包（約四五本）給他，其實是託他轉交趙公的，到時即交去。

我的身體是好的，和在上海時一樣，勿念。但H.也應該善自保養，使我放心。我相信她正是如此。

迅。

五月十七夜。

是因病进了医院许多日子了。一路所见，倒并不怎样萧条，大约所减少的不过是南方籍的官僚而已。

关于咱们的事，闻南北统一后，此地忽然盛传，研究者也颇多，但大抵知不确切。我想，这忽然盛传的缘故，大约与小鹿[②]之由沪入京有关的。前日到家，母亲即问我害马为什么不一同回来，我正在付车钱，匆忙中即答以有些不舒服，昨天才告诉她火车震动，不宜于孩子的事，她很高兴，说，我想也应该有了，因为这屋子里早应该有小孩子走来走去了。这种“应该”的理由，虽然和我们的意见很不同，但总之她非常高兴。

这里很暖，可穿单衣了。明天拟去访徐旭生[③]，此外再看几个熟人，别的也无事可做。尹默凤举[④]，似已倾心于政治，尹默之汽车，晚天和电车相撞，他臂膊也碰肿了，明天也想去看他，并还草帽。静农为了一个朋友，听说天天在查电码，忙不可当。林振鹏[⑤]在西山医胃病。

附笺一纸，可交与赵公[⑥]。又通知老三，我当于日内寄书一包（约四五本）给他，其实是托他转交赵公的，到时即交去。

我的身体是好的，和在上海时一样，勿念。但H. 也应该善自保养，使我放心。我相信她正是如此。

迅。五月十七夜。

① 马珏（1910 ~ 1994），浙江鄞县人，马幼渔之女，原是北京孔德学校学生，当时在北京大学预科学习。② 小鹿：原信作陆晶清。③ 徐旭生（1888 ~ 1976），名炳昶，河南唐河人，曾任北京大学哲学系教授、《猛进》周刊主编。④ 尹默，即沈尹默（1883 ~ 1971），浙江吴兴人，曾留学日本，后任北京大学等校教授。当时任河北省政府委员兼教育厅厅长。风举，即张定璜（1895 ~？），江西南昌人，曾留学日本，后任北京大学、北京女子师范大学教授，当时受聘为国立北平艺术专科学校校长，后未到任。⑤ 林振鹏：原信作林卓凤，广东澄海人，曾与许广平在北京女子师范大学同学。⑥ 赵公，指柔石。

［第 60 封］日程

D. H：

听说上海北平之间的信件，最快是六天，但我于昨天（十八）晚上姑且去看看信箱——这是我们出京后新设的——竟得到了十四日发来的信，这使我怎样意外地高兴呀。未曾四条胡同[①]，尤其令我放心，我还希望你善自消遣，能食能睡。

母亲的记忆力坏了些了，观察力注意力也略减，有些脾气颇近于小孩子了。对于我们的感情是很好的。也希望老三回来，但其实是毫无事情。

前天幼渔来看我，要我往北大教书，当即婉谢。同日又看见执中[2]，他万不料我也在京，非常高兴。他们明天在来今雨轩结婚，我想于上午去一趟，已托羡苏买了绸子衣料一件，作为贺礼带去。新人是女子大学学生，音乐系。

昨晚得到你的来信后，正在看，车家的男女突然又来了，见我已归，大吃一惊，男的便到客栈去，女的今天也走了。我对他们很冷淡，因为我又知道了车男住客厅时，不但乱翻日记，并且将书厨的锁弄破，并书籍也查抄了一通。

以上十九日之夜十一点写。

昨晚得到你的來信後，正在看，車家的男女突然又來了，見我已歸，大喫一驚，男的便到客棧去，女的今天也走了。我對他們很冷淡，因為我又知道了車男住客廳時，不但亂翻日記，並且將書厨的鎖弄破，并書籍也查抄了一通。

（以上十九日之夜十一點寫。）

二十日上午，你十六日所發的信也收到了，也很快。你的生活法，據報告，很使我放心。我也好的，看見的人，都說我精神比在北京時好。這里天氣很熱，已穿紗衣，我于空氣中的灰塵，已不習慣，大約就如魚之在渾水裏一般，此外卻並無什麼不舒服。

昨天往中央公園賀李秉中，新人一到，我就走了。她比秉中短一點，相貌適中。下午訪沈尹默，略談了一

二十日上午，你十六日所发的信也收到了，也很快。你的生活法，据报告，很使我放心。我也好的，看见的人，都说我精神比在北京时好。这里天气很热，已穿纱衣，我于空气中的灰尘，已不习惯，大约就如鱼之在浑水里一般，此外却并无什么不舒服。

昨天往中央公园贺李执中，新人一到，我就走了。她比执中短一点，相貌适中。下

午访沈尹默，略谈了一些时；又访兼士，凤举，耀辰，徐旭生，都没有会见。就这样的过了一天。夜九点钟，就睡着了，直至今天七点才醒。上午想择取些书籍，但头绪纷繁，无从下手，也许终于没有结果的，恐怕《中国字体变迁史》[3]也不是在上海所能作罢。

今天下午我仍要出去访人，明天是往燕大演讲。我这回本来想决不多说话，但因为有一些学生渴望我去，所以只得去讲几句。我于月初要走了，但决不冒险，千万不要担心。《冰块》留下两本，其余可分送赵公们。《奔流》稿可请赵公写回信寄还他们，措辞和上次一样。

愿你好好保养，下回再谈。

以上二十一日午后一时写。

ELEF.[4]

---

① 四条胡同，戏指女性哭泣时眼泪鼻涕齐流。② 执中，原信作秉中，即李秉中。③《中国字体变迁史》：鲁迅拟撰写的学术著作，后未完成。④ ELEF：德语 Elefant（象）的缩写。

[第 61 封] 拜访

D. H. M：

二十一日午后发了一封信，晚上便收到十七日来信，今天上午又收到十八日来信，每信五天，好像交通十分准确似的。但我赴沪时想坐船，据凤举说，日本船并不坏，二等六十元，不过比火车为慢而已。至于风浪，则夏期一向很平静。但究竟如何，还须俟十天以后看情形决定。不过我是总想于六月四五日动身的，所以此信到时，倘是廿八九，那就不必写信来了。

我到北平，已一星期，其间无非是吃饭，睡觉，访人，陪客，此外什么事也不做。文章是没有一句。昨天访了几个教育部旧同事，都穷透了，没有事做，又不能回家。今天和张凤举谈了两点钟天，傍晚往燕京大学讲演[①]了一点钟，照例说些成仿吾徐志摩之类，听的人颇不少——不过也不是都为了来听讲演的。这天有一个人对我说：燕大是有钱而请不

演了一點鐘，照例说些成仿吾徐志摩之類，聽的人頗不少——不過也不是都為了來聽講演的。這天有一個人對我说：燕大是有錢而请不到好教員，你可以來此教書了。我即答以我奔波了幾年，已經心粗氣浮，不能教書了。D.H.，我想，這些好地方，還是请他们绅士们去佔有罷，咱们還是漂流幾時的好。沈士遠也在那里做教授，聽说全家住在那裏面，但我没有工夫去看他。

今天寄到一本「紅玫瑰」，陳西瀅和淩叔華的照片都登上了。胡適之的詩載于「禮拜六」，他们的像見于「紅玫瑰」，時光老人的力量，真能逐漸的顯出「物以類聚」的真實。

雲南腿已將吃完，很好，肉多，油也足，可惜這里

到好教员，你可以来此教书了。我即答以我奔波了几年，已经心粗气浮，不能教书了。D. H.，我想，这些好地方，还是请他们绅士们去占有罢，咱们还是漂流几时的好。沈士远[②]也在那里做教授，听说全家住在那里面，但我没有工夫去看他。

的做法千篇一律，總是蒸。帶回来的魚肝油也已吃完，新買了一瓶，價錢是二元二角。

雲章未到西三條來，所以不知道她住在何處，小鹿也沒有來過。

北平久不下雨，比之南方的梅雨天，真有"霄壤之別"。所有帶來的夾衣，都已無用，何況絨衫。我從明天起，想去醫牙齒，大約有一星期，總可以補好了。至于時間，若以詢人，則因其人之派別，而所答不同，所以我也不加深究。總之，到下月初，京津車總該是可走的。那麽，就可以了。

這里的空氣真是沈靜，和上海的煩擾險惡，大不相同，所以我是平安的。然而也靜不下，惟看來信，知道你在上海都好，也就暫自寬慰了。但願能夠這樣的繼續下去，不再疏懈才好。

L.

五月廿二夜一時。

今天寄到一本《红玫瑰》[③]，陈西滢和凌叔华的照片都登上了。胡适之的诗载于《礼拜六》[④]，他们的像见于《红玫瑰》，时光老人的力量，真能逐渐的显出“物以类聚”的真实。

云南腿已将吃完，很好，肉多，油也足，可惜这里的做法千篇一律，总是蒸。带回来的鱼肝油也已吃完，新买了一瓶，价钱是二元二角。

云章未到西三条来，所以不知道她住在何处，小鹿也没有来过。

北平久不下雨，比之南方的梅雨天，真有“霄壤之别”。所有带来的夹衣，都已无用，何况绒衫。我从明天起，想去医牙齿，大约有一星期，总可以补好了。至于时局，若以询人，则因其人之派别，而所答不同，所以我也不加深究。总之，到下月初，京津车总该是可走的。那么，就可以了。

这里的空气真是沉静，和上海的烦扰险恶，大不相同，所以我是平安的。然而也静不下，惟看来信，知道你在上海都好，也就暂自宽慰了。但愿能够这样的继续下去，不再疏懈才好。

L. 五月廿二夜一时。

---

① 往燕京大学讲演：讲题为《现今的新文学概观》。后收入《三闲集》。② 沈士远（1881 ~ 1957），浙江吴兴人，当时任北平大学、女子师范学院讲师，燕京大学国文系教授。③《红玫瑰》：鸳鸯蝴蝶派刊物之一，严独鹤、赵苕狂编辑，1924 年 7 月创刊，初为周刊，自第四年起改为旬刊，1932 年 1 月停刊，上海世界书局发行。该刊 1929 年第五卷第八期（4 月 21 日）刊登题为“文学家陈源及其夫人凌叔华女士”的照片，黄梅生摄。④《礼拜六》：指 1923 年出版的报纸型综合性周刊，鸳鸯蝴蝶派刊物之一。由上海礼拜六报馆发行。1929 年 5 月该刊第五十五、五十六期曾连刊《礼拜六汇集第一集》（第一期至五十期）的要目广告，其中列有胡适的诗《叔永回四川》。

[第 62 封] 信笺

D. H. M：

此刻是二十三日之夜十点半，我独自坐在靠壁的桌前，这旁边，先前是有人屡次坐过的，而她此刻却远在上海。我只好来写信算作谈天了。

今天上午，来了六个北大国文系学生的代表，要我去教书，我即谢绝了。后来他们承认我回上海，只要豫定下几门功课，何时来京，便何时开始，我也没有答应他们。他们只得回去，而希望我有一回讲演，我已约于下星期三去讲。

午后出街，将寄给你的信投入邮箱中。其次是往牙医寓，拔去一齿，毫不疼痛，他约我于廿七上午去补好，大约只要一次就可以了。其次是走了三家纸铺[1]，集得中国纸印的信笺数十种，化钱约七元，也并无什么妙品，如这信所用的一种，要算是很漂亮的了。还有两三家未去，便中当再去走一趟，大约再用四五元，即将琉璃厂略佳之笺收备了。

计到北平，已将十日，除车钱外，自己只化了十五元，一半买信笺，一半是买碑帖的。至于旧书，则仍然很贵，所以一本也不买。

明天仍当出门，为士衡[2]的饭碗去设设法；将来又想往西山看看漱园[3]，听他朋友的口

D. H. M.：

此刻是二十三日之夜十點半，我獨自坐在靠壁的桌前，這旁邊，先前是有人屢次坐過的，而她此刻卻遠在上海。我只好來寫信算作談天了。

今天上午，來了六個北大國文系学生的代表，要我去教書，我即謝绝了。後來他們承認我回上海，只要豫定下學期功課，何時來京，便何時開始，我也沒有答應他們。他們只得回去，而希望我有一回講演，我已约于下星期三去講。

午後出街，將寄給你的信投入郵箱中。其次是往牙醫寓，拔去一齒，毫不疼痛，他约我于廿七上午去補好，大约只要一次就可以了。其次是走了三家紙舖，集得中國紙印的信箋數十種，化錢约七元，也並無什麼妙品，如這信所用的一種，要算是很漂亮的了。還有兩三家未去，便中當再去走一趟，大约再用四五元，即將琉璃廠所佳之箋收備了。

計到北平，已將十日，除車錢外，自己只化了十五元，一半買信箋，一半是買碑帖的。至于舊書，則仍然

气，恐怕总是医不好的了。韦丛芜[④]却长大了一点。待廿九日往北大讲演后，便当作回沪之准备，听说日本船有一只名“天津丸”的，是从天津直航上海，并不绕来绕去，但不知在我赴沪的时候，能否相值耳。

今天路过前门车站，看见很扎着些素彩牌坊了，但这些典礼[⑤]，似乎只有少数人在忙。

我这次回来，正值暑假将近，所以很有几处想送我饭碗，但我对于此种地位，总是毫无兴趣。为安闲计，住北平是不坏的，但因为和南方太不同了，所以几乎有“世外桃源”之感。我来此虽已十天，却毫不感到什么刺戟，略不小心，确有“落伍”[⑥]之惧的。上海虽烦扰，但也别有生气。

下次再谈罢。我是很好的。

L. 五月二十三日。

很貴，所以一本也不買。

明天仍當出门，為侍桁的飯碗去設設法；將來又想往西山看看漱園，聽他朋友的口氣，恐怕總是醫不好的了。韋叢蕪卻長大了一點。待廿九日往北大講演後，便當作回滬之準備，聽說日本船有一隻名「天津丸」的，是從天津直航上海，並不繞來繞去，但不知在我動身的時候，能否相值耳。

今天路過前门車站，看見很紮着些素彩牌坊了，但這些典禮，似乎只有少數人在忙。

我這次回來，正值暑假將近，所以很有幾處想送我飯碗，但我對於此種地位，總是毫無興趣。為安閒計，住北平是不壞的，但因為和南方太不同了，所以幾乎有「世外桃源」之感。我來此雖已十天，卻毫不感到什麼刺戟，略不小心，確有「落伍」之懼的。上海雖煩擾，但也別有生氣。

下次再談罷。我是很好的。

L．

五，二三。

---

① 三家纸铺：指北京琉璃厂的静文斋、宝晋斋、淳菁阁。② 士衡：原信作侍桁，即韩侍桁（1908 ~ 1987），又名云浦，天津人，当时在日本留学。《语丝》投稿者。鲁迅曾请马幼渔等为他谋职。③ 即韦素园。④ 韦素园之弟。⑤ 典礼：1929 年 5 月 26 日，孙中山的灵柩由北京西山墓地移往南京紫金山中山陵，这次的移灵仪式称“奉安典礼”。⑥“落伍”：《文化批判》创刊号（1928 年 1 月）所载冯乃超的《艺术与社会生活》一文中，说鲁迅作品“反映的只是社会变革期中的落伍者的悲哀”。

［第 63 封］宴请

H. D:

昨天上午寄上一函，想已到。十点左右有沉钟社的人来访我，至午邀我至中央公园去吃饭，一直谈到五点才散。内有一人名郝荫潭[①]，是女师大学生，但是新的，我想你未必认识罢。中央公园昨天是开放的，但到下午为止，游人不多，风景大略如旧，芍药已开过，将谢了，此外则“公理战胜”的牌坊[②]上，添了许多蓝地白字的标语。

从公园回来之后，未名社的人来访我了，谈了一点钟。他们去后，就接到你的十九，二十所写的两函。我毫不“拚命的写，做，干，想，……”至今为止，什么也不想，干，写……。昨天因为说话太多了，十点钟便睡觉，一点醒了一次，即刻又睡，再醒已是早上七点钟，躺到九点，便是现在，就起来写这信。

绍平的信，吞吞吐吐，初看颇难解，但一细看，就知道那意思是想将他的译稿，由我

H·D：

昨天上午寄上一函，想已到。十點左右有沈鐘社的人來訪我，至午邀我到中央公園去喫飯，一直談到五點才散。內有一人名郝蔭潭，是女師大學生，但是新的，我想你未必認識罷。中央公園昨天是開放的，但到下午為止，游人不多，風景大略如舊，芍藥已開過，將謝了，此外則「公理戰勝」的牌坊上，添了許多藍地白字的標語。

從公園回來之後，未名社的人來訪我了，談了一點鐘。他們去後，就接到你的十九，二十所寫的兩函。我毫不「拚命的寫，做，幹，想……」至今為止，什麼也不想，幹，寫……。昨天因為說話太多了，十點鐘便睡覺，一點醒了一次，即刻又睡，再醒已是早上七點鐘，躺到九點，便是現在，就起來寫這信。

紹原的信，吞吞吐吐，初看頗難解，但一細看，就知道那意思是想將他的譯稿，由我為之設法出售，或給北新，或登「奔流」，而又要居高臨下，不肯自己開口，于是就寫成了那樣子。但我是決不來做這樣傻子的了，莫管目前閒事，免惹他日是非。

今天尚無客來，這信安安靜靜的寫到這里，本可以永遠寫下去，但要說的也大略說過了，下次再談罷。

L.

五月廿五日上午十點正。

为之设法出售，或给北新，或登《奔流》，而又要居高临下，不肯自己开口，于是就写成了那样子。但我是决不来做这样傻子的了，莫管目前闲事，免惹他日是非。

今天尚无客来，这信安安静静的写到这里，本可以永远写下去，但要说的也大略说过了，下次再谈罢。

L. 五月廿五日上午十点钟。

① 郝荫潭（1904 ~ 1952），河北平山人，北京女子师范大学国文系学生，沉钟社成员。②“公理战胜”的牌坊：1918年11月第一次世界大战结束后，英法为首的协约国宣称他们打败德、奥等同盟国是“公理战争强权”，并立碑纪念。北洋政府于1917年8月宣布参加协约国一方对德宣战，属于战胜国，也在北京中央公园（今中山公园）建立“公理战胜”的牌坊（按：1953年已将这四个字改为“保卫和平”）。

［第64封］典礼

H. D：

此刻是二十五日之夜的一点钟。我是十点钟睡着的，十二点醒来了，喝了两碗茶，还不想睡，就来写几句。

今天下午，我出门时，将寄你的一封信投入邮筒，接着看见邮局门外帖着条子道：“奉安典礼放假两天。”那么，我的那一封信，须在二十七日才会上车的了。所以我明天不再寄信，且待“奉安典礼”完毕之后罢。刚才我是被炮声惊醒的，数起来共有百余响，亦“奉安典礼”之一也。

我今天的出门，是为士衡寻地方去的，和幼渔接洽，已略有头绪；访凤举却未遇。途次往孔德学校，去看旧书，遇金立因[①]，胖滑有加，唠叨如故，时光可惜，默不与谈；少顷，则朱山根叩门而入，见我即踟躕不前，目光如鼠，终即退去，状极可笑也。他的北来，是为了觅饭碗的，志在燕大，否则清华，人地相宜，大有希望云。

傍晚往未名社闲谈，知燕大学生又在运动我去教书，先令宗文[②]劝诱，我即谢绝。宗文因吞吞吐吐说，彼校教授中，本有人早疑心我未必肯去，因为在南边有唔唔唔……。我答以原因并不在“在南边有唔唔唔……”，那非大树，不能迁移，那是也可以同到北边的，但我也不来做教员，也不想说明别的原因之所在。于是就在混沌中完结了。

H．D：

此刻是二十五日之夜的一點鐘。我是十點鐘睡着的，十二點醒來了，喝了兩碗茶，還不想睡，就來寫幾句。

今天下午，我出門時，將寄你的一封信投入郵筒，接着看見郵局門外帖着條子道：「奉安典禮放假兩天」。那麼，我的那一封信，須在二十七日纔會上車的了。所以我明天不再寄信，且待「奉安典禮」完畢之後罷。剛才我是被礮聲驚醒的，數起來共有百餘響，亦「奉安典禮」之一也。

我今天的出門，是為侍桁尋地方去的，和幼漁接洽，已略有頭緒；訪鳳舉卻未遇。途次往孔德學校，去看舊書，遇錢玄同，胖滑有加，嘮叨如故，時光可惜，默不與談；少頃，則顧頡剛叩門而入，見我即踟躕不前，目光如鼠，終即退去，狀極可笑也。他此來，是為了覓飯碗的，志在燕大，否則清華，人地相宜，大有希望云。

傍晚往未名社閒談，知燕大學生又在運動我去教書，

明天是星期日，恐怕来访之客必多，我要睡了。现在已两点钟，遥想你在“南边”或也已醒来，但我想，因为她明白，一定也即睡着的。

二十五夜。

星期日上午，因为葬式的行列，道路几乎断绝交通，下午可以走了，但只有紫佩③一人来谈，所以我能够十分休息。夜十点入睡，此刻两点，又醒了，吸一枝烟，照例是便能睡着的。明天十点要去镶牙，所以就将闹钟拨在九点上。

看现在的情形，下月之初，火车大概还可以走，倘如此，我想坐六月三日的通车回上海，即使有耽误之事，六日总该可以到了罢——倘若不去访上遂，但这仍须临日寸再行决定，因为距今还有十天，变化殊不可测也。

先令章叢蕪勸誘，我即謝絕。叢蕪因吞吞吐吐說，彼校教授中，本有人早疑心我未必肯去，因為在南邊有唔唔唔……。我答以原因並不在「在南邊有唔唔唔……」，那非大樹，不能遷移，那是也可以同到北邊的，但我也不來做教員，也不想說明別的原因之所在。于是就在混沌中完結了。

明天是星期日，恐怕來訪之客必多，我要睡了。現在已兩點鐘，還想你或在「南邊」也已醒來，但我想，因為她明白，一定也即睡着的。（二十五夜。）

星期日上午，因為葬式的行列，道路幾乎斷絕交通，下午可以走了，但只有紫佩一人來談，所以我能夠十分休息。夜十點入睡，此刻兩點，又醒了，吸一枝煙，照例是便能睡着的。明天十點要去鑲牙，所以就將鬧鐘撥在九點上。

看現在的情形，下月之初，火車大概還可以走，倘如此，我想坐六月三日的通車回滬，即使有耽誤之事，六日總該可以到了罷——倘若不去訪季黻。但這仍須臨時再決定，因為距今還有十天，變化殊不可測也。

明天想當有信來，但此信我當于上午先行發出。

（二十六夜二點半。）

ELEF.

明天想当有信来，但此信我当于上午先行发出。

二十六夜二点半。

ELEF.

---

① 金立因：原信作钱玄同。② 宗文：原信作韦丛芜。③ 紫佩：即宋琳（1887 ~ 1952），字紫佩，又作子佩，浙江绍兴人，鲁迅在浙江两级师范学堂任教时的学生。时为北京图书馆职员，兼任《华北日报》编辑。

［第 65 封］忙碌

D. H. M：

今天——二十七日——下午，果然收到你廿一日所发信。我十五日信所用的笺纸，确也选了一下，觉得这两张很有思想的，尤其是第二张。但后来各笺，却大抵随手取用，并非幅幅含有义理，你不要求之过深，百思而不得其解，以致无端受苦为要。

阿菩[①]如此吃苦，实为可怜，但既是出牙，则也无法可想，现在必已全好了罢。我今天已将牙齿补好，只花了五元，据云将就一二年，即须全盘做过了。但现在试用，尚觉合式。晚间是徐旭生张凤举等在中央公园邀我吃饭，也算饯行，因为他们已都相信我确无留在北平之意。同席约十人。总算为士衡寻得了一个饭碗。

旭生说，今天女师大因两派对于一教员之排斥和挽留，发生冲突[②]，有甲者，以钱袋击乙之头，致乙昏厥过去，抬入医院。小姐们之挥拳，在北平似以此为嚆矢云。

明天拟往东城探听船期，晚则幼渔邀我夜饭；后天往北大讲演；大后天拟赴西山看韦漱园。这三天中较忙，也许未必能写什么信了。

用，尚覺合式。晚間是徐旭生張鳳舉等在中央公園邀我喫飯，也算餞行，因為他們已都相信我確無留在北平之意。同席約十人。總算為侍桁尋得了一個飯碗。

旭生說，今天女師大因兩派對于一教員之排斥和挽留，發生衝突，有甲者，以鐵袋擊乙之頭，致乙昏厥過去，擡入醫院。小姐們之揮拳，在北平似以此為嚆矢云。

明天擬往東城探聽船期，晚則幼漁邀我夜飯；後天往北大講演；大後天擬赴西山看韋漱園。這三天中較忙，也許未必能寫什麼信了。

計我回北平以來，已兩星期，除應酬之外，讀書作文，一點也不做，且也做不出來。那間灰棚，一切如舊，而略增其蕭瑟，深夜獨坐，時覺過于森森然。幸而來此已兩星期，距回滬之期漸近了。新租的屋，已說明為堆什物及住客之用，客廳之書不動，也不住人。

此刻不知你睡着還是醒着。我在這里只能遥願你天然的安眠，並且人為的保重。

L. 五月廿七夜十二時。

计我回北平以来，已两星期，除应酬之外，读书作文，一点也不做，且也做不出来。那间灰棚，一切如旧，而略增其萧瑟，深夜独坐，时觉过于森森然。幸而来此已两星期，距回沪之期渐近了。新租的屋，已说明为堆什物及住客之用，客厅之书不动，也不住人。

此刻不知你睡着还是醒着。我在这里只能遥愿你天然的安眠，并且人为的保重。

L. 五月廿七夜十二时。

---

① 周建人之女。② 据 1929 年 5 月 28 日北京《新晨报》记载：原女师大史地系学生因系主任王谟去留问题分为两派。5 月 27 日王到校授课，遭到反对派学生段瑾思的质问，当即有拥王的阮某等五人拥上，“包围质问之人，墨盒、杌凳一齐飞下，将段某打得背青头肿。”

[第 66 封] 问船

D. H：

廿一日所发的信，是前天到的，当夜写了一点回信，于昨天寄出。昨今两天，都未曾收到来信，我想，这一定是因为葬式的缘故，火车被耽搁了。

昨天下午去问日本船，知道从天津开行后，因须泊大连两三天，至快要六天才到上海。我看现在，坐车还不妨，所以想六月三日动身，顺便看看上遂，而于八日或九日抵沪。倘到下月初发见不宜于坐车，那时再改走海道，不过到沪又要迟几天了。总之，我当择最妥当的方法办理，你可以放心。

昨天又买了些笺纸，这便是其一种，北京的信笺搜集，总算告一段落了。

晚上是在幼渔家里吃饭，马珏还在生病，未见，病也不轻，但据说可以没有危险。谈了些天，回寓时已九点半。十一点睡去，一直睡到今天七点钟。

此刻是上午九点钟，闲坐无事，写了这些。下午要到未名社去，七点起是在北大讲演。讲毕之后，恐怕还有尹默他们要来拉去吃夜饭。倘如此，则回寓时又要十点左右了。

D.H.：

廿一日所發的信，是前天到的，當夜寫了一點回信于昨天寄出。昨今兩天，都未曾收到來信，我想，這一定是因為葬式的緣故，火車被耽擱了。

昨天下午去問日本船，知道從天津開行後，因須泊大連兩三天，至快要六天纔到上海。我看現在，坐車還不妨，所以想六月三日動身，順便看看季黻，而于八日或九日抵滬。倘到下月初發見不宜于坐車，那時再改走海道，不過到滬又要遲幾天了。總之，我當擇最妥當的方法辦理，你可以放心。

昨天又買了些箋紙，這便是其一種，北京的信箋搜集，總算告一段落了。晚上是在幼漁家裏喫飯，馬珏還在生病，未見，病也不輕，但據說可以沒有危險。談了些天，回寓時已九點半。十一點睡去，一直睡到今天七點鐘。

此刻是上午九點鐘，閒坐無事，寫了這些。下午要到未名社去，七點起是在北大講演。講畢之後，恐怕還有尹默他們要來拉去喫夜飯。倘如此，則回寓時又要十點左右了。

D.H. ET D.L.，我是好的很，很能睡，飯量和在上海時一樣，酒喝得極少，不過一小杯葡萄酒而已。家裏有一瓶別人送的汾酒，連瓶也沒有開。倘如我的豫計，那麼，再有十天便可以面談了。D.H.，願你安好，并保重為要。

EL.

五月二十九日。

D. H. ET D. L.，我是好的，很能睡，饭量和在上海时一样，酒喝得极少，不过一小杯蒲陶酒而已。家里有一瓶别人送的汾酒，连瓶也没有开。倘如我的豫计，那么，再有十天便可以面谈了。D. H.，愿你安好，并保重为要。

EL. 五月廿九日。

［第 67 封］ 漱园

D. H：

此刻是二十九夜十二点，原以为可得你的来信的了，因为我料定你于廿一日的信以后，必已发了昨今可到的两三信，但今未得，这一定是被奉安列车耽搁了，听说星期一的通车，也还没有到。

今天上午来了一个客。下午到未名社去，晚上他们邀我去吃晚饭，在东安市场森隆饭店。七点钟到北大第二院演讲一小时。听者有千余人，大约北平寂寞已久，所以学生们很以这类事为新鲜了。八时，尹默凤举等又为我饯行，仍在森隆，不得不赴，但吃得少些，十一点才回寓。现已吃了三粒消化丸，写了这一张信，即将睡觉了，因为明天早晨，须往西山看韦漱园去。

今天虽因得不到来信，稍觉怅怅，但我知道迟延的原因，所以睡得着的，并祝你在上海也睡得安适。

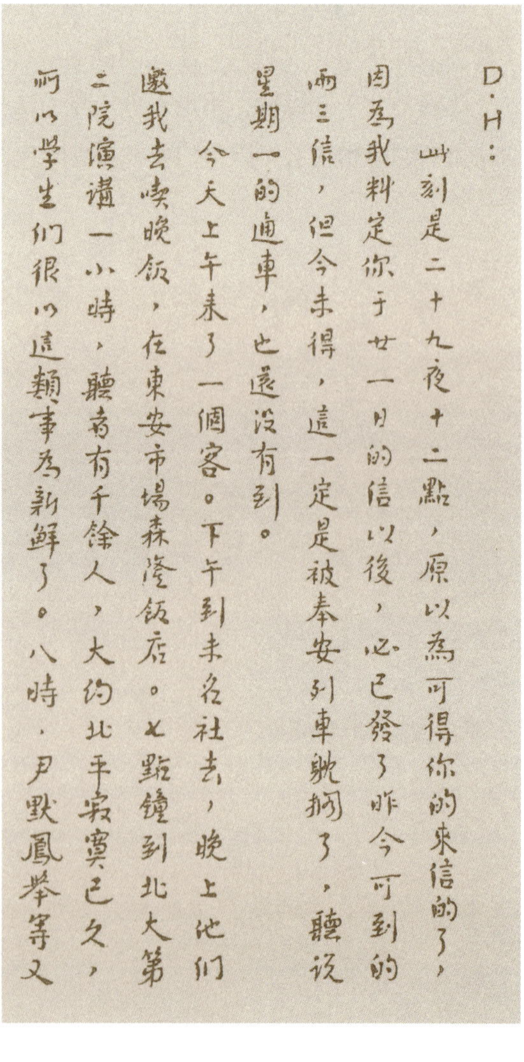

D. H：
此刻是二十九夜十二點，原以為可得你的來信的了，因為我料定你于廿一日的信以後，必已發了昨今可到的兩三信，但今未得，這一定是被奉安列車耽擱了，聽說星期一的通車，也還沒有到。
今天上午來了一個客。下午到未名社去，晚上他們邀我去喫晚飯，在東安市場森隆飯店。七點鐘到北大第二院演講一小時，聽者有千餘人，大約北平寂寞已久，所以学生们很以這類事為新鮮了。八時，尹默鳳舉等又為我餞行，仍在森隆，不得不赴，但喫得少些，十一點才回寓。現已喫了三粒消化丸，寫了這一張信，即將睡覺了，因為明天早晨，須往西山看韋漱園去。

今天雖因得不到來信，稍覺悵悵，但我知道遲延的原因，所以睡得着的，并祝你在上海也睡得安適。

二十九夜，L.

三十日午後二時，我從西山訪韋漱園回來，果然得到你的廿三及廿五日兩封信，彼此都為郵局寄遞之忽遲忽早所捉弄，真是令人生氣。但我知道你已經收到我的信，略得安慰，也就藉此稍稍自慰了。

今天我是早晨八點鐘上山的，用的是摩託車，霽野等四人同去。漱園還不准起坐，因日光浴，曬得很黑，

L. 二十九夜。

三十日午后二时，我从西山访韦漱园回来，果然得到你的廿三及廿五日两封信，彼此都为邮局寄递之忽迟忽早所捉弄，真是令人生气。但我知道你已经收到我的信，略得安慰，也就借此稍稍自慰了。

今天我是早晨八点钟上山的，用的是摩托车，霁野[①]等四人同去。

也很瘦，但精神却好，他很喜歡，談了許多閒天。病室壁上掛着一幅陀斯妥夫斯基的畫像，我有時瞥見這用筆墨使讀者受精神上的苦刑的名人的苦臉，便彷彿記得有人說過，漱園原有一個愛人，因為他沒有全愈的希望，已與別人結婚；接着又感到他將終于死去——這是中國的一個損失——便覺得心臟一縮，暫時說不出話，然而也只得立刻裝出歡笑，除了這幾剎那之外，我們這回的聚談是很愉快的。

他也問些關于我們的事，我說了一個大略。他所聽到的似乎還有許多謠言，但不願談，我也不加追問。因為我推想得到，這一定是幾位教授所流布，實不過怕我去搶飯碗而已。然而我流宕三年了，何至于忽而去搶飯碗呢，這些地方，我覺他們得實在比我小氣。

今天得小峯信，云因戰事，書店生意皆不佳，但由分店劃給我二百元。不過此款現在還未交來。

你廿五的信今天到，則交通無阻可知，但四五日後就又難說，三日能走即走，否則當改海道，不過到滬當在十日前後了。總之，我當選一最安全的走法，決不冒險，千萬放心。

乚。 五月卅日下午五點。

漱园还不准起坐，因日光浴，晒得很黑，也很瘦，但精神却好，他很喜欢，谈了许多闲天。病室壁上挂着一幅陀斯妥夫斯基[②]的画像，我有时瞥见这用笔墨使读者受精神上的苦刑的名人的苦脸，便仿佛记得有人说过，漱园原有一个爱人，因为他没有全愈的希望，已与别人结婚；接着又感到他将终于死去——这是中国的一个损失——便觉得心脏一缩，暂时说不出话，然而也只得立刻装出欢笑，除了这几刹那之外，我们这回的聚谈是很愉快的。

他也问些关于我们的事，我说了一个大略。他所听到的似乎还有许多谣言，但不愿谈，我也不加追问。因为我推想得到，这一定是几位教授所流布，实不过怕我去抢饭碗而已。然而我流宕三年了，并没有饿死，何至于忽而去抢饭碗呢，这些地方，我觉得他们实在比我小气。

今天得小峰信，云因战事[③]，书店生意皆不佳，但由分店划给我二百元。不过此款现在还未交来。

你廿五的信今天到，则交通无阻可知，但四五日后就又难说，三日能走即走，否则当改海道，不过到沪当在十日前后了。总之，我当选一最安全的走法，决不冒险，千万放心。

L.　五月卅日下午五时。

---

① 李霁野（1904 ~ 1997），安徽霍丘人，翻译家，未名社成员。② 陀思妥夫斯基（1821 ~ 1881），通译陀思妥耶夫斯基，俄国作家。曾因参加革命团体被判死刑，后改为流放西伯利亚，作品带有悲观色彩。著有小说《穷人》、《被侮辱与被损害的》、《罪与罚》等。③ 1929 年 3 月至 5 月，蒋介石与桂系李宗仁、白崇禧开战。

［第 68 封］鉴察

D. L. ET D. H. M：

现在是三十日之夜一点钟，我快要睡了。下午已寄出一信，但我还想讲几句话，所以再写一点——

前几天，春菲[①]给我一信，说他先前的事，要我查考鉴察。他的事情，我来“查考鉴察”干什么呢，置之不答。下午从西山回，他却已等在客厅中，并且知道他还先曾向母亲房里乱闯，大家都吓得心慌意乱，空气甚为紧张。我即出而大骂之，他竟毫不反抗，反说非常甘心。我看他未免太无刚骨，而他自说其实是勇士，独对于我，却不反抗。我说，我是愿意人对我反抗，不合则拂袖而去的。他却道正因为如此，所以佩服而愈不反抗了。我只得为之好笑，乃送而出之大门之外，大约此后当不再来缠绕了罢。

晚上来了两个人，一个是忙于翻检电码之静农，一个是帮我校过《唐宋传奇集》之建功[②]，同吃晚饭，谈得很为畅快，和上午之纵谈于西山，都是近来快事。他们对于北平学界现状，似俱不欲多言，我也竭力的避开这题目。其实，这是我到此不久，便已感觉了出来的：南北统一后，“正人君子”们树倒猢狲散，离开北平，而他们的衣钵却没有带走，被先前和他们战斗的有些人拾去了。未改其原来面目者，据我所见，殆惟幼渔兼士而已。由是又悟到我以前之和“正人君子”们为敌，也失之不通世故，过于认真，所以现在倒非常自在，于衮衮诸公之一切言动，全都漠然。即下午之呵斥春菲，事后思之，也觉得大可不必。因叹在寂寞之世界里，虽欲得一可以对垒之真敌人，亦不易也。

D. L ET D. H.-M：

現在是三十日之夜一點鐘，我快要睡了。下午已寄出一信，但我還想講幾句話，所以再寫一點——

前幾天，董秋芳给我一封信，説他先前的事，要我查考鑒察。他的事情，我來「查考鑒察」幹什麽呢，置之不答。下午從西山回，他卻已等在客廳中，並且知道他還先曾向母親房裏亂鬧，大家都嚇得心慌意亂，空氣甚為緊張。我即出而大罵之，他竟毫不反抗，反説非常甘心。我看他未免太無剛骨，而他自説其實是勇士，獨對于我，卻不反抗。我説，我是願意人對我反抗，不合則拂袖而去的。他卻道正因為如此，所以佩服而愈不反抗了。我只得為之好笑，乃送而出之大门之外，大约此後當不再來纏繞了罷。

晚上來了兩個人，一個是忙于翻檢電碼之臺，一個是帮我校「唐宋傳奇集」之魏，同喫晚飯，談得很為暢

这两星期以来，我一点也不颓唐，但此刻想到你之采办布帛之类，先事经营，却实在觉得一点凄苦。这种性质，真是怎么好呢？我应该快到上海，去约制她。

三十日夜一点半。

D. H.，三十一日晨被母亲叫醒，睡眠时间缺少了一点，所以晚上九点钟便睡去，一觉醒来，此刻已是三点钟了。泡了一碗茶，坐在桌前，想起 H. M. 大约是躺着，但不知道是睡

着还是醒着。五月卅一这一天，没有什么事，只在下午有三个日本人[③]来看我所搜集的关于佛教石刻拓本，以为已经很多，力劝我作目录。这是并不难的，于学术上也许有点用处，然而我此刻也并无此意。晚间紫佩来，已为我购得车票，是三日午后二时开，他在报馆里，知道车还可以坐，至多，不过误点（迟到）而已。所以我定于三日启行，有一星期，就可以面谈了。此信发后，拟不再寄信，如果中途去访上遂，自然当从那里再发一封。

快。和上午之縱談于西山，都是近來快事。他們對于北平学界現狀，似俱不欲多言，我也竭力的避開這題目。其實，這是我到此不久，便已感覺了出來的：南北統一後，「正人君子」們樹倒猢猻散，離開北平，而他們的衣鉢却沒有帶走，被先前和他們戰鬥的有些人拾去了。未改其原來面目者，據我所見，殆惟幼漁兼士而已。由是又悟到我以前之和「正人君子」們為敵，也失之不通世故，過于認真，所以現在倒非常自在，于兗兗諸公之一切言動，全都漠然。即下午之訶斥董公，事後思之，也覺得大可不必。因歎在寂寞之世界裏，雖欲得一可以對壘之真敵人，亦不易也。

這兩星期以來，我一點也不頹唐，但此刻想到你之

EL. 六月一日黎明前三点。

D. S:

写了以上的几行信以后，又写了几封给人的回信，天也亮起来了，还有一篇讲演稿要改，此刻大约是不能睡的了，再来写几句——

我自从到此以后，总计各种感受，知道弥漫于这里的，依然是“敬而远之”和倾陷，甚至于比“正人君子”时代还要分明——但有些学生和朋友自然除外。再想上去，则我的

探辦布帛之類，先事經營，卻實在覺得一點淒苦。這種性質，真是怎麼好呢？我應該快到上海，去約制她。

（三十日夜一點半。）

D.H，三十一日晨被母親叫醒，睡眠時間缺少了一點，所以晚上九點鐘便睡去，一覺醒來，此刻已是三點鐘了。泡了一碗茶，坐在桌前，想起H.M.大約是躺着，但不知道是睡着還是醒着。五月三十一這一天，沒有什麼事，只在下午有三個日本人來看我所搜集的關于佛教石刻拓本，以為已很多，力勸我作目錄。這是並不難的，于學術上也許有點用處，然而我此刻也並無此意。晚間，紫佩來，已為我購得車票，是三日午後二時開，他在報館裏，知道車還可以坐，至多，不過誤點（遲到）而已。所以我定于三日啟行，有一星期，就可以面談了。此信發後，擬不再寄信，如果中塗去訪季黻，自然當從那里再發一封。

（六月一日黎明前三點。） EL.

D.S.:

寫了以上的幾行信以後，又寫了幾封給人的回信，天也亮起來了，還有一篇講演稿要改，此刻大約是不能睡的了，再來寫幾句——

我自從到此以後，綜計各種感受，知道瀰漫于這里的，依然是「敬而遠之」和傾陷，甚至于比「正人君子」時代還要分明——但有些學生和朋友自然除外。再想上去，則我的創作和編著一發表，總有一羣攻擊或嘲笑的

创作和编著一发表，总有一群攻击或嘲笑的人们，那当然是应该的，如果我的作品真如所说的庸陋。然而一看他们的作品，却比我的还要坏；例如小说史罢，好几种出在我的那一本之后，而陵乱错误，更不行了。这种情形，即使我大胆阔步，小觑此辈，然而也使我不复专于一业，一事无成。而且又使你常常担心，“眼泪往肚子里流”。所以我也对于自己的坏脾气，时时痛心，想竭力的改正一下。我想，应该一声不响，来编《中国字体变迁史》或《中国文学史》了。然而那里去呢？在上海，创造社中人一面宣传我怎样有钱，喝酒，一面又用《东京通信》[④]诬栽我有杀戮青年的主张，这简直是要谋害我的生命，住不得了。北京本来还可住，图书馆里的旧书也还多，但因历史关系，有些人必有奉送饭碗之惠，而在别一些人即怀来抢饭碗之疑，在瓜田中，可以不纳履，而要使人信为永不纳履是难的，除非你赶紧走远。D. H.，你看，我们到那里去呢？我们还是隐姓埋名，到什么小村里去，广声也不响，大家玩玩罢。

D. H. M. ET D. L.，你不要以为我在这里时时如此呆想，我是并不如此的。这回不过因为睡够了，又值没有别的事，所以就随便谈谈。吃了午饭以后，大约还要睡觉。行期在即，以后也许要忙一些。小米（H. 吃的），梆子面[⑤]（同上），果脯等，昨天都已买齐了。

人们，那當是應該的，如果我的作品真如所說的庸陋。然而一看他们的作品，卻比我的還要壞；小說史呢，出在我的那一本之後，而陵亂錯誤，更不行了。這種情形，即使我大膽闊步，小覷此輩，然而也使我不復專于一業，一事無成。而且又使你常常擔心，「眼淚往肚子裏流」。所以我也對于自己的壞脾氣，時時痛心，想竭力的改正一下。我想，應該一聲不響，來編「中國字體變遷史」或「中國文學史」了。然而那里去呢？在上海，創造社中人一面宣傳我怎樣有錢，喝酒，一面又用「東京通信」誣栽我有殺戮青年的主張，這簡直是要謀害我的生命，住不得了。北京本來還可住，圖書館裏的舊書也還多，但因歷史關係，有些人必有奉送飯碗之惠，而在別一些人即懷未搶飯碗之疑，在瓜田中，可以不納履，而要使人信為永不納履是難的，除非你趕緊走遠。D.H.；你看，我们到那里去呢？我们還是隱姓埋名，到什麼小村裏去，什麼也不做，大家玩玩罷。

D.H-M. ET D.L.，你不要以為我在這里時時如此感想，我是並不如此的。這回不過因為睡夠了，又適沒有別的事，所以就隨便談談。吃了午飯以後，大約還要睡覺。行期在即，以後也許要忙一些。小米（H.吃的），梆子麵（同上），果脯等，昨天都已買齊了。

這信封的下端，是因為加添這兩張，自己拆過的。

L.　六月一日晨五時。

这信封的下端，是因为加添这两张，自己拆过的。

L. 六月一日晨五时。

---

① 春菲：原信作董秋芳（1897 ~ 1977），笔名冬芬，浙江绍兴人，翻译工作者。② 建功：指魏建功（1901 ~ 1980），江苏海安人，语言文字学家。当时在北京大学任教。③ 三个日本人：指塚本善隆（1898 ~？），日本京都大学人文科学研究所教授；水野清一（1905 ~ 1971），当时在北京大学从事考古研究；仓石武四郎（1897 ~ 1975），日本京都大学文学教授，当时在我国从事语言研究。据鲁迅 1929 年 5 月 31 日日记："塚本善隆，水野清一，仓石武四郎来观造象拓本"。④《东京通信》：指杜荃（郭沫若）发表在《创造月刊》第二卷第一期（1928 年 1 月）上的《文艺战线上的封建余孽》一文。其中说"杀哟！杀哟！杀哟！杀尽一切可怕的青年，而且赶快，这是这位'老头子'（按指鲁迅）的哲学。"⑤ 梆子面：即棒子面，京津地区方言，对玉米粉的俗称。

图文珍藏本

鲁迅情书全集

［下］

鲁迅 著

陈漱渝 张瑞霞 审校／整理

中国青年出版社

图书在版编目（CIP）数据

鲁迅情书全集：图文珍藏本 / 鲁迅著；陈漱渝，张瑞霞审校、整理．—北京：中国青年出版社，2018.5

ISBN 978-7-5153-5081-3

Ⅰ．①鲁…　Ⅱ．①鲁…　②陈…　③张…　Ⅲ．①鲁迅书简－选集　②许广平（1898-1968）－书信集　Ⅳ．①I210.1

中国版本图书馆 CIP 数据核字（2018）第 070857 号

书　　名：鲁迅情书全集（图文珍藏本）
著　　者：鲁　迅
审校整理：陈漱渝　张瑞霞
责任编辑：庄　庸　陈　静
助理编辑：张佳莹
特约策划：庄锋妹
特约编辑：于晓娟
出版发行：中国青年出版社
社　　址：北京东四十二条 21 号
邮　　编：100708
网　　址：www.cyp.com.cn
门 市 部：（010）57350370
印　　刷：北京中科印刷有限公司
经　　销：新华书店
开　　本：710mm × 1000mm　1/16
插　　页：2
印　　张：24.75
字　　数：420 千字
版　　次：2019 年 7 月北京第 1 版
印　　次：2019 年 7 月北京第 1 次印刷
印　　数：0,001 ～ 5,000 册
定　　价：78.00 元

为保留鲁迅先生当时信件的原貌和原汁原味，再加上鉴于信件的私密性，这次编辑未对信中的错别字、用词等进行修订，请读者诸君海涵！

目录

第壹集

一九二五年 / **223**

第贰集

一九二六年 / **253**

第叁集
一九二七年 / 309

第肆集
一九二九年 / 317

第伍集
一九三二年 / 355

《第壹集》一九二五年

『我看一切理想家，不是怀念「过去」，就是希望「将来」，对于「现在」这一个题目，都交了白卷，因为谁也开不出药方。』

限于师生身份与年龄差距，鲁迅是犹豫的、被动的，最初的书信内容，亦仅限于答疑解惑、评论时局；许广平的青春朝气与热情坚持，随着二人书信的频繁往来，融化着『大先生』的高冷与孤独，十几封信之后，信末署名悄悄起了变化……

[第 1 封] 方法

广平兄：

今天收到来信，有些问题恐怕我答不出，姑且写下去看。

学风如何，我以为和政治状态及社会情形相关的，倘在山林中，该可以比城市好一点，伊只要办事人员好。但若政治昏暗，好的人也不能做办事人员，学生在学校中，只是少听到一些可厌的新闻，待到出校和社会接触，仍然要苦痛，仍然要堕落，无非略有迟早之分。所以我的意思，倒不如在都市中，要堕落的从速堕落罢，要苦痛的速速苦痛罢，否则从较为宁静的地方突到闹处，也须意外地吃惊受苦，其苦痛之总量，与本在都市者略同。

学校的情形，向来如此，但一二十年前，看去仿佛较好者，因为足够办学资格的人们不很多，因而竞争也不猛烈的缘故。现在可多了，竞争也猛烈了，于是坏脾气也就彻底显出。教育界的清高，本是粉饰之谈，其实和别的什么界都一样，人的气质不大容易改变，进几年大学是无甚效力的，况且又有这样的环境，正如人身的血液一坏，体中的一部分决不能独保健康一样，教育界也不会在这样的民国里特别清高的。

所以，学校之不甚高明，其实由来已久，加以金钱的魔力，本是非常之大，而中国又是向来善于运用金钱诱惑法术的地方，于是自然就成了这现象。听说现在是中学校也有这样的了，间有例外者，大概即因年龄太小，还未感到经济困难或花费的必要之故罢。至于传入女校，当是近来的事，大概其起因，当在女性已经自觉到经济独立的必要，所以获得这独立的方法，不外两途，一是力争，一是巧取，前一法很费力，于是就堕入后一手段去，就是略一清醒，又复昏睡了。可是这不独女界，男人也都如此，所不同者巧取之外，还有豪夺而已。

我其实那里会“立地成佛”，许多烟卷，不过是麻醉药，烟雾中也没有见过极乐世界。假使我真有指导青年的本领——无论指导得错不错——我决不藏匿起来，但可惜我连自己也没有指南针，到现在还是乱闯，倘若闯入深坑，自己有自己负责，领着别人又怎么好呢，我之怕上讲台讲空话者就为此。记得有一种小说里攻击牧师，说有一个乡下女人，向牧师沥诉困苦的半生，请他救助，牧师听毕答道，“忍着罢，上帝使你在生前受苦，死后定当赐福的。”其实古今的圣贤以及哲人学者所说，何尝能比这高明些，他们之所谓“将来”，不就是牧师之所谓“死后”么？我所知道的话就是这样，我不相信，但自己也并无更好解释。章锡琛的答话是一定要胡涂的，听说他自己在书铺子里做伙计，就时常叫苦连天。

廣平兄：

今天收到來信，有些問題恐怕我答不出，姑且寫下去看。

學風如何，我以為和政治狀態及社會情形相關的，倘在山林中，該可以比城市好一點，只要辦事人員好。但若政治昏暗，好的人也不能做辦事人員，學生在學校中，只是少聽到一些可厭的新聞，待到出校和社會接觸，仍然要苦痛，仍然要墮落，無非略有遲早之分。所以我的意見，倒不如在都市中，要墮落的從速墮落罷，要苦痛的速速苦痛罷，否則從較為寧靜的地方突到鬧處，也須意外地吃驚受苦，其苦痛之總量，與本住都市者亦略同。

學校的情形，向來如此，但一二十年前，看去似乎較好者，因為足以辦學的資格的人們不很多，因而競爭也不猛烈的緣故。現在可多了，競爭也猛烈了，于是壞脾氣也就徹底顯出。教育界的清高，本是粉飾之談，其實和別的什麼界都一樣，人的氣質不大容易改變，進幾年大學是無甚效力的，況且又有這樣的環境，正如人身的血液一壞，體中的一部分決不能獨善健康一樣，教育界也不會在這樣的民國裏特別清高的。

所以，學校之不甚高明，其實由來已久，加以金錢的魔力，本是非常之大，而中國又是向來善于運用金錢誘惑法術的地方，于是自然就成了

我想，苦痛是总与人生联带的，但也有离开的时候，就是当睡熟之际。醒的时候要免去若干苦痛，中国的老法子是“骄傲”与“玩世不恭”，我自己觉得我就有这毛病，不大好。苦茶加“糖”，其苦之量如故，只是聊胜于无“糖”，但这糖就不容易找到，我不知道在那里，只好交白卷了。

以上许多话，仍等于章锡琛，我再说我自己如何在世上混过去的方法，以供参考罢——

一、走“人生”的长途，最易遇到的有两大难关。其一是“岐路”，倘若墨翟先生，相传是恸哭而返的。但我不哭也不返，先在岐路头坐下，歇一会，或者睡一觉，于是选一条似乎可走的路再走，倘遇见老实人，也许夺他食物充饥，但是不问路，因为我知道他并不知道的。如果遇见老虎，我就爬上树去，等它饿得走去了再下来，倘它竟不走，我就自己饿死在树上，而且先用带子缚住，连死尸也决不给它吃。但倘若没有树呢？那么，没有法子，只好请它吃了，但也不妨也咬它一口。其二便是“穷途”了，听说阮籍先生也大哭而回，我却也像岐路上的办法一样，还是跨进去，在刺丛里姑且走走，但我也并未遇到全是荆棘毫无可走的地方过，不知道是否世上本无所谓穷途，还是我幸而没有遇着。

二、对于社会的战斗，我是并不挺身而出的，我不劝别人牺牲什么之类者就为此。欧战的时候，最重“壕堑战”，战士伏在壕中，有时吸烟，也唱歌，打纸牌，喝酒，也在壕内开美术展览会，但有时忽向敌人开他几枪。中国多暗箭，挺身而出的勇士容易丧命，这种战法是必要的罢。但恐怕也有时会迫到非短兵相接不可的，这时候，没有法子，就短兵相接。

总结起来，我自己对于苦闷的办法，是专与苦痛捣乱，将无赖手段当作胜利，硬唱凯歌，算是乐趣，这或者就是糖罢。但临末也还是归结到“没有法子”，这真是没有法子！

以上，我自己的办去说完了，就是不过如此，而且近于游戏，不像步步走在人生的正轨上（人生或者有正轨罢，但我不知道），我相信写了出来，未必于你有用，但我也只能写出这些罢了。

鲁迅　三月十一日

[第2封] 教育

广平兄：

这回要先讲“兄”字的讲义了。这是我自己制定，沿用下来的例子，就是：旧日或近来所识的朋友，旧同学而至今还在来往的，直接听讲的学生，写信的时候我都称“兄”。其余较为生疏，较需客气的，就称先生，老爷，太太，少爷，小姐，大人……之类。总之我这“兄”字的意思，不过比直呼其名略胜一筹，并不如许叔重先生所说，真含有“老哥”的意义。但这些理由，只有我自己知道，则你一见而大惊力争，盖无足怪也。然而现已说明，则亦毫不为奇焉矣。

现在的所谓教育，世界上无论那一国，其实都不过是制造许多适应环境的机器的方法罢了，要适如其分，发展各各的个性，这时候还未到来，也料不定将来究竟可有这样的时候。我疑心将来的黄金世界里，也会有将叛徒处死刑，而大家尚以为是黄金世界的事，其大病根就在人们各各不同，不能像印版书似的每本一律。要彻底地毁坏这种大势的，就容易变成“个人的无政府主义者”，《工人绥惠略夫》里所描写的绥惠略夫就是。这一类人物的运命，在现在，——也许虽在将来，是要救群众，而反被群众所迫害，终至于成了单身，忿激之余，一转而仇视一切，无论对谁都开枪，自己也归于毁灭。

社会上千奇百怪，无所不有；在学校里，只有捧线装书和希望得到文凭者，虽然根柢上不离“利害”二字，但是还要算好的。中国大约太老了，社会里事无大小，都恶劣不堪，像一只黑色的染缸，无论加进什么新东西去，都变成漆黑，可是除了再想法子来改革之外，也再没有别的路。我看一切理想家，不是怀念“过去”，就是希望“将来”，对于“现在”这一个题目，都交了白卷，因为谁也开不出药方。其中最好的药方，即所谓“希望将来”的就是。

“将来”这回事，虽然不能知道情形怎样，但有是一定会有的，就是一定会到来的，所虑者到了那时，就成了那时的“现在”。然而人们也不必这样悲观，只要“那时的现在”比“现在的现在”好一点，就很好了，这就是进步。

这些空想，也无法证明一定是空想，所以也可以算是人生的一种慰安，正如信徒的上帝。我的作品，太黑暗了，因为我只觉得“黑暗与虚无”乃是“实有”，却偏要向这些作绝望的抗战，所以很多着偏激的声音。其实这或者是年龄和经历的关系，也许未必一定的确的，因为我终于不能证实：惟黑暗与虚无乃是实有。所以我想，在青年，须是有不平而不悲观，常抗战而亦自卫，荆棘非践不可，固然不得不践，但若无须必践，即不必随便去践，这就是我所以主张“壕堑战”的原因，其实也无非想多留下几个战士，以得更多的战绩。

子路先生确是勇士，但他因为“吾闻君子死冠不免”，于是“结缨而死”，则我总觉得有点迂。掉了一顶帽子，有何妨呢，却看得这么郑重，实在是上了仲尼先生的当了。仲尼先生自己“厄于陈蔡”，却并不饿死，真是滑得可观。子路先生倘若不信他的胡说，披头散发的战起来，也许不至于死的罢，但这种散发的战法，也就是属于我所谓“壕堑战”的。

时候不早了，就此结束了。

鲁迅　三月十八日

[第 3 封] 将来

广平兄：

仿佛记得收到来信有好几天了，但是今天才能写回信。

“一步步的现在过去”，自然可以比较的不为环境所苦，但“现在的我”中，既然“含有原先的我”，而这“我”又有不满于时代环境之心，则苦痛也依然相续。不过能够随遇而安——即有船坐船云云——则比起幻想太多的人们来，可以稍为安稳，能够敷衍下去而已。总之，人若一经走出麻木境界，即增加苦痛，而且无法可想，所谓“希望将来”，就是自慰——或者简直是自欺——之法，即所谓“随顺现在”者也一样。必须麻木到不想“将来”也不知“现在”，这才和中国的时代环境相合，但一有知识，就不能再回到这地步去了。也只好如我前信所说，“有不平而不悲观”，也即来信之所谓“养精蓄锐以待及锋而试”罢。

来信所说“时代环境的落伍者”的定义，是不对的。时代环境全都迁流，并且进步，而个人始终如故，毫无长进，这才谓之“落伍者”。倘若对于时代环境怀着不满，望它更好，待较好时，又望它更更好，即不当有“落伍者”之称。因为世界上改革者的动机，大低就是这对于时代环境的不满的缘故。

这回教次的下台，我以为似乎是他自己的失策，否则，不至于此的。至于妨碍《民国日报》，乃是北京官场的老手段，实在可笑。停止一种报章，天下便即太平么？这种漆黑的染缸不打破，中国即无希望，但正在准备毁坏者，目下也仿佛有人，只可惜数目太少。然而既然已有，即可望多起来，一多，就好玩了，——但是这自然还在将来，现在呢，只是准备。

我如果有所知道，当然不至于客气的，但这种满纸“将来”和“准备”的教训，其实不过是空言，恐怕于“小鬼”无甚好处。至于时间，那倒不要紧的，因为我即不写信，也并不做着什么了不得的事。

鲁迅　三月二十三日

［第 4 封］民元

广平兄：

现在才有写回信的工夫，所以我就写回信。那一回演剧时候，我之所以先去者，实与剧的好坏无关，我在群集里面，向来坐不久的。那天观众似乎不少，筹款目的，该可以达到一点了罢。好在中国现在也没有什么批评家，鉴赏家，给看那样的戏剧，已经尽够了，严格的说起来，则那天的看客，什么也不懂而胡闹的很多，都应该用大批的蚊烟，将它们熏出的。

近来的事件，内容大抵复杂，实不但学校为然。据我看来，女学生还要算好的，大约因为和外面的社会不大接触之故罢，所以还不过谈谈衣饰宴会之类。至于别的地方，怪状更是层出不穷，东南大学事件就是其一，倘细细剖析，真要为中国前途万分悲哀。虽至小事，亦复如是，即如《现代评论》的“一个女读者”的文章，我看那行文造语，总疑心是男人做的，所以你的推想，也许不确。世上的鬼蜮是多极了。

说起民元的事来，那时确是光明得多，当时我也在南京教育部，觉得中国将来很有希望。自然，那时恶劣分子固然也有的，然而他总失败。一到二年二次革命失败之后，即渐渐坏下去，坏而又坏，遂成了现在的情形。其实这不是新添的坏，乃是涂饰的新漆剥落已尽，于是旧相又显了出来。使奴才主持家政，那里会有好样子。最初的革命是排满，容易做到的，其次的改革是要国民改革自己的坏根性，于是就不肯了。所以此后最要紧的是改革国民性，否则，无论是专制，是共和，是什么什么，招牌虽换，货色照旧，全不行的。

但说到这类的改革，便是真叫作无从措手。不但此也，现在虽想将“政象”稍稍改善，尚且非常之难。在中国活动的现有两种“主义者”，外表都很新的，但我研究他们的精神，还是旧货，所以我现在无所属，但希望他们自己觉悟，自动的改良而已。例如世界主义者，而同志自己先打架；无政府义者的报馆，而用护兵守门，真不知是怎么一回事。土匪也不行，河南的单知道烧抢，东三省的渐趋于保护雅片，总之是抱“发财主义”的居多，梁山泊劫富济贫的事，已成为书本子上的故事了。军队里也不好，排挤之风甚盛，勇敢无私的一定孤立，为敌所乘，同人不救，终至阵亡，而巧滑骑墙，专图地盘者反很得意。我有几个学生在军中，倘不同化，怕终不能占得势力，但若同化，则占得势力又于将来何益。一个就在攻惠州，虽闻已胜，而终于没有信来，使我常常苦痛。

我又无拳无勇，真没有法，在手头的只有笔墨，能写这封信一类的不得要领的东西而已。但我总还想对于根深蒂固的所谓旧文明，施行袭击，令其动摇，冀于将来有万一之希望。而且留心看看，居然也有几个不问成败而要战斗的人，虽然意见和我并不尽同，但这是前几年所没有遇到的。我所谓“正在准备破坏者目下也仿佛有人”的人，不过这么一回事。要成联合战线，还在将来。

希望我做点什么事的人，颇有几个了，但我自己知道，是不行的。凡做领导的人，一须勇猛，而我看事情太仔细，一仔细，即多疑虑，不易勇往直前；二须不惜用牺牲，而我最不愿使别人做牺牲（这其实还是革命以前的种种事情的刺激的结果），也就不能有大局面。所以，其结果，终于不外乎用空论来发牢骚，印一通书籍杂志。你如果也要发牢骚，请来帮我们，倘曰“马前卒”，则吾岂敢，因为我实无马，坐在人力车上，已经是阔气的时候了。

投稿到报馆里，是碰运气的，一者编辑先生总有些胡涂，二者投稿一多，确也使人头昏眼花。我近来常看稿子，不但没有空闲，而且人也疲乏了，此后想不再给人看，但除了几个熟识的人们。你投稿虽不写什么“女士”，我写信也改称为“兄”，但看那文章，总带些女性。我虽然没有细研究过，但大略看来，似乎“女士”的说话的句子排列法，就与“男士”不同，所以写在纸上，一见可辨。

北京的印刷品现在虽然比先前多，但好的却少。《猛进》很勇，而论一时的政象的文字太多。《现代评论》的作者固然多是名人，看去却显得灰色。《语丝》虽总想有反抗精神，而时时有疲劳的颜色，大约因为看得中国的内情太清楚，所以不免有些失望之故罢。由此可知见事太明，做事即失其勇，庄子所谓“察见渊鱼者不祥”，盖不独谓将为众所忌，且于自己的前进亦有碍也。我现在还要找寻生力军，加多破坏论者。

鲁迅　三月卅一日

［第5封］演剧

广平兄：

我先前收到五个人署名的印刷品，知道学校里又有些事情，但并未收到薛先生的宣言，只能从学生方面的信中，猜测一点。我的习性不大好，每不肯相信表面上的事情，所以我疑心薛先生辞职的意思，恐怕还在先，现在不过借题发挥，自以为去得格外好看。其实“声势汹汹”的罪状，未免太不切实，即使如此，也没有辞职的必要的。如果自己要辞职而必须牵连几个学生，我觉得这办法有些恶劣。但我究竟不明白内中的情形，要之，那普通所想得到的，总无非是“用阴谋”与“装死”，学生都不易应付的。现在已没有中庸之法，如果他的所谓罪状不过“声势汹汹”，殊不足以制人死命，有那一回反驳的信，已经可以了。此后只能平心静气，再看后来，随时用质直的方法对付。

这回演剧，每人分到二十余元，我以为结果并不算坏，前年世界语学校演剧筹款，却赔了几十元。但这几个钱，自然不够旅行，要旅行只好到天津。其实现在何必旅行，江浙的教育，表面虽说发达，内情何尝佳，只要看母校，即可以推知其他一切。不如买点心，日吃一元，反有实益。

大同的世界，怕一时未必到来，即使到来，像中国现在似的民族，也一定在大同的门外，所以我想无论如何，总要改革才好。但改革最快的还是火与剑，孙中山奔波一世，而中国还是如此者，最大原因还在他没有党军，因此不能不迁就有武力的别人。近几年似乎他们也觉悟了，开起军官学校来，惜已太晚。中国国民性的堕落，我觉得不是因为顾家，他们也未尝为“家”设想。最大的病根，是眼光不远，加以“卑怯”与“贪婪”，但这是历久养成的，一时不容易去掉。我对于攻打这些病根的工作，倘有可为，现在还不想放手，但即使有效，也恐很迟，我自己看不见了。由我想来，——这只是如此感到，说不出理由，——目下的压制和黑暗还要增加，但因此也许可以发生较激烈的反抗与不平的新分子，为将来的新的变动的萌蘖。

“关起门来长吁短叹”，自然是太气闷了，现在我想先对于思想习惯加以明白的攻击，先前我只攻击旧党，现在我还要攻击青年。但政府似乎已在张起压制言论的网来，那么，又须准备“钻网”的法子，——这是各国鼓吹改革的人照例要遇到的。我现在还在寻有反抗和攻击的笔的人们，再多几个，就来“试他一试”，但那效果，仍然还在不可知之数，恐怕也不过聊以自慰而已。所以一面又觉得无聊，又疑心自己有些暮气，“小鬼”年青，当然是有锐气的，可有更好、更有聊的法子么？

我所谓“女性”的文章，倒不专在“唉，呀，哟，……”之多。就是在抒情文，则多用好看字样，多讲风景，多怀家庭，见秋花而心伤，对明月而泪下之类。一到辩论之文，尤易看出特别。即举出对手之语，从头至尾，一一驳去，虽然犀利，而不沉重，且罕有正对“论敌”的要害，仅以一击给与致命的重伤者。总之是只有小毒而无剧毒，好作长文而不善于短文。

做金心异的公子是最不危险的，因为他已经承认“应该多听后辈的教训”，而且也决不敢以“诗礼”教其子，所以也无须“远”。他的公子已经比他长得多，衣服穿旧之后，即剪短给他穿，他似乎已经变了“子”的“后辈”，不成问题了。

《猛进》昨已送上五期，想已收到。此后如不被禁止，我当寄上，因为我这里有好几份。

鲁迅　四月八日

万璞女士的举动似乎不很好，听说她办报章时，到加拉罕那里去募捐，说如果不给，她就要对于俄国说坏话云云。

[第 6 封] 意见

广平兄：

有许多话，那天本可以口头答复，但我这里从早到夜，总有几个各样的客在座，所以只能论天气之好坏，风之大小。因为虽是平常的话，但偶然听了一段，即容易莫名其妙，还不如仍旧写回信。

学校的事，也许暂时要不死不活罢。昨天听人说，章太太不来，另荐了两个人，一个也不来，一个是不去请。还有某太太却很想做，而当局似乎不敢请教。听说评议会的挽留倒不算什么，而问题却在不能得人。当局定要在“太太类”中选择，固然也过于拘执，但别的一时可也没有，此实不死不活之大原因也。后事如何，且听下回分解可耳。

来信所述的方法，我实在无法说是错的，但还是不赞成，一是由于全局的估计，二是由于自己的偏见。第一，这不是少数人所能做，而这类人现在很不多，即或有之，更不该轻易用去；还有，即有一两类此的事件，实不足以震动国民，他们还很麻木，至于坏种，则警备甚严，也未必就肯洗心革面，假使接连而起，自然就好得多，但怕没有这许多人；还有，此事容易引起坏影响，例如民二，袁世凯也用这方法了，党人所用的多青年，而他的乃是用钱雇来的奴子，试一衡量，还是这一面吃亏。但这时党人之间，也曾用过雇工，以自相残杀，于是此道乃更坠落。现在即使复活，我以为虽然可以快一时之意，而与大局是无关的。第二，我的脾气是如此的，自己没有做，就不大赞成。我有时也能辣手评文，也常煽动青年冒险，但有相识的人，我就不能评他的文章，怕见他的冒险，明知道这是自相矛盾的，也就是做不出什么事情来的死症，然而终于无法改良，奈何不得，我不愿意，由他去罢。

"无处不是苦闷，苦闷，（此下还有六个并……）"，我觉得"小鬼"的"苦闷"的原因是在"性急"。在进取的国民中，性急是好的，但生在麻木如中国的地方，却容易吃亏，纵使如何牺牲，也无非毁灭自己，于国度没有影响。我记得先前在学校演说时候也曾说过，要治这麻木状态的国度，只有一法，就是"韧"，也就是"锲而不舍"。逐渐的做一点，总不肯休，不至于比"轻于一掷"无效的。但其间自然免不了"苦闷，苦闷.（此下还有六个并……）"，可是只好便与这"苦闷……"反抗。这虽然近于劝人耐心做奴隶，其实很不同，甘心乐意的奴隶是无望的，但如怀着不平，总可以逐渐做些有效的事。

我有时以为"宣传"是无效的，但细想起来，也不尽然。革命之前，第一个牺牲者，我记得是史坚如，现在人们都不大知道了，在广东一定是记得的人较多罢，此后接连的有好几人，而爆发却在胡北，还是宣传的功劳。当时和袁世凯妥协，种下病根，其实却还是党人实力没有充实之故。所以鉴于前车，则此后的第一要图，还在充足实力，此外各种言动，只能稍作辅佐而已。

文章的看法，也是因人不同的，我因为自己爱作短文，爱用反语，每遇辩论，辄不管三七二十一，就迎头一击，所以每见和我的办法不同者便以为缺点。其实畅达也自有畅达的好处，正不必故意减缩（但繁冗则自应删削），例如玄同之文，即颇汪羊，而少含蓄，使读者览之了然，无所疑惑，故于表白意见，反为相宜，效力亦复很大。我的东西却常招误解，有时竟出于意料之外，可见意在简练，稍一不慎，即易流于晦涩，而其弊有至于不可究诘者焉。（不可究诘四字颇有语病，但一时想不出适当之字，姑仍之。意但云"其弊颇大"耳。）

前天仿佛听说《猛进》终于没有定妥，后来因为别的话岔开，没有问下去了。如未定，便中可见告，当寄上。我虽说忙，其实也不过"口头禅"，每日常有闲坐及讲空话的时候，写一个信面，尚非大难事也。

鲁迅　四月十四日

[第 7 封] 周刊

广平兄：

十六和廿日的信，都收到了，实在对不起，到现在才一并回答。几天以来，真所谓忙得不堪，除些琐事以外，就是那可笑的“□□周刊”。这一件事，本来还不过一种计画，不料有一个学生对邵飘萍一说，他就登出广告来，并且写得那么夸大可笑。第二天我就代拟了一个别的广告，硬令登载，又不许改动，他却又加了几句无聊的案语，做事遇着隔膜者，真是连小事情也碰头。至于我这一面，则除百来行稿子以外，什么也没有，但既然受了广告的鞭子的强迫，也不能不跑了，于是催人去做，自己也做，直到此刻，这才勉强凑成，而今天就是交稿的日子。统看全稿，实在不见得高明，你不要那么热望，过于热望，要更失望的。但我还希望将来能够比较的好一点。如有稿子，也望寄来，所论的问题也不拘大小。你不知定有《京报》否，如无，我可以使人将《莽原》——即所谓□□周刊——寄上。

但星期五，你一定在学校先看见《京报》罢。那“莽原”二字，是一个八岁的孩子写的，名字也并无意义，与《语丝》相同，可是又仿佛近于“旷野”。投稿的人名都是真的；只有末尾的四个都由我代表，然而将来在文章上恐怕也仍然看得出来，改变文体，实在是不容易的事。这些人里面，做小说的和能翻译的居多，而做评论的没有几个，这实在一个大缺点。

再说到前信所说的方法，就方法本身而论，自然是没有什么错处的，但效果在现今的中国却收不到。因为施行刺激，总须有若干人有感动性才有应验，就是所谓须是木材，始能以一颗小火燃烧，倘是沙石，就无法可想，投下火柴去，反而无聊。所以我总觉得还该耐心挑拨煽动，使一部分有些生气才好。去年我在西安夏期讲演，我以为可悲的，而听众木然，我以为可笑的，而听众也木然，都无动，和我的动作全不生关系。当群众的心中并无可以燃烧的东西时，投火之无聊至于如此。别的事也一样的。

薛先生已经复职，自然极好，但来来去去，似乎太劳苦一点了。至于今之教育当局，则我不知其人。但看他挽孙中山对联中之自夸，与完全“道不同”之段祺瑞之密切，为人亦可想而知。所闻的历来举止，似是大言无实，欺善怕恶之流而已。要之在这昏浊的政局中，居然出为高官，清流大约决无这种手段，由我看来，王九龄要比他好得多罢。校长之事，部中毫无所闻，此人之来，以整顿教育自命，或当别有一反从前一切之新法（他是不满于今之学风的），但是否又是大言，则不得而知，现在鬼鬼祟祟之人太多，实在无从说起。

我以前做些小说短评之类，难免描写或批评别人，现在不知道怎么，似乎报应已至，自己忽而变了别人的文章的题目了。张王两篇，也已看过，未免说得我太好些。我自己觉得并无如此“冷静”，如此能干，即如“小鬼”们之光降，在未得十六来信以前，我还没有悟出已被“探捡”而去，倘如张君所言，从第一至第三，全是“冷静”，则该早经知道了。但你们的研究，似亦不甚精细，现在试出一题，加以考试：我所坐的有玻璃窗的房子的屋顶，似什么样子的？后园已经去过，应该可以看见这个，仰即答复可也！

星期一的比赛“韧性”，我又失败了，但究竟抵抗了一点钟，成绩还可以在六十分以上。可惜众寡不敌，终被逼上午门，此后则遁入公园，避去近于“带队”之苦。我常想带兵抢劫，无可讳言，若一变而为带女学生游历，未免变得离题太远，先前之逃来逃去者，非怕“难为”“出轨”等等，其实不过是想逃脱领队而已。

琴心问题，现在总算明白了。先前，有人说是欧阳兰，有人说是陆晶清，而孙伏园坚谓俱不然，乃是一个新出的作者。盖投稿非其自写，所以是另一种笔迹，伏园以善认笔迹自负，岂料反而上当。二则所用的红信封绿信纸将伏园善识笔迹之眼睛吓昏，遂愈加疑不到欧阳兰身上去了。加以所作诗文，也太近于女性。今看他署着真名之文，也是一样色彩，本该容易猜破，但他人谁会想到他为了争一点无聊的名声，竟肯如此钩心斗角，无所不至呢。他的“横扫千人”的大作，今天在《京报副刊》似乎露一点端倪了，所扫的一个是批评廖仲潜小说的芳子，但我现在疑心芳子也就是廖仲潜，实无其人，和琴心一样的。第二个是向培良（也是我的学生），则识力比他坚实得多，琴心的扫帚，未免太软弱一点。但培良已往河南去办报，不会有答复的了，这实在可惜，使我们少看见许多痛快的议论。闻京报社里攻击欧阳的文章还有十多篇，有一篇署名“S 弟”的颇好，大约几天以后要登出来。

《民国公报》的实情如何，我不知道，待探听了再回答罢。普通所谓考试编辑多是一种手段，大抵因为荐条太多，无法应付，便来装作这一种门面，故作禀公选用之状，以免荐送者见怪，其实却是早已暗暗定好，别的应试者不过陪他变一场戏法罢了。但《民国公报》是否也如是，却尚难决（我看十分之九也这样），总之，先去打听一回罢。我的意见，以为做编辑是不会有什么进步的，我近来因常与周刊之类相关，弄得看书和休息的工夫也没有了，因为选用的稿子，常须动笔改削，倘若任其自然，又怕闹出错处来。还是“人之患”较为从容，即使有时逼上午门，也不过费两三个时间而已。

鲁迅　四月二十二日夜

[第8封] 割舌

广平兄：

来信收到了。今天又收到一封文稿，拜读过了，后三段是好的，首一段累堕一点，所以看纸面如何，也许将这一段删去。但第二期上已经来不及登，因为不知“小鬼”何意，竟不题作者名字。所以请你捏造一个，并且通知我，并且必须于下星期三上午以前通知，并且回信中不准说“请先生随便写上一个可也”之类的油滑话。

现在的小周刊，目录必在角上者，是为订成本子之后，读者容易翻检起见，倘要检查什么，就不必全本翻开，才能够看见每天的细目。但也确有隔断读者注意的弊病，我想了另一格式，如下：

录目	莽原	处通等讯

则目录既在边上，容易检查，又无隔断本文之弊，可惜《莽原》第一期已经印出，不能便即变换了，但到二十期以后，我想“试他一试”。至于印在末尾，书籍尚可，定期刊不合宜，擅起此种“心理作用”，应该记大过二次。

《莽原》第一期的作者和性质，都如来信所言，但长虹不是我，乃是我今年新认识的。意见也有一部分和我相合，而是安那其主义者。他很能做文章，但大约因为受了尼采的作品的影响之故罢，常有太晦涩难解处；第二期登出的署著 C. H. 的，也是他的作品。至于《棉袍里的世界》所说的“掠夺”问题，则敢请少爷不必多心，我辈赴贵校教书，每月明明写定“致送修金十三元五角正”。既有“十三元五角”而且“正”，则又何“掠夺”之有也欤哉！

割舌之罚，早在我的意中，然而倒不以为意。近来整天的和人谈话，颇觉得有点苦了，割去舌头，则一者免得教书，二者免得陪客，三者免得做官，四者免得讲应酬话，五者免得演说；从此可以专心做报章文字，岂不舒服。所以你们应该趁我还未割去舌头之前听完《苦闷之象征》，前回的不肯听讲而逼上午门，也就应该记大过若干次。而我的六十分，则必有无疑。因为这并非“界限分得太清”之故，我无论对于什么学生，都不用“冲锋突围而出”之法也。况且，窃闻小姐之类，大抵容易“潸然泪下”，倘我挥拳打出，诸君在后面哭而送之，则这一篇文章的分数，岂非当在〇分以下？现在不然，可知定为六十分者，还是自己客气的。

但是这次试验，我却可以自认失败，因为我过于大意，以为广平少爷未必如此“细心”，题目出得太容易了。现在也只好任凭占卦抽签，不再辩论，装作舌头已经割去之状。惟报仇题目，却也不再交卷，因为时间太严。那信是星期一上午收到的，午后即须上课，更无作答的工夫，一经上课，则无论答得如何正确，也必被冤为“临时豫备夹带，然后交卷”，倒不如拚出，交了白卷便宜。

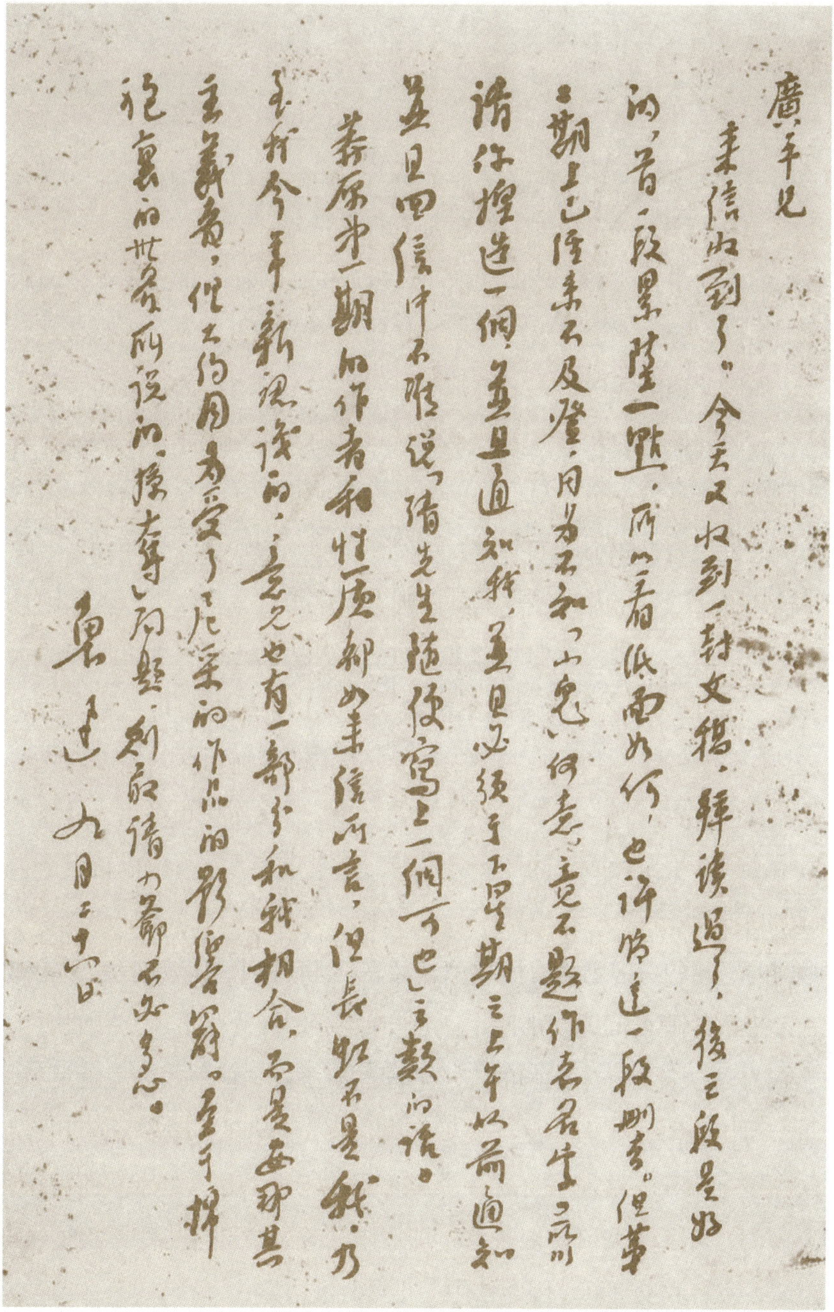

今天《京报》上，不知何以琴心问题忽而寂然了，听说馆中还有琴心文四篇，及反对他的十几篇，或者都就此中止，也未可知。今天但有两种怪广告，——欧阳兰及“宇铨先生”——后一种更莫名其妙。《北大日刊》上又有一个欧阳兰启事，说是要到欧洲去了。

中国现今文坛（？）的状态，实在不佳，但究竟做诗及小说者尚有人。最缺少的是“文明批评”和“社会批评”，我之以“莽原”起哄，大半也就为得想引出些新的这样的批评者来，虽在割去敝舌之后，也还有人说话，继续撕去旧社会的假面。可惜现在所收的稿子，也还是小说多。

鲁迅　四月二十八日

[第9封]. 假名

广平兄：

四月卅日的信收到了。闲话休提，先来攻击朱老夫子的《假名论》罢。

夫朱老夫子者，是我的老同学，我对于他的在窗下孜孜研究，久而不倦，是十分佩服的，然此亦惟于古学一端而已，若夫评论世事，乃颇觉其迂远之至者也。他对于假名之非难，不过最偏的一部分，如以此诬陷毁谤个人之类，才可谓之“不负责任的推诿的表示”。倘在人权尚无确实保障的时候，两面的众寡强弱，又极悬殊，则又作别论才是。例如子房为韩报仇，以君子看来，是应该写信给秦始皇，要求两人赤膊决斗，才觉合理的，然而博浪一击，大索十日而终不可得，后世亦不以为非者，知公私不同，而强弱之势亦异，一匹夫不得不然之故也。况且，现在的有权者，是什么东西呢？他知道什么责任呢？《民国日报》案故意拖延月余，才来裁判，又决罚至如此之重，而叫喊几声的人独要硬负片面的责任，如孩子脱衣以入虎穴，岂非大愚么？朱老夫子生活于平安中，所做的是《萧梁旧史考》，负责与否，没有大关系，也并有什么意外的危险，所以他的侃侃而谈，仅可以供他日共和实现之后的参考，若今日者，则我以为只要目的是正的——这所谓正不正，又只专凭自己判断——即可用无论什么手段，而况区区假名真名之小事也哉，此我所以指窗下为活人之坟墓，而劝人们不必多看中国之书者也！

本来还要更长更明白的骂几句，但因为有所顾忌，又哀其胡子之长，就此收束罢。那么，话题一转，而论“小鬼”之假名问题。那两个“鱼与熊掌”，虽为足下所喜，我以为用于论文，却不相宜，因为以真名招一个无聊的麻烦，固然犯不上，但若假名太近滑稽，则足以减少论文的重量，所以也不很好。你这许多名字中，既然“非心”总算还未用过，我就以“编辑”兼“先生”之威权，给你写上这一个罢。假如于心不甘，赶紧发信抗议，还来得及，但如星期二夜为止并无痛哭流涕之抗议，即以默认论，虽驷马也难于追回了。而且此后的文章，也应细心署名，不得以“因为忙中”推诿！

试验题目出得太容易了，自然也算得我的失策，然而也未始没有补救之法的。其法即称之为“少爷”，刺之以“细心”，则效力之大，也抵得记大过二次。现在果然慷慨激昂的来“力争”了，而且写至九行之多，可见费力不少。我的报复计画，总算已经达到了一部分，“少爷”之称，姑且准其取消罢。

我看“宇铨先生”的新广告，他是本知道波微并不是崔女士的，先前的许多信，想来不过是装傻。但这人的本相，却不易查考，因为北大学生的信，都插在门口，所以即非学生，也可以去取，单看通信地址，其实不能定为何校学生。惟看他的来信上的邮局消印，却可以大略推知住在何处。我看见几封上署“女师大”的“琴心”的信面，都是东城邮局的消印，可见琴心其实是住在东城。

历来的《妇周》，几乎还是一种文艺杂志，议论很少，有几篇也不很好。前一回某君在一篇论文里解释“妾”字的意义，实在是笑话。请他们诸公来“试他一试”，也不坏罢。然而咱们的《莽原》也很窘，寄来的多是小说与诗，评论很少，倘不小心，也容易变成文艺杂志的。我虽然被称为“编辑先生”，非常骄气，但每星期被逼作文，却很感痛苦，因为这简直像先前学校中的星期考试。你如有议论，敢乞源源寄来，不胜荣幸感激涕零之至！

缝纫先生听说又不来了，要寻善于缝纫的，北京很多，本不必发电号召，奔波而至，她这回总算聪明。继其后者，据现状以观，总还是太太类罢。其实这倒不成为什么问题，不必定用毛瑟，因为“女人长女校”，还是社会的公意，想章士钊和社会奋斗，是不会的，否则，也不成其为章士钊了。老爷类也没有什么相宜的人，名人不来，来也未必一定能办好。我想校长之类，最好请无大名而真肯做事的人做。然而，目下无之。

我也可以“不打自招”：东边架上一盒盒的，确是书籍。但我已将废去考试法不用，倘有必须报复之处，即尊称之曰“少爷”，就尽够了。

鲁迅　五月三日

[第10封] 牺牲

广平兄：

两信均收到，一信中并有稿子，自然照例“感激涕零”而阅之。小鬼“最怕听半截话”，而我偏有爱说半截话的毛病，真是无可奈何。本来想做一篇详明的《朱老夫子论》呈政，而心绪太乱，又没有工夫。简截地说一句罢，就是：他历来所走的都是最稳的路，不做一点小小的冒险事，所以他的话倒是不负责任的，待到别人被祸，他不作声了。

群众不过如此，由来久矣，将来也不过如此。公理也和事之成败无关。但是，女师之教员也太可怜了，只见暗中活动之鬼，而竟没有站出来说话的人。我近来对于黎先生之赴西山，也有些怀疑了，但也许真真恰巧，疑之者倒是我自己的神经过敏。

我现在愈加相信说话和弄笔的都是不中用的人，无论你说话如何有理，文章如何动人，都是空的。他们即使怎样无理，事实上却著著得胜。然而，世界岂真不过如此而已么？我还要反抗，试他一试。

提起牺牲，就使我记起前两三年被北大开除的冯省三。他是闹讲义风潮之一人，后来讲义费撤去了，却没有一个同学再提起他。我那时曾在《晨报副刊》上做过一则杂感，意思是牺牲为群众祈福，祀了神道之后，群众就分了他的肉，散胙。

听说学校当局有打电报给家属之类的举动，我以为这些手段太毒辣了。教员之类该有一番宣言，说明事件的真相，几个人也可以的。如果没有一个人肯负这一点责任，那么，即使校长竟去，学籍也恢复了，也不如走罢，全校没有人了，还有什么可学？

鲁迅　五月十八日

[第 11 封]“小鬼”

广平兄：

午回来，看见留字。现在的现象是各方面黑暗，所以有这情形，不但治本无从说起，便是治标也无法，只好跟着时局推移而已。至于《京报》事，据我所闻却不止秦小姐一人，还有许多人运动，结果是两面的新闻都不载，但久而久之，也许会反而帮它们（男女一群，所以只好用“它”），办报的人们，就是这样的东西。其实报章的宣传于实际上也没有多大关系。

今天看见《现代评论》，所谓西滢也者，对于我们的宣言出来说话了，装作局外人的样子，真会玩把戏。我也做了一点寄给《京副》，给他碰一个小钉子。但不知于伏园饭碗之安危如何。它们是无所不为的，满口仁义，行为比什么都不如。我明知道笔是无用的，可是现在只有这个，只有这个而且还要为鬼魅所妨害。然而只要有地方发表，我还是不放下，或者《莽原》要独立，也未可知。独立就独立，完结就完结，都无不可。总而言之，笔舌常存，是总要使用的，东滢西滢，都不相干也。

西滢文托之“流言”，以为此次风潮是“某系某籍教员所鼓动”，那明是说“国文系浙籍教员”了。别人我不知道，至于我之骂杨荫榆，却在此次风潮之后，而“杨家将”偏来诬赖，可谓卑劣万分。但浙籍也好，夷籍也好，既经骂起，就要骂下去，杨荫榆尚无割舌之权，总还要被骂几回的。

文已改好，但邮寄不便，当于便中交出，好在现尚不用。所云团体，我还未打听，但我想，大概总就是前日所说的一个。其实也无须打听，这种团体，一定有范围，尚服从公决的。所以只要自己决定，如要思想自由，特立独行，便不相宜。如能牺牲若干自己的意见，就可以。只有“安那其”是没有规则的，但在中国却有首领，实在希奇。

现在老实说一句罢，“世界岂真不过如此而已么？……”这些话，确是“为对小鬼而说的”。我所说的话，常与所想的不同，至于何以如此，则我已在《呐喊》的序上说过：不愿将自己的思想，传染给别人。何以不愿，则因为我的思想太黑暗，而自己终不能确知是否正确之故。至于“还要反抗”，倒是真的，但我知道这“所以反抗之故”，与小鬼截然不同。你的反抗，是为希望光明到来罢？（我想，一定是如此的。）但我的反抗，却不过是偏与黑暗捣乱。大约我的意见，小鬼很有几点不大了然，这是年龄、经历、环境等或不同之故，不足为奇。例如我是诅咒“人间苦”而不嫌恶“死”的，因为“苦”可以设法减轻而“死”是必然的事，虽曰“尽头”，也不足悲哀。而你却不高兴听这类话，——但是，为什么吞藤黄的？这就比不做“痛哭流涕的文字”还“该打”！又如来信说，“凡有死的同我有关的，同时我就诅咒所有与我无关的。……”而我正相反，同我有关的活着，我就不放心，死了，我就安心，这意思也在《过客》中说过：都与小鬼的不同。其实，我的意见原也不容易了然，因为其中本有着许多矛盾，教我自己说，或者是“人道主义”与“个人的无治主义”的两种思想的消长起伏罢，所以我忽而爱人，忽而憎人；做事的时候，有时确为别人，有时却为自己玩玩，有时则竟因为希望将生命从速消磨，所以故意拼命的做。此外或者还有什么道理，自己也不甚了然。但我对人说话时，却总拣择光明些的说出，然而偶不留意，就露出阎王并不反对，而小鬼反不乐闻的话来。总而言之，我为自己和为别人的设想，是两样的。所以者何，就因为我的思想太黑暗，但是究竟是否真确，又不得而知，所以只能在自身试验，不能邀请别人。其实小鬼希望父兄长存，而自己会吞藤黄，也是如此。

《莽原》实在有些穿棉花鞋了，但没有撒泼文章，真是无法。自己呢，又做惯了晦涩的文章，一时改不过来，初做时立志要显豁，而后来往往仍以晦涩结尾，实在可气之至！现在除附《京报》分送外，另售千五百，看的人也算不少。待“闹潮”略有结束，你这一匹“害群之马”多来发一点议论罢。

鲁迅　五月三十日

[第 12 封] 拆信

广平兄：

拆信案件，或者它们有些受了冤，因为卅一日的那一封，也许是我自己拆过的。那时已经很晚，又写了许多信，所以自己不大记得清楚，但记得将其中之一封拆开（从下方），在第一张上加了一点细注。如你所收的第一张上有小注，那就确是我自己拆过的了。

至于别的信，我却不能代它们辩护。其实私拆函件，本是中国惯技（我也早料到的，历来就已豫防），但是这类技俩，也不过心劳日拙而已。听说明的方孝孺就被永乐灭十族，其一是“师”，但也许是齐东野语，我没有考查过这事的真伪。可是从西滢的文字上看来，此辈一得志，怕要“灭系”，“灭籍”了。

明明将学生开除，而布告文中文其词曰“出校”，我当时颇叹中国文字之巧。今见上海印捕击杀学生，而路透电则云，“若干人不省人事”，可谓异曲同工，但此系中国报译文，不知原文如何。

其实我并不很喝酒，饮酒之害，我是深知道的。现在也还是不喝的时候多，只要没有人劝喝。多住些时，亦无不可的。

汪先生的宣言发表了，而引“某女士”言以为重，可笑。他们大抵爱用“某”字，不知何也。又观其意似乎说“某籍某系”想将学校解散，也是一种奇谈，黑幕中人面目渐露，亦殊可观，可惜他又要“南归”了。

六月二日　迅

[第 13 封] 风潮

广平兄：

六月六日的信并文稿早收到了，但我久没有复。今天又收到十二日信。其实我并不做什么事，而总是忙，拿不起笔来，偶然在什么周刊上写几句，也不过是敷衍，近几天尤其甚。这原因大概是因为“无聊”，人到无聊，便比什么都可怕，因为这是从自己发生的，不大有药可救。喝酒是好的，但也很不好。等暑假时闲空一点，我很想休息几天，什么也不做，什么也不看，但不知道可能够。

第一，小鬼不要变成狂人，也不要发脾气了。人一发狂，自己或者没有什么，——俄国的梭罗古勃以为倒是幸福，——但从别人看来，却似乎一切都已完结。所以我倘能力所及，决不肯使自己发狂，实未发狂而有人硬说我有神经病，那自然无法可想。性急就容易发脾气，最好要酌减“急”的角度，否则，要防自己吃亏，因为现在的中国，总是阴柔人物得胜。

上海的风潮，也出于意料之外。可是今年的学生的动作，据我看来是比前几回进步了。不过这些表示，真所谓“就是这么一回事”。试想：北京全体（？）学生而不能去一章士钉，女师大大多数学生而不能去一杨荫榆，何况英国和日本。但在学生一方面，也只能这么做，唯一的希望，就是等候意外飞来的“公理”。现在“公理”也确有点飞来了，而且，说英国不对的，还有英国人。所以无论如何，我总觉得鬼子比中国人文明，货只管排，而那品性却很有可学的地方。这种敢于指摘自己国度的错误的，中国人就很少。

所谓“经济绝交”者，在无法可想中，确是一个最好的方法，但有附带条件，要耐久，认真。这么办起来，有人说中国的实业就会借此促进，那是自欺欺人之谈。（前几年排斥日货时，大家也那么说，然而结果不过做成功了一种“万年糊”。草帽和火柴发达的原因，尚不在此。那时候，是连这种万年糊也不会做的，排货事起，有三四个学生组织了一个小团体来制造，我还是小股东，但是每瓶八枚铜子的糊，成本要十枚，而且总敌不过日本品。后来，折本，闹架，关门。现在所做的好得多，进步得多了，但和我辈无关也。）因此获利的却是美法商人。我们不过将送给英日的钱，改送美法，归根结蒂，二五等于一十。但英日却究竟受损，为报复计，亦足快心而已。

可是据我看起来，要防一个不好的结果，就是白用了许多牺牲，而反为巧人取得自利的机会，这种事在中国也常有的。但在学生方面，也愁不得这些，只好凭良心做去，可是要缓而韧，不要急而猛。中国青年中，有些很有太“急”的毛病，——小鬼即其一，——因此，就难于耐久（因为开首太猛，易于将力气用完），也容易碰钉子，吃亏而发脾气，此不佞所再三申说者也，亦自己所实验者也。

前信反对“喝酒”，何以这回自己“微醉（？）”了？大作中好看的字面太多一点，拟删去些，然后“赐列第■期《莽原》”。

伏园的态度我日益怀疑，因为似乎已与西滢大有联络。其登载几篇反杨之稿，盖出于不得已。今天在《京副》上，至于指《猛进》、《现代》、《语丝》为“兄弟周刊”，简直有卖《语丝》以与《现代》拉拢之观。或者《京副》之专载沪事，不登他文，也还有别种隐情（但这也许是我的妄猜），《晨副》即不如此。

我明知道几个人做事，真出于“为天下”是很少的。但人于现状，总该有点不平，反抗，改良的意思。只这一点共同目的，便可以合作。即使含些“利用”的私心，也不妨，利用别人，又给别人做点事，说得好看一点，就是“互助”。但是，我总是“罪孽深重，祸延”自己，每每终于发见纯粹的利用，连“互”字也安不上，被用之后，只剩下耗了气力的自己而已。我的时常无聊，就是为此，但我还能将一切忘却，休息一时之后，从新再来，即使明知道后来的运命未必会胜于过去。

本来有四张信纸已可写完，而牢骚发出第五张上去了。时候已经不早，非结束不可。止此而已罢。

六月十三夜　迅

然而，这一点空白，也还要用空话来填满。欧阳兰据说不到欧洲去了。我近来收到一封信，署名“捏蚊”，云要加入《莽原》，大约就是“雪纹”（也即欧阳兰）。这回《民众文艺》上所登的署名“聂文”的，我想也是她（？）。有麟粗心，没有看出。它们又在闹琴心式的玩艺了。

这一点空白，即以这样填满。

[第 14 封] 训词

训词：

你们这些小姐们，只能逃回自己的窠里之后，这才想出方法来夸口；其实则胆小如芝麻（而且还是很小的芝麻），本领只在一齐逃走。为掩饰逃走起见，则云“想拿东西打人”，辄以“想”字妄加罗织，大发挥其杨家勃豀式手段。呜呼，“老师”之“前涂”，而今而后，岂不“棘矣”也哉！

不吐而且游白塔寺，我虽然并未目睹，也不敢决其必无。但这日二时以后，我又喝烧酒六杯，蒲桃酒五碗，游白塔寺四趟，可惜你们都已逃散，没有看见了。若夫“居然睡倒，重又坐起”，则足见不屈之精神，尤足为万世师表。总之：我的言行，毫无错处，殊不亚于杨荫榆姊姊也。

又总之：端午这一天，我并没有醉，也未尝“想”打人；至于“哭泣”，乃是小姐们的专门学问，更与我不相干。特此训谕知之！

此后大抵近于讲义了。且夫天下之人，其实真发酒疯者，有几何哉，十之九是装出来的。但使人敢于装，或者也是酒的力量罢。然而世人之装醉发疯，大半又由于倚赖性，因为一切过失，可以归罪于醉，自己不负责任，所以虽醒而装起来。但我之计画，则仅在以拳击“某籍”小姐两名之拳骨而止，因为该两小姐们近来倚仗“太师母”之势力，日见跋扈，竟有欺侮“老师”之行为，倘不令其喊痛，殊不足以保架子而维教育也。然而“殃及池鱼”，竟使头罩绿纱及自称“不怕”之人们，亦一同逃出，如脱大难者然，岂不为我所笑？虽“再游白塔寺”，亦何能掩其“心上有杞天之虑”的狼狈情状哉。

今年中秋这一天，不知白塔寺可有庙会，如有，我仍当请客，但无则作罢，因为恐怕来客逃出之后，无处可游，扫却雅兴，令我抱歉之至。

“……者”是什么？

“老师”　六月二十八日

那一首诗，意气也未尝不盛，但此种猛裂的攻击，只宜用散文，如“杂感”之类，而造语还须曲折，否，即容易引起反感。诗歌较有永久性，所以不甚合于做这样题目。

沪案以后，周刊上常有极锋利肃杀的诗，其实是没有意思的，情随事迁，即味如嚼蜡。我以为感情正烈的时候，不宜做诗，否则锋铓太露，能将“诗美”杀掉。这首诗有此病。

我自己是不会做诗的，只是意见如此。编辑者对于投稿，照例不加批评，现遵来信所嘱，妄说几句，但如投稿者并未要知道我的意见，仍希不必告知。

六月二十八日　迅

[第 15 封] 辟谣

广平兄：

昨夜，或者今天早上，记得寄上一封信，大概总该先到了。刚才接到二十八日函，必须写几句回答，便是小鬼何以屡次诚恐惶恐的赔罪不已，大约也许听了“某籍”小姐的什么谣言了罢，辟谣之举，是不可以已的。

第一，酒精中毒是能有的，但我并不中毒。即使中毒，也是自己的行为，与别人无干。且夫不佞年届半百，位居讲师，难道还会连喝酒多少的主见也没有，至于被小娃儿所激么?! 这是决不会的。

第二，我并不受有何种“戒条”，我的母亲也并不禁止我喝酒。我到现在为止，真的醉只有一回半，决不会如此平和。

然而“某籍”小姐为粉饰自己的逃走起见，一定将不知从那里拾来的故事（也许就从“太师母”那里得来的）加以演义，以致小鬼也不免赔罪不已了罢。但是，虽是“太师母”，观察也不会对，虽是“太太师母”，观察也不会对。我自己知道，那天毫没有醉，并且并不胡涂，击“房东”之拳，案小鬼之头，全都记得，而且诸君逃出时可怜之状，也并不忘记，——虽然没有目睹游白塔寺。

所以，此后不准再来道歉，否则，我“学笈单洋，教鞭 17 载”，要发宣言以传布小姐们胆怯之罪状了。看你们还敢逞能么？

来稿有过火处，或者须改一点。“假日本人……”等话，大约是反对往执政府请愿，所以说的罢。总之，这回以打学生手心之马良为总指挥，就可笑。

《莽原》第 10 期，与《京报》（旧历六日）同时罢工了。发稿是星期三，当时并未想到须停刊，所以并将目录在别的周刊上登载了。现在正在交涉，要他们补印，还没有头绪；倘不能补，则旧稿便在本星期五出版。

《莽原》的投稿，就是小说太多，议论太少。现在则并小说也少，大约大家专心爱国，到民间去，所以不做文章了。

迅　六 · 二九，晚

[第16封] 投稿

广平仁兄大人阁下敬启者，

前蒙投赠之大作，就要登出来，而我或将被作者暗暗咒骂。因为我连题目也已改换，而所以改换之故，则因为原题太觉怕人故也。收束处太没有力量，所以添了两句，想来亦未必与

尊意背驰，但总而言之：殊为专擅。尚希曲予海涵，免施贵骂，勿露“勃豁”之技，暂羁“害马”之才，仍复源源投稿，以光敝报，不胜侥幸之至！

至于大作所以常被登载者，实在因为《莽原》有些“闹饥荒”之故也，我所要多登的是议论，而寄来的偏多小说，诗。先前是虚伪的“花呀”“爱呀”的诗，现在是虚伪的“死呀”“血呀”的诗。呜呼，头痛极了！所以倘有近于议论的文章，即易于登出，夫岂“骗小孩”云乎哉！

又，新做文章的人，在我所编的报上，也比较的易于登出，此则颇有“骗小孩”之嫌疑者也。但若做得稍久，该有更进步之成绩，而偏又偷懒，有敷衍之意，则我要加以猛烈之打击。小心些罢！

肃此布达敬请

“好说话的”安！

“老师”谨训　七·九.

报言章士钉将辞，屈映光继之，此即浙江有名之“兄弟向来素不吃饭”人物也，与士钉盖伯仲之间，或且不及。所以我总以为不革内政，即无一好现象，无论怎样游行示威。

[第17封] 批文

嫩弟手足：

披读七·九日来札，且喜且慰。缘愚兄忝识之无，究疏大义，谬蒙齿录，惭感莫名。前者数呈贱作，原非好意，盖目下人心趋古。好名之士，层出不穷。愚兄风头有心，而出

发无术，倘无援引，不克益彰。若不“改换”，当遗笑柄，我嫩弟手足情深恐遭牵累，引己饥之怀，行举斧之便，如当九泉，定思粉骨之报，幸生人世，且致嘉奖之词，至如“专擅”云云，只准限于文稿，其他事项，自有愚兄主张，一切毋得滥为妄作，否则“家规”犹在，绝不宽容也。

嫩弟近来似因娇纵过甚，咄咄逼人，大有不恭之状以对愚兄者，须知“暂羁”“勿露”……之口吻，殊非下之对上所宜出诸者，姑念初次，且属年嫩，以后一日三秋则长成甚速，决不许故态复萌也，戒之念之。

又文虽做得稍久，而忽地一心以为有鸿鹄将至，或以事牵，竟致潦草，此乃兄事烦心乱无足为奇者，好在嫩弟精力充足自可时进针贬，愚兄无不乐从也。手泐数行，即询英国的香烟可好？

愚兄手泐　七·十三

罗素的话

景宋

读罗素 Bertrand Russel 近著《中国之问题》T'he Problem of China 的人们，大概还记得他是十分的赞美中国以反映英国的一种加倍写法罢。不管他说话的动机，姑且看他在那本书上说的抽出几句抄下来，给留心于沪案的交涉的人们注意：——

1. “一八九四年——一八九五年之中日战争，……中国人易于击败，又易于大败，自此日以至于今，除私人如拳匪外，不敢以兵力反抗外国。”（见《欧战前之日本与中国》）

2. “虽中国历史上，屡有战争，而人民天然之眼光，则甚和平，……是以不若西洋国家有进步之观念，而养成动作活泼之习惯。……今日中国守旧之文人所言者，仍不脱古圣贤之语气。假如有人告以如此则无甚进步，彼必答曰：‘予等已臻完美之地位，何故再求进步？’”

3. “中国人大抵不善于战争，何则，以出师之原因，往往为彼所不直，故不屑战争也。”

4. “中国人之宽容，恐非未至中国之欧人所及料。”（以上见《中西文化之异同》）

5. “初至之欧人，迭见中国之灾害；若乞丐，贫苦，疾病，以及政治之紊乱与腐败，等，尤为显然。至奋发有为之欧人，初皆以为是等灾害，不可不设法排除之。第中国人即为上述可免灾害之牺牲者，对于欧人之热心鼓吹，仍漠然无所动于其中，静俟灾害之自形消灭。而游历稍久之欧人，乃为之大惑；初则愤中国人之麻木不仁，继则……起以下之疑问：兢兢然防备将来之不幸为得计，可真谓之智乎？以将来或有之患难为忧，而失现在各种之愉乐，可得谓之深虑乎？虽建设大厦，而结果仍无暇栖寓，吾人当如是以度一生乎？”

6. “中国人……对个人或国家之事，不主张无理之要求；……虽自认兵力较西洋衰弱，但不以精巧杀人之技艺，为个人或国家最重要之利器。……此种意见，苟以中国人文化价值之标准观之，非不合于论理。但西洋人则不能承认此意见，……模范之西洋人，欲时时为改变环境之主动力；而模范之中国人，欲享受自然美之人，此即为中国与操英语国家大不同之原因。”

7. “中国自非无奢望之人，但有之而不及吾人之多。彼之奢望，与吾人不同而不更善。安乐与权力二者，彼宁取安乐而舍权力。”

8. “中国人之爱‘互相让步，与尊重舆论，使予不能忘。冲突之趋于极端而最终用残忍之手段者甚鲜。”（以上见《中国人之性质》）

9. “中国苟不自强，则日本之倾崩，或在远东得无上之优势，皆足为中国之大害，二者恐必有一于此。且世界列强最终之利益，几皆与中国之幸福，中国文化最良发达之方法，不能并容。是以中国人须以自己之能力，而图自救，断不能倚赖任何外国之慈善，以为得计。”（见《中国之前途》）

罗素的话我们不能承认他是“金科玉律”的不能移易，但上面所举的，也确有他真的见地。他是英国人，他看透我们的弱点，我也可以说凡世界的人，也多能看透我们的弱点，所以上海和各地近来发生的交涉，绝非“偶发事项”。我们还想做一个顶天立地的人吗？还有些儿未凉的血吗？则誓雪“不敢以兵力反抗外国”之耻，起来作正义、人道、国权之战争。直至四万万人全没有一些儿气息然后止。我们为什么要“故步自封”，在刀缝下偷活而仍然望“和平”，不希望有战争呢？这种“宽容”的态度，是否可以对付狼子野心，猛兽噬人的强悍的帝国主义者？任祸害之来而“漠然无所动于中”，仍不失“现在各种之愉乐”的委靡不振，麻木不仁的未来的亡国奴的中国人的态度呀！你们虽则“宁取安乐而舍权力”，而“西洋人则不能承认此意见”，现时就是他们起来“取而代之”的时候了！你虽则想“互相让步”，无如人家得步进尺，绝不放松，于此外交危急的时期中，以宗教文化的侵入，而希图拜金主义的成功；表面以友善为名的某国，新来的公使态度已有几分灰色了！其余的国度，能不替自己“最终之利益”打算么？所以这回的对待外交，一味设法“以自己之能力，而图自救”，是超渡“奴隶”而入“人”的境域的不二法门。

[第 18 封] 笔名

嫩棣棣：

你的信太令我发笑了，今天是星期三——七·十五——而你的信封上就大书特书的“七·十六”。小孩子是盼日子短的，好快快地过完节，又过年，这一天的差误，想是扯错了月份牌罢，好在是寄信给愚兄，若是和外国交涉，那可得小心些，这是为兄的应该警告的。还有，石驸马大街在宣内，而写作宣外，尤其该打。

其次“京报的话”，太叫我“莫明其抄”了，虽则小小的方块，可是包含“书报”，“声明”，“招生”，“介绍”，“招租”，“古巴华侨界之大风潮”。背面有“证券市价”，“证券市况”，“昨日公债市价涨落之经过”，“上海纱价高涨不已”，“沪提运栈货会成立”，“华侨商会联合会成立”，“青岛最近之煤油业”，“工大京外宣传之近讯”（一张红行纸粘好又割开，使左右都有红行纸，是何道理呢？）……真可算包罗万象，五光十色了。惭愧，愚兄没有站立街头看路过的男男女女而用冷静的眼光抉择出来的本领。那么，“京报的话”，岂非成了“废话”也哉。是知嫩棣棣之恶作剧，未免淘气之甚矣。姑看作“正经”，大约注重在刁作谦之伟绩，（但是广告栏的剪裁何为者？故设迷人阵乎，该打！）以渠作象征人物乎。如此也真可谓小题大作。这种“古已有之”的随处皆是的司空见惯的写实派，实在遍地皆是，嫩棣人世较浅，故惊讶失错耳。

兹愚兄另告一可笑者，此乃今日之发见。地点为《妇周》。《妇周》之组织，早已可笑，不过不为已甚，姑置之耳。本期之可笑者在题目之盗取（嫩棣的），则有“补白”，名字之影射，则吾前于第一期用之君平，今则改平为“萍”矣，以前我用“寒潭”，其后在别处即发见与此相同之名字，我姑以为人同此名，不必深究，但有我将尹默选词中之字，拟作投稿别名者，稿未投而同样之名用出来了，真乃离奇辈出，诸公毋乃太令人齿冷——但也许我盗取他人的名字于不知不觉中，这是我以前不好用相同之名于二次以上的弊处，近来又鉴于一日三易其名者，及一人化出男女……许多之名者，于是而把我死钉在一处了。记得我在第一期用寒潭之名时，次期有法大晶清同乡替她捉刀，来信并请她仍用寒潭名发表，这是晶清以寒潭自居以告人呢？还是人家以寒潭为晶清呢？但是我的皮气，一次投稿，好用一个名字的经过，的确向晶清说过，那么，日后的第二个寒潭，必不是我了。一名之小，混淆如此，不知是我好疑呢？还是许多有可以令人疑的原因呢？我冷眼看看，总觉得可以一笑置之，所以绝没有发表到外面。嫩棣棣听一下，也可以发笑吧！这回的《妇周》也有可笑的标名与标题了，不能自己创作，总是偷偷摸摸，到底做不出伟大事业，算不得好汉。

记得我在家读书时，先生用“鞭作教刑”的时候，我的一个哥哥就和先生相对的围住书桌子乱转，先生要伸长手将鞭打下来时，他就蹲下，终于挨不着打，如果嫩棣“犯上作乱”的用起“教鞭”，愚兄只得“师古”了。此告不怕！

愚兄沕　七月十五。

我上次的“模范文”值得几多分？请即通知！（六十分以下要璧谢的）

[第 19 封] 文章

广平兄：

在好看的天亮还未到来之前，再看了一遍大作，我以为还不如不发表。这类题目，其实，在现在，只能我做的，因为大概要受攻击。然而我不要紧，一则，我自有还击的方法，二则，现在做“文学家”似乎有些做厌了，仿佛要变成机械，所以倒很愿意从所谓“文坛”上摔下来。至于如诸君之雪花膏派，则究属“嫩”之一流，犯不上以一篇文章而得攻击或误解．终至于“泣下沾襟”。

那上半篇，如在小说，或回想的文章中，毫不为奇，但在论文中，而给现在的中国读者看，还太直白；至于下半篇，实在有点迂。我本来说这种骂法，是“卑劣”的，而你却硬诬赖我“引以为荣”，真是可恶透了。

其实，对于满抱着传统思想的人们，也还大可以这样骂。看目下有些批评文章，外表虽然没有什么，而骨子里却还是“他妈的”思想，对于这样批评的批评，倒不如直捷爽快地骂出来，就是“即以其人之道，还治其人之身”，于人我均属合适。我常想：治中国应该有两种方法，对新的用新法，对旧的用旧法。例如“遗老”有罪，即该用清朝的法律：打屁股。因为这是他所佩服的。民国革命时，对于任何人都宽容——那时称为“文明”——但待到第二次革命失败，许多旧党对于革命党却不“文明”了：杀。假使那时(元年)的新党不“文明”，许多东西早已灭亡，那里会再来发挥他们的老手段。现在以“他妈的”骂背着祖宗的木主自傲的人，夫岂太过也欤哉！

还有一篇，今天已经发出去，但将两段并作一个题目了：“五分钟与半年”。这多么漂亮呀。

天只管下雨，绣花衫不知如何，放晴的时候，赶紧晒一晒罢。千切千切！

迅 七月二十九或三十日，随便。

《第贰集》一九二六年

『我在船上时，看见后面有一只轮船，总是不远不近地走着……不知你在船中，可看见前面有一只船否？』

这一年始，鲁迅南下到厦大执教，许广平则去了广州女师。两年相约之期，二人分离的思念之情，化作一封封书信往来两地间，印证着二人的相知相爱。

说说身边事，发发小牢骚，吐吐厦大的槽，大先生的小温柔与调皮可爱呼之欲出……

[第 20 封] 宅叙

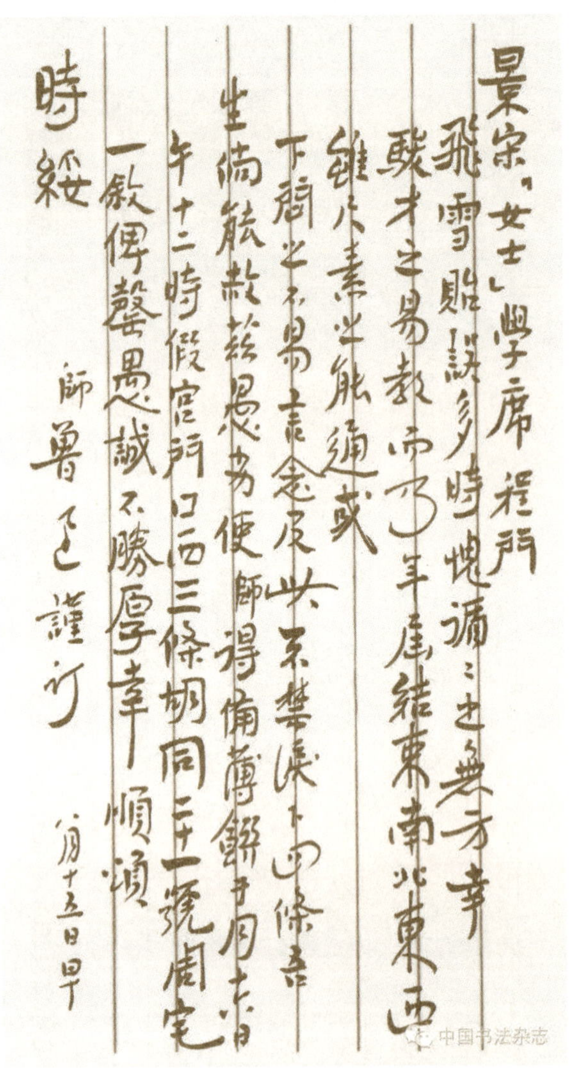

景宋"女士"學席：程門飛雪貽誤多時。愧循循之無方，幸駿才之易教。而乃年屆結束，南北東西；雖尺素之能通，或下問之不易。言念及此，不禁淚下四條。吾生倘能赦茲愚劣，使師得備薄饌，於月十六日午十二時，假宮門口西三條胡同二十一號周宅一敘，俾罄愚誠，不勝厚幸！順頌
時綏 師魯迅謹訂 八月十五日早

景宋“女士”学席：

程门飞雪贻误多时。愧循循之无方，幸骏才之易教。而乃年届结束，南北东西；虽尺素之能通，或下问之不易。言念及此，不禁泪下四条。吾生倘能赦兹愚劣，使师得备薄馔，于月十六日午十二时，假宫门口西三条胡同二十一号周宅一叙，俾罄愚诚，不胜厚幸！顺颂

时绥　师鲁迅谨订　八月十五日早

[第 21 封] 厦门

广平兄：

我于九月一日夜半上船，二日晨七时开，四日午后一时到厦门，一路无风，船很平稳。这里的话，我一字都不懂，只得暂到客寓，打电话给林玉堂，他便来接，当晚即移入学校居住了。

我在船上时。看见后面有一只轮船，总是不远不近地走着，我疑心是广大。不知你在船中，可看见前面有一只船否？倘看见，那我所悬拟的便不错了。

此地背山面海，风景佳绝，白天虽暖——约八十七八度——夜却凉。四面几无人家，离市面约有十里，要静养倒好的。普通的东西，亦不易买。听差懒极，不会做事也不肯做事，邮政也懒极，星期六下午及星期日都不办事。

因为教员住室尚未造好——据说一月后可完工，但未必蹁——所以我暂住在一间很大

的三层楼上，上下虽不便，眺望却佳。学校开课是二十日，还有许多天可闲。

我写此信时，你还在船上，但我当于明天发出，则你一到校，此信也就到了。你到校后望即见告，那时再写较详细的情形罢，因为现在我初到，还不知道什么。

迅　九月四日夜

[第22封] 寓所

（明信片背面）

从后面（南普陀）所照的厦门大学全景。

前面是海，对面是鼓浪屿。

最右边的是生物学院与国学院，第三层楼上有 * 记的便是我所住的地方。

昨夜发飓风，拔木发屋，但我没有受损害。

迅　九·十一。

（明信片正面）

想已到校；已开课否？此地二十日上课。

十三日

[第23封] 客居

广平兄：

依我想，早该得到你的来信了，然而还没有。大约闽粤间的通邮，不大便当，因为并非每日都有船。此地只有一个邮局代办所，星期六下午及星期日不办事，所以今天什么信件也没有——因为是星期——且看明天怎样罢。

我到厦门后便发一信（五日），想早到。现在住了已经近十天，渐渐习惯起来了，不过言语仍旧不懂，买东西仍旧不便。开学在二十日，我有六点钟功课，就要忙起来，但未开学之前，却又觉得太闲，有些无聊，倒望从速开学，而且合同的年限早满。学校的房子尚未造齐，所以我暂住在国学院的陈列所里，是三层楼上，眺望风景，极其合宜，我已写好一张有这房子照相的明信片，或者将与此信一同发出。季黻的事没有结果，我心中很不安，然而也无法可想。

十日之夜发飓风，十分利害，林玉堂的住宅的房顶也吹破了，门也吹破了。粗如笔干的铜闩也都挤弯，毁东西不少。我所住的屋子只破了一扇外层的百叶窗，此外没有损失。今天学校近旁的海边漂来不少东西，有卓子，有枕头，还有死尸，可见别处还翻了船或漂没了房屋。

此地四无人烟，图书馆中书籍不多，常在一处的人，又都是“面笑心不笑”，无话可谈，真是无聊之至。海水浴倒是很近便，但我多年没有浮水了；又想，倘使害马在这里，恐怕一定不赞成我这种举动，所以没有去洗；以后也不去洗罢，学校有洗浴处的。夜间，电灯一开，飞虫聚集甚多，几乎不能做事，此后事情一多，大约非早睡而一早起来做不可。

九月十二日夜　迅。

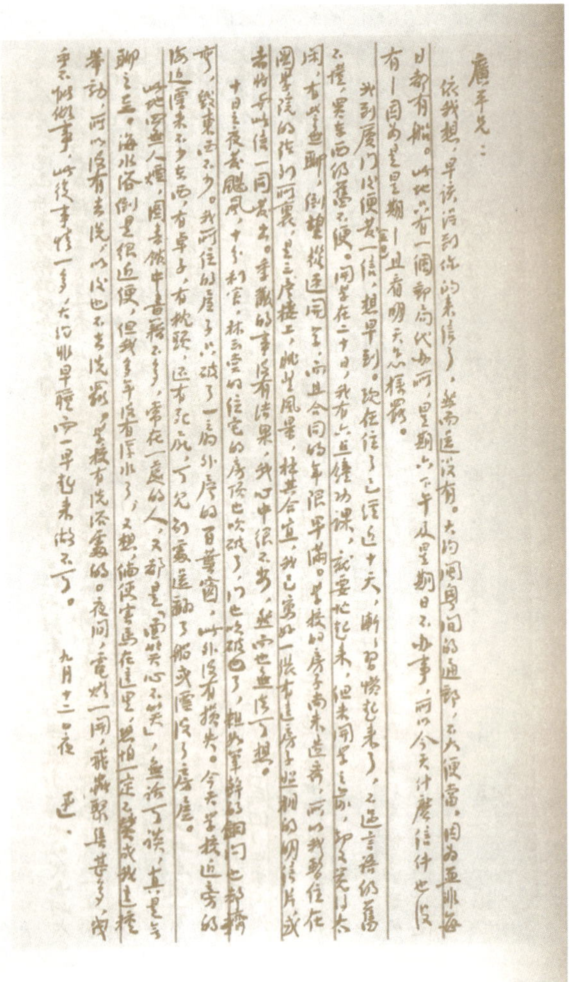

今天（十四日）上午到邮政代办所去看看，得到你六日八日的两封来信，高兴极了。此地的代办所太懒，信件往往放在柜台上，不送来，此后来信可于厦门大学下加“国学院”三字，使他易于投递，且看如何。这几天，我是每日去看的，昨天还未见你的信，因想起报载英国鬼子在广州胡闹，入口船或者要受影响，所以心中很不安，现在放心了。看上海报，北京已解严，不知何故；女师大已被合并为女子学院，师范部的主任是林素园（小研究系），而且于四日武装接收了，真令人气愤，但此时无暇管也无法管，只得暂且不去理会它，还有将来呢。

回上去讲我途中的事，同房的是一个五十多岁的广东人，姓魏或韦，我没有问清楚，似乎也是民党中人，所以还可谈，也许是老同盟会员罢。但我们不大谈政事，因为彼此都不知道底细；也曾问他从厦门到广州的走法，据说最好是从厦门到汕头，再到广州，和你所闻的客栈中人的话一样，我将来就这么走罢。船中的饭菜顿数，和"广大"一样，也有鸡粥，船也平稳，但无耶稣教徒，比你所遭遇的好得多了。小船的倾侧，真太危险，幸而终于"马"已登陆，使我得以放心。我到厦时亦以小船搬入学校，浪也不小，但我是从小惯于坐小船的，所以一点也没有什么。

我前信似乎说过这里的听差很不好，现在熟识些了，觉得殊不尽然。大约看惯了北京的听差的唯唯从命的，即易觉得南方人的倔强，其实是南方的阶级观念，没有北方之深，所以便是听差，也常有平等言动，现在我和他们的感情已经好起来了，觉得并不可恶。但茶水很不便，所以我现在少喝茶了，或者这倒是好的。烟卷似乎也比先前少吸。

我上船时，是建人送我去的，并有客栈里的茶房。当未上船之前，我们谈了许多话。谈到我的事情时，据说伏园已经宣传过了（怎么这样地善于推测，连我也以为奇）。所以上海的许多人，见我的一行组织，便多已了然，且深信伏园之说。建人说：这也很好，省得将来自己发表。

建人与我有同一之景况，在北京所闻的流言，大抵是真的。但其人在绍兴，据云有时到上海来。他自己说并不负债，然而我看他所住的情形，实在太苦了，前天收到八月分的薪水，已汇给他二百元，或者可以略作补助。听说他又常喝白干，我以为很不好，此后想勒令喝蒲桃酒，每月给与酒钱十元，这样，则三天可以喝一瓶了，而且是每瓶一元的。

我已不喝酒了；饭是每餐一大碗（方底的碗，等于尖底碗的两碗），但因为此地的菜总是淡而无味（校内的饭菜是不能吃的，我们合雇了一个厨子，每月工钱十元，每人饭菜钱十元，但仍然淡而无味），所以还不免吃点辣椒末，但我还想改良，逐渐停止。

我的功课，大约每周当有六小时，因为玉堂希望我多讲，情不可却。其中两点是小说史，无须豫备；两点是专书研究，须豫备；两点是中国文学史，须编讲义。看看这里旧存的讲义，则我随便讲讲就很够了，但我还想认真一点，编成一本较好的文学史。你已在大大地用功，豫备讲义了罢，但每班一小时，八时相同，或者不至于很费力罢。此地北伐顺利的消息也甚多，极快人意。报上又常有闽粤风云紧张之说，在此却看不出；不过听说鼓浪屿上已有很多寓客，极少空屋了，这屿就在学校对面，坐舢板一二十分钟可到。

迅　九月十四日午

[第 24 封] 开学

广平兄：

十三日发的给我的信，已经收到了。我从五日发了一信之后，直到十三四日才发信；十三以前，我只是等着等着，并没有写信，这一封才是第三封。前天，我寄了《彷徨》和《十二个》各一本。

看你所开的职务，似乎很繁重，住处亦不见佳。这种四面“碰壁”的住所，北京没有，上海是有的，在厦门客店里也看见过，实在使人气闷。职务有定，除自己心知其意，善为处理外，更无他法；住室总该有一间较好才是，否则，恐怕要瘦下。

本校今天行开学礼，学生在三四百人之间，就算作四百人罢，分为豫科及本科七系，每系分三年级，则每级人数之寥寥，亦可想而知。此地不但交通不便，招考极严，寄宿舍也只容四百人，四面是荒地，无屋可租，即使有人要来，也无处可住，而学校当局还想本校发达，真是梦想。大约早先就是没有计画的，现在也很散漫，我们来后，便都搁在须作陈列室的大洋楼上，至今尚无一定住所。听说现正赶造着教员的住所，但何时造成，殊不可知。我现在如去上课，须走石阶九十六级，来回就是一百九十二级，喝开水也不容易，幸而近来倒已习惯，不大喝茶了。我和兼士及顾颉刚，是早就收到聘书的，此外还有几个人，已经到此，而忽然不送聘书，玉堂费了许多力，才于前天送来；玉堂在此似乎也不大顺手，所以季黻的事，竟无法开口。

我的薪水不可谓不多，教科是五或六小时，也可以算很少，但所谓别的“相当职务”，却太繁，有本校季刊的作文，有本院季刊的作文，有指导研究员的事（将来还有审查），合计起来，很够做做了。学校当局又急于事功，问履历，问著作，问计画，问年底有什么成绩发表，令人看得心烦。其实我只要将《古小说钩沉》拿出去，就可以作为研究教授三四年的成绩了，其余都可以置之不理，但为了玉堂好意请我，所以我除教文学史外，还拟指导一种编辑书目的事，范围颇大，两三年未必能完，但这也只能做到那里算那里了。

在国学院里的，顾颉刚是胡适之的信徒，另外还有两三个，似乎是顾荐的，和他大同小异，而更浅薄，一到这里，孙伏园便要算可以谈谈的了。我真想不到天下何其浅薄者之多。他们语言无味，夜间还唱留声机，什么梅兰芳之类。我现在唯一的方法是少说话；他们的家眷到来之后，大约要搬往别处去了罢。从前在女师大的黄坚是一个职员兼林玉堂的秘书，一样浮而不实，将来也许会生风作浪，我现在也竭力地少和他往来。此外，教员内有一个熟人，是往陕西去时认识的，并不坏；集美中学内有师大旧学生五人，都是先前的国文系，昨天他们请我们吃饭，算作欢迎，他们是主张白话的，在此似乎有点孤立，吃苦。

这一星期以来，我对于本地更加习惯了，饭量照旧，这几天而且更能睡觉，每晚总可以睡九、十小时；但还有点懒，未曾理发，只在前晚用安全剃刀刮了一回髭须而已。我想从此整理为较有条理的生活；大约只要少应酬，关起门来，是做得到的。此地的点心很好；鲜龙眼已吃过了，并不见佳，还是香蕉好。但我不能自己去买东西，因为离市有十里，校旁只有一个小店，东西非常之少，店中人能说几句“普通话”，但我懂不到一半。这里的人似乎很有点欺生，因为是闽南了，所以称我们为北人，我被称为北人，这回是第一次。

现在的天气正像北京的夏末，虫类多极了，最利害的是蚂蚁，有大有小，无处不至，点心是放不过夜的。蚊子倒不多，大概是我在三层楼上之故；生疟疾的很多，所以校医常给我们吃金鸡那霜。霍乱已经减少了；但那街道，却真是坏，其实是在绕着人家的墙下，檐下走，无所谓路的。

兼士似乎还要回京去，他叫我代他的职务，我不答应他。最初的布置，我未与闻，中涂接手，一班极不相干的人，指挥不灵，如何措手，还不如关起门来，“自扫门前雪”罢，况且我的工也已够多了。

章锡箴托建人写信给我，说想托你给《新女性》做一点文章，嘱我转达。不知可有这兴致？如有，可以先寄我，我看后转寄去。《新女性》的编辑，近来似乎是建人了，不知何故。那第九（？）期，我已寄上，想早到了。

我从昨日起，已停止吃青椒，而改为胡椒了，特此奉闻。再谈

迅　九月二十日下午

［第 25 封］安好

广平兄：

十七日的来信，今天收到了。我从五日发信后，只在十三日发一信片，十四日发一信，中间间隔，的确太多，致使你猜我感冒，我真不知怎样说才好。回想那时，也有些傻气，我到此以后，因为正听见英人在广州肇事，因疑你所坐的船，亦将为彼等所阻，所以只盼望来信，连寄信的事也拖延了。这结果，却使你久不得我的信。

现在十四的信，总该早到了罢。此后，我又于同日寄《新女性》一本，于十八日寄《彷徨》及《十二个》各一本，于二十日寄信一封（信面却写了廿一），想来都该到在此信之前。

我在这里，不便则有之，身体却好。此地无人力车，只好坐船或步行，现在已经练得走扶梯百余级，毫不费力了。眠食也都好，每晚吃金鸡那霜一粒，别的药一概未吃。昨日到市去，买了一瓶麦精鱼肝油，拟日内吃它。因为此地得开水颇难，所以不能吃散拿吐瑾。但十天内外，我要移住教员寄宿舍去了，那时情形又当与在此不同，或者易得开水罢。（教员寄宿舍有两所，一所住单身人者曰博学楼，一所住有夫人者曰兼爱楼，不知何人所名，颇可笑。）

教科也不算忙，我只六时，开学之结果，专书研究二小时无人选，只剩了文学史，小说史各二小时了。其中只有文学史须编讲义，大约每星期四五千字即可。看这里旧有的讲义和别人的办法，我本只要随便讲讲便够，但感林玉堂的好意，我还想好好的编一编，功罪在所不计。

这学校花钱不可谓不多，而并无基金，也无计画，办事散漫之至，我看是办不好的。

昨天中秋，有月，玉堂送来一筐月饼，大家分吃了，我吃了便睡，我近来睡得早了。

迅　九月二十二日下午

[第 26 封] 换房

广平兄：

十八日之晚的信，昨天收到了。我十三日所发的明信片既然已经收到，我惟有希望十四日所发的信也接着收到。我惟有以你现在一定已经收到了我的几封信的事，聊自慰解而已。至于你所寄的七，九，十二，十七的信，我却都收到了，大抵是我或孙伏园从邮务代办处去寻来的，他们很乱，堆成一团，或送或不送，只要人去说要拿那几封，便给拿去，但冒领的事倒似乎还没有。我或伏园是每日自去看一回。

看厦大的国学院，越看越不行了。顾颉刚是自称只佩服胡适陈源两个人的，而潘家洵陈万里黄坚三人，皆似他所荐引。黄坚（江西人）尤善兴风作浪，他曾在女师大，你知道的罢，现在是玉堂的襄理，还兼别的事，对于较小的职员，气焰不可当，嘴里都是油滑话。我因为亲闻他密语玉堂“谁怎样不好”等等，就看不起他了。前天就很给他碰了一个钉子，他昨天借题报复，我便又给他碰了一个大钉子，而自己则辞去国学院兼职，我是不与此辈共事的；否则，何必到厦门。

我原住的房屋，须陈列物品了，我就须搬。而学校之办法甚奇，一面催我们，却并不指出搬到那里，此地又无客栈，真是无法可想。后来指给我一间了，又无器具，向他们要，而黄坚又故意刁难起来（不知何意，此人大概是有喜欢给别人为难的脾气的），要我开账签名，所以就给他碰了钉子而又大发其怒。大发其怒之后，器具就有了，又添了一个躺椅；总务长亲自监督搬运。因为玉堂邀请我一场，我本想做点事，现在看来，恐怕不行的，能否到一年，也很难说，所以我已决计将工作范围缩小，希图在短时日中，可以有点小成绩，不算来骗别人的钱。

此校用钱并不少，也很不得法，而有许多悭吝举动，却令人难耐。即如今天我搬房时，就又有一件。房中有两个电灯，我当然只用一个的，而有电机匠来必要取去其一个玻璃泡，止之不可。其实对于一个教员，薪水已经化了这许多了，多点一个电灯或少点一个，又何必如此计较呢？取下之后，我就即刻发见了一件危险事，就是他只是宝贝似的将电灯泡拿走，并不关闭电门。如果凑巧，我就也许竟会触电。将他叫回来，他才关上了，真是麻木万分。

至于我今天所搬的房，却比先前的静多了，房子颇大，是在楼上。前回的明信片上，不是有照相么？中间一共五座，其一是图书馆，我就住在那楼上，间壁是孙伏园与张颐（今天才到，也是北大教员），那一面本是钉书作场，现在还没有人。我的房有两个窗门，可以看见山。今天晚上，心就安静得多了，第一是离开了那些无聊人，也不必一同吃饭，听些无聊话了，这就很舒服。今天晚饭是在一个小铺里买了面包和罐头牛肉吃的，明天大概仍要叫厨子包做。又自雇了一个当差的，每月连饭钱十二元，懂得两三句普通话。但恐怕很有点懒。如果再没有什么麻烦事，我想开手编《中国文学史略》了。来听我的讲义的学生，一共有二十三人（内女生二人），这不但是国文系全部，而且还含有英文、教育系的。这里的动物学系，全班只有一人，天天和教员对坐而听讲。

但是我也许还要搬。因为现在是图书馆主任请假着，玉堂代理，所以他有权。一旦本人回来，或者又有变化也难说。在荒地中开学校，无器具，无房屋给教员住，实在可笑。至于搬到那里去，现在是无从捉摸的。

现在的住房还有一样好处，就是到平地只须走扶梯二十四级，比原先要少七十二级了。然而“有利必有弊”，那“弊”是看不见海，只能见轮船的烟通。

今夜的月色还很好，在楼下徊徘了片时，因有风，遂回，已是十一点半了。我想，我的十四的信，到二十，二十一或二十二总该寄到了罢，后天（二十七）也许有信来，先来写了这两张，待二十八日寄出。

二十二日曾寄一信，想已到了。

迅　二十五日之夜

今天是礼拜，大风，但比起那一回来，却差得远了。明天未必一定有从粤来的船，所以昨天写好的两张信，我决计于明天一早寄出。

昨天雇了一个人，叫作流水，然而是替工；今天本人来了，叫作春来，也能说几句普通话，大约可以用罢。今天又买了许多器具，大抵是铝做的，又买了一只小水缸，所以现在是不但茶水饶足，连吃散拿吐瑾也不为难了。（我从这次旅行，才觉到散拿吐瑾是补品中之最麻烦者，因为它须兼用冷水热水两种，别的补品不如此。）

有人看见我这许多器具，以为我在此要作长治久安之计了，殊不知其实不然。我仍然觉得无聊。我想，一个人要生活必需有生活费，人生劳劳，大抵为此。但是，有生活而无“费”，固然痛苦；在此地则似乎有“费”而没有了生活，更使人没有趣味了。我也许敷衍不到一年。

今天忽然有瓦匠来给我刷墙壁了，懒懒地观了一天。夜间大约也未必能静心编讲义，玩一整天再说罢。

迅　九月二十六日晚七点钟

［第 27 封］风土

广平兄：

廿七日寄上一信，到了没有？今天是我在等你的信了，据我想，你于廿一二大约该有一封信发出，昨天或今天要到的，然而竟还没有到。所以我等着。

我所辞的兼职（研究教授），终于辞不掉，昨晚又将聘书送来了，据说林玉堂因此一晚睡不着。使玉堂睡不着，我想，这是对他不起的，所以只得收下，将辞意取消。玉堂对于国学院，虽然很热心，但由我看来，希望不多，第一是没有人才，第二是校长有些掣肘（我觉得这样）。但我仍然做我该做的事，从昨天起，已开手编中国文学史讲义，今天编好了第一章。眠食都好，饭两浅碗，睡觉是可以有八或九小时。

从前天起，开始吃散拿吐瑾，只是白糖无法办理。这里的马蚁可怕极了，小而红的，无处不到。我现在将糖放在碗里，将碗放在贮水的盘中，然而倘若偶然忘记，则顷刻之间，满碗都是小马蚁，点心也这样；这里的点心很好，而我近来却怕敢买了，买来之后，吃过几个，其余的竟无处安放，我住在四层楼上的时候，常将一包点心和马蚁一同抛到草地里去。

风也很厉害，几乎天天发，较大的时候，使人疑心窗玻璃就要吹破，若在屋外，则走路倘不小心，也可以被吹倒的。现在就呼呼地吹着。我初到时，夜夜听到波声，现在不听见了，因为习惯了，再过几时，风声也会习惯的罢。

现在的天气，同我初来时差不多，须穿夏衣，用凉席，在太阳下行走，即遍身是汗。听说这样的天气，要继续到十月（阳历？）底。

九月二十八日夜　H. M.

今天下午收到廿四发的来信了，我所料的并不错，粤中学生情形如此，却真出于我的“意表之外”，北京似乎还不至此。你自然只能照你来信所说的做，但看那些职务，不是忙得连一点闲空都没有么？我想做事自然是应该做的，但不要拼命地做才好。此地对于外面情形，也不大了然。北伐军是顺手的，看今天的报章，登有上海电（但这些电什什来路，却不明），总结起来：武昌还未降，大约要攻击；南昌猛扑数次，未取得。孙传芳已出兵。吴佩孚似乎在郑州，现正与奉天方面暗争保定大名。

我之愿“合同早满”者，就是愿意年月过得快，快到民国十七年，可惜到此未及一月，却如过了一年了。其实此地对于我的身体，仿佛倒好，能吃能睡，便是证据，也许肥胖一点了罢。不过总有些无聊，有些不满足，仿佛缺了什么似的，但我也以转瞬便是半年，一年，……聊自排遣，或者开手编讲义，来排遣排遣，所以眠食是好的。我在这里的心绪，还不能算不安，还可以毋须帮助，你可以给学校做点事再说。

中秋的情形，前信说过了，在黑龙江的谢君的事，我早向玉堂提过，没有消息。看这里的情形，似乎喜欢用外江佬，据说是倘有不合，外江佬卷铺盖就走了，从此完事；本地人却永在近旁，容易结仇云。这也是一种特别的哲学。谢君令兄的事，我趁机还当一提，相见不如且慢，因为我在此不大有事情，倘他来招呼我，我也须回看他，反而多一番应酬也。

伏园今天接孟余一电，招他往粤办报。他去否似尚未定。这电报是廿三发的，走了七天，同信一样慢，真奇。至于他所宣传的，是说：L 家不但常有男学生，也常有女学生，有二人最熟，但 L 是爱长的那个的。他是爱才的，而她最有才气，所以他爱她。但在上海，听了这些话并不为奇。

此地所请的教授，我和兼士之外，还有顾颉刚。这人是陈源，我是早知道的，现在一调查，则他所荐引之人，在此竟有七人之多，玉堂与兼士，真可谓胡涂之至。此人颇阴险，先前所谓不管外事，专看书云云的舆论，乃是全都为其所欺。他颇注意我，说我是名士派，可笑。好在我并不想在此挣子孙帝王万世之业，不管他了。只是玉堂们真是呆得可怜。

齐寿山所要的书，我记得是小板《说文解字注》(段玉裁的？)，但我却未闻广东有这样的板。我想是不必给他买的，他说了大约已忘记了。他现在不在家，大概是上天津了，问何时回来，他家里的人答道不一定。(季黻来信说如此)

我到邮政代办处的路，大约有八十步，再加八十步，才到便所，所以我一天总要走过三四回，因为我须去小解，而它就在中途，只要伸首一窥，毫不费事。天一黑，我就不到那里去了，就在楼下的草地上了事。此地的生活法，就是如此散漫，真是闻所未闻。我因为多来了几天，渐渐习惯，而且骂来了一些用具，又自买了一些用具，又自雇了一个用人，好得多了；近几天有几个初来的教员，被迎进在一间冷房里，口干则无水，要小便则需远行，还在"茫茫若丧家之狗"哩。

听讲的学生倒多起来了，大概有许多是别科的。女生共五人。我决定目不邪视，而且将来永远如此，直到离开厦门，和 HM 相见。东西不大乱吃，只吃了几回香蕉，自然比北京的好。但价亦不廉，此地有一所小店，我去买时，倘五个，那里的一个老婆子就要"吉格浑"(一角钱)，倘是十个，便要"能格浑"了。究竟是确要这许多呢，还是欺我是外江佬之故，我至今还不得而知。好在我的钱原是从厦门骗来的，拿出"吉格浑""能格浑"去给厦门人，也不打紧。

我的功课现在有五小时了，只有两小时须编讲义，然而颇费事，因为文学史的范围太大了。我到此之后，从上海又买了约一百元书。建已有信来，讶我寄他之钱太多，他已迁居，而与一个无锡人同住，我想这是不好的，但他也不笨，想不至于上当。

要睡觉了，已是十二时，再谈罢。

九月三十日之夜迅

[第 28 封] 闭关

广平兄：

一日寄出一信并《莽原》两本，早到了罢。今天收到九月廿九的来信了，忽然于十分的邮票大发感慨，真是孩子气。花了十分，比寄失不是好得多么？我先前闻粤中学生情形，颇出于“意表之外”，今闻教员情形，又出于“意表之外”，我先前总以为广东学界状况总该比别处好的多，现在看来，似乎也只是一种幻想。你初作事，要努力工作，我当然不能说什么，但也须兼顾自己，不要“鞠躬尽瘁”才好。至于作文，我怎样鼓舞、引导呢？我说：大胆做来，先寄给我！不够么？好否我先看，即使不好，现在太远，不能打手心，只得记账了，这就已可以放胆写来，无须畏缩了。称人“嫩弟”之罪，亦一并记在账上。

看起放大的住室来，似乎比我的阔些。我的房如上图，器具寥寥，皆以奋斗得来者也，所以只有半屋。但自从买了火酒灯之后，我也忙了一点，因为凡有饮用之水，我必煮沸一回才用，因为忙，无聊也仿佛减少了。酱油已买，也常吃罐头牛肉，何尝省钱！火腿我却不想吃，在西三条时吃厌了。在上海时，我和建人因为吃不多，只叫了一碗虾仁炒饭，不料又惹出影响，至于不在先施公司多买东西，孩子之神经过敏，真令人无法可想。相距又远，鞭长不及马腹，也还是姑且记在帐上罢。

我在此常吃香蕉，柚子，都很好；至于杨桃，却没有见过，又不知道是什么名字，所以也无从买。鼓浪屿也许有罢，但我还未去过，那地方无非像租界，我也无甚趣味，终于懒下来了。此地雨倒不多，只有风，现在还热，可是荷叶却干了，一切花，我大概不认识；羊是黑的。防止蚂蚁，我现也用四面围水之法，总算白糖已经安全；而在桌上，则昼夜总有十余匹爬着，拂去又来，没有法子。

我现在专取闭关主义，一切教职员，少与往来，也少说话。此地之学生似尚佳，清早便运动，晚亦常有；阅报室中也常有人。对我之感情似亦好，多说文科今年有生气了，我自省自己之懒惰，殊为内愧。小说史有成书；所以我对于编文学史讲义，不愿草率，现已有两章付印了，可惜此地藏书不多，编起来很不便。

西三条有信来，都平安的，煤已买，每吨至二十元。学校还未开课，北大学生去缴学费，而当局不收，可谓客气，然则开学之毫无把握可知。女师大的事，没有听到什么，单知道教员大抵换了男师大的，历史兼国文主任是白月恒（字眉初），黎锦熙也去教书了，大概暂时当是研究系势力，总之，环境如此，女师大是不会单独弄好的。

季黻要送家眷回南，自己行踪未定，我曾为之写信向中日学院（在天津）设法，但恐亦无效。他也想赴广东，而无介绍，去看寿山，则他已经不在家了。此地总无法想，玉堂也不能指挥如意，许多人的聘书，校长压了多日才发下来。他是尊孔的，对于我和兼士，倒还没有什么，但因为化了这许多钱，汲汲乎要有成效，如以好草喂牛，要挤好牛乳一般。玉堂也略有此意，所以不日要开展览会，除学校自买之泥人而外，还要将我的石刻拓片挂出。其实这些古董，此地人那里会懂，无非胡里胡涂，忙碌一番而已。

在此地似乎刺戟少些，所以我颇能睡，但也做不出文章来，北京来催，只好不理。这几天觉得心绪也平稳些，大约有些习惯了。开明书店想我有书给他印，我还没有。对于北新，则我还未将《华盖集续篇》整理给他，因为没有工夫。长虹和这两店，闹起来了，因为要钱的事。沉钟社和创造社，也闹起来了，现已以文章口角。创造社伙计内部，也闹起来了，已将柯仲平逐走，原因我不知道。

迅　十·四，夜。

[第29封] 布展

广平兄：

十月四日得九月廿九日来信后，即于五日寄一信，想已收到了。人间的纠葛真多，兼士直到现在，未在应聘书上签名，前几天便拟于国学研究院成立会开毕之后，便回北京去，因为那边也有许多事待他料理。玉堂就大不谓然，甚至于说了许多气话（对我）。然而兼士却非去不可。我便从中调和：先令兼士在应聘书上签名，然后请假到北京去一趟，年内再来厦门一次，算是在此半年。兼士有些可以了，玉堂却又坚执不允，非他在此整半年不可。我只好退开。过了两天，玉堂也可以了，大约也觉得除此更无别路了罢。现在此事只要经校长允许后，便要告一结束了。兼士大约十五左右动身，闻先将赴粤一看，再向上海。伏园恐怕也同行，是否便即在粤，抑接洽之后，仍再回厦门一次，则不得而知，孟余请他是办副刊，他已经答应了，但何时办起，则似未定。

从我想：兼士当初是未尝不豫备常在这里的，待到厦门一看，觉交通之不便，生活之无聊，就不免"归心如箭"了。这实在是无可奈何的事，叫我如何劝得他。

这里的学校当局，虽出重资聘请教员，而未免视教员如变把戏者，要他空拳赤手，显出本领来。即如这回开展览会，我就吃苦不少。当开会之先，兼士要我的碑碣拓片去陈列，我答应了。但我只有一张小书桌和小方桌，不够用，只得摊在地上，一一选出。待到拿到会场去时，则除孙伏园自告奋勇，同去陈列之外，没有第二人帮忙，寻校役也寻不到。于是只得二人陈列，高处则须桌上放一椅子，由我站上去。弄至中途，黄坚硬将孙伏园叫去了，因为他是"襄理"（玉堂的），有叫孙伏园去之权力。兼士看不过去，便自来帮我，他喝了一点酒，跳上跳下，晚上便大吐了一通。襄理的位置，正如明朝的太监，可以倚靠权势，胡作非为，而受害的却不是他，是学校。昨天因为黄坚对书记下条子（上谕式的），下午同盟罢工了，后事不知如何。玉堂信用此人，可谓昏极。我前回辞国学院研究教授而又中止者，因恐怕兼士玉堂为难也，现在看来，总非坚决辞去兼职不可，人亦何苦因为太为别人计，而自轻自辱至此哉。

此地的生活也实在无聊，外省的教员，几乎无一人作长久之计。兼士之去，固无足怪。但我比兼士随便些，又因为见玉堂的兄弟（他有二兄一弟都在厦大）及太太，都很为我们的生活操心；学生对我尤好，只恐怕我在此住不惯，有几个本地人，甚至于星期六不回家，豫备星期日我要往市上去玩，他们好同去作翻译，所以只要没有什么大下不去的事，我总想至少在此讲一年，否则，我也许早跑到广州或上海去了。（但还有几个很欢迎我的人，是想我开口攻击此地的社会等等，他们来跟着开枪。）

今天是双十节，却使我欢喜非常，本校先行升旗礼，三呼万岁，于是有演说，运动，放鞭炮。北京的人，似乎厌恶双十似的，沉沉如死，此地这才像双十节。我因为听北京过年的鞭炮听厌了，对鞭炮有了恶感，这回才觉得却也好听。中午同学生上饭厅，吃了一碗不大可口的面（大半碗是豆芽菜），晚上是恳亲会，有音乐和电影，电影因为电力不足，不甚了然，但在此已视同宝贝了。教员太太将最新的衣服都穿上了，大约在这里，一年中另外也没有什么别的聚会了罢。

听说厦门市上今天也很热闹，商民都自动地挂旗结彩庆贺，不像北京那样，听警察吩咐之后，才挂出一张污秽的五色旗来。此地人民的思想，我看其实是“国民党的”，并不老旧。

自从我到此之后，各种寄给我的期刊很杂乱，忽有忽无。我有时想分寄给你，但不见得期期有，勿疑为邮局失落，好在这类东西，看过便罢，未必保存，完全与否亦无什么关系。

我来此已一月余，只做了两篇讲义，两篇稿子给《莽原》；但能睡，身体似乎好些。今天听到一种传说，说孙传芳的主力兵已败，没有什么可用的了，不知确否。我想一二天内该可以得到来信，但这信我明天要寄出了。

迅　十月十日

[第 30 封] 关心

广平兄：

昨天刚寄出一封信，今天就收到你五日的来信了。你这封信，在船上足足躺了七天多，因为有一个北大学生来此做编辑员的，就于五日从广州动身，船因避风或行或止，直到今天才到，你的信大概就与他同船的。一封信的往返，来回就须二十天，真是可叹。

我看你的职务太烦剧了，薪水又这么不可靠，衣服又须如此变化，你够用么？我想一个人也许应该做点事，但也无须乎劳而无功。天天看学生的脸色办事，于人我都无益，就是敝精神于无用之地，你说寻别的事并不难，然则何必一定要等到学期之末呢？忙自然不妨，但倘若连自己休息的时间都没有，那可是不值得的。

我的能睡，是出于自然的，此地虽然不乏琐事，但究竟没有北京的忙，即如校对等事，在此就没有。酒是自己不想喝，我在北京，太高兴和太愤懑时就喝酒，这里虽仍不免有小刺戟，然而不至于“太”，所以可以无须喝了，况且我本来没有瘾。少吸烟卷，可不知道是怎么一回事，大约因为编讲义，只要调查，不须思索之故罢。但近几天可又多吸了一点，因为我连做了四篇《旧事重提》。这东西还有两篇便完，拟下月再做；从明天起，又要编讲义了。

钟少梅的事，我先前也知道一点，似乎是在《世界日报》上看见的，赵世德的事却没有载。人心真是难测，兼士尚未动身，他连替他的人也还未弄妥，本来我最相宜，但我早拒绝了，不再自投于这样口舌是非之地。他因为急于回北京，听说不往广州了；伏园似乎还要去一趟。今天又得李遇安从大连来信，知道他往广州，但不知道他去作何事。

广东多雨，天气和厦门竟这么不同么？这里不下雨，不过天天有风，而风中很少灰尘，所以并不讨厌。我从自买了火酒灯以后，开水不生问题了，但饭菜总不见佳。从后天起要换厨子了，然而大概总还是差不多的罢。

迅　十月十二日夜

八日的信，今天收到了；以前九月廿四，廿九，十月五日的信，也都收到。看你收入和做事的比例，实在太不值得了，与其如此，岂不是还是拿几十元的地方好些么？你不知能即另作他图否？那里可能即别有机会否？我以为如此情形，努力也都是白费的。

“经过一次解散而去的”，自然要算有福，倘我们在那里，当然要气愤得多。至于我在这里的情形，我信中都已陆续说出，辞去研究教授之后（我现在还想辞），还有国文系教授，所以于去留并不发生问题。我在此地其实也是卖身，除为了薪水之外，再没有别的什么，但我现在或者还可以暂时敷衍，再看情形。当初我也未尝不想起广州，后来一听情形，就暂时不作此想了，你看陈惺农尚且站不住，何况我呢。

其实我在这里不大高兴的原因，首先是在周围多是语言无味的人，不足与语，令我觉得无聊。他们倘让我独自躲在房里看书，倒也罢了，偏又常常给我小刺戟。我也未尝不自己在设法消遣，例如大家集资看影戏，我也加入的，在这里要看影戏，也非请来做不可，一晚六十元。

你收入这样少，够用么？我希望你通知我。

伏园不远要到广州去看一看，但我的事绝不想他留心，所以我也不要他在顾先生面前说。我的离开厦门，现在似乎时机未到，看后来罢。其实我在此地，很有一班人当作大名士看，和在北京的提心吊胆时候一比，平安得多，只要自己的心静一静，也未尝不可暂时安住。但因为无人可谈，所以将牢骚都在信里对你发了，你不要以为我在这里苦得很。其实也不然的。身体大概比在北京还要好点。

今天本地报上的消息很好，但自然不知道可确的。一，武昌已攻下；二，九江已取得；三，陈仪（孙之师长）等通电主张和平；四，樊钟秀已取得开封，吴逃保定（一云郑州）。但总而言之，即使要打折扣，情形很好总是真的。

迅　十月十五夜

[第 31 封] 两派

广平兄：

今天（十六日）刚寄一信，下午就收到双十节的来信了。寄我的信，是都收到的。我一日所寄的信，既然未到，那就恐怕已和《莽原》一同遗失。我也记不清那信里说的是什么了，由它去罢。

我的情形，并未因为怕害马神经过敏而隐瞒，大约一受刺激，便心烦，事情过后，即平安些。可是本校情形实在太不见佳，顾颉刚之流已在国学院大占势力，周览（鲠生）又要到这里来做法律系主任了，从此《现代评论》色彩，将弥漫厦大。在北京是国文系对抗着的，而这里的国学院却弄了一大批胡适之陈源之流，我觉得毫无希望。你想：坚士至于如此胡涂，他请了一个顾颉刚，顾就荐三人，陈乃乾，潘家洵，陈万里，他收了；陈万里又荐两人，罗某，黄某，他又收了。这样，我们个体，自然被排斥。所以我现在很想至多在本学期之末，离开厦大。他们实在有永久在此之意，情形比北大还坏。

另外又有一班教员，在作两种运动：一是要求永久聘书，没有年限的；一是要求十年二十年后，由学校付给养老金终身。他们似乎要想在这里建立他们理想中的天国，用橡皮做成的。谚云“养儿防老”，不料厦大也可以“防老”。

我在这里又有一事不自由，学生个个认得我了，记者之类亦有来访，或者希望我提倡白话，和旧社会大闹一通，或者希望我编周刊，鼓吹本地新文艺，而玉堂之流又要我在《国学季刊》上做些“之乎者也”，还有学生周会去演说，我真没有这三头六臂。今天在本地报上载着一篇访我的记事，记者对于我的态度，以为“没有一点架子，也没有一点派头，也没有一点客气，衣服也随便，铺盖也随便，说话也不装腔作势……”觉得很出意料之外。这里的教员是外国博士很多，他们看惯了那俨然的模样的。

今天又得了朱家骅君的电报，是给兼士玉堂和我的，说中山大学已改职（当是“委”字之误）员制，叫我们去指示一切。大概是议定学制罢。兼士急于回京，玉堂是不见得去的。我本来大可以借此走一遭，然而上课不到一月，便请假两三星期，又未免难于启口，所以十之九总是不能去了，这实是可惜，倘在年底，就好了。

无论怎么打击，我也不至于“秘而不宣”，而且也被打击而无怨。现在柚子是不吃已有四五天了，因为我觉得不大消化。香蕉却还吃，先前是一吃便要肚痛的，在这里却不，而对于便秘，反似有好处，所以想暂不停止它，而且每天至多也不过四五个。

一点泥人和一点拓片便开展览会，你以为可笑么？还有可笑的呢。陈万里并将他所照的照片陈列起来，几张古壁画的照片，还可以说是与“考古”相关，然而还有什么牡丹花，夜的北京，北京的刮风，苇子……。倘使我是主任，就非令撤去不可；但这里却没有一个人觉得可笑，可见在此也惟有陈万里们相宜。又国学院从商科借了一套历代古钱来，我一看，大半是假的，主张不陈列，没有通过；我说“那么，应该写作‘古钱标本’。”后来也不实行，听说是恐怕商科生气。后来的结果如何呢？结果是看这假古钱的人们最多。

这里的校长是尊孔的，上星期日他们请我到周会演说，我仍说我的“少读中国书”主义，并且说学生应该做“好事之徒”。他忽而大以为然，说陈嘉庚也正是“好事之徒”，所以肯兴学，而不悟和他的尊孔冲突。这里就是如此胡里胡涂。

H. M. 十月十六日之夜。

[第 32 封] 请假

广平兄：

伏园今天动身了。我于十八日寄你一信，恐怕就在邮局里一直躺到今天，将与伏园同船到粤罢。我前几天几乎也要同行，后来中止了。要同行的理由，小半自然也有些私心，但大部分却是为公，我以为中山大学既然需我们商议，应该帮点忙，而且厦大也太过于闭关自守，此后还应与他大学往还。玉堂正病着，医生说三四天可好，我便去将此意说明，他亦深以为然，约定我先去，倘尚非他不可，我便打电报叫他，这时他病已好，可以坐船了。不料昨天又有了变化，他不但自己不说去，而且对于我的自去也借口阻挠，说最好是向校长请假。教员请假，向来应归主任管理的，现在这样说，明明是拿难题给我做。我想了一通，就中止了。

此外还有一个原因，大概因为与南洋相距太近之故罢，此地实在太斤斤于银钱，“某人多少钱一月”等等的话，谈话中常听见；我们在此，当局者也日日希望我们做许多工作，发表许多成绩，像养牛之每日挤牛奶一般。某人每日薪水几元，大约是大家念念不忘的。我一行，至少需两星期，有许多人一定以为我白白骗去了他们半月薪水，或者玉堂之不愿我旷课，也是此意。我已收了三月的薪水，而上课才一月，自然不应该又请假，但倘计画远大，就不必斤斤于此，因为将来可以尽力之日正长。然而他们是眼光不远的，我也不作久远之想，所以我便不走，拟于本年中为他们作一篇季刊上的文章，给他们到学术讲演会去讲演一次，又将我所辑的《古小说钩沉》献出，则学校可以觉得钱不白化，而我也可以来去自由了。至于研究教授，则自然不再去辞，因为即使辞掉，他们也仍要想法使你做别的工作，使利息与国文系教授之薪水相当，不会给我便宜的，倒是任它拖着的好。

关于银钱的推测，你也许以为我神经过敏，然而这是的确的。当兼士要走的时候，玉堂托我挽留，不得结果。玉堂便愤愤地对我道：他来了这几天就走，薪水怎么报销。兼士从到至去，那时诚然不满二月，但计画规程，立了国学院基础，费力最多，以厦大而论，给他三个月薪水，也不算多。今乃大有索还薪水之意，我听了实在倒抽了一口冷气。现在是说妥当了，兼士算应聘一年，前薪不提，此后是再来一两回；不在此的时候不支薪，他月底要走了。

此地研究系的势力，我看要膨涨[胀]起来，当局者的性质，也与此辈相合。理科也很忌文科，正与北大一样。闽南与闽北人之感情如水火，有几个学生很希望我走，但并非对我有恶意，乃是要学校倒楣。

这几天此地正在欢迎两个名人。一个是太虚和尚到南普陀来讲经，于是佛化青年会提议，拟令童子军捧花，随太虚行踪而散之，以示“步步生莲花”之意。但此议似未实行，否则和尚化为潘妃，倒也有趣。一个是马寅初博士到厦门来演说，所谓“北大同人”，正在发昏章第十一，排班欢迎。我固然是“北大同人”之一，也非不知银行可以发财，然而于“铜子换毛钱，毛钱换大洋”学说，实在没有什么趣味，所以都不加入，一切由它去罢。

（二十日下午）

写了以上的信之后，躺下看书，听得打四点的下课钟了，便到邮政代办所去看，收得了十五日的来信。我那一日的信既已收到，那很好。邪视尚不敢，而况“瞪”乎？至于张先生的伟论，我也很佩服，我若作文，也许这样说的；但事实怕很难，我若有公之于众的东西，那是自己所不要的，否则不愿意。以己之心，度人之心，知道私有之念之消除，大约当在二十五纪，所以决计从此不瞪了。

这里近三天凉起来了，可穿夹衫，据说到冬天，比现在冷得不多，但草却已颇有黄了的，马蚁已用水防止，纱厨太费事了，我用的是一盘贮水，上加一杯，杯上放一箱，内贮食物，马蚁倒也无法飞渡。至于学生方面，对我还是好的，他们想出一种文艺刊物，我已为之看稿，大抵尚幼稚，然而初学的人，也只能如此，或者下月要印出来。至于工作，我不至于拚命，我实在懈得多了，时常闲着玩，不做事。

你不会起草章程，并不足为能力薄弱之证据。草章程是别一种本领，一须多看章程之类，二须有法律趣味，三须能顾到各种事件。我就最厌恶这东西，或者也非你所长罢。然而人又何必定须会做章程呢？即使会做，也不过一个“做章程者”而已。

研究系比狐狸还坏，而国民党则太老实，你看将来实力一大，他们转过来来拉拢，民国便会觉得他们也并不坏。今年科学会在广州开会，即是一证，该会还不是多是灰色的学者么？科学在那里？而广州则欢迎之矣。现在我最恨什么“学者只讲学问，不问派别”这些话，假如研究造炮的学者，将不问是蒋介石，是吴佩孚，都为之造么？国民党有力时，对于异党宽容大量，而他们一有力，则对于民党之压迫陷害，无所不至，但民党复起时，却又忘却了，这时他们自然也将故态隐藏起来。上午和兼士谈天，他也很以为然，希望我以此提醒众人，但我现在没有机会，待与什么言论机关有关系时再说罢。我想伏园未必做政论，是办副刊，孟余们的意思，大约以为副刊的效力很大，所以想大大的干一下。

北伐军得武昌，得南昌，都是确的；浙江确也独立了，上海近旁也许又要小战，建人又要逃难，此人也是命运注定，不大能够安逸的。但走几步便是租界，不成问题。

重九日这里放一天假，我本无功课，毫无好处，登高之事，则厦门似乎不举行。肉松我不要吃，不去查考了。我现在买来吃的，只是点心和香蕉；偶然也买罐头。

明天要寄你一包书，都是另另碎碎的期刊之类，历来积下，现在一总寄出了。内中的一本《域外小说集》，是北新新近寄来的，夏季你要，我托他们去买，回说北京没有，这回大约是碰见了，所以寄来的罢，但不大干净，也许是久不印，没有新书之故。现在你不教国文了，已没有用，但他们既然寄来，也就一并寄上，自己不要，可以给人的。

我已将《华盖集续编》编好，昨天寄去付印了。

（季黻终于找不到事做，真是可怜。我不得已，已托伏园面托孟余）

迅　二十日灯下。

[第 33 封] 排挤

广平兄:

我今天（二十一）上午刚发一信，内中说到厦门佛化青年会欢迎太虚的笑话，不料下午便接到请柬，是南普陀寺和闽南佛学院公宴太虚，并请我作陪，自然也还有别的人。我决计不去，而本校的职员硬邀我去，说否则他们以为本校看不起他们。个人的行动，会涉及全校，真是窘极了，我只得去，只穿一件蓝洋布大衫而不戴帽，乃敝近日之服饰也。罗庸说太虚“如初日芙蓉”，我实在看不出这样，只是平平常常。入席，他们要我与太虚并排上坐，我终于推掉，将一个哲学教员供上完事。太虚倒并不专讲佛事，常论世俗事情，而作陪之教员们，偏好问他佛法，真是其愚不可及，此所以只配作陪也欤。其时又有乡下女人来看，结果是跪下大磕其头，得意之状可掬而去。

这样，总算白吃了一餐素斋。这里的酒席，是先上甜菜，中间咸菜，末后又上一碗甜菜，这就完了，并无饭及稀饭。我吃了几回，都是如此，听说这是厦门特别习惯，福州即不然。

散后，一个教员和我谈起，知道那些北京同来的小鬼之排斥我，渐渐显著了，因为从他们的口气里，他已经听得出来，而且他们似乎还同他去联络（他也是江苏人，去年到此，我是前年在陕西认识的）。他于是叹息，说：玉堂敌人颇多，对于国学院不敢下手者，只因为兼士和我两人在此；兼士去而我在，尚可支持，倘我亦走，则敌人即无所顾忌，玉堂的国学院就要开始动摇了。玉堂一失败，他们也站不住了。而他们一面排斥我，一面又个个接家眷，准备作长久之计，真是胡涂云云。我看这是确的，这学校，就如一坐梁山泊，你枪我剑，好看煞人。北京的学界在都市中挤轧，这里是在小岛上挤轧，地点虽异，挤轧则同。但国学院中的排挤现象，反对者还未知道（他们以为小鬼们是兼士和我的小卒，我们是给他们来打地盘的），将来一知道，就要乐不可支。我于这里毫无留恋，吃苦的还是玉堂，玉堂一失势，他们也就完，现在还欣欣然自以为得计，真是愚得可怜。我和玉堂交情，还不到可以向他说明这些事情的程度，即便说了，他是否相信，也难说的。我所以只好一声不响，做我的事，他们想攻倒我，一时也很难，我在这里到年底或明年，看我自己的高兴。至于玉堂，大概是爱莫能助的了。

二十一日灯下

十九的信和文稿，都收到了。文是可以用的，据我看来。但其中的句法有不妥处，这是小姐的老毛病，其病根在于粗心，写完之后，大约自己也未必再看一遍。过一两天，改正了寄去罢。

兼士拟于廿七日动身向沪，不赴粤；伏园却已走了，问陈惺农一定可以知道他住在那里。但我以为你殊不必为他出力，他总善于给别人一点长远的小麻烦。我不是雇了一个工人么？他却给这工人的朋友绍介，去包“陈原之徒”的饭，我叫他不要多事，也不听。现在是陈源之徒对我骂饭菜坏，工人是因为帮他朋友，我的事不大来做了。我总算出了十二块钱给他们雇了一个厨子的帮工，还要听费话。今天听说他们要不包了，真是感激之至。

季黻的事，除嘱那该死的伏园面达外，昨天又和兼士合写了一封信给孟余他们，可做的事已做，且听下回分解罢。孟余的“后转”，大约颇确而实不然，兼士告诉我，孟余的肺病，近来颇重，人一有这种病，便容易灰心，颓唐，那状态也近于后转；但倘若重起来，则党中损失也不少，我们实在担心，最要的是要休息保养，但大概未必做得到罢。至于我的别处的位置，可从缓议，因为我在此虽无久留之心，但现在也还没有决去之必要，所以倒非常从容。既无“患得患失”的念头，心情也自然安闲，决非欲“骗人安心，所以这样说”的，切祈明鉴为幸。

理科诸公之攻击国学院，这几天已经开始了，因国学院屋未造，借用生物学院屋，所以他们第一着是讨还房屋。此事和我辈毫不相关，就含笑而旁观之，看一堆泥人儿搬在露天之下，风吹雨打，倒也有趣。此校大概很和南开相像，而有些教授，则惟校长之喜怒是伺，妒别科之出风头，中伤挑眼，无所不至，妾妇之道也。我以北京为污浊，乃至厦门，现在想来，可谓妄想，大沟不干净，小沟就干净么？此胜于彼者，惟不欠薪水而已。然而“校主”一怒，亦立刻可以关门也。

我所住的这么一坐大洋楼上，到夜，就只住着三个人，一张颐教授（上半年在北大，似亦民党，人很好），一伏园，一即我。张因不便，住到他朋友那里去了，伏园又已走，所以现在就只有我一人。但我却可以静坐着默念 HM，所以精神上并不感到寂寞。年假之期又已近来，于是就比先前沉静了。我自己计算，到此刚五十天，而恰如过了半年。但这不只我，兼士们也这样说，则生活之单调可知。

我新近想到了一句话，可以形容这学校的，是“硬将一排洋房，摆在荒岛的海边上”。然而虽然是这样的地方，人物却各式俱有，正如一点水，用显微镜看，也是一个大世界。其中有一班“妾妇”们，上面已说过了，还有希望得爱，以九元一盒的糖果送人的老外国教授；有和著名的美人结婚，三月复离的青年教授；有以异性为玩艺儿，每年一定和一个人往来，先引之而终拒之的密斯先生；有打听糖果所在，群往吃之的好事之徒……世事大概差不多，地的繁华和荒僻，人的多少，都没有多大关系。

浙江独立，是确的了，今天听说陈仪的兵已与卢香亭开仗，那么，陈在徐州也独立了，但究竟确否，却不能知。闽边的消息倒少听见，似乎周荫人是必倒的，而民军已到漳州。

长虹和韦素园又闹起来了，在上海出版的《狂飚》上大骂，又登了一封给我的信，要我说几句话。他们真是吃得闲空，然而我却不愿意陪着玩了，先前也陪得够苦了，所以拟置之不理。（闹的原因是因为《莽原》上不登培良的一篇剧本。）我的生命，实在为少爷们耗去了好几年，现在躲在岛上了，他们还不放。但此地的几个学生，已组织了一种出版物，叫作“波艇”，要我看稿，已经看了一期，自然是幼稚，但为鼓动空气计，所以仍然怂恿他们出版。逃来逃去，还是这样。

此地天气凉起来了，可穿夹衣。明天是星期，夜间大约要看影戏，是林肯一生的故事。大家集资招来的，共六十元，我出了一元，可坐特别座。林肯之类的事，我是不大要看的，但在这里，能有好的影片看么？大家所知道而以为好看的，至多也不过是林肯的一生之类罢了。

这信将于明天寄出，开学以后，邮政代办所也办公半天了。

H. M. 十月二十三日灯下

［第 34 封］办“公”

广平兄：

廿三日得十九日信及文稿后，廿四日即发一信，想已到。廿二日寄来的信，昨天收到了。闽粤间往来的船，当有许多艘，而邮递信件的船，似乎专为一个公司所包办，惟它的船才带信，所以一星期只有两回，上海也如此，我疑心这公司是太古。

我不得许可，不见得用对付三先生之法，请放心。但据我想，自己是恐怕未必开口，真是无法可想。这样食少事繁的生活，怎么持久？但既然决心做一学期，又有人来帮忙，做做也好，不过万不要拚命。人自然要办“公”，然而总须大家都办，倘人们偷懒，而只有几个人拚命，未免太不“公”了，就该适可而止，可以省下的路少走几趟，可以不管的事少做几件，这并非昧了良心，自己也是国民之一，应该爱惜的，谁也没有要求独独几个人应该做得劳苦而死的权利。

我这几年来，常想给别人出一点力，所以在北京时，拚命地做，不吃饭，不睡觉，吃了药校对，作文。谁料结出来的，都是苦果子。一群人将我做广告自利，不必说了；便是小小的《莽原》，我一走也就闹架。长虹因为他们压下（压下而已）了投稿，和我理论，而他们则时时来信，说没有稿子，催我作文。我才知道牺牲一部分给人，是不够的，总非将你磨消完结，不肯放手。我实在有些愤怒了，我想至二十四期止，便将《莽原》停刊，没有了刊物，看他们再争夺什么。

我早已有点想到，亲戚本家，这回要认识你了，不但认识，还要要求帮忙，帮忙之后，还要大不满足，而且怨愤，因为他们以为你收入甚多，即使竭力地帮了，也等于不帮。将来如果偶需他们帮助时，便都退开，因为他们没有得过你的帮助，或者还要下石，这是对于先前吝啬的罚。这种情形，我都曾一一尝过了，现在你似乎也正在开始尝着这况味。这很使人苦恼，不平，但尝尝也好，因为更可以知道所谓亲戚本家是怎么一回事，知道世事就更真切了。倘永是在同一境遇，不忽而穷忽而有点收入，看世事就不能有这么多变化。但这状态是永续不得的，经验若干时之后，便须斩钉截铁地将他们撇开，否则，即使将自己全部牺牲了，他们也仍不满足，而且仍不能得救。

以上是午饭前写的，现在是四点钟，已经上了两堂课，今天没有事了。兼士昨天已走，早上来别，乃云玉堂可怜，如果可以敷衍，就维持维持他。至于他自己呢，大概是不再来，至多，不过再来转一转而已。伏园已有信来，云船上大吐，（他上船之前吃了酒，活该！）现寓长堤广泰来客店，大概我信到时，他也许已走了。浙江独立已失败，前回所闻陈仪反孙的话，可见也是假的。外面报上，说得甚热闹，但我看见浙江本地报，却很吞吐其词，似乎独立之初，本就灰色似的，并不如外间所传的轰轰烈烈。福建事也难明真相，有一种报上说周荫人已为乡团所杀，我想也未必真。

这里可穿夹衣，晚上或者可加棉坎肩，但近几天又无需了，今天下雨，也并不凉。我自从雇了一个工人之后，比较的便当得多。至于工作，其实也并不多，闲工夫尽有，但我总不做什么事，拿本无聊的书，玩玩的时候多，倘连编三四点钟讲义，便觉影响于睡眠，不易睡着，所以我讲义也编得很慢，而且少爷们来催我做文章时，大抵置之不理，做事没有上半年那么急进了，这似乎是退步，但从别一面看，倒是进步也难说。

楼下的后面有一片花圃，用有刺的铁丝拦着，我因为要看它有怎样的拦阻力，前几天跳了一回试试。跳出了，但那刺果然有效，刺了我两个小伤，一股上，一膝旁，不过并不深，至多不过一分。这是下午的事，晚上就全愈了，一点没有什么。恐怕这事将受训斥；然而这是因为知道没有危险，所以试试的。倘觉可虑，就很谨慎。这里颇多小蛇，常见打死着，腮部大抵不膨大，大概是没有什么毒的。但到天暗，我已不到草地上走，连晚上小解也不下楼去了，就用磁的唾壶装着，看没有人时，即从窗口泼下去。这虽然近于无赖，然而他们的设备如此不完全，我也只得如此。

玉堂病已好了。黄坚已往北京去接家眷，他大概决计要这里安身立命。我身体是好的，不吸酒，胃口亦佳，心绪比先前较安帖。

迅　十月二十八日

[第35封]“快”信

广平兄：

前日（廿七）得廿二日的来信后，写一回信，今天上午自己拿到邮局去，刚投入邮箱，局员便将二十二日发的快信交给我了。这两封信是同船来的，论理本应该先收到快信，但说起来实在可笑，这里的情形是异乎寻常的。平常信件，一到就放在玻璃箱内，我们倒早看见；至于挂号的呢，却秘而不宣，一个局员躲在房里，一封一封上账，又写通知单，叫人带印章去取。这通知单也并不送来，仍旧供在玻璃箱内，等你自己走过看见。快信也同样办理，所以凡挂号信和“快”信，一定比普通信收到得迟。

我暂不赴粤的情形，记得又在二十一日的信里说过了；现在伏园已有信来，并未有非我即去不可之意，既然开学在明年三月，则年底去也还不迟。我自然也有非即去不可之心，虽然并不全为公事。但事实的牵扯实在也太利害，就是，走开三礼拜后，所任的事搁下太多，倘此后一一补做，则工作太重，倘不补，就有沾了便宜的嫌疑。假如长在这里，自然可以慢慢地补做，不成问题，但我又并不作长久之计，而况还有玉堂的苦处呢。

至于我下半年那里去，那是不成问题的。上海，北京，我都不去，倘无别处可去，就仍在这里混半年。现在的去留，专在我自己，外界的鬼祟，一时还攻我不倒。我很想吃杨桃，其所以熬着者，为己，只有一个经济问题，为人，就只怕我一走，玉堂要立刻被攻击，所以有些彷徨。人就能为这样的小问题所牵制，实在可叹。

才发信，没有什么事了，再谈罢。

迅　十·二九，夜

[第 36 封] 徘徊

“林”兄：

十月廿七日的信，今天收到了；十九，二十二，二十三的信，也都收到。我于廿四，廿九，卅日均发信，想已到。至于刊物，则查载在日记上的，是廿一，廿四各一回，什么东西，已经忘记，只记得有一回内中有《域外小说集》。至于十·六的刊物，则日记上不载，不知道是否失载，还是其实是廿一所发，而我将月日写错了。只要看你是否收到廿一寄的一包，就知道，倘没有，那是我写错的了；但我仿佛又记得六日的是别一包，似乎并不是包，而是三本书对叠，像普通寄期刊那样的。

伏园已有信来，据说季黻的事很有希望，学校的别的事情却没有提。他大约不久当可回校，我可以知道一点情形，如果中大很想我去，我到后于学校有益，那我便于开学之前到那边去。此处别的都不成问题，只在对不对得住玉堂，但玉堂也太胡涂——不知道还是老实——无药可救。昨天谈天，有几句话很可笑。我之讨厌黄坚，有二事，一，因为他在食饭时给我不舒服；二，因为他令我一个人挂拓本，不许人帮忙。而昨天玉堂给他辨解，却道他“人很爽直”，那么，我本应该吃饭受气，独自陈列，他做的并不错，给我帮忙和对我客气的，倒都是“邪曲”的了。黄坚是玉堂的“襄理”，他的言动，是玉堂应该负责的，而玉堂似乎尚不悟。现黄坚已同兼士赴京，去接家眷去了，已大有永久之计，大约当与国学院同其始终罢。

顾颉刚在此专门荐人，图书馆有一缺，又在计画荐人了，是胡适之的书记。但昨听玉堂口气，对于这一层却似乎有些觉悟，恐怕他不能达目的了。至于学校方面，则这几天正在大敷衍马寅初；昨天浙江学生欢迎他，硬要拖我同去照相，我严辞拒绝，他们颇以为怪。呜呼，我非不知银行之可以发财，其如“道不同不相为谋”何。明天是校长赐宴，陪客又有我，他们处心积虑，一定要我去和银行家扳谈，苦哉苦哉！但我在知单上只了一个“知”字，不去可知矣。

据伏园信说，副刊十二月开手，那么他到厦之后，两三礼拜便又须去了，也很好。

十一月一日午后

但我对于此后的方针，实在很有些徘徊不决，就是：做文章呢，还是教书？因为这两件事，是势不两立的。作文要热情，教书要冷静。兼做两样时，倘不认真，便两面都油滑浅薄，倘都认真，则一时使热血沸腾，一时使心平气和，精神便不胜困惫，结果也还是两面不讨好。看外国，做教授的文学家，是从来很少有的。我自己想，我如写点东西，大概于中国怕不无小好处，不写也可惜；但如果使我研究一种关于中国文学的事，一定也可以说出别人没有见到的话来，所以放下也似乎可惜。但我想，或者还不如做些有益于目前的文章，至于研究，则于余暇时做，不过如应酬一多，可又不行了。

研究系应该痛击，但我想，我大约只能乱骂一通，因为我太不冷静，他们的东西一看就生气，所以看不完，结果就只好乱打一通了。季黻是很细密的，可惜他文章不辣。办了副刊鼓吹起来，或者会有新手出现。

你的一篇文章，删改了一点寄出去了。建人近来似乎很忙，写给我的信都只草草的一点，我疑心他的朋友又到上海了，所以他至于无心写信。

此地这几天很冷，可穿夹袍，晚上还可以加棉背心。我是好的，胃口照常，但菜还是不能吃，这在这里是无法可想的。讲义已经一共做了五篇，从明天起想做季刊的文章了，我想在离开此地之前，给做一篇季刊的文章，给在学术讲演会讲演一次，其实是没有什么人听的。

迅　十一月一日灯下。

[第 37 封] 伏园

广平兄：

昨天刚发一信，现在也没有什么话要说，不过有一些小闲事，可以随便谈谈。我又在玩，——我这几天不大用功，玩着的时候多——所以就随便写它下来。

今天接到一篇来稿，是上海大学的曹轶欧（女生）寄的，其中讲起我在北京穿着洋布大衫在街上走，看不出是有名的文学家的事。下面注道：“这是我的朋友 P 京的 HM 女校生亲口对我说的。” P 自然是北京，但那校名却奇怪，我总想不出是那一个学校来，莫非就是女师大，和我们所用的是同一意义么？

今天又知道一件事，一个留学生在东京自称我的代表去见盐谷温氏，向他要他所印的书，自然说是我要的，但书尚未钉成，没有拿去。他怕事情弄穿，事后才写信到我这里来认错。你看他们的行为是多么荒唐，无论什么都要利用，可怕极了。

今天又知道一件事。先前顾颉刚要荐一个人到国学院，（是给胡适抄写的，冒充清华校研究生）但没有成。现在这人终于来了，住在南普陀寺。为什么住到那里去的呢？因为伏园在那寺里的佛学院有几点钟功课（每月五十元），现在请人代着，他们就想挖取这地方。从昨天起，顾颉刚已在大施宣传手段，说伏园假期已满（实则未满）而不来，乃是在那边已经就职，不来的了。今天又另派探子，到我这里来探听伏园消息。我不禁好笑，答得极其神出鬼没，似乎不来，似乎并非不来，而且立刻要来，于是乎终于莫名其妙而去。你看研究系下的小卒就这么阴险，无孔不入，真是可怕可恨。不过我想这实在难对付，譬如要我对付，就必须将别的事情放下，另用一番心机，本业抛荒，所做的事就浮浅了。研究系学者之浅薄，就因为分心于此等下流事情之故也。

十一月三日大风之夜，迅。

十月卅日的信，今天收到了。马又要发脾气，我也无可奈何。事情也只得这样办，索性解决一下，较之天天对付，劳而无功自然好得多。叫我看戏目，我就看戏目；在这里也只能看戏目；不过总希望不要太做得力尽筋疲，一时养不转。

今天有从中大寄给伏园的信到来，那么，他早动身了，但尚未到，也许到汕头，福州游观去了罢。他走后给我两封信，关于我的事，一字不提。今天看见中大的考试委员（？）名单，文科中人多得很，他也在内，郭，郁也在，大约正不必再需别人，我似乎也不必太放在心上了。

关于我所用的听差的事，说起来话长了。初来时确是好的，现在也许还不坏。但自从伏园要他的朋友给大家包饭之后，他就忙得很，不大见面。后来他的朋友因为有几个人不大肯付钱（这是据听差说的），一怒而去，几个人就算了，而还有几个人要他续办，此事由伏园开端，我也无法禁止，也无从一一去接洽，劝他们另寻别人。现在这听差是忙，钱不够，我的饭钱和他的工钱都已豫支一月以上，又伏园临走宣言：他不在时仍付饭钱。然而是一句话，现在这一笔账也在向我索取。我本来不善于管这些琐事，所以常常弄得头昏眼花。这些代付和豫支的款，将来如能取回，则无须说，否则，在十月一月之内，我就是每日早上得一盆脸水，吃两顿饭，共需大洋约五十元。这样贵的听差，那里用得下去呢。解铃还仗系铃人，所以这回伏园回来，我仍要他将事情弄清楚，否则，我大概只能不再雇人了。

明天是季刊交稿的日期，所以昨夜我写信一张后，即动手做文章，别的东西不想动手研究了，便将先前弄过的东西东抄西撮，到半夜，今天一上半天，做好了，有四千字，并不吃力，从此就豫备玩几天；默念着一个某君，尤其是独坐在电灯下，窗外大风呼呼的时候。这里已可穿棉坎肩，似乎比广州冷。我先前同兼士往市上，见他买鱼肝油，便趁热闹也买了一瓶。近来散拿吐瑾吃完了，就试用鱼肝油，这几天胃口仿佛渐渐好起来似的，我想再试几天看，将来或者就吃鱼肝油（麦精的，即“帕勒塔”）也说不定。

迅。十月四日灯下。

[第 38 封] 厨子

广平兄：

昨上午寄出一信，想已到。下午伏园就回来了，关于学校的事，他不说什么，问了的结果，所知道的是（1）学校想我去教书，但并无聘书；（2）季黻的事尚无结果，最后的答复是“总有法子想”；（3）他自已除编副刊外，也是教授，已有聘书；（4）学校又另电请几个人，内有顾颉刚。顾之反对民党，早已显然，而广州则电邀之，对于热心办事如季黻者，说了许多回，则懒懒地不大注意，似乎当局者于看人一端，很不了然，实属无法。所以我的行止，当看以后的情形再定，但总当于阴历年假去走一回，这里阳历只放几天，阴历却有三礼拜。

李遇安前有信来，说访友不遇，要我给他设法介绍，我即给了一封绍介于陈惺农的信，从此无消息。这回伏园说遇诸途，他早在中大做职员了，也并不去见惺农，这些事真不知是怎么的，我如在做梦。他带一封信来，并不提起何以不去见陈，但说我如往广州，创造社的人们很喜欢，似乎又与那社的人在一处，真是莫名其妙。

伏园带了杨桃回来，昨晚吃过了。我以为味并不十分好，而汁多可取，最好是那香气，出于各种水果之上。又有“桂花蝉”和“龙虱”，样子实在好看，但没有一个人敢吃；厦门有这两种东西，但不吃。你吃过么？什么味道？

以上是午前写的，写到那地方，须往外面的小饭店去吃饭。因为我的听差不包饭了，说是本校的厨房要打他（这是他的话，确否殊不可知），我们这里虽吃一点饭也就如此麻烦。在店里遇见容肇祖（东莞人，本校讲师）和他的满口广东话的太太。对于桂花蝉之类，他们俩的主张就不同，容说好吃的，他的太太说不好吃的。

六日灯下

从昨天起，吃饭又发生问题了，须上小馆子或买面包来，这种问题都得自己时时操心，所以也不大静得下。我本可以于年底将此地决然舍去，但所迟疑的怕广州比这里还烦劳，认识我的少爷们也多，不几天就忙得如在北京一样。

中大的薪水比厦大少，这我倒并不在意。所虑的是功课多，听说每周最多可至十二小时，而作文章一定也万不能免，即如伏园所办的副刊，我一定也就是被用的器具之一，倘再加别的事情，我就又须吃药做文章了。前回因莽原社来信说无人投稿，我写信叫停刊，现在回信说不停，因为投稿又有了好几篇。我为了别人，牺牲已可谓不少，现在从许多事情观察起来，只觉得他们对于我凡可以使役时便竭力使役，可以诘责时便竭力诘责，将来可以攻击时便自然竭力攻击，因此我于进退去就，颇有戒心，这或者也是颓唐之一端，但我觉得也是环境造成的。

其实我也还有一点野心，也想到广州后，对于研究系加以打击，至多无非我不能到北京去，并不在意；第二是同创造社连络，造一条战线，更向旧社会进攻，我再勉力做一点文章，也不在意。但不知怎的，看见伏园回来吞吞吐吐之后，就很心灰意懒了。但这也不过是这一两天如此，究竟如何，还当看后来的情形。

今天大风，为一点吃饭的小事情而奔忙；又是礼拜，陪了半天客，无聊得头昏眼花了，所以心绪不大好，发了一通牢骚。望勿以为虑，静一静又会好的。

迅　十一月七日灯下

明天想寄给你一包书，没有什么好的，自己如不要，可以分给别人。

昨天信上发了一通牢骚后，又给《语丝》做了一点《厦门通信》，牢骚已经发完，舒服得多了。今天已经说好一个厨子包饭，每月十元，饭菜还可以吃，大概又可以敷衍半月一月罢。

昨夜玉堂来打听广东情形，我们因劝其将此处放弃，明春同赴广州，他想了一会说，我来时提出的条件，学校一一允许，怎能忽而不干呢？他大约决不离开这里的了，所以我看他对于国学院现状，似乎颇满足，既无决然舍去之心，亦无彻底改造之意，不过小小补苴，混下去而已。他之不能活动，而必须在此，似与太太很有关系，太太之父在鼓浪屿，其兄在此为校医，玉堂之来，闻系彼力荐，今玉堂之二兄一弟，亦俱在校，大有生根之概，自然不能动弹了。

浙江独立早已灰色，夏超确已死了，是为自己的兵所杀的，浙江的警备队，全不中用。今天看报，知九江已克，周凤岐（浙兵师长）降，也已见于路透电，定是确的，则孙传芳仍当声势日蹙耳，我想浙江或当还有点变化。

H. M.。十一月八日午后

[第 39 封] 牢骚

广平兄:

昨天上午寄出一包书并一封信，下午即得五日的来信。我想如果再等信来而后写，恐怕要隔许多天了。所以索性再写几句，明天付邮，任它和前信相接，或一同寄到罢。

校事也只能这么办。但不知近来如何？但如忙则无须详叙，因为我对于此事并不怎样放在心里，因为这一回的战斗，情形已和对杨荫榆不同也。

伏园已到厦，大约十二月中再去。遇安只托他带给我函函胡胡的一封信，但我已研究出，他前信说无人认识是假的。《语丝》第百一期上徐祖正做的《送南行的爱而君》的 L 就是他，给他好几封信，绍介给熟人（= 创造社中人），所以他和创造社人在一处了，突然遇见伏园，乃是意外之事，因此对我便只好吞吞吐吐。“老实”与否，可研究之。我又已探明他现在的地位，是中大委员会的速记员，和委员们很接近的，并闻，以备参考。

忽而写信来骂，忽而自行取消的黎锦明也和他在一处，我这几天忽而对于到广州教书的事，很有些踌躇了，觉得情形将和在北京时相同，厦门当然难以久留，此外也无处可去，实在有些焦躁。我其实还敢于站在前线上，但发见称为“同道”的暗中将我作傀儡或背后枪击我，却比被敌人所伤更其悲哀。长虹和素园的闹架还没有完，长虹迁怒于《未名丛刊》，连厨川白村的书也忽然不过是“灰色的勇气”了。听说小峰也并不能将约定的钱照数给家里，但家用却并没有不足。我的生命，被他们乘机另碎取去的，我觉得已经很不少，此后颇想不蹈这覆辙了。

突又发起牢骚来，这回的牢骚似乎日子发得长一点，已经有两三天，但我想明后天就要平复了，不要紧的。

这里还是照先前一样，并没有什么；只听说漳州是民军就要入城了。克复九江，则甚事当甚确。昨天又听到一消息，说陈仪入浙后，也独立了，这使我很高兴，但今天无续得之消息，必须再过几天，才能知道真假。

中国学生学什么意大利，以趋奉北政府，还说什么“树的党”，可笑可恨。别的人就不能用更粗的棍子对打么？伏园回来说广州学生情形，似乎和北京的大差其远，这很出我意外。

迅　十一月九日灯下

[第40封] 打杂

广平兄：

十日寄出一信后，次日即得七日来信，略略一懒，便迟到今天才写回信了。

对于侄子的帮助，你的话是对的。我愤激的话多，有时几乎说："宁我负人，毋人负我。"然而自己也觉得太过，做起事来或者且正与所说的相反。人也不能将别人都作坏人看，能帮也还是帮，不过最好是"量力"，不要拼命就是了。

"急进"问题，我已经不大记得清楚了，这意思，大概是指"管事"而言，上半年还不能不管事者，并非因为有人和我淘气，乃是身在北京，不得不尔，譬如挤在戏台面前，想不看而退出，是不甚容易的。至于不以别人为中心，也很难说，因为一个人的中心并不一定在自己，有时别人倒是他的中心，所以虽说为人，其实也是为己，所以不能"以自己为定夺"的事，往往有之。

我先前为北京的少爷们当差，耗去生命不少，自己是知道的。但到这里，又有一些人办了一种月刊，叫作《波艇》，每月要做些文章。也还是上文所说，不能将别人都作坏人看，能帮还是帮的意思。不过先前利用过我的人，知道现已不能再利用，开始攻击了。长虹在《狂飙》第五期已尽力攻击，自称见过我不下百回，知道得很清楚，并捏造了许多会话（如说我骂郭沫若之类）。其意盖在推倒《莽原》，一方面则推广《狂飙》消路，其实还是利用，不过方法不同。他们专想利用我，我是知道的，但不料他看出活着他不能吸血了，就要杀了煮吃，有如此恶毒。我现在拟置之不理，看看他技俩发挥到如何。现在看来，山西人究竟是山西人，还是吸血的。

校事不知如何，如少暇，简略地告知几句便好。我已收到中大聘书，月薪二百八，无年限的，大约那计画是将以教授治校，所以认为非研究系的，不至于开倒车的，不立年限。但我的行止如何，一时也还不易决定。此地空气恶劣，当然不愿久居，然而到广州也有不合的几点。（一）我对于行政方面，素不留心，治校恐非所长；（二）听说政府将移武昌，则熟人必多离粤，我独以"外江佬"留在校内，大约未必有味；而况（三）我的一个朋友，或者将往汕头，则我虽至广州，与在厦门何异。所以究竟如何，当看情形再定了，好在开学当在明年三月初，很有考量的余地。

我又有种感触，觉得现在的社会，可利用时则竭力利用，可打击时则竭力打击，只要于他有利。我在北京是这么忙，来客不绝，但倘一失脚，这些人便是投井下石的，反面不识还是好人；为我悲哀的大约只有两个，我的母亲和一个朋友。所以我常迟疑于此后所走的路：（1）积几文钱，将来什么都不做，苦苦过活；（2）再不顾自己，为人们做一点事将来饿肚也不妨，也一任别人唾骂；（3）再做一点事（被利用当然有时仍不免），倘同人排斥我了，为生存起见，我便不问什么事都敢做，但不愿失了我的朋友。第三条我已实行过两年多了，终于觉得太傻。前一条当托庇于资本家，须熬；末一条则颇险，也无把握（于生活），所以实在难于下一决心，我也就想写信和我的朋友商量，给我一条光。

昨天今天此地都下雨，天气稍凉。我仍然好的，也不怎么忙。

迅十一月十五日灯下。

[第41封] 恳亲

广平兄：

十六日寄出一信，想已到。十二日发的信，今天收到了。校事已见头绪，很好，总算结束了一件事。至于你此后所去的地方，却叫我很难下批评。你脾气喜欢动动，又初出来办事，向各处看看，办几年事，历练历练，本来也很好的，但于自己，却恐怕没有好处，结果变成政客之流。你大概早知道我有两种矛盾思想，一是要给社会上做点事，一是要自己玩玩。所以议论即如此灰色。折衷起来，是为社会上做点事而于自己也无害，但我自己就不能实行，这四五年来，毁损身心不少。我不知道你自己是要在政界呢还是学界。伏园下月中旬当到粤，我想如中大女生指导员之类有无缺额，或者也可以托他问一问，他一定肯出力的。季黻的事，我也要托他办。

曹某大约不是少爷们冒充的，因为回信的住址是女生宿舍。中山生日的情形，我以为于他本身是无关的，我的意思是“身后名，不如即时一杯酒”。但于别人有益。即如这里，竟没有这样有生气的盛会，只有和尚自做水陆道场，男男女女上庙拜佛，真令人看得索然气尽。默坐电灯下，还要算我的生趣，何得“打”之，莫非并“默念”也不准吗？近来只做了几篇付印的书的序跋，虽多牢骚，却有不少真话。还想做一篇记事，将五年来少爷们利用我，给我吃苦的事，讲一个大略，不过究竟做否，现在还未决定。至于其正的用功，却难，这里无须用功，也不是用功的地方。国学院也无非装面子，不要实际。对于指导教员的成绩，常要查问，上星期我气起来，对校长说，我的成绩是辑古小说十本，早已成功，只须整理，学校如如此急急，便可付印，我一面整理就是。于是他们便没有后文了。他们只是空急，并不准备付印。

我先前虽已决定不在此校，但时期是本学期末抑明年夏天，却没有定。现在是至迟至本学期末非走不可了。昨天出了一件可笑可叹的事。下午有恳亲会，我向来不赴这宗会的，而玉堂的哥哥硬拉我去。（玉堂有二兄一弟在校内。这是第二个哥哥，教授兼学生指导员，每开会，他必有极讨人厌的演说。）我不得已，去了。不料会中他又演说，先感谢校长给我们吃点心，次说教员吃得多么好，住得多么舒服，薪水又这么多，应该大发良心，拼命做事。而校长之如此体贴我们，真如父母一样……。我真就要跳起来，但立刻想到他是玉堂的哥哥，我一翻脸，玉堂必大为敌人所笑，我真是“哑子吃苦瓜”，说不出的苦，火焰烧得我满脸发热。照这里的人看起来，出来反抗的该是我了，但我竟不动，而别一个教员起来驳斥他，闹得不欢而散。

还有希奇的事情。教员里面，竟有对于驳斥他的教员，不以为然的。莫非真以儿子自居，我真莫名其妙。至于玉堂的哥哥，今天开学生周会，他又在演说了，依然如故。他还教“西汉哲学”哩，冤哉西汉哲学，苦哉玉堂。

昨天的教职员恳亲会，是第三次，我却初次到，见是男女分房的，不但分坐。

我才知道在金钱下的人们是这样的，我决定要走了，但为玉堂面子计，决不以这一事作口实，且须于学期之类作一结束。至于到何处，一时难定，总之无论如何，年假中我总要到广州走一遭，即使无啖饭处，厦门也决不居住的了。又我近来忽然对于做教员发生厌恶，于学生也不愿意亲近起来，接见这里的学生时，自己觉得很不热心，不诚恳。

我还要忠告玉堂一回，劝他离开这里，到武昌或广州做事。但看来大大半是无效的，他近来看事情似乎颇胡涂，又牵连的人物太多，非大失败，大概是决不走的。我的计画，也不过聊尽同事一场的交情而已。结果一定是他怪我舍他而去，使他为难。

迅　十八，夜。

[第 42 封] 假冠

广平兄：

十九日寄出一信；今天收到十五，六，七日来信了，一同来的。看来广州有事做，所以你这么忙，这里是死气沉沉，也不能改革，学生也太沉静，数年前闹过一次，激烈的都走出，在上海另立大夏大学了。我决计至迟于本学期末（阳底正月底）离开这里，到中山大学去。

中大的薪水是二百八十元，可以不搭库券。据朱骝仙对伏园说，另觅兼差，照我现在的收入数也可以想法的，但我却并不计较这一层，实收百余元，大概也已够用，只要不在不死不活的空气里就够了。我想我还不至于完在这样的空气里，到中大后大概也不难择一不很繁杂吃力，而较有益于学校或社会的事。至于厦大，其实是不必请我的，因为我虽颓唐，而他们还比我颓唐得多。

玉堂今天辞职了，因为减缩豫算的事。但只辞国学院秘书，未辞文科主任。我已乘间令伏园达我的意见，劝他不必烂在这里，他无回话。我还要亲自对他说一回。但我有他的辞职是不会准的，不过有此一事，则我有辞可借，比较容易脱身。

从昨天起，我的心又平静了。一是因为决定赴粤，二是因为决定对长虹们给一打击。你的话并不错的；但我之所以愤慨，却并非因为他们以平常待我，而在他日日吮血，一觉到我不肯给他们吮了，便想一棒打杀，还将肉作罐头卖以获利。这回长虹笑我对章士钊的失败道"于是遂戴其纸糊的'思想界的权威者'之假冠，而入于身心交病之状态矣"。但他八月间在《新女性》登广告，却云"与思想先驱者鲁迅合办《莽原》"，自己加我"假冠"，又因别人所加之"假冠"而骂我，真是不像人样。我之所以苦恼，是因我平生言动，即使青年来杀我，我总不愿意还手，而况是常常见面的人。因为太可恶，昨天竟决定了，虽是什么青年，我也不再留情面，于是作一启事，将他利用我的名字，而对于别人用我名字的事，则加笑骂等情状，揭露出来，比他的长文要刻毒些。且毫不客气，刀锋正对着他们的所谓"狂飙社"，即送登《语丝》,《莽原》,《新女性》,《北新》四种刊物。我已决定不再彷徨，拳来拳对，所以心里也舒服了。

其实我大约也终于不见得因为小障碍而不走路，不过因为神经不好，所以容易说愤话。小障碍能绊倒我，我不至于要离开厦门了。但我也极愿意知道还在开垦的路，可惜现在不能知道，非不愿，势不可也。本校附近是不能暂时停留的，市上，则离校有五六里，客栈坏极，有一窗门之屋，便称洋房，中间只有一床一桌一凳，别的什么也没有，倘有人访我，不但安身，连讲话的便利也没有。好在我还不至于怎样天鹅绒，所以无须有"劳民伤财"之举，学期结末也快到了。况且我的心也并不"空虚"，有充实我的心者在。

你说我受学生的欢迎，足以自慰吗？我对于他们不大敢有希望，我觉得特出者很少，或者竟没有。但我做事是还要做的，希望是在未见面的人们，或者如你所说："不要认真"。所以我的态度其实毫不倒退，一面发牢骚，一面编好《华盖续编》，做完《旧事重提》，编好《争自由的波浪》(董秋芳译小说),《卷葹》，都寄出去了。至于有一个人，我自然足以自慰的，且因此增加我许多勇气，但我有时总还虑他为我而牺牲。并且也不能"推及一二以至无穷"，有这样多的么？我倒不要这样多，有一个就好了。

说起《卷葹》，又想到一件事了。这是淦女士做的，共四篇，皆在《创造》上发表过。这回送来印入《乌合丛书》，是因为创造社印成丛书，自行发卖，所以这边也出版，借我来抵制他们的，凡未在那边发表过者，一篇也不在内。我明知这也是被人利用，但给她编定了。你看，这种皮气，怎么好呢？

我过了明天礼拜，便要静下来，编编讲义，大约至汉末止，作一结束。余闲便玩玩。待明年换了空气，再好好做事。今天来客太多，无工夫可写信，写了这两张，已经夜十二点半了，心也不静。

和这信同时，我还想寄一束杂志，计《新女性》十一月号,《北新》十·二,《语丝》一百三四。又九、七、八两本，则因为上回所寄是切边的，所以补寄毛边者两本，但你大概是不管这些的，不过我的皮气如此，所以仍寄。

迅　十一月廿日。

[第 43 封] 请辞

广平兄：

二十一日寄一信，想已到。十七日所发之又一简信，二十二日收到了；包裹尚未来，大约包裹及书籍之类，照例比普通信件迟，我想明天大概要到，或者还有信，我等着。我还想从上海买一合较好的印色来，印在我到厦后所得的书上。

近日因为校长要减少国学院豫算，玉堂颇愤慨，要辞主任，我因进言，劝其离开此地，他极以为然。我亦觉此是脱身之机会。今天和校长开谈话会，乃提出强硬之抗议，且露辞职之意，不料校长竟取消前议了，别人自然大满足，玉堂亦软化，反一转而留我，谓至少维持一年，因为教员中涂难请云云。又我将赴中大消息，此地报上亦揭载，大约是从广州报上来的，学生因亦有劝我教满他们一年者。这样看来，年底要脱身恐怕麻烦得很，我的豫计，因此似乎也无从说起了。

我自然要从速走开此地，但结果如何，殊难预料。我想这大半年中，HM 不如不以我之方针为方针，而到于自己相宜的地方去，否则也许做了很牵就，非意所愿的事务，而结果还是不能常见。我的心绪往往起落如波涛，这几天却很平静。我想了半天，得不到结论，但以为，这一学期居然已经去了五分之三，年底已不远，可以到广州看一回，此时即使仍不能脱离厦大，再熬五个月，似乎也还做得到，此后玉堂便不能以聘书为口实，可以自由了。自然，以后如何，我自然也茫无把握。

今天本地报上的消息很好，泉州已得，浙陈仪又独立，商震反戈攻张家口，国民一军将至潼关，此地报纸大概是民党色采，消息或倾于宣传，但我想，至少泉州攻下总是确的。本校学生民党不过三十左右，其中不少是新加入者，昨夜开会，我觉他们都不经训练，不深沉，甚至于连暗暗取得学生会以供我用的事情都不知道，真是奈何奈何。开一回会，徒令当局者注意，那夜反民党的职员却在门外窃听。

二十五日之夜，大风时。

写了一张之（刚写了这五个字，就来了一个学生，一直坐到十二点）后，另写了一张应酬信，还不想睡，再写一点罢。伏园下月准走，十二月十五左右，一定可到广州了。他是大学教授兼编辑，位置很高，但大家正要用他，也无怪其然。季黻的事，则至今尚无消息，不知何故，我同兼士曾合发一信，又托伏园面说，又写一信，都无回音，其实季黻的办事能力，比我高得多多。

我想 HM 正要为社会做事，为了我的牢骚而不安，实在不好，想到这里，忽然静下来了，没有什么牢骚。其实我在这里的不方便，仔细想起来，大半在于言语不通，例如前天厨房又不包饭了，我竟无法查问是厨房自己不愿包，还是听差和他冲突，叫我不要他办了。不包则不包亦可。乃同伏园去到一个福州馆，要他包饭，而馆中只有面，问以饭，曰无有，废然而返。今天我托一个福州学生去打听，才知道无饭者，乃适值那时无饭，并非永远无饭也。为之大笑。大约明天起，当在该福州馆包饭了。

仍是二十五日之夜，十二点半。

此刻是上午十一时，到邮务代办处去看了一回，没有信；而我这信要寄出了，因为明天大约有从厦赴粤之船，倘不寄，便须待下星期三这一只了。但我疑心此信一寄，明天便要收到来信，那时再写罢。

记得约十天以前，见报载新宁轮由沪赴粤，在汕头被盗劫，纵火。不知道我的信可有被烧在内。我的信是十日之后，有十六，十九，二十一等三封。

此外没有什么事了，下回再谈罢。

迅。十一月二十六日。

午后一时经过邮局门口，见有别人的东莞来信，而我无有，那么，今天是没有信的了，就将此发出。

［第 44 封］失计

广平兄：

二十六日寄出一信，想当已到。次日即得二十三日来信，包裹的通知书，也一并送到了，即刻向邮政代办处取得收据，星期六下午已来不及，星期日不办事，下星期一（廿九日）可以取来，这里的邮政，就是如此费事。星期六这一天（廿七），我同玉堂往集美学校演说，以小汽船来往，还耗去了一整天；夜间会客，又耗去许多工夫，客去正想写信，间壁的礼堂走了电，校役吵嚷，校警吹哨，闹得石破天惊，究竟还是物理学教员有本领，进去关住了总电门，才得无事，只烧焦了几块木头。我虽住在并排的楼上，但因为墙是石造的，知道不会延烧，所以并不搬动，也没有损失，不过因为电灯俱熄，洋烛的光摇摇而昏暗，于是也不能写信了。

我一生的失计，即在历来并不为自己生活打算，一切听人安排，因为那时豫计是生活不久的。后来豫计并不确中，仍须生活下去，于是遂弊病百出，十分无聊。后来思想改变了，而仍是多所顾忌，这些顾忌，大部分自然是为生活，几分也为地位，所谓地位者，就是指我历来的一点小小工作而言，怕因我的行为的剧变而失去力量。但这些瞻前顾后，其实也是很可笑的，这样下去，更将不能动弹。第三法最为直截了当，其次如在北京所说则较为安全，但非经面谈，一时也决不下。总之我以前的办法，已是不妥，在厦大就行不通，所以我也决计不再敷衍了，第一步我一定于年底离开此地，就中大教授职。但我极希望那一个人也在同地，至少也可以时常谈谈，鼓励我再做有益于人的工作。

昨天我向玉堂提出以本学期为止，即须他去的正式要求，并劝他同走。对于我走这一层，略有商量的话，终于他无话可说了，所以前信所说恐怕难于脱身云云，已经不成问题，届时他只能听我自便。他自己呢，大约未必走，他很佩服陈友仁，自云极愿意在他旁边学学。但我看他仍然于厦门颇留恋，再碰几个钉子，则来年夏天可以离开。

此地无甚可为，近来组织了一种期刊，而作者不过寥寥数人，或则受创造社影响，过于颓唐（比我颓唐得多），或则太大言无实；又在日报上添了一种文艺周刊，恐怕不见得有什么好结果。大学生都很沉静，本地人文章，则“之乎者也”居多，他们一面请马寅初写字，一面请我做序，真是殊属胡涂。有几个因为我和兼士在此而来的，我们一走，大约也要转学到中大去。

离开此地之后，我必须改变我的农奴生活；为社会方面，则我想除教书外，或者仍然继续作文艺运动，或更好的工作，待面谈后再定。我觉得现在HM比我有决断得多，我自到此地以后，仿佛全感空虚，不再有什么意见，而且时有莫名其妙的悲哀，曾经作了一篇我的杂文集的跋，就写着那时的心情，十二月末的《语丝》上可以发表，一看就知道。自己也知道这是须改变的，我现在已决计离开，好在已只有五十天，为学生编编文学史讲义，作一结束（大约讲至汉末止），时光也容易度过的了，明年从新来过罢。

遇安既知通信的地方，何以又须详询住址，举动颇为离奇，或者是在研究HM是否真在羊城，亦未可知。因他们一群中流言甚多，或者会有HM在厦门之说也。

校长给三主任的信，我在报上早见过了，现未知如何？能别有较好之地，自以离开为宜，但不知可有这样相宜的处所？

迅。十一月廿八日十二时。

[第45封] 教书

广平兄：

上月二十九日寄一信，想已收到了。廿七日发来的信，今天已到。同时伏园也接陈醒农信，知道政府将移武昌，他和孟余都将出发，报也移去，改名《中央日报》。叫伏园直接往那边去，因为十二月下旬须出版，所以伏园大概不再往广州。广州情状，恐怕比较地要不及先前热闹了。

至于我呢，仍然决计于本学期末离开这里而往广州中大，教半年书看看再说。一则换换空气，二则看看风景，三则……。要活动，明年夏天又可以活动的，倘住得便，多教几时也可以。不过“指导员”一节，无人先为设法了。

你既然不宜于"五光十色"之事，教几点钟书如何呢？要豫备足，则钟点可以少一些。办事与教书，在目下都是淘气之事，但我们舍此亦无事可为。我觉得教书与办别事实在不能并行，即使没有风潮，也往往顾此失彼。你不知此后可别有教书之处（国文之类），有则可以教几点钟，不必多，每日匀出三四点钟来看书，也算豫备，也算自己玩玩，就好了；暂时也算是一种职业。你大约世故没有我深之故，似乎思想比我明晰些，也较有决断，研究一种东西，不会困难的，不过那粗心要纠正。还有一种吃亏之处是不能看别国书，我想较为便利是来学日本文，从明年起我想勒令学习，反抗就打手心。

至于中央政府迁移而我到广州，于我倒并没有什么。我并非追踪政府，却是别有追踪。中央政府一移，许多人一同移去，我或者反而可以闲暇些，不至于又大欠文章债，所以无论如何，我还是到中大去的。

包裹已经取来了，背心已穿在小衫外，很暖，我看这样就可以过冬，无需棉袍了。印章很好，没有打破，我想这大概就是称为"金星石"的，并不是玻璃。我已经写信到上海去买印泥，因为盒内的一点油太多，印在书上是不合式的。

计算起来，我在此至多也只有两个月了，其间编编讲义，烧烧开水，也容易混过去。何况还有默念，但这默念之度常有加增的倾向，不知其故何也，似乎终于也还是那一个人胜利了。厨子的菜又不能吃，现在是单买饭，伏园自己做一点汤，且吃罐头。伏园十五左右当去，我是什么菜都不会做的，那时只好仍包菜，但好在其时离放学已只四十多天了。

阅报，知女师大失火，焚烧不多，原因是学生自己做菜，烧坏了两个人：杨立侃，廖敏。姓名很生，大约是新生，你知道吗？她们后来都死了。

以上是午后四点钟写的，因琐事放下，后来是吃饭，陪客，现已是夜九点钟了。在钱下呼吸，实在太苦，苦还不妨，受气却难耐。大约中国在最近几十年内，怕未必能够做若干事，即得若干相当的报酬，干干净净。（写到这里，又放下了，因为有人来，我这里是毫无躲避处，有人进来就进来，你看如此住处，岂能用功。）往往须费额外的力，受无谓的气，无论做什么事，都是如此。我想此后只要以工作赚得生活费，不受意外的气，又有点自己玩玩的余暇，就可以算是幸福了。

我现在对于做文章的青年，实在有些失望，我想有希望的青年似乎大抵打仗去了，至于弄弄笔墨的，却还未看见一个真有几分为社会的，他们多是挂新招牌的利己主义者；而他们却以为他们比我新一二十年，我真觉得他们无自知之明，这也就是他们之所以"小"的地方。

上午寄出一束刊物，是《语丝》《北新》各两本，《莽原》一本。《语丝》上有我的一篇文章，不是我前信所说发牢骚的那一篇；那一篇还未登出，大概当在一〇八期。

迅　十二月二日之夜半。

[第46封] 外江

广平兄：

今天刚发一信，也许这信要一同寄到罢。你或者初看以为又有什么要事了，其实并不，不过是闲谈。前回的信，我半夜放在邮筒中；这里邮筒有两个，一在所内，五点后就进不去了，夜间便只能投入所外的一个。而近日邮政代办所里的伙计是新换的，满脸呆气，我觉得他连所外的一个邮筒也未必记得开，我的信不知送往总局否，所以再写几句，俟明天上午投到所内的一个邮筒里去。

我昨夜的信里是说：伏园也醒农信，说国民政府要搬了，叫他直接上武昌去，所以他不再往广州。至于我，则无论如何，仍于学期末离开厦门而往中大，因为我倒并不一定要跟随政府，熟人如伏园辈不在一处，或者反而可以清闲些。但你如离开师范，不知在原地可有做事之处，我想还不如教一点国文，钟点以少为妙，可以多豫备。大略不过如此。

政府一搬，广东的“外江佬”要减少了，广东被“外江佬”刮了许多未，此后也许要向“遗佬”报仇，连累我未曾搜刮的外江佬吃苦，但有害马保镖，所以不妨胆大。《幻洲》上有一篇东西，很称赞广东人，所以我愿意去看看，至少也住到夏季。大约说话是一点不懂，和在此相同，但总不至于连买饭的处所也没有。我还想吃一回蛇，尝一点龙虱。

到我这里来空谈的人太多，即此一端也就不宜久居于此。我到中大后，拟静一静，暂时少与别人往来，或用点功，或玩玩。我现在身体是好的，能吃能睡，但今天我发见我的手指有点抖，这是吸烟太多了之故，近来我吸到每天三十支了，我从此要减少。我回忆在北京因节制吸烟之故而令一个人碰钉子的事，心里很难受，觉得脾气实在坏得可以。但不知怎的，我于这一点不知何以自制力竟这么薄弱，总是戒不掉。但愿明年有人管束，得渐渐矫正，并且也甘心被管，不至于再闹脾气的了。

我明年的事，自然是教一点书；但我觉得教书和创作，是不能并立的，郭沫若郁达夫之不大有文章发表，其故盖亦由于此。所以我此后的路还当选择，研究而教书呢，还是仍作游民而创作？倘须兼顾，即两皆没有好成绩。或者研究一两年，将文学史编好，此后教书无须豫备，则有余暇，再从事于创作之类也可以。但这也并非紧要问题. 不过随便说说。

《阿Q正传》的英译本已经出版了，译得似乎并不坏，但也有一点小错处，你要否？如要，当寄上，因为商务馆有送给我的。

写到这里还不到五点钟，也没有什么别的事了，就此封入信封，赶今天寄出罢。

迅　十二月三日下午。

[第47封] 中大

广平兄：

三日寄出一信，并刊物一束，系《语丝》等五本，想已到。今天得二日来信，可谓快矣。对于廿六日函中的一段议论，我于廿九日即发一函，想当我接到此函时，那边亦已寄到，知道我已决计离开此地，所以我也无须多说了。其实我这半年来并不发生什么“奇异感想”，不过“我不太将人当作牺牲么”这一种思想——这是我一向常常想到的思想——却还有时起来，一起来，便沉闷下去，就是所谓“静下去”，而间或形于词色。但也就悟出并不尽然，故往往立即恢复，二日得中央政府迁移消息后，即连夜发一信（次日又发一信），说明我的意思与廿九日信中所说并无变更，实未曾有愿意害马“终生被播弄于其中而不自拔”之意，当初仅以为在社会上阅历几时，可以得较多之经验而已，并非我将永远静着，以至于冷眼旁观，将害马卖掉，而自以为在孤岛中度寂寞生活，咀嚼着寂寞，即足以自慰自赎也。

但廿六日信中的事，已成过去，也不必多说了，到年底或可当作闲谈的材料。广大的钟点虽然较多，但我想总可以设法教一点担子较轻的功课，以求有休息的余暇。况且抄录材料等等，又可以有忙我的人，所以钟点倒不成问题，每周二十时左右者，大概是纸面文章，未必实做。

你们的学校，真是好像“湿手捏了干面粉”，粘缠极了。虽说“天下兴亡，匹夫有责”，但当局不讲信用，专责“匹夫”，使几个人挑着重担，未免太任意将人做牺牲。我想事到如此，别的都可不管了，以自己为主，觉得耐不住，便即离开；倘因生计关系及别的关系，须敷衍若干时，便如我之在厦大一样，姑且敷衍敷衍，“以德感”“以情维系”等等，只好置之度外，一有他处可去，也便即离开，什么都不管它。

伏园须直往武昌去了，不再转广州，前信似已说过。昨（五日）有人从汕头到此地（据云系民党），说陈启修因为泄漏机密，被党部捕治了。我和伏园正惊疑，拟电询，今日得你信，知二日看见他，则以日期算来，此人是造谣言的，但何以要造如此谣言，殊不可解。

前一束刊物不知到否？记得前回也有一次，久不到，而在学校的刊物中找来。三日又寄一束，到否也是问题。此后寄书，殆非挂号不可。《桃色之云》再版已出了，拟寄上一册，但想写上几个字，并用新印，而印泥才向上海去带，大约须十日后才来，那时再寄罢。

迅　十二月六日之夜。

[第48封] 懒·胖

广平兄：

本月六日接到三日来信后，次日（七日）即发一信，想已到。我推想昨今两日当有信件，但没有；明天是星期，没有信件到校的了。我想或者是你校事太忙，没有发，或是轮船误了期。

从粤，从沪，到此间的信，一星期两回；从此向沪向粤的船，似乎也是一星期两回，但究竟是星期几呢，我终于推算不出，又仿佛并不一定似的。

计算从今天到一月底，只有五十天了，已不满两月，我到此，是已经三个月又一星期了。现在倒没有什么烦事。我每天睡八九小时，但是仍然懒；有人说我胖了一点了，也不知确否？恐怕也未必。对于学生，我已经说明了学期末要离开。有几个因我在此而来的，大约也要走。至于厦门学生，无药可医，他们整天读古文观止。

我想一两日内，当有信来，我的廿九日的信的回信也应该就到了。那时再写罢。

迅

十二月十二日夜

广平兄：

本月六日接到三日来信后，次日（七日）即发一信，想已到。我推想昨今两日当有信来，但没有；明天是星期，没有信件到校的了。我想或者是你校事太忙没有发，或者是轮船误了期。

从粤，从沪，到此的信，一星期两回；从此向沪向粤的船，似乎也是一星期两回。但究竟是星期几呢，我终于推算不出，又仿佛并不一定似的。

计算从今天到一月底，只有五十天了，已不满两月；我到此，是已经三个月又一星期了。现在倒没有什么事。我每天能睡八九小时，但是仍然懒；有人说我胖了一点了，也不知墒否？恐怕也未必。对于学生，我已经说明了学期末要离开。有几个因我在此而来的，大约也要走。至于厦门学生，无药可医，他们整天读《古文观止》。

伏园就要动身，仍然十五左右；但也许仍从广州，取陆路往武昌。

我想一两日内，当有信来，我的廿九日的信的回信也应该就到了。那时再写罢。

迅 十二月十一日夜

[第 49 封] 金石

广平兄：

今天早上寄了一封信。现在虽是星期日，邮政代办所也开半天了。我今天也起得早，因为平民学校成立大会要我演说，我说了五分钟，又恭听校长辈之胡说至十一时，溜出会场，再到代办所去一看，果然已有三封信在：两封是七日发的，一封是八日发的。

金星石虽然中国也有，但看印盒的样子，还是日本做的，不过这也没有什么关系。“随便叫它曰玻璃”，则可谓胡涂，玻璃何至于这样脆？若夫“落地必碎”，则凡有印石，大抵如斯，岂独玻璃为然。可惜的是包印章者，当时竟未细心研究，因为注意移到包裹之白包上去了，现在还保存着。对于这，我倒立刻感觉到是用过的。特买印泥，亦非多事，因为非如此，则不舒服也。

此地冷了几天，但夹袍亦已够，大约穿背心而无棉袍，足可过冬了。背心我现穿在小衫外，较之穿在夹袄之外暖得多，或者也许还有别种原因。我之失败，我现在细想，是只能承认的。不过何至于“没出色”？天下英雄，不失败者有几人？恐怕人们以为“没出色”者，在他自己正以为大有“出色”，失败即胜利，胜利即失败，总而言之，就是这样，莫名其妙。置首于一人之足下，甘心什倍于戴王冠，久矣夫，已非一日矣……。

近来对于厦大一切，已不过问了，但他们还常要来找我演说，一演说，则与当局者的意见，一定是相反的，此校竟如教会学校或英国人所开的学校；玉堂现在亦深知其不可为，有相当机会，什九是可以走的。我手已不抖，前信竟未说明。至于寄给《语丝》的那篇文章，因由未名社转寄，被他们截留了，登在《莽原》第廿三期上。其中倒没有什么未尽之处。当时著作的动机，一是愤慨于自己为生计起见，不能不戴假面；二是感得少爷们于我，见可利用则尽情利用，倘觉不能利用则便想一棒打杀，所以很有些哀怨之言。寄来时当寄上；不过这种心情，现在也已经过去了。我时时觉得自己很渺小；但看少爷们著作，竟没有一个如我，敢自说是戴着假面和承认“党同伐异”的，他们说到底总必以“公平”自居。因此，我又觉得我或者并不渺小；现在故意要轻视我和骂倒我的人们的眼前，终于黑的妖魔似的站着 L. S. 两个字，大概就是为此。

我离厦门后，恐怕有几个学生要随我转学，还有一个助教也想同我走，因为我的金石的研究于他有帮助。我在这里常有学生来谈天，弄得自己的事无暇做；倘这样下去，是不行的。我将来拟在校中取得一间屋，算是住室，作为豫备功课及会客之用，而实不住。另在外面觅一相当地方，作为创作及休息之用，庶几不至于起居无节，饮食不时，再蹈在北京时之覆辙。但这可待到粤时再说，无须“未雨绸缪”。总之：我的意见，是想少陪无聊之访问之客而已。倘在学校，大家可以直冲而入，殊不便也。

现在我们的饭是可笑极了，外面仍无好的包饭处，所以还是从本校厨房买饭，每人每月三元半，伏园做菜，辅以罐头。而厨房屡次宣言：不买菜，他要连饭也不卖了。那么，我们为买饭计，必须月出十元，一并买他不能吃之菜。现在还敷衍着，伏园走后，我想索性一并买菜，以免麻烦，好在他们也只能讹去我十余元了。听差则欠我二十元，其中二元，是他兄弟急病时借去的，我以为他可怜，说这二元不要他还了，算是欠我十八元；他便第二日又来借二元，仍是二十元。伏园订洋装书，每本要他一元。厦门人对于“外江佬”，似乎颇欺侮。

以中国人的脾气而论，倒后的著作，是没有人看的，他们见可利用则尽量利用，遇可骂则尽量地骂，虽一向怎样常常往来，也即刻翻脸不识，看和我往还的少爷们的举动，便可推知。只要作品好，大概十年或数十年后，便又有人看了，但这大抵只是书坊老板得益，至于作者，也许早被逼死了，不再有什么相干。遇到这样的时候，我以为走外国也行；为争存计，无所不为也行，倒行逆施也行；但我还没有细想过，好在并不急迫，可以慢慢从长讨论。

“能食能睡”，是的确的，现在还如此，每天可以睡至八九小时，然而人还是懒，这大约是气候之故。我想厦门的气候，水土，似乎于居人都不宜，我所见的人们，胖子很少，十之九都黄瘦，女性也很少美丽活泼的，加以街道污秽，空地上就都是坟，所以人寿保险的价格，居厦门者比别处贵。我想国学院倒大可以缓办，不如作卫生运动，一面将水，土壤，都分析分析，讲个改善之方。

此刻已经夜一时了，本来还可以投到所外的箱子里去，但既有命令，就待至明晨罢，真是可惧。

迅　十二月十二日

[第 50 封] 杂事

广平兄：

昨（十三日）寄一信，今天则寄出期刊一束，怕失少，所以挂号，非因特别宝贵也。内计《莽原》一本；《新女性》一本，有大作在内；《北新》两本，其十四号或前已寄过，亦未可知，记不清楚了，如重出，则可不要其一；又《语丝》两期，我之发牢骚文，即登在内，盖先被未名社截留，到底又被小峰夺过去了，所以终于还在《语丝》上。

慨自二十三日之信发出之后，几乎大不得了，伟大之钉子，迎面碰来，幸而上帝保佑，早有廿九日之信发出，声明前此一函，实属大逆不道，合该取消，于是始蒙褒为“傻子”，赐以“命令”，作善者降之百祥，幸何如之。现在对于校事，一切不问，但编讲义，拟至汉末为止，作一结束；授课已只有五星期，此后便是考试了。但离开此地，恐当在二月初，因为一月薪水，是要等着拿走的。

朱家骅又有信来，催我速去，且云教员薪水，当设法加增。但我还是只能于二月初出发。至于伏园，却于二十左右要走了，大约先至粤，再从陆路入武汉。今晚语堂饯行，亦颇有活动之意，而其太太则不大谓然，以为带着两个孩子，常常搬家，如何是好。其实站在她的地位上来观察，的确也困苦的，旅行式的家庭，大抵的女性确乎也大都过不惯。但语堂则颇激烈，后事如何，只得“且听下回分解”了。

狂飙社中人，一面骂我，一面又要用我了。培良要我寻地方，尚钺要将小说印入《乌合丛书》。我想，我先前种种不客气，大抵施之于同辈及地位相同者，至于对少爷们，则照例退让，或者自甘牺牲一点。不料他们竟以为可欺，或纠缠，或责骂，反弄得不可开交。现在是方针要改变了，都置之不理。我常叹中国无“好事之徒”，所以什么也没有人管，现在看来，做好事之徒实在不容易，我略管闲事，便弄得这么麻烦。现在我将门关上，且看他们另向何处寻这类的牺牲。

《妇女之友》第五期上，有沄沁给你的一封公开信，见了没有？内中也没有什么，不过是对于女师大再被毁坏的牢骚。我看《世界日报》，似乎程干云还在那里；罗静轩却只得滚出了，报上有一封她的公开信，说卖文也可以过活。我想：怕很难罢。

今天白天有雾，器具都有点潮湿；蚊子很多，过于夏天，真是奇怪。叮得可以，要躲进帐子里去了。下次再写。

十四日灯下。

天气今气仍热，但大风，蚊子却忽而很少了，真不知是怎么一回事。于是编了一篇讲义。印泥已从上海寄来，所以此刻就在《桃色的云》上写了几个字，将那“玻璃”印和印泥都第一次用在这上面；预备《莽原》第二十三期到来时，一同寄出。但因为天气热，印泥软，所以印得不大好，不过那也不要紧。必须如此办理，才觉舒服，虽被斥为“多事”，都不再辩，横竖已经失败，受点申斥算得什么。

本校并无新事发生。惟顾颉刚是日日夜夜布置安插私人；黄坚从北京到了，一个太太，四个小孩，两个用人，四十件行李，大有“山河永固”之意。我的要走已经宣传开去，大半是我自己故意说的。下午一个广大的学生来，他是本地人，问我广大来聘，我已应聘的话，可是真的。我说都真。他才高兴，说，我来厦门，他们都以为奇，但大概系不知内容之故，想总是住不久的，今果然，云云。可见能久在厦大者，必须不死不活的人才合宜，大家都以为我还不至于此。此人本是厦大学生，因去年的风潮而转广大，所以深知情形。

十五夜。

十二日的来信，今天（十六）上午就收到了，也算快的。我想广厦间的邮信船大约每周有二次，假如星期二五开的罢，那么，星期一四发的信便快，三六发的就慢了，但我终于研究不出那船期是星期几。

贵校的情形，实在不大高妙，也如别处的学校一样，恐怕不过是不死不活，不上不下。一接手，一定为难。倘使直截痛快，或改革，或被攻倒，爽快，或苦痛，那倒好了。

然而大抵不如此。就是办也办不好，放也放不下，不爽快，也并不大苦痛，只是终日浑身不舒服，那种感觉，我们那里有一句俗语，叫作“穿‘湿布衫’”，就是有如将没有晒干的小衫.穿在身体上。我所经过的事，无不如此，近来的作文印书，即是其一。我想接手之后，随俗敷衍，你一定不能；改革呢，能够固然好，即使因此失职，然而未必有改革之望罢。那就最好是不接手，倘难却，就仿“前校长”的方法：躲起来。待有结束后另觅事做。

政治经济，我觉得你是没有研究的，幸而只有三星期。我也有这类苦恼，常不免被逼去做“非所长”“非所好”的事。然而往往只得做，如在戏台下一般，被挤在中间，退不开去了，不但于己有损，事情也做不好；而别人看见推辞，却以为客气，仍坚执要你去做。这样地玩“杂要”一两年，就都只剩下油滑学问，失了专长，而也逐渐被社会所弃，变了“药渣”了，虽然也曾煎熬了请人喝过汁。一变药渣，便什么人都来践踏，连先前吃过汁的人也来践踏；不但践踏，还要冷笑。

牺牲论究竟是谁的“不通”而该打手心，还是一个疑问。人们有自志取舍，和牛羊不同，仆虽不敏，是知道的。然而这“自志’，又岂出于天然，还不是很受一时代的学说和别人的情形的影响的么？那么，那学说是否真实，那人是否好人，配受赠与，也就成为问题。我先前何尝不出于自愿，在生活的路上，将血一滴一滴地滴过去，以饲别人，虽自觉渐渐瘦弱，也以为快活。而现在呢，人们笑我瘦了，除掉那一个人之外。连饮过我的血的人，也都在嘲笑我的瘦了，这实在使我愤怒。我并没有略存求得好报之心，不过觉得他们加以嘲笑，是太过的。我的渐渐倾向个人主义，就是为此；常常想到像我先前那样以为“自所甘愿即非牺牲”的人，也就是为此；常欲人要顾及自己，也是为此。但这是我的思想上如此，至于行为，和这矛盾的却很多，所以终于是言行不一致，好在不远就有面承训谕的机会，那时再争斗罢。

我离厦门的日子，还有四十多天，说三十多，少算了十天了，然则性急而傻，似乎也和“傻气的傻子”差不多，“半斤八两相等也”。伏园大约一两日内启行，此信或者也和他同船出发。从今天起，我们兼包饭菜了；先前单包饭的时候，饭很少，每人只得一碗半（中小碗），饭量大的，兼吃两人的也不够，今天是多一点了，你看厨房多么可怕。这里的仆役，似乎都和当权者有些关系，换不掉的，所以无论如何，只能教员吃苦。即如这厨子，是国学院听差中之最懒而最可恶的，兼士费了许多力，才将他弄走，而他的地位却更好了。他那时的主张是：他是国学院的听差，所以别人不能使他做事。你想，国学院是一所房子，能叫他做事的么？

我上海买书很便当，那两本当即去寄，但到后还是即寄呢，还是年底面呈？

迅 十六日下午

[第 51 封] 安静

广平兄：

十六日得十二日信后，即复一函，想已到。我猜想一两日内当有信到，但此刻还没有，就先写几句，豫备明天发出。

伏园前天晚上走了，昨晨开船。你也许已见过。有否可做的事，我已托他问朱家骅，但不知如何。季黻南归，杳无消息，真是奇怪，所以他的事也无从计画。

我这里是什么事也没有发生，不过前几天很阔了一通。将伏园的火腿用江瑶柱煮了一大锅，吃了。我又从杭州带来两斤茶叶，每斤二元，喝着。伏园走后，庶务科便派人来和我商量，要我搬到他所住过的小房子里去。我便很和气的回答他：一定可以，不过可否再迟一个月的样子，那时我一定搬。他们满意而去了。

其实教员的薪水，少一点倒不妨的，只是必须顾到他的居住饮食，并给以相当的尊敬。可怜他们全不知道，看人如一把椅子或一个箱子，搬来搬去，弄不完。于是凡有能忍受而留下的便只有坏种，别有所图，或者是奄奄无生气之辈。

我走后，这里的国文一年级，明年学生至多怕只剩一个人了，其余的是转学到武昌或广州。但学校当局是不以为意的，这里的目的是与其出事，不如无人。顾颉刚的学问似乎已经讲完，听说渐渐讲不出。陈万里只能在会场上唱昆腔，真是受了所谓“俳优畜之”的遭遇。但这些人正和此地相宜。

我很好，手指早已不抖，前信已声明。厨房的饭又克减了，每餐只有一碗半，幸我还够吃，又幸而只有四十天了。北京上海的信虽有来的，而印刷物多日不到，不知其故何也。再谈。

迅　十二月二十日午后

现已夜十一时，终不得信，此信明天寄出罢。

二十日夜

［第 52 封］催往

广平兄：

十九日信今天到，十六的信没有收到，怕是遗失了，所以终于不知寄信的地方，此信也不知能收到否？我于十二上午寄一信，此外尚有十六，二十一两信，均寄学校。

前日得郁达夫和遇安信，十四日发的，似于中大颇不满，都走了。次日又得中大委员会十五来信，言所定“正教授”只我一人，催我速往。那么，恐怕是主任了。但我只能结束了学期才走，拟即复信说明，但伏园大概已经替我说过。至于主任，我想不做，只要教教书就够了。

这里一月十五考起，看卷完毕，当在廿五左右，等薪水，所以至早恐怕要在一月廿八九才可以动身罢。我想先住客栈，此后如何，看情形再定，此时不必先酌定。

电灯坏了，洋烛所余无几，只得睡了。如此信收到，告我更详细的地名，可写信面。

迅　十二月廿三夜

怕此信失落，另写一信寄学校。

［第 53 封］等候

广平兄：

今日得十九来信，十六日信终于未到，所以我不知你住址，但照信面所写的发了一信，不知能到否？因此另写一信，挂号寄学校，冀两信有一信可到。

前日得郁达夫及遇安信，说当于十五离粤，似于中大颇不满。又得中大委员会信，十五发，催我速往，言正教授只我一人。然则当是主任。拟即作复，说一月底才可以离厦，或者伏园已替我说明了。

我想不做主任，只教书。

厦校一月十五考试，阅卷及等薪水等等，恐至早须廿八九才能动身。我拟先住客栈，此后则看形情再定。

我除十二，十三，各寄一信外，十六，二十一，又俱发信，不知收到否？

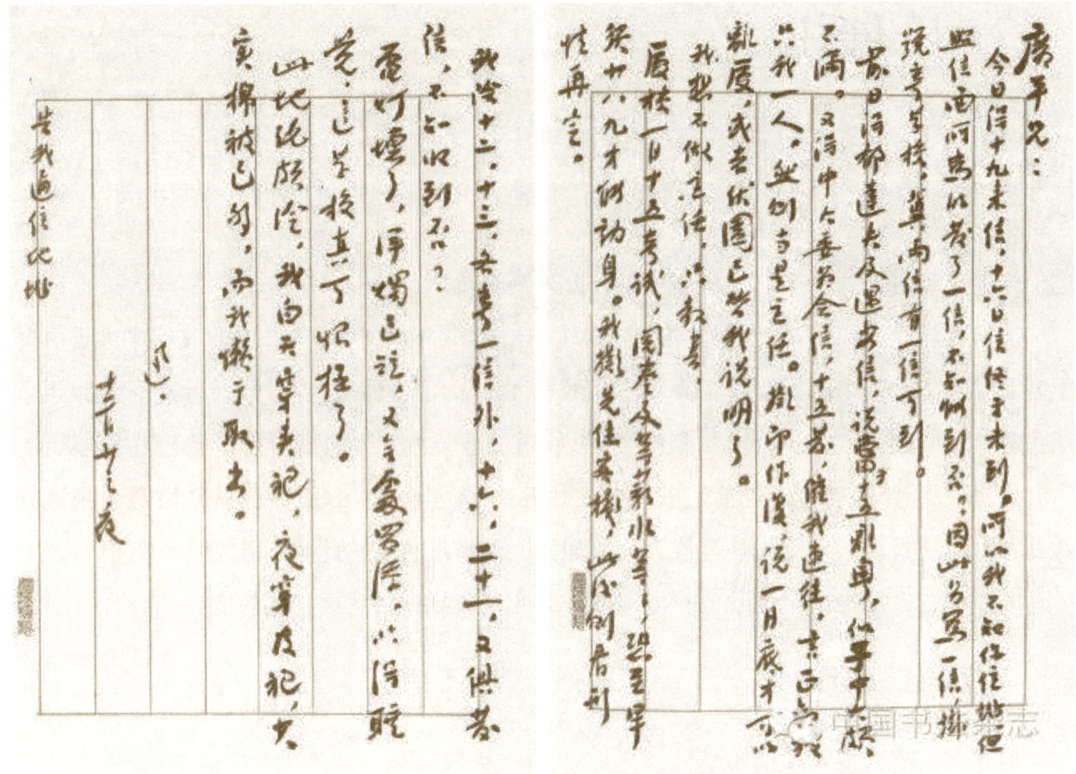

广平兄：

今日得十九来信，十六日信终于未到，所以我不知你住址，但此信由何处收发了一信，不知能到否？因此另写一信，挂号寄学校，算两信当有一信可到。

昨日得郁达夫及逖先信，说当于十五离粤，似乎中大颇不满。又得中大委员会信，十五发，催我速往，言正宜只我一人，然则当是主任。我即作复，说一月底才可离厦，我去依园已然我说明了。

我现不做主任，只教书。

厦校一月十五考试，阅卷及等分数等等，恐至早须廿八九才能动身。我拟先住客栈，此后则看别情再定。

我除十二、十三、各寄一信外，十六、二十一，又俱寄信，不知收到否？

电灯坏了，洋烛已短，又无处买添，只得睡觉，这学校真可恨极了。

此地现颇冷，我白天穿夹袍，夜穿皮袍，其实棉被已够，而我懒于取出。

迅。十二月廿三夜

告我通信地址

电灯坏了，洋烛已短，又无处买添，只得睡觉，这学校真可恨极了。

此地现颇冷，我白天穿夹袍，夜穿皮袍，其实棉被已够，而我懒于取出。

迅　十二月廿三夜

告我通信地址

[第54封] “学者”

广平兄：

昨日（廿三）得十九日信，而十六信待到今晨未至，以为遗失的了，因写两信，一寄高第街，照信封上所写；一挂号寄学校，内容是一样的，上午寄出，想该有一封可以收到。但到下午，十六日发的一封信竟收到了，一共走了九天，真是奇特的邮政。

学校现状，可见学生之愚，和教职员之巧，独做傻子，实在不值得，实不如暂逃回家，不闻不问。这种事我遇过好几次，所以世故日深，而有量力为之，不拼死命之说。因为别人太巧，看得生气也。伏园想早到粤，已见过否？他曾说要为你向中大一问。

郁达夫已走了，有信来。又听说成仿吾也要走。创造社中人，似乎与中大有什么不协似的，但这不过是我的推测。达夫遇安则信上确有怨言。我则不管，旧历年底仍往粤，倘薪水能早取，就仅一个月略余几天了，容易敷衍过去。

中大委员会来信言正教授止我一个，不知何故。如是，则有做主任的危险，那种烦重的职务，我是不干的，大约当俟到后再看。现在在此倒还没有什么不舒服，因为横竖不远就走，什么都心平气和了。今晚去看了一回电影。川岛夫妇已到；我处常有学生来，也不大能看书，有几个还要转学广州，他们总是迷信我，真无法可想。长虹则专一攻击我，面红耳赤，可笑也，他以为将我打倒，中国便要算他。

陈仪独立是不确的，廿二日被孙缴械了，此人真无用。而国民一军则似乎确已过陕州而至观音堂，北京报上亦载。

北京报又记傅铜等十教授与林素园大闹，辞职了，继任教务长（？）是高一涵。群犬终于相争，而得利的还是现代评论派，正人君子之本领如此。罗静轩已走出，报上有一篇文章，可笑。

玉堂大约总弄不下去，然而国学院是不会倒的，不过是不死不活。一班江苏人正与此校相宜，黄坚与校长尤洽，他们就会弄下去。后天校长请客，我在知单上写了一个“敬谢”，这是在此很少先例的，他由此知道我无留意，听说后天要来访我，我当避开。再谈。

迅　十二月二十四日灯下。

（电灯）修好了。

[第 55 封] 早走

广平兄：

廿五日寄一函，想已到。今天以为当得来信，而竟没有，别的粤信，都到了。伏园已寄来一函，今附上，可借知中大情形。季韨与你的地方，大概都极易设法。我一面已写信通知季韨，他本在杭州，目下不知怎样。

看来中大似乎等我很急，所以我想就与玉堂商量，能早走则早走，自然另外也还有原因。此外，则厦大与我，太格格不入，所以我也不必拘拘于约束，为之收束学期也。但你信只管发，即我已走，也有人代收寄回。

厦大是废物，不足道了。中大如有可为，我也想为之出一点力，但自然以不损自己之身心为限。我来厦门，本意是休息几时，及有些豫备，而有些人以为我放下兵刃了，不再有发表言论的便利，即翻脸攻击，自逞英雄；北京似乎也有流言，和在上海所闻者相似，且说长虹之攻击我，乃为此。用这样的手段，想来征服我，是不行的。我先前的不甚竞争，乃是退让，何尝是无力战斗。现在就偏出来做点事，而且索性在广州，住得更近点，看他们卑劣诸公其奈我何？然而这也是将计就计，其实是即使并无他们的闲话，也还是到广州的。

再谈。

迅　十二月廿九日灯下

附：

孙伏园致鲁迅

豫才先生：

今天见着留先了，当初在汽车上碰见他，略一招呼．我颇不能确定是他，仍到他住所留条而出，出来又遇见了，才知道他往法政学校讲演，他当初也没有确定遇见的是我，因为他以为我总一定换穿中国衣服剃去胡子往长江走的了。后来在他家午餐，他与戴季陶君住在一起，所以戴君也一同吃饭，谈得甚快。留先极力希望您能快来，他说他因为接到我的信，知道我要去武汉了，所以已单独写信给您，但没有提起薪水数目，其实您的薪水已决定五百毫洋，且定名为正教授，现在全校只有您一人。学生知道先生要来，希望得极恳切。而真吾诸兄（厦大学生，要转学的）要来的事，我也与他谈及，他也非常欢迎，而且这事已在广报上披露，将来编级必无问题的，尽请他们大胆同来好了。达夫已离粤，据说此番他态度颇不好，因为创造社中人并不完全联任，他觉得不满意，实在创造社中人据说也颇有不甚好者。达夫仍有现代评论思想云。至于现代评论之周鲠生王世杰，则有请他们来粤之说，据云孟余也非不知道彼辈大有把持之脾气，然一则在广东环境中或可以感化之（此恐未必能），二则带了出来亦可以减少北京方面之纠纷云。某公最富研现二种思想，我亦与之谈及，彼觉殊出意外。凤举与关应麟，且已汇川资去，然至今无回信，亦云懒矣。

现在聘人，十分慎重，故除极熟者外，均暂从缓，据云季黻聘书之所以迟发者，也不外此，“只要待鲁迅一到，再有一度商量，必无问题者也。”许广平君处我先去，彼已辞职出校，故未遇见，三主任同时辞去矣。我至朱处，乃为之述说前事，彼云必可设法，但须去了兼差，如辞职竟成事实，则可以成功。履历我已大约开给他了。李遇安君竟去粤，据留先云，彼颇不安于区区速记，但留先答应他为助教（即所以助先生），而他竟去，或当在鄂云。先生能早来甚好，彼等均望能早来也。真吾诸兄最好同来，厦大方面结束与否其实不成问题。我一时恐走不成，须俟有伴，三五天内想没有伴也。

（十二月）廿二日下午。

《第叁集》一九二七年

『我有时自己惭愧，怕不配爱那一个人；但看看他们的言行思想，便觉得我也并不算坏人，我可以爱。』

1927年初，鲁迅离开厦门大学，前往广州中山大学任教，许广平担任他的助教。经过了内心的煎熬后，鲁迅终于抛开了社会舆论的非议，大胆地迈出一步：我可以爱。从此两人正式开始同居。这在当时是那么新潮，两个人的命运从而紧紧联系在一起。

[第 56 封] 辞职

广平兄：

自从十二月廿三四日得十九，六信后，久不得信，真是好等，今天上午（一月二日）总算接到十二月廿四的来信了。伏园想或已见过，他到粤所说的事情，我已于三十日所寄函中将他的信附上，收到了罢。至于刊物，十壹月廿一日之后，我又寄过两次，一是十二月三日，大约已遗失；一是十二月十四日，挂号的，也许还会到。学校门房行为如此，真可叹，所以工人地位升高，总还须有教育才行。幸而那些刊物不过是些期刊之流，没有什签名盖印的，失掉了倒也还没有什么。

毛咸这人听说倒很好的，他有本家在这里；信中的话，似乎也恳切，伏园至多大约不过作了一个小怪，随他去；但连人家的名字都写错，可谓粗心。云章似乎好名，他被《狂飚》批评后，还写信去辩，真是上当。至于长虹，则现在竭力攻击我，似乎非我死他便活不成，想起来真好笑。近来也很回敬了他几杯辣酒。我从前竭力帮忙，退让，现在躲在孤岛上，他们以为我精力都被他们用尽，不行了，翻脸就攻击。其实还太早了一些，以他们的一点破碎的思想的力量，还不能将我打死。不过使我此后见人更有戒心。

前天，十二月卅一日，我已将正式的辞职书提出，截至当日止，辞去一切职务。这事很给厦大一点震动，因为我在此，与学校的名气有些相关，他们怕以后难于聘人，学生也要减少，所以颇为难。为虚名计，想留我，为干净，省得捣乱计，愿放走我。但无论如何，总取得后者的结果的。因为我所不满意的是校长，所以无可调和。今天学生会也举代表来留，自然是具文而已，接着大概是送别会，那时是听我的攻击厦大的演说。他们对于学校并不满足，但风潮是不会有的，因为四年前曾经失败过一次。

我这一走，搅动了空气不少，总有一二十个也要走的学生，他们或往广州，或向武昌，倘有二十余人，就是十分之一，因为这里一总只有二百余人。这么一来，我到广州后，便又粘带了十来个学生，大约又将不胜其烦，即在这里，也已经应接不暇。但此后我想定一会客时间，否则，是不得了的，将有在北京那时的一样忙碌。将来攻击我的人，也许其中也有。

上月的薪水，听说后天可发；我现在是在看试卷，两三天可完。此后我便收拾行李；想于十日前，至迟十四五日以前，离开厦门，坐船向广州。但其时恐怕已有学生跟着的了，须为之转学安顿。所以此信到后，不必再寄信来，其已经寄出的，也无妨，因为有人代收。至于器具，我除几种铝制的东西之外，没有什么，当带着，恭呈钧览。

不到半年，总算又将厦门大学捣乱了一通，跑掉了。我的旧性似乎并不很改。听说这回我的搅乱，给学生的影响颇不小；但我知道，校长是决不会改悔的。他对我虽然很恭敬，但我讨厌他，总觉得他不像中国人，像英国人。

玉堂想到武昌，他总带不久的。至于现代系人，却可以在，他们早和别人连络了。

我近来很沉静而大胆，颓唐的气息全没有了，大约得力于有一个人的训示。我想二十日以前，一定可以见面了。你的作工的地方，那是当不成问题，我想同在一校无妨，偏要同在一校，管他妈的。

今天照了一个照相，是在草木丛中，坐在一个洋灰的坟的祭桌上，像一个皇帝，不知照得好否，要后天才知道。

迅　一月二日下午。

[第 57 封] “名人”

广平兄：

伏园想已见过了，他于十二月廿九日给我一封信，今裁出一部分附上，未知以为何如。我想助教是不难做的，并不必授功课，而给我做助教，尤其容易，我可以少摆教授架子。

这几天“名人”做得太苦了，赴了几处送别会，都有我那照例的古怪演说。这真奇怪，我的辞职消息一传出，竟惹起了不小的波动，许多学生颇愤慨，有些人很慨叹，有些人很恼怒。有的是借此攻击学校，而被攻击的是竭力要将我的人说得坏些，因以减轻罪孽。所以谣言颇多，我但袖手旁观着，煞是好看。这里是死海，经这一搅，居然也有小乱子，总算还不愧为“挑剔风潮”的学匪。然而于学校，是仍然无益的，这学校除彻底扫荡之外，没有良法。

不过于物质上，也许受点损失。伏园走后，十二月上半月的薪水，不给他了。我的十二月份薪水，也未给，因为他们恨极，或许从中捣鬼。我须看他几天，所以十日以前，大约一定走不成，当在十五日前后。不过拿不到也不要紧，这一个对于他们狐鬼的打击，足以偿我的损失而有余了，他们听到鲁迅两字，从此要头痛。

学生至少有二十个被我带走。我确也不能不走了，否则害人不浅。因为我在这里，竟有从河南中州大学转学而来的，而 学校是这样，我若再给他们做招牌，岂非害人，所以我一面又做了一则通信，登《语丝》，说明我已离厦。我不知何以忽然成为偶象，这里的几个学生力劝我回骂长虹，说道，你不是你自己的了，许多青年等着听你的话。我为之吃惊，我成了他们的公物，那是不得了的，我不愿意。我想，不得已，再硬做"名人"若干时之后，还不如倒下去，舒服得多。

此信以后，我在厦门大约不再发信了，好在不远就到广州。中大的职务，我似乎并不轻，我倒想再暂时肩着"名人"的招牌，好好的做一做试试看。如果文科办得还像样，我的目的就达了。我近来变了一点态度，于诸事都随手应付，不计利害，然而也不很认真，倒觉得办事很容易，也不疲劳。

再谈。

迅　一月五日午后

附：

孙伏园致鲁迅

豫才先生

许广平君已搬出学校，表示辞职决心，我乃催问骝先，据他说校中职员大概几十块钱，是不适宜的。我便问他："你从前说李遇安君可作鲁迅之助教，现在遇安不在，鲁迅助教可请广平了。"他说助教也不过百元，平常只有八十。那末我说百元就百元罢。（好在从下月起，因为财政略微充裕，可以不搭公债。）骝先说，"鲁迅一到，即送聘书可也。"许君处尚未同她说过，一二天内我当写信给她，以免她再去弄剐的事。先生能早来最好。

（一九二六年十二月二十九日）

[第 58 封] 助教

广平兄：

五日寄一信，想当先到了。今天得十二月卅日信，所以再写几句。

伏园为你谋作助教，我想并非捉弄你的，观我前回附上之两信便知，因为这是李遇安的遗缺，较好。北大和厦大的助教，平时并不授课；厦大是教授请假半年或几月时，间或由助教代课，但这样是极少的事，我想中大当不至于特别罢，况且教授编而助教讲，也太不近情理，足下所闻，殆谣言也。即非谣言，亦有法想，似乎无须神经过敏。未发聘书，想也不至于中变，其于季黻亦然，中大似乎有许多事等我到才做似的。我的意思，附中聘书可无须受，即有中变，我当勒令朱找出地方来。

至于引为同事，恐牵连到自己，那我可不怕。我被各人用各色名号相加，由来久了，所以无论被怎么说都可以。这回我的去厦，这里也有各种谣言，我都不管，专用徐世昌哲学：听其自然。

害马又想跑往武昌去了，谋事逼之欤？十二月卅日写的信，而云“打算下半年在广州”，殊不可解，该打手心。

我十日以前走不成了，因为十二月分薪水，要明后天才能取得。但无论如何，十五日以前是必动身的。他们不早给我薪水，使我不能早走，失策了。校内似乎要有风潮，现在正在塭壌，两三日内怕要爆发，但已由挽留运动转为改革厦大运动，与我不相干。不过我早走，则学生们少一刺激，或者不再举动，现在是不行了。但我却又成为放火者，然而也只得听其自然，放火者就放火者罢。

这一两天内苦极，赴会和饯行，说话和喝酒，大约这样的还有两三天。自从被勒做“名人”以来，真是苦恼。这封信是夜三点写的，因为赴会后回来是十点钟，睡了一觉起来，已是三点了。

这些请吃饭的人，有的是佩服我的，在这里，能不顾每月四百元的钱而捣乱的人，已经算英雄。有的是憎而且怕我的，想以酒食封我的嘴，所以席上的情形，煞是好看，简直像敷衍一个恶鬼一样。前天学生送别会上，为厦大未有之盛举，有唱歌，有颂词，忽然将我造成一个连自己也想不到的大人物，于是黄坚也称我为“吾师”，而宣言曰“我乃他之学生也，感情自然很好的”。令人绝倒。今天又办酒给我饯行。

这里的恶势力，是积四五年之久而弥漫的，现在学生们要借我的四个月的魔力来打破它，不知结果如何。

迅　一月六日灯下

[第59封] 流言

广平兄：

五日与七日的两函，今天（十一）上午一同收到了。这封挂号信，却并无要事，不过我因为想发议论，倘被遗失，未免可惜，所以宁可做得稳当些。

这里的风潮似乎还在蔓延，不过结果是不会好的。有几个人还想利用这机会高升，或则向学生方面讨好，或则向校长方面讨好，真令人看得可叹。我的事情大略已了，本可以动身了，而今天有一只船，来不及坐，其次，只有星期六有船，所以于十五日才能走。这封信大约要和我同船到粤，但姑且先行发出。我大概十五上船，也许十六才开，则到广州当在十九或二十日。我拟先住广泰来栈，和骝先接洽之后，便姑且搬入学校，房子是大钟楼，据伏园来信说，他所住的一间就留给我。

助教是伏园去谋来的，俺何敢自以为"恩典"，容易"爆发"也好，容易"发暴"也好，我就是这样，横竖种种谨慎，还是被人逼得不能做人。我就来自画招供，自说消息，看他们其奈我何。我对于"来者"，先是抱给与的普惠，而惟独其一，是独自求得的心情。（这一段也许我误解了原意，但已经写下，不再改了。）这其一即使是对头，是敌手，是枭蛇鬼怪，要推我下来，我即甘心跌下来，我何尝愿意站在台上。我就爱枭蛇鬼怪，我要给他践踏我的特权。我对于名誉，地位，什么都不要，我只要枭蛇鬼怪够了。但现在之所以只透一点消息于人间者，（一）为已，是还念及生计问题；（二）为人，是可以暂以我为偶象，而作改革运动。但要我兢兢业业，专为这两事牺牲，是不行了。我牺牲得够了，我从前的生活，都已牺牲，而受者还不够，必要我奉献全部的生命。我现在不肯了，我爱"对头"，我反抗他们。

这是你知道的，我这三四年来，怎样地为学生，为青年拚命，并无一点坏心思，只要可给与的便给与。然而男的呢，他们互相嫉妒，争起来了，一方面不满足，就想打杀我，给那方面也无所得。看见我有女生在坐，他们便造流言。这些流言，无论事之有无，他们是在所必造的，除非我和女人不见面。他们貌作新思想，其实都是暴君酷吏，侦探，小人。倘使顾忌他们，他们更要得步进步。我蔑视他们了。我有时自己惭愧，怕不配爱那一个人；但看看他们的言行思想，便觉得我也并不算坏人，我可以爱。

那流言，最初是韦漱园通知我的，说是沉钟社中人所说，《狂飙》上有一首诗，太阳是自比，我是夜，月是她。今天打听川岛，才知此种流言早已有之，传播的是品青，伏园，衣萍，小峰，二太太……。他们又说我将她带在厦门了，这大约伏园不在内，而送我上车的人们所流布的。黄坚从北京接家眷来此，又将这流言带到厦门，为攻击我起见，广布于人，说我之不肯留，乃为月亮不在之故。在送别会上，陈万里且故意说出，意图中伤。不料完全无效，风潮并不稍减。我则十分坦然，因为此次风潮，根株甚深，并非由我一人而起。况且如果是“夜”，当然要有月亮，倘以此为错，是逆天而行也。

现在是夜二时，校中暗暗熄了电灯，帖出放假条告，当被学生发见，撕掉了。从此将从驱逐秘书运动，转为毁坏学校运动。

《生财有大道》那一篇，看笔法似乎是刘半农做的。老三不回去了，听说今年总当回京一次，至迟以暑假为度。但他不至于散布流言。我现在真自笑我说话往往刻薄，而对人则太厚道，我竟从不疑及衣萍之流到我这里来是在侦探我；并且今天才知道我有时请他们在客厅里坐，他们也不高兴，说我在房里藏了月亮，不容他们进去了。我托羡苏买了几株柳，种在后园，拔去了几株玉蜀黍，母亲也大不以为然，向八道湾鸣不平，听说二太太也大放谣言，说我纵容学生虐待她。现在是往来很亲密了，老年人容易受骗。所以我早说，我一出西三条，能否复返，是一问题，实非神经过敏之谈。

但这些都由它去，我自走我的路。不过这回厦大风潮，我又成了中心，正如去年之女师大一样。许多学生，或则跟到广州，或往武昌，为他们计，是否还应该留几片铁甲在身上，再过一年半载，此刻却还未能决定。这只好于见到时商量。不过不必连助教都怕做，对语都避忌，倘如此，那真成了流言的囚人了。

迅　一月十一日

[第 60 封] 探子

广平兄：

现在是十七夜十时，我在“苏州”船中，泊在香港海上。此船大约明晨九时开，午后四时可到黄浦，再坐小船到长堤，怕要八九点钟了。

这回一点没有风浪，平稳如在长江船上，明天是内海，更不成问题。想起来真奇怪，我在海上，竟历来不大遇到风波；但昨天也有人躺下不能起来的，或者我比较的不晕船也难说。

我坐的是“唐餐间”，两人一房，一个人到香港上去了，所以此刻是独霸一间。至于到广州后先住那一个客栈，此刻不能决定。因为有一个侦探性的学生跟住我。这人大概是厦大校长所派，侦探消息的，因为那边的风潮未平，他怕我帮助学生，在广州活动。我在船上用各种方法斥拒，至于疾声厉色，令他不堪。但是不成功，他终于嬉皮笑脸，谬托知己，并不远离。大约此后的手段是和我住同一客栈，时时在我房中，探听中大情形。所以明天我当相机行事，能将他撇下便撇下，否则再设法。

此外还有三个学生，是广东人，要进中大的，我已通知他们一律戒严，所以此人在船上，是不能探得消息。

迅 （一月十七日）

《第肆集》一九二九年

『我的有莲子的小莲蓬，你不要以为我在这里时时如此彻夜呆想，我是并不如此的。这回不过因为睡够了，又有些高兴，所以随便谈谈……』

许广平怀孕后，鲁迅回北平探亲，这是两人同居后的第一次分离。此间二人的通信，谈论生活琐事居多，关心之情溢于言表。『害马』、『小刺猬』、『小莲蓬』、『小白象』……这些昵称，是鲁迅与许广平『十年携手共艰危，以沫相濡亦可哀』的爱情生活的见证。

[第 61 封] 回京

乖姑！小刺猬！

在滬寧車上，總算弄到了一個坐位；渡江上了平浦通車，也居然定着一張臥鋪。這就好了。吃過一回車內的夜飯，十一點睡覺，從此一直睡到第二天十二點鐘，醒來時，不但已出江蘇境，並且通過了安徽界蚌埠，到山東界了。不知道刺猬可能如此大睡，我怕她鼻子凍冷，不能這樣。

車上和渡江的船上，遇見許多熟人，如馬幼漁的兒子，齊壽山的朋友，未名社的一影；還有幾個闊人，說是我的學生，但我不識他們了。那麼，我的到北平，明天當必傳遍的了。

今天午後到前門站，一切大抵如舊，因為正值妙峰山香市，所以倒並不冷靜，三年未見的灰塵。下午發一電，我想，倘快，則十六日下午可達上海了。

家裏一切如舊，母親精神形貌仍如三年前，她說，害馬為什麼同來呢？我答以有點不舒服。其實我在車上曾想過，這種震動法，於乖姑是不相宜的。但母親就這麼的關心，她總是同我談八道灣，這於我是毫無關心的，所以我也不想多說我們的事，因為恐怕於她也不見得有什麼興趣。平常似常常有客來往，多至四五個月，連我的日記本子也都打開過了，這非常可惡，大約是姓車的男人所為。他的女人，小六七又要來了，那自然，這就使我不能多住。

不過這種情形，我倒並不氣，也不高興，又說必須回家趟，現在是回來了，了卻一件事，總是好的。此刻是十二點，卻很靜，和上海大不相同。

我不知乖姑睡了沒有？我覺得她一定是未睡着，以為我正在大談三年來的經歷了。其實並未大談，我現在只望乖姑要乖，保養自己，我也當平心和氣，度過這豫定的時光，不使小刺蝟憂慮。

今天就是這樣罷，下回再談。

五月十五夜

乖姑！小刺猬！

在沪宁车上，总算得了一个坐位；渡江上了平浦通车，也居然定着一张卧床。这就好了。吃过一元半的夜饭，十一点睡觉，从此一直睡到第二天十二点钟，醒来时，不但已出江苏境，并且通过了安徽界蚌埠，到山东界了。不知道刺猬可能如此大睡，我怕她鼻子冻冷，不能这样。

车上和渡江的船上，遇见许多熟人，如马幼渔的侄子，齐寿山的朋友，未名社的一伙；还有几个阔人，说是我的学生，但我不识他们了。那么，我的到北平，昨今两日，必已为许多人所知道。

今天午后到前门站，一切大抵如旧，因为正值妙峰山香市，所以倒并不冷静。正大风，饱餐了三年未吃的灰尘。下午发一电，我想，倘快，则十六日下午可达上海了。

家里一切如旧，母亲精神形貌仍如三年前，她说，害马为什么不同来呢？我答以有点不舒服。其实我在车上曾想过，这种震动法，于乖姑是不相宜的。但母亲近来的见闻范围似很窄，她总是同我谈八道湾，这于我是毫无关心的，所以我也不想多说我们的事，因为恐怕于她也不见得有什么兴趣。平常似常常有客来住，多至四五个月，连我的日记本子也都打开过了，这非常可恶，大约是姓车的男人所为。他的女人，廿六七又要来了，那自然，这就使我不能多住。

不过这种情形，我倒并不气，也不高兴，久说必须回家一趟，现在是回来了，了却一件事，总是好的。此刻是十二点，却很静，和上海大不相同。我不知乖姑睡了没有？我觉得她一定还未睡着，以为我正在大谈三年来的经历了。其实并未大谈，我现在只望乖姑要乖，保养自己，我也当平心和气，渡过豫定的时光，不使小刺猬忧虑。

今天就是这样罢，下回再谈。

五月十五夜

[第 62 封] 应该

小刺猬：

昨天从老三转上一信，想已到。今天下午我访了未名社一趟，又去看幼渔，他未回，

小刺蝟：

昨天從老三轉上一信，想已到。今天下午我訪了未名社一趟，又去看幼漁，他未回，馬珏是因瘡進病院多日了。一路所見，倒並不怎樣蕭條，大約所減少的，不過是南方籍的官僚而已。

關于咱們的故事，聞南北統一以後，此地忽然盛傳，研究者也很多，但大抵知不確切。上午，令弟告訴我一件故事。她說，大約一兩月前，某太太對母親說，她做了一個夢，夢見我帶了一個孩子回家，自己因此很氣惱。而母親大不以氣惱之舉為然，因告訴她外間真有種種傳說，看她怎樣。她說，已經知道。問何從知道。她說，是二太太告訴她的。我想，老太太所聞之來源，大約也是二太太。而南北統一以後，忽然盛傳者，當與陸晶清之入京有關。我因以小白象之事告知令弟，她並不以為奇，說，這是也在意中的。午前，我就告知母親，說八月間，我們要有小白象了。她很高興，說，我想也應該有了，因為這屋子裏，早應該有小孩子走來走去。這種「應該」的理由，和我們是另一種思想，但小白象之出現，則可見世界上已以為當然矣。

不過我却並不願意小白象在這房子裏走来走去，這里並無容擋小白象那麼廣大的森林。北平倘不景氣下去，似乎適宜于居住，但为小白象計，是須另覓住所的。這事俟將来再議。

北平已很暖，可穿單衣了。明天擬去訪徐旭生。此外再看幾個熟人，另外也無事。我覺得日子寔在太長，但願速到月底，不過那時，恐怕須走海道了。

這裡很静，静得很。只聽風聲，往往終日悠然，只聽見汽車，昨天和衛談，他們已碰了，明天擬去看他，并送帽。常静甚在和林卓鳳戀愛，日日替她翻電報號碼（因为她是瞞着家裡的），忙不了。林卓鳳在西山調養肺病。

我的身體是好的，和在上海時一樣。據潘媽說，模樣和出京時相同。我在小心于衛生，勿念。刺猬也应該留心保養，令我放心。我相信她正是如此。

附箋一張，可與趙公。又告訴老三，我当于一兩日內寄書一包（約四五本）給他，其實是託他轉交趙公的，到時即交去。

迅

五月十七夜

马珏是因疮进病院多日了。一路所见，倒并不怎样萧条，大约所减少的不过是南方籍的官僚而已。

关于咱们的故事，闻南北统一以后，此地忽然盛传，研究者也很多，但大抵知不确切。上午，令弟告诉我一件故事。她说，大约一两月前，某太太对母亲说，她做了一个梦，梦见我带了一个孩子回家，自己因此很气忿。而母亲大不以气忿之举为然，因告诉她外间真有种种传说，看她怎样。她说，已经知道。问何从知道。她说，是二太太告诉她的。我想，老太太所闻之来源，大约也是二太太。而南北统一后，忽然盛传者，当与陆晶清之入京有关。我因以小白象之事告知令弟，她并不以为奇，说，这是也在意中的。午前，我就告知母亲，说八月间，我们要有小白象了。她很高兴，说，我想也应该有了，因为这屋子里，早应该有小孩子走来走去。这种“应该”的理由，和我们是另一种思想，但小白象之出现，则可见世界上已以为当然矣。

不过我却并不愿意小白象在这房子里走来走去，这里并无抚育白象那么广大的森林。北平倘不荒芜下去，似乎还适于居住，但为小白象计，是须另选处所的。这事俟将来再议。

北平很暖，可穿单衣了。明天拟去访徐旭生。此外再看几个熟人，另外也无事可做。我觉得日子实在太长，但愿速到月底，不过那时，恐怕须走海道回了。

这里和上海不同，寂静得很。尹默凤举，往往终日倾心政治。尹默之汽车，昨天和电车冲突，他臂膊碰肿了，明天拟去看他，并还草帽。台静农在和孙祥偈讲恋爱，日日替她翻电报号码（因为她是新闻通讯员），忙不可当。林卓凤在西山调养胃病。

我的身体是好的，和在上海时一样。据潘妈说，模样和出京时相同。我在小心于卫生，勿念，但刺猬也应该留心保养，令我放心。我相信她正是如此。

附笺一纸，可交与赵公。又告诉老三，我当于一两日内寄书一包（约四五本）给他，其实是托他转交赵公的，到时即交去。

迅　五月十七夜

[第 63 封] 日程

小刺猬：

听说上海北平之间的信件，最快是六天，但我于昨天（十八）晚上姑且去看看信箱——这是我们出京后所设的——竟得到了十四日发的小刺猬信，这使我怎样地高兴呀。未曾四条胡同，尤其令我放心，我还希望你善自消遣，能食能睡。写给谢君的信，是很好的，但说得我太好了一点。看现在的情形，我们的前途似乎毫无障碍，但即使有，我也决计要同小刺猬跨过它而前进的，绝不畏缩。

母亲的记忆力坏了些了，观察力注意力也略减，有些脾气，近于小孩子了。对于我们的感情是好的。也希望老三回来，但其实是毫无事情。

前天马幼渔来看我，要我往北大教书，当即谢绝。同日又看见李秉中，他是万不料我也在京的，非常高兴。他们明天在来今雨轩结婚，听听口气，两人的感情似乎好起来了。我想于上午去公园一趟，今天托令弟买了绸子衣料一件，价十一元余，作为贺礼带去。女的是女大的学生，音乐系。

林卓凤问令弟，听说鲁迅有要好的人了，结过婚了没有？但未提那“人”是谁。令弟答以不知道。这是细事，不足深考，顺便谈谈而已。她往西山养病，自云胃病，我想，恐怕是肺病罢，否则，何必到西山去养呢。

昨晚探到你的来信后，正看着，车家的男女又来了，见我已回，大吃一惊，男的便到客栈去，女的今天也走了。我对他们很冷淡，因为我又知道了车男寓客厅时，又曾将我的书厨的锁弄破，开开了门。

（以上十九日之夜十一点写。）

二十日上午，小刺猬十六日所发的信也收到了，也很快。但老三汇款之信，至今未到，大约因为挂号之故罢。小刺猬的生活法，据报告，很使我放心。我也好的，看见的人，都说我样子比出京时稍好，精神则好得多了。这里天气很热，已穿纱衣，我于空气中的灰尘，已不习惯，大约就如鱼之在浑水里一般，此外却并无不舒服。

昨天午前往中央公园贺李秉中，他很高兴。在那里看见刘文典，谈了一通。新人一到，我就走了。她比李短一点，并不美，但也不丑，适中的人。下午访沈尹默，略谈了一些时，又访兼士，凤举，徐祖正，徐旭生，都没有会见。就这样的过了一天。夜九点钟，就睡着了，直至今天七点才醒。上午想理些带出的书籍，但头绪纷繁，无从下手，也许终

小刺猬：

聽說上海北平之间的信件，最快是六天，但我于昨天（十八）晚上姑且去看看信箱——這是我們未曾約定的——竟得到了十四日發的小刺猬信，這使我怎樣地高興呀。未寫四條胡同，尤其令我放心，我還希望你善自消遣，能食能睡。寫給我的信，是很好的，但說得我太好了一点。看北平的情形，我們的前途似乎毫無障礙，但即使有，我也决计要同小刺猬跨過而前進的，絕不畏縮。

母親的記憶力壞了些了，觀察力注意力也略減，有些脾氣，近于小孩子了。對于我們的感情是好的。也希望害馬回來，但其實是毫無事情。

前天馬幼漁來看我，要我往北大教書，當即謝絕。同日又看見李秉中，他是万不料我也在京的，非常高興。他們明天在來今雨軒結婚，聽聽口氣，兩人的感情似乎好起來了。我想于上午去公園一趟，今天託令弟買了綢子衣料一件，價十一元餘，作為賀禮帶去。女的是女大的學生，音樂系。

林卓鳳问令弟，聽說魯迅有要好的人了，结過婚了没有的。但未提那「人」是誰。令弟答以不知道。這是舊事，不是惡意，順便談談而已。她往西山養病，自云胃病，我想，恐怕是肺病罷，不然，何必到西山去養呢。

我既接到紅的來信後，正看着，車家的男女又來了，見我已回，大吃一驚，男的便到客栈去，女的今天也走了。我对他们很冷淡，因为我又知道了车男當客厅时，又曾将我的书厨的锁弄破，开闩了门。（以上十九日之夜十一点写。）

二十日上午，小刺猬十五日发的信也收到了，也很快。但寄去的信，至今未到，大约因为挂号之故罢。小刺猬的生活法，据报告，很使我放心。我也好的，看见的人，都说我样子比出京时好，精神则好得多了。这里天气很热，已穿纱衣，我于空气中的灰尘，已不习惯，大约就如鱼之在浑水里一般，不舒服。

昨天午前往中央公园贺李秉中，他很高兴。在那里看见刘文典，谈了一通。新人到，我就走了。她比李短一点，并不美，但也不丑，适中的人。下午访沈尹默，略谈了一些时，又访兼士，凤举，徐祖正，徐旭生，都没有会见。就这样的过了一天。夜九点钟，就睡着了，直至今天七点才醒。上午想理些带出的书籍，但头绪纷繁，无从下手，也许终于理不成功的，恐怕中国字体变迁史也不是在上海所能作的。

今天下午我们要出去访人，明天是往燕大讲演，我这回本来不想多说话，但因为在那边是现代派太出风头了，所以想去讲几句。倘交通如故，我于月初要走了，但决不冒险，千万不要担心，因为我是逆冒险主权，并不是全权在我的。冰想留下两本，其余可送赵公们。奔流来稿，可请赵公写回信寄还他们，措辞和上次一样。小刺猬，你千万好，保养，下回再谈。（以上二十一日午后一时写。）

你的小白象。

于理不成功的，恐怕《中国字体变迁史》也不是在上海所能作罢。

今天下午我仍要出去访人，明天是往燕大讲演，我这回本来不想多说话，但因为在那边是现代派太出风头了，所以想去讲几句。倘交通如故，我于月初要走了，但决不冒险，千万不要担心，因为我是知道冒险主权，并不是全权在我的。《冰块》留下两本，其余可送赵公们。《奔流》来稿，可请赵公写回信寄还他们，措辞和上次一样。小刺猬，你千万好好保养，下回再谈。

（以上二十一日午后一时写。）

你的小白象

[第 64 封] 拜访

小刺猬：

二十一日午后发了一封信，晚上便收到十七日来信，今天上午又收到十八日来信，每信五天，好像交通十分准确似的。但我赴沪时想坐船，据凤举说，倭船并不坏，二等六十元，不过比火车为慢而已。至于风浪，则夏季一向很平静。但究竟如何，则须俟十天以后看情形决定。不过我是总想于六月四五日动身的，所以此信到时，倘是廿八九，那就不必写信来了。

我到北平，已一星期，其间无非是吃饭睡觉，访人，陪客，此外无事可为。文章是没有一句。昨天访了几个教育部旧同事，都穷透了，没有事做，又不能回家。今天和张凤举谈了两点钟天，傍晚往燕京大学讲演了一点钟，听的人很多。我照例从成仿吾一直骂到徐志摩，燕大是现代派信徒居多——大约因为冰心在此之故——给我一骂，很吃惊。有些人说，燕大是有钱而请不到好教员，说我可以来此教书了。我答以我奔波多年，现已心粗气浮，不能教书了。小刺猬，我想，这些优缺，还是让他们绅士们去占有罢，咱们还是漂流几天再说的好。沈士远也在那里做教授，全家住在那里，但我并不去访他。

今天寄到一本《红玫瑰》，陈西滢和凌叔华的照片都登上了，胡适之的诗载于《礼拜六》，他们的像见于《红玫瑰》，真是“物以类聚”。

云南腿已经将近吃完，是很好的，肉多，油也足，可惜这里的做法千篇一律，总是

小刺猬：

二十一日午后寄了一封信，晚上便收到十七日来信，今天上午又收到十八日来信，每信五天，好像走过十分准确似的。但我赴沪时想坐船，据凤举说，海船并不坏，二等百元，不过比火车为慢而已。至于风浪，则夏季一向很平静。但究竟如何，则须俟十天以后看情形决定。不过我是总想于六月四五日动身的，所以此信到时，倘是廿八九，那就不必写信来了。

我到北平，已一星期，其间无非是吃饭，睡觉，访人，陪客，此外什么事也不为。文章是没有一句。昨天访了几个因教育部而认识的同事，都穷透了，没有事做，又不能回家。今天和张凤举谈了两点钟天，傍晚往燕京大学讲演了一点钟，听的人很多。我照例从成仿吾一直骂到徐志摩，燕大是现代派信徒居多——大约因为冰心在此之故——给我一骂，很吃惊。有些人说，燕大是有钱而请不到好教员，说我可以来此教书了。我答以我奔波了多年，现已心粗气浮，不能教书了。小刺猬，我想，这些优缺，还是让他们绅士们去占有罢，咱们还是漂流几天再说的好。

沈士远也在那里做教授，全家住在那里，但我并不去访他。

今天寄到一本「红玫瑰」，陈西滢和凌叔华的照片都登上了，胡适之的诗載於「禮拜六」，他們的像見于「紅玫瑰」，真是物以類聚。

雲南腿已經將近吃完，是很好的，肉多，油也足，可惜這裏的做法千篇一律，總是蒸。聽說明天要吃蔣腿了，但大約也還是蒸。每天餚菜，大同小異，實在吃得厭煩了，不過飯量並不減，你不要神經過敏為要。至於由帶來的已吃完，買了一瓶，這裏的價錢是二元二角。

呂雲章來到西三條來，可以不知道她住在何處；必要時再來通知。

這裏很熱，可穿紗衫了，雨是久已不下，比之南方的梅雨，真是大不相同。所有帶來的夾衣，都已無用，何況毛線背心。我從明天起，想去看看朋友，大約有一星期，總可以辦好了。至于時候，若以詢人，則因其人之派別而各不同，所以我也並不深究，總之，到下月初，去津車總該是可以趕到的了。

小刺猬，這裏的空氣，真是沉靜，和上海的動盪煩擾，大不相同，所以我是平安的；但亦因為欠缺一件事，因而也靜不下，惟看來信，知道小刺猬在上海也很乖，于是也就暫自寬慰了。小刺猬要這樣繼續振作，萬勿疏懈才好。

報告老三：匯票到了，但取款須用印章，今名字寫錯，不知能取否。兩三天內當去一試，看結果再說。

小白象

五月廿一夜一時

蒸。听说明天要吃蒋腿了，但大约也还是蒸。每天饭菜，大同小异，实在吃得厌烦了，不过饭量并不减，你不要神经过敏为要。鱼肝油带来的已吃完，买了一瓶，这里的价钱是二元二角。

吕云章未到西三条来，所以不知道她住在何处；小鹿也没有来过。

这里很热，可穿纱衫了，雨是久已不下，比之南方的梅天，真是大不相同。所有带来的夹衣，都已无用，何况绒衫。我从明天起，想去看牙齿，大约有一星期，总可以补好了。至于时局，若以询人，则因其人之派别，而所答不同，所以我也并不深究，总之，到下月初，京津车总该是可走的，那么，就可以了。

小刺猬，这里的空气，真是沉静，和上海的动荡烦扰，大不相同，所以我是平安的；但只因为欠缺一件事，因而也静不下，惟看来信，知道小刺猬在上海也很乖，于是也就暂自宽慰了。小刺猬要这样继续摄生，万勿疏懈才好。

转告老三：汇票到了，但取款须用印章，今名字写错，不知能取出否。两三天内当去一试，看结果再说。

小白象　五月廿二夜一时

[第 65 封] 信笺

小刺猬：

此刻是二十三日之夜十点半，我独自坐在靠壁的桌前，这旁边，先前是小刺猬常常坐着的，而她此刻却在上海。我只好来写信算谈天了。

今天上午，来了六个北大国文系的代表，要我去教书，我即谢绝了。后来他们承认我回上海，只要豫定下几门功课，何时来京，便何时开始，我也没有答应他们。我总结的话，是今之L，已非三年前之L，我有缘故，但此刻不说，将来或许会知道，总之是不想做教授了云云。他们只得回去，而希望我有一回讲演，我已约于下星期三去讲。

午后出街，将寄给乖而小的刺猬的信投入邮箱中。其次是往牙医寓，拔去一齿，毫不疼痛，他约我于廿七上午去补好，大约只要一次就可以了。其次是到商务印书馆，将老三的汇款取出，倒也并不麻烦。其次是走了三家纸铺，搜得中国纸的印笺数十种，化钱约七

小刺猬：

此刻是二十三日之夜十点半，我独自坐在靠壁的桌前，这旁边，先前是小刺猬常常坐着的，而她此刻却在上海。我只好来写信算谈天了。今天上午，来了六个北大国文系的代表，要我去教书，我即谢绝了。日来他们承认我回上海，只要豫定下我们的课，何时来便何时开始，我也没有答应他们。我总结的话，是今之七，已非三年前之七，我有缘故，但此刻不说，将来或许会知道，总之是不想做教授了云云。他们只得回去，而希望我有一回讲演，我已约于下星期三去讲。

午后出街，将寄给乖宗的刺猬的信投入邮箱中。其次是往平学溪，拔去一点……的我去补好，大约只要一次就可以了。其次是到商务印书馆，将老三的照影取出，倒也并不麻烦。其次是走了二家纸铺，搜得中国纸的印笺数十种，化钱约七元，也并无什么好的，如此信所用这一种，要算是很漂亮的了。还有两三家未去，便中当再去走一趟，大约再用四五元，即将琉璃厂略佳之笺收备矣。计除车钱外，自己只化了十五元，一半买信笺，一半是买碑帖的。至于旧书，则仍然很贵，所以一本也不买。明天仍当去[illegible]斋付帖钱，疏去访访；又将来想往西山一趟，看看素园，听他朋友的口气，恐怕总是医不好的，韦丛芜却长大了一点。待后日往北大讲演一次，便当作回沪之准备，听说日清邮船有一只叫「天津丸」的，是从天津直航上海，并不绕来绕去，但不知向沪的时候，能否相值耳。今天路过前门车站，看见很[illegible]着些画彩牌坊了，但这些典礼，似乎只有少数人在忙。

我这次回来，正值暑假临近，所以很有几处想运动疏，但我对于此种地位，总是漠然。为安闲计，北平是不坏的，但因为和南方太不同了，所以几有世外桃源之感，我来此虽已十天，然而毫无刺戟，略不小心，确有落伍之惧的。上海虽烦扰，但也别有生气。

再次再谈罢。我是很好的。

小白象

五、二三、

元，也并无什么妙品，如此信所用这一种，要算是很漂亮的了。还有两三家未去，便中当再去走一趟，大约再用四五元，即将琉璃厂略佳之笺收备矣。

计到北平，已将十日，除车钱外，自己只化了十五元，一半买信笺，一半是买碑帖的。至于旧书，则仍然很贵，所以一本也不买。

明天仍当出门，为侍桁的饭碗去设设法；将来又想往西山一趟，看看素园，听他朋友的口气，恐怕总是医不好的了。韦丛芜却长大了一点。待廿九日往北大讲演后，便当作回沪之准备，听说日本船有一只叫“天津丸”的，是从天津直航上海，并不绕来绕去，但不知向沪的时候，能否相值耳。

今天路过前门车站，看见很扎着些素彩牌坊了，但这些典礼，似乎只有少数人在忙。

我这次回来，正值暑假将近，所以很有几处想送我饭碗，但我对于此种地位，总是漠然。为安闲计，北平是不坏的，但因为和南方太不同了，所以几有世外桃源之感，我来此虽已十天，几乎毫无刺戟，略不小心，确有落伍之惧的。上海虽繁扰，但也别有生气。

再次再谈罢。我是很好的。

小白象　五，二三。

[第 66 封] 宴请

小刺猬：

昨天上午寄老三信，内附上一函，想已收到了。十点左右有沉钟社的人来访我，至午邀我到中央公园吃饭，一直谈到五点才散。内有一人名郝荫潭，是女师大学生，但是新的，你未必认识，她说，马云也在回校读书了。这一类人，偏都回校来读书，可叹。中央公园昨天是开放的，但到下午为止，游人不多，风景大略如旧，芍药已开过，将谢了，此外“公理战胜”的牌坊上，添了许多蓝地白字的标语。

从公园回来以后，未名社的人来访我了，谈了一点钟。他们去后，就接到小刺猬的十九，二十所写的两函。自然，看来信，小刺猬是很乖的，鼻子不再冻冷，也令我放心。不过勒令我的鼻子垂下，却未免专制。我的鼻子，虽然有时不免为刺猬所拉下，但不至于常如橡皮象那样也。

小刺猬：

昨天上午寄老三信，内附上一函，想已收到了。十点左右有沈钟社的人来访我，至午邀我到中央公园吃饭，一直谈到五点才散。内有一人名郝荫潭，是女师大学生，但是新的，你未必认识，她说，马珏也在同校读书了。这一类人，偏都同校来读书，可叹。中央公园昨天是开放的，但到下午为止，游人不多，风景大略如旧，芍药已开过，将谢了，此外"公理战胜"的牌坊上，添了许多蓝地白字的标语。从公园回来以后，未名社的人来访我了，谈了一点钟。他们去后，就接到小刺猬的十九，二十所写的函。看来信，小刺猬是很乖的，鼻子不再冻冷，也令我放心。不过勒令我的鼻子垂下，却未免专制。我的鼻子，虽然有时不免为刺猬所拉下，但不至于常如橡皮人家那样也。

我毫不「拚命干，写，做，想……」至今为止，什么也不干，写，……昨天因为说话太多了，十点钟便睡觉，一点醒了一次，即刻又睡，再醒已是早上七点钟，躺到九点，便是现在，就起来写这信。

达夫们所说关于北新的话，大概都受玉堂们影响的。北新门市每日不到百元，一月已有一千餘元，足夠上海用去了，此外還有外埠批發，不至於支持不下。但這是就理論而言，至於事實，也許甚糟，我在此所見的人，都說北新不給版稅，不給回信，和北新感情很壞，這樣下去，自然也很不好的。

至於開明之股東，則我們知道得很明白，預備六萬元，其中之二萬五千，是章雪村弟兄之舊底子，一萬是一個紹興人的，他自己月取薪水百元，又薦了五個人，則其餘之二萬五千，也可想而知矣。大約達夫之知此種底細，所以聽到從紹興集了資本來，便疑為大有油水，秘也。

紹原的信，吞吞吐吐，其意思蓋想他的譯稿，由我為之設法出售，或給北新，或分奔流，而又要裝腔作勢，不肯自己開口。我是決不來做這樣傻子的了，擬不答覆，或者胡里胡塗的答幾句。

此地天氣很好，已穿夾衣了。我是好的，飲食仍舊，加以小刺猬報告她的近狀，知道非常之乖，更令我放心。今天為之客來，這信要靜靜寫到這里，要說的也大略說過了，下次再談罷。

五月廿三上午十點

我毫不“拼命干，写，做，想……”至今为止，什么也不干，写……昨天因为说话太多了，十点钟便睡觉，一点醒了一次，即刻又睡，再醒已是早上七点钟，躺到九点，便是现在，就起来写这信。

达夫们所说关于北新的话，大概即受玉堂们影响的。北新门市每日不到百元，一月已有一千余元，足够上海开支了，此外还有外埠批发，不至于支持不下。但这是就理论而言，至于事实，也许真糟，我在此所见的人，都说北新不给版税，不给回信，和北新感情很坏，这样下去，自然也很不好的。

至于开明之股本，则我们知道得很明白，号称六万元，而其中之二万五千，是章雪村弟兄之旧底子；一万是一个绍兴人的，他自己月取薪水百元，又荐了五个人，则其余之二万五千，也可想而知矣。大约达夫不知此种底细，所以听到从绍兴集了资本来，便疑为大有神秘也。

绍原的信，吞吞吐吐，其意思盖想他的译稿，由我为之设法出售，或给北新，或登《奔流》，而又要装腔作势，不肯自己开口。我是决不来做这样傻子的了，拟不答复，或者胡里胡涂的答几句。

此地天气很好，已穿纱衫。我是好的，能食能睡，加以小刺猬报告她的近状，知道非常之乖，更令我放心。今天尚无客来，这信安安静静写到这里，要说的也大略说过了，下次再谈罢。

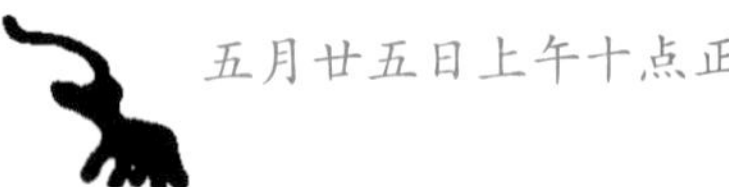

五月廿五日上午十点正

[第 67 封] 典礼

小刺猬：

此刻是二十五日之夜的一点钟，我是十点钟睡着的，十二点醒来了，喝了两碗茶，还不想睡，就来写几句。今天下午，我出门时，将寄你的一封信，投入邮筒，接着看见邮局门外帖着条子道：“奉安典礼放假两天。”那么，我的那一封信，须在二十七日才会上车的了。所以我明天不再寄信，且待“奉安典礼”完毕之后罢。刚才我是被炮声惊醒的，数起来共有百余响，亦“奉安典礼”之一也。

我今天的出门，是为侍桁寻地方去的，和幼渔接洽，已有头绪，访凤举却未遇。途次往

小刺猬：

此刻是二十五日之夜的一点钟，我是十点钟睡着的，十二点醒来了，喝了两碗茶，还不想睡，就来写几句。今天下午，我出门时，将寄你的一封信，投入邮筒，接着看见邮局门外帖着条子道：「奉安典礼放假两天」。那么，我的那一封信，须在二十七日才会上车的了。所以我明天不再寄信，且待「奉安典礼」完毕之后罢。刚才我是被炮声惊醒的，数起来共有百余响，亦「奉安典礼」之一也。

我今天的出门，是为侍桁寻地方去的，和幼渔接洽，已有头绪，侍桁却未遇。途次往孔德学校，去看旧书，遇钱玄同，恶其唠叨，给碰了一个钉子，遂逡巡避去。少顷，则顾颉刚叩门而入，见我即踌躇不前，目光如鼠，终即退去，状极可笑也。他此来是为觅饭碗而来的，志在燕大，但未必请他，因燕大颇想请我，闻又在钻营清华，倘罗家伦不去，我有希望也。

傍晚往未名社闲谈，知道燕大学生又在运动我去教书，先令韦丛芜游说，我即拒绝。丛芜吞吞吐吐说，彼校国文系主任（幼渔之弟，但非马衡）早疑我未必肯去，因为在南边有喑喑……。我答以原因并不在「因为在南边有喑喑……」，那是也可以同到北边的，我之谢绝，只因为不愿意做教员。因即告以我在厦门时长虹之流言，及现在住之在上海，惟于那一小白象事，却尚秘而不宣。

埶蕪因告诉我，长虹写给冰心情书，已阅三年，成一大捆。今年冰心结婚后，将该捆交给她的男人。他于旅行时，随看随抛入海中，数日而毕云。

埶蕪又指「冰心」之封面画告诉我云：「这是我的朋友画的，燕大女生……很要好……」

明天是星期日，恐怕来访之客必多，我要睡了。现在已两点钟，这想小刺猬或在旁边也已醒来，但我想，因为她乖，一定也即睡着的。（二十五夜）

星期日上午，是因为葬式的行列，道路几乎断绝交通，下午是可以走了，但只有宋紫佩一人来谈，所以我能够十分休息。夜十点入睡，此刻两点又醒了，吸一支烟，照例是便能睡着的。明天十点要去镶牙，所以就将闹钟拨在九点上。

看现在的情形，下月之初，火车大概是还可以走的，倘如此，我想坐六月三日的通车回沪，即使有连到之事，六日总该可以到了罢——如果不去访季黻。但这仍须临时再决定，因为距今还有十来天，倘觉不妥，便一定坐船。总之，我必当择一稳妥之走法，打听明白，决不冒险，你可以放心。

明天想当有信来，但此信我当于上午先行寄出。（二十六，夜二点半）

你的

孔德学校，去看旧书，遇钱玄同，恶其噜苏，给碰了一个钉子，遂逡巡避去；少顷，则顾颉刚叩门而入，见我即踌躅不前，目光如鼠，终即退出，状极可笑也。他此来是为觅饭碗而来的，志在燕大，但未必请他，因燕大颇想请我；闻又在钻营清华，倘罗家伦不走，或有希望也。

傍晚往未名社闲谈，知道燕大学生又在运动我去教书，先令韦丛芜游说，我即拒绝。丛芜吞吞吐吐说，彼校国文系主任（幼渔之弟，但非马衡）早疑我未必肯去，因为在南边有唔唔唔……。我答以原因并不在"因为在南边有唔唔唔"，那是也可以同到北边的，我之谢绝，只因为不愿意做教员。因即告以我在厦门时长虹之流言，及现在你之在上海，惟于那一小白象事，却尚秘而不宣。

丛芜因告诉我，长虹写给冰心情书，已阅三年，成一大捆。今年冰心结婚后，将该捆交给她的男人，他于旅行时，随看随抛入海中，数日而毕云。

丛芜又指《冰块》之封面画告诉我云："这是我的朋友画的，燕大女生……很要好……"

明天是星期日，恐怕来访之客必多，我要睡了。现在已两点钟，遥想小刺猬或在南边也已醒来，但我想，因为她乖，一定也即睡着的。

（二十五夜）

星期日上午，是因为葬式的行列，道路几乎断绝交通，下午是可以走了，但只有宋紫佩一人来谈，所以我能够十分休息。夜十点入睡，此刻两点，又醒了，吸一支烟，照例是便能睡着的。明天十点要去镶牙，所以就将闹钟拨在九点上。

看现在的情形，下月之初，火车大概是还可以走的，倘如此，我想坐六月三日的通车回沪，即使有迟到之事，六日总该可以到了罢——如果不去访季黻。但这仍须俟临时再决定，因为距今还有十来天，倘觉不妥，便一定坐船。总之，我必当筹一稳妥之走法，打听明白，决不冒险，你可以放心。

明天想当有信来，但此信我当于上午先行发出。

（二十六夜二点半）

你的 

[第 68 封] 忙碌

小刺猬：

今天——二十七日——下午，果然收到你廿一日所发信。我十五日信所选的两张笺纸，确也有一点意思的，大略如你所推测。莲蓬中有莲子，尤是我所以取用的原因。但后来各笺，也并非幅幅含有义理，小刺猬不要求之过深，以致神经过敏为要。

阿ブ如此吃苦，实为可怜，但是出牙，则也无法可想，现在必已全好了罢。编辑费可先托老三取出，那边寄来之收条，则暂存，待我到时填写。你的大妹的头痛，我想还是身体衰弱之故，最好是吃补剂，如鱼肝油之类（我所吃的这一种），你可由这回的来款中划出百元之谱，买而寄之，我辈有余而她不足，补助亦所当为。寄以现款，原也很好，但大抵是要移作家用，不以自奉的，但倘能使之精神舒服，则听其自由支配，亦佳。一切由你酌定就是。

姑母来沪，即不发表亦将发见，自以发表为宜，结果如何，可以不必顾虑。我对于一切外间传言，即最消极也不过不辩，而大抵以是认之时为多，是是非非，都由他们去，总之我们是有小白象了。

计我回北平以来，已两星期，除应酬之外，读书作文，一点也不做，且也做不出来。那间后房，一切如旧，而小刺猬不坐在床沿上，是使我最觉得不满足的，幸而来此已两星期，距回沪之期渐近了。新租的屋，已说明为堆什物及寓客之用，客厅之书不动，也不住人。

今天已将牙齿补好，只化了五元，据云将就一二年，须全盘做过了。但现在试用，尚觉合式。晚间是徐旭生张凤举等在中央公园邀我吃饭，十时才回寓。总算为侍桁寻得了一个饭碗。同席约有十人，他们已都知道我因“唔唔唔”而不肯留北。

旭生说，今天女师大因两派对于一教员之排斥和挽留，甲以钱袋击乙之头，致乙昏厥过去，抬入医院。小姐们之挥拳，似以此为嚆矢云。

明天拟往东城探听船期，晚则幼渔邀我吃饭；后天北大讲演；大后天拟往西山看韦素园。这三天中较忙，大约未必能写什么详信了。

此刻小刺猬 = 小莲蓬 = 小莲子不知是睡着还是醒着。计此信到时，我在这里距启行之日也已不远了。这是使我高兴的。但我仍然静心保养，并不焦躁，小刺猬千万放心，并且也自保重为要。

你的小白象　五月廿七夜十二时。

小刺猬：

今天（二十七日）下午，果然收到你廿一日所发信。我十五日信所选（那两张笺纸，确也有一点意思的，大略如你所推测。莲蓬中有莲子，尤是我所以取用的原因。但后来各笺，也并非幅幅含有义理，小刺猬不要求之过深，以致神经过敏为要。

阿丁的事实为可惜，但是出了事，则也无法可想，现在也只好罢了。论彰是丁先生自己取去，那边寄来之收条，则暂存，待我到时填写。你的大妹的头痛，我想这是身体衰弱之故，最好是吃补剂，如鱼肝油之类（我所吃的这一种），你可由这回的来款中划出百元之谱，买而赠之，我当有余，可以补她不足，补助之亦所当然。寄以现款，原也很好，但大抵是要移作家用，不以自奉的，但能俾使之精神舒服，则听其自由支配，亦佳。一切由你斟酌就是。

姑母来信，即不必表示什么意见，自以不表为宜，结果如何，可以不必顾虑。我对于一切外间传言，即最有趣也不过不辩，大抵以是过之时为多，是是非非，都由他们去，总之我们是真正白象了。

计我回北平以来，已两星期，除应酬之外，读书作文，一点也不做，且也做不出来。那间灰房，一切如旧，而小刺猬不坐在那里，是使我最觉得不满足的，幸而来此已两星期，距回沪之期渐近了。我想的屋，已说明为堪作寓客之用，客厅之书不动，也不住人。

今天已将牙齿补好，只化了五元，据云将就一二年，就会全盘做过了。但现在试用，尚觉合式。晚间是徐旭生张凤举等在中央公园邀我吃饭，十时才回寓，总算为侍桁寻得了一个饭碗。同席约有十人，他们已都知道我因「唔唔」，而不肯留北。

旭生说，今天女师大因两派对于某君之排斥和挽留，甲以钱袋击乙之头，致乙昏厥过去，抬入医院。小姐们之挥拳，似以此为嚆矢云。

明天拟往东城探听船期，晚则幼渔邀我吃饭，后天往北大讲演，大后天拟往西山看韦素园。这三天中较忙，大约未必能写什么信了。

此刻小刺猬〃小莲蓬〃小[illegible]是醒着。计此信到时，我在这里距启行之日也已不远了。这是使我高兴的。但我仍然静心保养，并不焦躁，小刺猬千万放心，并且也自己保重为要。

你的小白象

五月廿五夜十二时。

小刺猬：

廿一日所发的信，是前天收到的，昨天寄了一封回信（由老三转的）寄出了。昨今两天，都未曾收到来信，我想，这一定是因为葬式的缘故，火车被耽搁了。

昨天下午去问日本船，知道从天津开行以后，因须泊大连两三天，至快要六天才到上海。我看现在，坐车还很可以，所以想于六月三日动身，带便看一看季黻，而于八日或九日回沪。如果到下月初发见不宜于坐车，那时再改走海道，不过到沪又要迟几天了。总之，我当看最妥当的方法办理，你可以放心。

昨天又买了些笺纸，这便是其一种，北京的信笺，要搜集，

五雲堂文松古製

[第 69 封] 问船

小刺猬：

廿一日所发的信，是前天收到的，昨天写了一封回信（由老三转的）寄出。昨今两天，都未曾收到来信，我想，这一定是因为葬式的缘故，火车被耽搁了。

昨天下午去问日本船，知道从天津开行后，因须泊大连两三天，至快要六天才到上海。我看现在，坐车还很可以，所以想于六月三日动身，带便看看季黻，而于八日或九日回沪。如果到下月初发见不宜于坐车，那时再改走海道，不过到沪又要迟几天了。总之，我当看最妥当的方法办理，你可以放心。

昨天又买了些笺纸，这便是其一种，北京的信笺搜集，总算告一段落了。晚上是在幼渔家里吃饭，马珏还在生病，未见，病也不轻，但据说可以没有危险。谈了些天，回寓时已九点半。十一点睡去，一直睡到今天七点钟。

此刻是上午九点半，闲坐无事，写了这些。午后要到未名社去，七点起是在北大讲演。讲毕之后，似乎还有沈尹默之流邀袭，拉去吃饭。倘如此，则回寓时又要十点左右了。

小刺猬和小莲子，我是好的，很能睡，饭量和在上海时一样，酒喝得极少，不过壹小杯蒲陶酒而已。家里有一瓶别人送的汾酒，连瓶也没有开。倘如我的豫计，那么，再有十天便可以面谈了。小莲蓬，愿你安好，保重为要。

你的  五月二十九日

總算告一段落了。晚上是在幼漁家裏喫飯，馬珏還在生病，未見，病也不輕，但據說可以沒有危險了。談了一天，回寓時已九點半。十一點睡去，一直睡到今天七點鐘。此刻是九點半（上午），閑坐無事，寫了這些。午後要到未名社去，七點起是在北大講演。講畢之後，似乎還有沈尹默之流邀襲，拉去喫飯。倘如此，則回寓時又要十點左右了。

小刺猬和小蓮子，我是好的，很能睡，飯量和在上海時一樣，酒喝得極少，不過壹小杯葡萄酒而已。家裏有一瓶別人送的汾酒，連瓶也沒有開。倘如我的預計，那麼，再有十天便可以面談了。小蓮蓬，願你安好，保重為要。

你的 EL

五雲□□松古齋製 九月

[第 70 封] 素园

小刺猬：

此刻是二十九夜十二点，原以为可得你的来信的了，因为我料定你于廿一日的信以后，必已发了昨今可到的两三信，但今未得，这一定是被奉安列车耽搁了，听说星期一的通车，还没有到哩。

今天上午来了一个客。下午到未名社去，晚上他们邀我去吃晚饭，在东安市场的森隆饭店；七点钟到北大第二院演讲一小时，听者有千余人，大礼堂为之满，大约北平寂寞已久，所以学生们很以这类事为新鲜了。八时尹默凤举等又为我饯行，仍在森隆，不得不赴，但吃得少些，十一点才回寓。现已吃了三粒消化丸，写了这一张信，便将睡觉了，因为明天早晨，便当往西山看素园去。

听说，燕大的有几个教员，怕学生留我教书，发生恐怖了。你看，这和厦门大学何异？但我何至于“与鸡鹜争食”乎？

今天虽因得不到来信，略觉怅怅，但我知道迟延的原因，所以睡得着的，并遥祝小刺猬在上海也睡得安适。

二十九夜 

三十日午后二时，我从西山看韦素园回来，果然得到小刺猬的廿三及廿五日两封信，彼此都为邮局送信的忽迟忽早所捉弄，真是令人生气。但我知道小刺猬已经得到我的信，略得安慰，也就稍稍得到安慰了。

今天我是早晨八点钟上山的，用的是摩托车，并霁野等共五人。素园还不准起坐，也很瘦，但精神却好，他很喜欢，谈了许多闲天。据丛芜说，关于我们的事，他闻之寻马季铭（燕大国文系主任），马则云周作人所说的。其实不过是怕我去抢饭碗，即我们不住一处，他们也当另觅排斥的理由。然而我流宕三年了，何至于忽而去抢饭碗呢，这些地方，我觉得他们实在比我小气。

今天得小峰信，云因战事，书店生意皆不佳，但汇给（由分店）我二百元，不过此款现在还未送来。

你廿五的信，今天到了，似交通尚好，但四五日后，却不一定了。三日能走则走，否则当改海道，不过到沪当在十日前后了。总之，我当择最稳当而舒服的走法，决不冒险，

小刺猬：

此刻是二十九夜十二点，原以为可得你的来信的了，因为我料定你于廿一日的信以後，必已寄了些，今可到的两三信，但今未得，这一定是被奉安列車耽擱，聽說星期一的通車，這總該到哩。

今天上午来了一個客。下午到未名社去，晚上他們邀我去喫晚飯，在东安市場的森隆飯店；七點鐘到北大第二院演講一小時，聽者有千餘人，大禮堂為之滿，大約北平寂寞已久，所以學生們很以這類事為新鮮了。八時尹默鳳舉等又為我餞行，仍在森隆，不得不赴，但喫得很少，十一點回寓。現已喫了三粒消化丸，寫了這一張信，便將睡覺了。因為明天早晨，便當往西山看素園去。

聽說，燕大的有幾個教員，怕學生留我教書，先生恐怖了。你看，這和廈门大學何異？但我何至于「與雞鶩爭食」乎哉。

今天雖因得不到來信，略覺悵悵，但我知道遲延的原因，所以睡得着的。並遙祝小刺猬在上海也睡得安適。

二九夜

[illegible]

三十日午後二時，我從西山看韋素園回來，果然得到小刺猬的廿三及廿五日兩封信，彼此都爲郵局遞信的忽遲忽早所捉弄，真是令人生氣。但我知道小刺猬已經得到我的信，略得安慰，也就稍稍得到安慰了。

今天我是早晨八點鐘上山的，用的是摩托車，與霽野等六人。素園還不能起坐，也很瘦，但精神却好，他很喜歡，談了許多閑天。據叢蕪說，關于我們的事，他聞之于馬季明（燕大國文系主任），馬聞之周作人所說的。其實不過是怕我去搶飯碗，即我們不住一處，他們也當另覓排斥的理由。然而我離北平已有三年了，何苦乎忽而去搶飯碗呢。這些地方，我覺得他們實在比我壞。

今天得小峯信，云因戰事，書店生意皆不佳，但還當（由公處）撥一百元，不過此款現在還未送來。

你廿五的信，今天到了，似交通尚好，但四五日後，就不一定了。三[illegible]能走則走，否則走海道，不過到總當在十日前後了。總之，我當擇穩當而舒服的走法，決不冒險，使我的小蓮蓬擔心的。現在精神也很好，千萬放心，決不肯將小刺猬的小白象，獨在北平而有一點損失，使小刺猬心疼。

你的

五月卅日下午五点

使我的小莲蓬担心的。现在精神也很好，千万放心，我决不肯将小刺猬的小白象，独在北平而有一点损失，使小刺猬心疼。

你的　五月卅日下午五点

[第 71 封] 鉴察

小莲蓬而小刺猬：

现在是三十日之夜一点钟，我快要睡了；下午已寄出一信，但我还想讲几句话，所以再写一点。

前几天，董秋芳给我一信，说他先前的事，要我查考鉴察。我那有这些工夫来查考他的事状呢，置之不答。下午从西山回，他却等在客厅中，并且知道他还先向母亲房里乱攻，空气甚为紧张。我立即出而大骂之，他竟毫不反抗，反说非常甘心。我看他未免太无刚骨，然而他自说其实是勇士，独对于我，却不反抗。我说我却愿意人对我来反抗。他却道正因如此，所以佩服而不反抗者也。我也为之好笑，乃笑而送出之。大约此后当不再来缠绕了罢。

晚上来了两个人，一个是为孙祥偈翻电报之台，一个是帮我校《唐宋传奇集》之魏，同吃晚饭，谈得很畅快。和上午之纵谈于西山，都是近来快事。他们对于北平学界现状，俱颇不满。我想，此地之先前和“正人君子”战斗之诸公，倘不自己小心，怕就也要变成“正人君子”了。各种劳劳，从我看来，很可不必。我自从到北平后，觉得非常自在，于他们一切言动，甚为漠然；即下午之面斥董公，事后也毫不气忿，因叹在寂寞之世界里，虽欲得一可以对垒之敌人，亦不易也。

小刺猬，我们之相处，实有深因，它们以它们自己的心，来相窥探猜测，那里会明白呢。我到这里一看，更确知我们之并不渺小。

这两星期以来，我一点也不颓唐，但此刻遥想小刺猬之采办布帛之类，豫为小小白象经营，实是乖得可怜，这种性质，真是怎么好呢。我应该快到上海，去管住她。

（三十日夜一点半。）

小莲蓬而小刺猬：

现在[illegible]我快要睡了；下午已寄出一信，但我还想谈几句话，所以再[illegible]

前几天，董秋芳给我一信，说他先前的事，要我查考鉴察。我那有这些工夫来查考他的事状呢，置之不答。下午从西山回，他所写在客厅中，并且知道他还先向母亲之房里孔窥，空气甚为紧张。我立即出而大骂之，他竟毫不反抗，反说非常甘心。我看他未免太无刚骨，然而他自说其实是勇士，独对于我，却不反抗。我说我却愿意人对我来反抗。他却正因为此，所以佩服而不反抗者也。我也为之好笑，乃笑而送之出。大约此后不再来缠绕了罢。

晚上来了两个人，一个是为孙祥偈翻电报之台，一个是帮我校唐宋传奇集之魏，同吃晚饭，谈得很畅快。和上午之纵谈于西山，都是近来快事。他们对于北平学界现状，俱颇不满。我想，此地是先前和“正人君子”战斗之诸公，尚不自己小心，怕就也要变成“正人君子”了。各种劳劳，从我看来，很可不必。我自从到北平以后，觉得非常自在，于他们一切言动，甚为漠然；即下午之面斥董氏，事后也毫不气忿，因叹在寄寓之世界里，虽欲得一可以对垒之敌人，亦不易也。

小刺猬，我们之相处，实有深因，她们以她们自己的心，来相窥探猜测，那里会明白，我们从这里一看，更难知我们之并不渺小。

这两星期[illegible]不舒[illegible]，但此刻这想小刺猬之采办布帛之类，豫为小小白象经营，实是乖得可怜，这种性质，真是怎么好呢。我应该快到上海，去管住她。（三十日夜一点钟。）

小刺猬，三十一日早晨，被母亲叫醒，睡眠时间少了一点，所以晚上九点钟便睡去，一觉醒来，此刻已是三点钟了。冲了一碗茶，坐在桌前，这想小刺猬大约是躺着，但不知是睡着还是醒着。五月三十一这天，没有什么事。但下午有三个日本人来看我所藏的关于佛教的石刻拓本，颇诧异于收集之多，力劝我作目录。这自然也是我所能为之一，我以外，大约别人也未必做的了，然而我此刻也并无此意。晚间，宋紫佩已为我购得车票，是三日午后二时开，他在报馆中，知道车路可以坐，无多，不过误点（延到）而已。所以我定于三日启行，有一星期，就可以面谈了，此信发后，拟不再寄信，倘在南京停留，自然当从那里再发一封。

（六月一日黎明前三点）

迅

小刺猬，三十一日早晨，被母亲叫醒，睡眠时间少了一点，所以晚上九点钟便睡去，一觉醒来，此刻已是三点钟了。冲了一碗茶，坐在桌前，遥想小刺猬大约是躺着，但不知是睡着还是醒着。五月三十一这天，没有什么事。但下午有三个日本人来看我所藏的关于佛教石刻拓本，颇诧异于收集之多，力劝我作目录。这自然也是我所能为之一，我以外，大约别人也未必做的了，然而我此刻也并无此意。晚间，宋紫佩已为我购得车票，是三日午后二时开，他在报馆中，知道车还可以坐，至多不过误点（迟到）而已。所以我定于三日启行，有一星期，就可以面谈了，此信发后，拟不再寄信，倘在南京停留，自然当从那里再发一封。

（六月一日黎明前三点）

哥姑：

写了以上的几行信以后，又写了几封给人的回信，天也亮起来了，还有一篇讲演稿要改，此刻大约不能睡了，再来写几句。

我自从到此以后，综计各种感受，似乎我于新文学和旧学问各方面，凡我所着手的，便给别人一种威吓——有些旧朋友自然除外——所以所得到的非攻击排斥便是"敬而远之"。这种情形，使我更加大胆阔步，然而也使我不复专于一业，一事无成。而且又使小刺猬常常担心，"眼泪往肚子里流"。所以我也对于自己的坏脾气，常常痛心；但有时也觉得惟其如此，所以我配获得我的小莲蓬兼小刺猬。此后仍当四面八方地闹呢，还是暂且静静，作一部冷静的专门的书呢，倒是一个问题。好在我们就要见面了，那时再谈。

我的有莲子的小莲蓬，你不要以为我在这里时时如此彻夜呆想，我是并不如此的。这回不过因为睡够了，又有些高兴，所以随便谈谈。吃了午饭以后，大约还要睡觉。加以行期在即，自然也忙些。小米（小刺猬吃的），馍子面（同上），果脯等，昨天都已买齐了。

这信封的下端，是因为加添这一张，我自己拆过的。

六月一日晨五时

哥姑：

写了以上的几行信以后，又写了几封给人的回信，天也亮起来了，这有一篇讲演稿要改，此刻大约不能睡了，再来写几句。

我自从到此以后，总计各种感受，似乎我于新的和旧的各方面，凡我所着手的，便给别人一种威吓——有些旧朋友自然除外——所以所得到的非攻击排斥便是「敬而远之」。这种情形，使我更加大胆阔步，然而也使我不复专于一业，一事无成。而且又使小刺猬常常担心，「眼泪往肚子里流」。所以我也对于自己的坏脾气，常常痛心；但有时也觉得惟其如此，所以我配获得我的小莲蓬兼小刺猬。此后仍当四面八方地闹开去，这是替且静静，作一部分静的才们的[illegible]，倒是惘闻了。

我的有莲子的小莲蓬，你不要以为我在这里时时以此彻夜叹想，我是并不如此的。这回不过因为睡够了，又有些高兴，所以随便谈谈。[illegible]以后，大约还要睡觉。加以行期在即，自然也忙些。小米（小刺猬吃的），饶多趣（同上），果脯等，昨天都已买齐了。

这信封的下端，是因为加添这一张，我自己拆过的。

六月一日晨五时

《第伍集》一九三二年

『我相信乖姑的话，所以很高兴，小乖姑大约总该好起来了。我也很好；母亲也好得多了，但她又想吃不消化的东西，真是令人为难……』

这部分信件写于1932年11月，当时鲁迅母亲生病，鲁迅回北平探望。写作期间从2月2日乘车北上到2月30日返沪。此部分信件当时未收入《两地书》。

[第72封] 看医

乖姑:

我已于十三日午后二时到家，路上一切平安，眠食有加。

母亲是好的，看起来不要紧。自始至现在，止看了两回医生，我想于明天再请来看看。

你及海婴好吗，为念。

迅上　十一月十三下午

[第73封] 母亲

乖姑:

到后草草寄出一信，先到否？看母亲情形，并无妨碍，大约因年老力衰，而饮食不慎，胃不消化，则突然精力不济，遂现晕眩状态，明日当延医再诊，并问养生之法，倘肯听从，必可全愈也。

我一路甚好，每日食两餐，睡整夜，亦无识我者，但车头至廊坊附近而坏，至误点两小时，故至前门站时，已午后二时半矣。

北平似一切如旧，西三条亦一切如旧，我仍坐在靠壁之桌前，而止一人，于百静中，自然不能不念及乖姑及小乖姑，或不至于嚷“要PaPa”乎。

其实我在此亦无甚事可为，大约俟疗至母亲可以自己坐立，则吾事毕矣。

存款尚有八百余，足够疗治之用，故上海可无须寄来，看将来用去若干，或任之，或补足，再定。

此地甚暖和，水尚未冰，与上海仿佛，惟木叶已槁而未落，可知无大风也。

你们母子近况如何，望告知，勿隐。

迅　十一月十三夜一时

［第74封］医病

乖姑：

十三十四各寄一信，想已到。今十五日午后得十二日所发信，甚喜。十一，二《申报》亦到。你不太自行劳苦，正如我之所愿，海婴近如何，仍念。母亲说，以后不得称之为狗屁也。

昨请同仁医院之盐泽博士来，为母亲诊察，与之谈，知实不过是慢性之胃加答，因不卫生而发病，久不消化，遂至衰弱耳，决无危险，亦无他疾云云。今日已好得多了。明日仍当诊察，大约好好的调养一星期，即可起坐。但这老太太颇发脾气，因其学说为："医不好，则立刻死掉，医得好，即立刻好起"，故殊为焦躁也，而且今日头痛方愈，便已偷偷的卧而编毛绒小衫矣。

午后访小峰，知已回沪，版税如无消息，可与老三商追索之法，北平之百元，则已送来了。访齐寿山，门房云已往兰州，或滦州，听不清楚；访幼渔，则不在家，投名片而出。访人之事毕矣。

我很好，一切心平气和，眠食俱佳，可勿念。现在是夜二时，未睡，因母亲服泻药，起来需人扶持，而她不肯呼人，有自己起来之虑，故需轮班守之也，但我至三时亦当睡矣。此地仍暖，颇舒服，岂因我惯于北方，故不觉其寒欤。

迅　十五夜

十三日所发信十六下午到。海婴已愈否？但其甚乖，为慰。重看校稿，校正不少，殊可嘉尚，我不料其乖至于此也。

今日盐泽博士来，云母亲已好得多了，允许其吃挂面，但此后食品，须永远小心云云。我看她再有一星期，便可以坐立了。

我并不操心，劳碌，几乎终日无事，只觉无聊，上午整理破书，拟托子佩去装订，下午马幼渔来，谈了一通，甚快。此地盖亦乌烟瘴气，惟朱老夫子已为学生所排斥，被邹鲁聘往广州中大去了。

闻吕云章为师大校女生部舍监。

川岛因父病回家，孙在北平。

此地北新的门面，红墙白字，难看得很。

天气仍暖和，但静极，与上海较，真如两个世界，明年春天大家来玩个把月罢。某太太于我们颇示好感，闻当初二太太曾来鼓动，劝其想得开些，多用些钱，但为老太太纠正。

后又谣传 HM 肚子又大了，二太太曾愤愤然来报告，我辈将生孩子而她不平，可笑也。

再谈。

L. 十一月十六日夜十时半

[第 75 封] 乖姑

乖姑：

此刻是十九日午后一时半，我和两乖姑离开，已是九天了。现在闲坐无事，就来写几句。

十七日寄出一信，想已达。昨得十五日来信，我相信乖姑的话，所以很高兴，小乖姑大约总该好起来了。我也很好；母亲也好得多了，但她又想吃不消化的东西，真是令人为难，不过经我一劝，也就停止了。她和我谈的，大抵是二三十年前的和邻居的事情，我不大有兴味，但也只得听之。她和我们的感情很好，海婴的照片放在床头，逢人即献出，但二老爷的孩子们的照相则挂在墙上，初，我颇不平，但现在乃知道这是她的一种外交手段，所以便无芥蒂了。二太太将其父母迎来，而虐待得真可以，至于一见某太太，二老人也不免流涕云。

这几天较有来客，前天霁野，静农，建功来。昨天又来，且请我在同和居吃饭，兼士亦至，他总算不变政客，所以也不得意。今天幼渔邀我吃夜饭，拟三点半去，此外我想不应酬了。

周启明颇昏，不知外事，废名是他荐为大学讲师的，所以无怪攻击我，狗能不为其主人吠乎？刘复之笑话不少，大家都和他不对，因为他捧住李石曾之后，早不理大家了。

这里真是和暖得很，外出可以用不着外套，本地人还不穿皮袍，所以我带来的衣服，还不必都穿在身上也。

现在是夜九点半，我从幼渔家吃饭回来了，同席还是昨天那些人，所讲的无非是笑话。现在这里是“现代”派拜帅了，刘博士已投入其麾下，闻彼一作校长，其夫人即不理二太太，因二老爷不过为一教员而已云。

再谈。

迅。

［第 76 封］照片

乖姑：

今（廿日）晨刚寄一函，晚即得十七日信，海婴之乖与就痊，均使我很欢喜。我是极自小心的，每餐（午、晚）只喝一杯黄酒，饭仍一碗，惟昨下午因取书，触一板倒，打在脚趾上，颇痛，即搽兜安氏止痛药，至今晨已全好了。

那张照片，我确放在内山店，见其收入门口帐桌之中央抽斗中，上写“MR. K. Chow”者即是，后来我取信，还见过几次，今乃大索不得，殊奇。至于另一张，我已记不清放在那里，恐怕是在桌灯旁边的一叠纸堆里，亦未可知，可一查，如查得，则并附上之一条纸一并交出，否则，只好由它去了。

我到此后，紫佩，静农，寄野，建功，兼士，幼渔，皆待我甚好，这种老朋友的态度，在上海势利之邦是看不见的。我已应允他们于星期二（廿二）到北大、辅仁大学各讲演一回，又要到女子学院去讲一回，日子未定。至于所讲，那不消说是平和的，也必不离于文学，可勿远念。

此地并不冷，报上所说，并非事实，且谓因冷而火车误点，亦大可笑，火车莫非也怕冷吗。我在这里，并不觉得比上海冷（但夜间在屋外则颇冷），当然不至于感冒也。

母亲虽然还未起床，但是好的，我在此不过作翻译，余无别事，所以住至月底，我想走了，倘不收到我延期之信，你至二十六止，便可以不寄信来。

再谈。

“哥”　十一月二十日夜八点

我现在睡得早，至迟十一点，因无事也。

[第 77 封] 安排

乖姑：

二十一日寄一函，想已到。昨得十九所寄信，今午又得二十日信，俱悉。关于信件，你随宜处分，甚好，岂但“原谅”，还该嘉奖的。

北京不冷，仍无需外套，真奇。我亦很好，昨天往北大讲半点钟，听者七八百，因我要求以国文系为限，而不料尚有此数；次即往辅仁大学讲半点钟，听者千一二百人，将夕，兼士即在东兴楼招宴，同席十一人，多旧相识，此地人士，似尚存友情，故颇欢畅，殊不似上海文人之反脸不相识也。

明日拟至女子学院讲半点钟，此外即不再往了。

母亲已日见其好起来，但仍看医生，我拟请其多服药几天也。坪井先生甚可感，有否玩具可得，拟至西安市场一看再说，但恐必窳劣，无佳品耳。“雪景”亦未必佳。山本夫人拟买信笺送之，至于少爷，恐怕只可作罢。

我独坐靠墙之桌边，虽无事，而亦静不下，不能作小说，只可观翻旧责，看看而已。夜眠甚安，酒已不喝，因赴宴时须喝，恐太多，故平时节去也。

云章为师大舍监，正在被逐，今剪报附上，她不知我在此也。

L　十一月廿三下午

[第 78 封] 西单

乖姑：

二十三日下午发一信，想已到。昨天到女子学院讲演，都是一些“毛丫头”，盖无一相识者。明日又有一处讲演，后天礼拜，而因受师大学生之坚邀，只得约于下午去讲。我本拟星期一启行，现在看来，恐怕至早于星期二才能走，因为紫佩以太太之病，忙得瘦了一半，而我在这几天中，忙得连往旅行社去的工夫也没有也。但我现在的意思，星二（廿九）是必走的。

二十二发的信，今日收到。观北新办法，盖还要弄下去，其对我们之态度，亦尚佳，今日下午我走过支店门口，店员将我叫住，付我百元，则小峰之说非谎，我想，本月版税，就这样算了罢。

川岛夫人好意可感，但她的住处，我竟打听不出来，无从面谒，只得将来另想办法了。

我今天出去，是想买些送人的东西，结果一无所得。西单商场很热闹了，而玩具铺只有两家，"雪景"无之，他物皆恶劣，不买一物，而被毳手窃去二元余，盖我久不惯于围巾手套等，万分臃肿，举动木然，故贼一望而知为乡下佬也。现但有为小狗屁而买之小物件三种，皆得之商务印书馆，别人实无法可想，不得已，则我想只能后日往师大讲演后，顺便买些蜜饯，携回上海，每家两合，聊以塞责，而或再以"请吃饭"补之了。

现在这里的天气还不冷，无需外套，真奇。旧友对我，亦甚好，殊不似上海之专以利害为目的，故倘我们移居这里，比上海是可以较为有趣的。但看这几天的情形，则我一北来，学生必又要迫我去教书，终或招人忌恨，其结果将与先前之非离北京不可（相同）。所以，这就又费踌躕了。但若于春末来玩几天，则无害。

母亲尚未起床，但是好的，前天医生来，已宣告无须诊察，只连续服药一星期即得，所以她也很高兴了。我也好的，在家不喝酒，勿念为要。

吕云章还在被逐中，剪报附上，此公真是"倭支葛搭"的一世。我若于星期二能走，那么在这里就不再发信了。

"哥"　十一月廿六夜八点半

出版后记

1. 本书以鲁迅生前整理出版的《两地书》手稿为底本，著名鲁迅研究专家、鲁迅博物馆前馆长陈漱渝先生结合自己的潜心研究，以及后来他参与修订审校的版本进行了修订。

2. 这些文本、手稿大多写于20世纪二三十年代，鉴于当时民国时期的特殊情况，一些遣词造句、语法、表达习惯、人名地名之类的翻译等，与现在的写法、用法等有或多或少的差别。比如像和象、那和哪、什么和甚么、含胡和含糊、化钱和花钱、胡涂和糊涂、计画和计划等，还有个别是作者的造字或者作者独特的语言表述习惯、口头禅等，还有个别是作者的笔误，如马蚁、刺戟。对于这些问题，在编辑过程中，我们尽量遵照手稿、文本的原貌，全部保留原汁原味，力图还原鲁迅手稿和文本的真面目。

3. 本书原信部分是鲁迅书信原汁原味的呈现，鉴于当时的私人通信并未打算公开，所以写得比较随意些，文中有些错别字，漏字等问题，经过反复考虑和斟酌，这次出版为展现大先生书信的原貌，未作任何修改。

4. 为了便于读者阅读，我们根据信或日记的内容，为每封信都加了一个标题；同时原来信中极个别实在太长的段落，阅读起来比较吃力的，审校者和编者经过再三斟酌，酌情对段落进行拆分，以增加阅读的节奏感和愉悦感。

5. 我们一直致力于收集最全面、最完整的鲁迅情书手稿，如果您手中有除了本书收入的之外的其他书信手稿，烦请跟我们联系，不胜感谢！

中国青年出版社

中国青年智库论坛办公室

（新青年读物工作室）